13階段

13 階段

13 계단

다카노 가즈아키

전새롬 옮김

장편소설

황금가지

13 KAIDAN
by TAKANO Kazuaki

Copyright © 2001 TAKANO Kazuaki
All rights reserved.
Originally published in Japan by Kodansha Ltd.

Korean translation edition is published by arrangement with
TAKANO Kazuaki, Japan through THE SAKAI AGENCY and BC AGENCY.

Korean Translation Copyright © Minumin 2005, 2011, 2016, 2025

이 책의 한국어판 저작권은 THE SAKAI AGENCY와 BC 에이전시를 통해
TAKANO Kazuaki와 독점 계약한 ㈜민음인에 있습니다.
저작권법에 의해 한국 내에서 보호를 받는 저작물이므로 무단 전재와 무단 복제를 금합니다.

아버지,
어머니,
형에게

**이제 네놈은
사형이다!**

— 영화 「천국과 지옥」 중에서
(구로사와 아키라 감독 作)

차례

프롤로그 9

제1장 **사회 복귀** 16

제2장 **사건** 60

제3장 **조사** 98

제4장 **과거** 172

제5장 **증거** 264

제6장 **피고인을 사형에 처함** 329

에필로그 **두 사람이 한 일** 386

해설 404

옮긴이의 말 410

참고문헌 414

프롤로그

저승사자는 오전 9시에 찾아온다.

기하라 료는 딱 한 번, 그 발소리를 들은 적이 있다.

처음 들려온 것은 철문을 여는 중저음이었다. 땅이 울리는 것 같은 그 공기의 흔들림이 멎자, 감방 전체 분위기가 완전히 뒤바뀌었다. 지옥을 향한 문이 열리고, 미동조차 허용되지 않는 완전한 공포가 흘러 들어온 것이다.

이윽고 잠잠해진 복도를 일렬종대의 발소리가 예상했던 것보다 훨씬 많은 숫자와 속도로 돌진해 왔다.

멈추지 마!

문을 쳐다볼 수조차 없었다. 기하라는 독방 한가운데에 무릎을 꿇고, 무릎 위에서 떨고 있는 손가락을 뚫어지게 쳐다보고 있었다.

제발 멈추지 말아 다오!

그렇게 기도하는 와중에도 맹렬하게 소변이 마려워 왔다.

발소리가 다가올수록 기하라의 두 무릎이 덜덜 떨려 왔다. 그와 동시에 찐득한 땀에 젖은 머리가 의지의 힘에 저항하며 천천히 바닥을 향해 수그러지기 시작했다.

타일을 힘껏 밟는 가죽 구두 소리가 점점 커졌다. 그리고 드디어 방 앞까지 다다랐다. 그 몇 초 사이에, 기하라 몸속의 모든 혈관이 확장되고, 터질 것만 같은 심장에서 뿜어 나오는 혈액이 체모 한 가닥 한 가닥을 뒤흔들며 전신을 누볐다.

그러나 발소리는 멈추지 않았다.

방 앞을 지나, 아홉 발자국 더 가서야 불시에 끊겼다.

살았구나, 생각할 겨를도 없이 감시창이 열리고 닫히는 소리에 이어 독방 자물쇠를 여는 금속음이 들려왔다. 사이에 빈방을 하나 낀 두 칸 옆방 문인 것 같았다.

"190번, 이시다."

낮은 목소리가 190번을 불렀다.

경비 대장 목소리인가?

"마중 왔다. 나와라."

"네?"

되물은 목소리는 생각보다 얼빠진 음향으로 들렸다.

"저요?"

"그렇다, 퇴실이다."

돌연 주변이 고요해졌으나, 정적은 오래가지 않았다. 마치 누군가가 볼륨을 최대로 올려놓은 것처럼 별안간 어마어마하게 큰 소리가 울려 퍼졌다. 플라스틱 식기가 벽에 맞고 날아가는 소리, 뒤섞이는 발소리, 거기에 그런 소음들을 싹 지워 버리는 동물적인 울음소리가…… 사람의 목소리라고는 상상할 수 없는 절규가 계속되고 있었다.

이윽고 방귀와 배설물의 탁한 소리에 이어, 철썩철썩 웅덩이를 짓밟는 불쾌한 소리가 울리기 시작했다. 거기에는 왠지 고장 난 스피커가 악을 쓰는 듯한 잡음이 섞여 있었다.

잠시 동안, 기하라는 소리의 정체를 파악하고자 귀를 기울였다. 이윽고 그 꽥꽥대는 잡음 속에 희미하게 숨소리가 섞여 있음을 깨닫고는 섬뜩해졌다. 그것은 죽음의 공포에 견디지 못한 인간이 먹은 것과 소화액을 토해 내는 소리였다. 지금 방에서 끌려 나오려는 남자의 입에서는 토사물이 굉장한 기세로 분출되고 있음이 틀림없었다.

기하라는 두 손으로 입을 틀어막고 필사적으로 구역질을 참아 냈다.

한참을 지나 잡음은 약해지고, 신음 소리와 오열만이 남았다. 그러나 그것도 다시 행진하기 시작한 구두 소리와 무거운 짐을 끄는 것 같은 소리와 함께 멀어져 갔다.

감방에 정적이 돌아오자, 기하라는 이미 앉아 있을 수조차 없었다. 징벌 따위는 상관없었다. 그는 규율 위반임을 알면서도 앞으로 고꾸라지듯 다다미 위로 엎어졌다.

그때 일을 생각하면 지금도 오싹하다. 기하라가 도쿄 구치소의 사형수 감방, 통칭 '제로 구역'에 수감된 지 3년째 되는 해에 일어난 일이었다. 그 후로 또다시 4년가량의 세월이 흘렀다. 그 사이 사형 집행을 그만두었는지는 알 수 없다. 그때와 같은 소동을 들은 바는 없으나, 가끔 복도에서 지나치던 사형수 중에 사라진 자가 있는 것도 사실이었다.

기하라는 백화점 봉투를 붙이던 일손을 멈추고, 방 안을 둘러보았다. 독방 크기는 1.5평도 채 되지 않는다. 싱크대와 변기가 있는 자리를 빼면 생활 공간은 겨우 1평이다. 채광 상태가 좋지 않은 방에는 낮에는 형광등, 밤에는 10와트짜리 전구가 들어왔고, 엄중한 감시 아래 놓인 사형수를 비춘다. 그 음울한 공간에서 7년 동안이나 죽음의 공포에 떨며 지내 온 것이다.

전철이 지나가는 희미한 소리에 고개를 들었다. 그는 슬그머니 일어나 줄에 널린 빨래 사이를 지나 창가에 섰다.

여닫이식 유리창을 열어도 철창살과 플라스틱 울타리에 가려 바깥 풍경은 보이지 않았다. 그래도 울타리 위 틈새로 흐린 하늘이 보였고, 뺨에 습기를 머금은 바람을 느낄 수 있었다.

다음은 언제일까.

기하라는 바깥공기를 들이마시며 결코 익숙해질 수 없는 불안감에 휩싸였다. 저승사자가 그의 방 앞에 멈춰 서는 날이 얼마 남지 않은 걸까.

지난 세 차례의 재심 청구와 그 기각에 따른 즉시 항고*와 특별 항고는 모두 거부당했다. 현재 네 번째 재심 청구 기각에 대한 즉시 항고가 진행 중이다. 이는 희망의 잔재를 손가락으로 집어 올리는 것과 같은 초조한 절차였다. 재심 청구가 네 번째까지 가면 아무리 재판 자료를 뒤져 봐도 확정 판결에 합리적인 의문을 가질 만한 증거를 찾아볼 수 없기 마련이었다.

나는 처형당하고 마는 걸까?

전혀 기억에도 없는 죄로 인해서.

교도관의 발소리가 들린 것 같아 기하라는 좌탁 앞으로 돌아갔다. 지금은 오전 11시. '마중 올' 시간은 아니다. 적어도 내일 아침까지는 목숨이 보장되어 있을 터였다.

기하라는 노역을 재개했다. 유명 백화점 로고가 들어간 종이를 접어 풀로 붙인다. 시급 32엔, 월급으로 환산하면 5000엔 정도 되는 일이다. 그래도 문구류나 과자, 옷과 같은 본인 구입품을 살 수 있는 것만 해도 다행이었다.

기하라는 손과 머리를 따로 놀려 여느 때처럼 상상에 빠지기로 했다.

어떤 사람이 이 봉투를 사용할까?

이는 죽음에 대한 불안감을 잠시나마 완화시켜 주는 자그마

---

* 재판의 성질상 신속히 확정지어야 할 결정에 대하여 개별적으로 인정되는 불복 신청 방법.

한 심리적 속임수였다.

백화점 쇼핑객은 주부를 중심으로 여성이 많겠지. 연인에게 선물을 사러 오는 남성객도 있을 수 있다.

봉투를 들고 매장을 누비는 쇼핑객들의 모습을 상상하다가 기하라는 문득 손을 멈추었다.

계단이 머릿속에 떠올랐다. 무거운 짐을 두 손에 들고 백화점 계단을 올라가는 쇼핑객. 그 모습이 왠지 마음에 걸렸다. 미간을 찌푸리며 머릿속 장면에 초점을 맞추었다.

손님의 뒷모습. 무거운 봉투. 한 발 한 발 계단을 오르는 다리.

아니야, 기하라는 고개를 쳐들었다.

계단이다.

희미한 기억이 뇌리에 되살아났다.

그렇다. 그때 본인은 계단을 오르고 있었다. 지금처럼 죽음의 공포에 휩싸인 채, 계단을 오르고 있었다.

어렴풋이 떠오르는 영상이 상상의 산물이 아님을 확인하고자 기하라는 필사적으로 고개를 저었다. 틀림없었다. 그때 자신은 계단을 오르고 있었다.

기하라는 일어서서 싱크대 뚜껑을 닫았다. 그렇게 하면 바로 책상이 되었다. 옆에 있는 선반에 손을 뻗어 볼펜과 편지지를 꺼내고는 의자 대용인 변기에 앉았다.

그가 쓰고자 하는 것은 '탄원서'였다. 변호사에게 부칠 편지를 발신할 경우에도 일일이 허가를 받아야만 했다.

아마도 특별 발신은 허락해 주리라. 그 내용도 검열에 걸리지 않고 변호사에게 전해질 것이라 생각되었다.

어쩌면 살아날 길이 있을지도 모르겠다.

기하라의 가슴에 희망이 솟아올랐다. 이는 사형수 감방에 수감된 이후 7년 동안 단 한 번도 느껴 본 적이 없는 강렬한 빛이었다.

지옥의 입구에서 되돌아올 수 있을지도 모른다.

탄원서를 쓰고 난 기하라는 변호사에게 보낼 편지를 열심히 써 내려갔다.

제1장

사회 복귀

1

"하나, 일정한 주소에 거주하며, 정규 직업에 종사할 것."

톤 높은 목소리가 긴장으로 떨렸다. 낙원을 향한 여정을 눈앞에 두고 실수는 용납되지 않는다.

"하나, 지속적인 선행에 힘쓸 것."

동료의 낭독을 듣는 미카미 준이치는 이미 죄수복에서 사복으로 갈아입고 부동자세를 유지하고 있었다. 손에는 가석방 허가 결정서를 쥐고 있다. 속쌍커풀이 있는 눈과 눈 바로 위의 뚜렷한 눈썹. 27세라는 나이보다 약간 어려 보이는 그 얼굴은 뭔가 수심에 찬 듯 굳어 있다.

"하나, 범죄 성향이 있는 자, 혹은 품행이 불량한 자와 교제하지 않을 것."

준이치는 서약서를 낭독하는 동료의 뒷모습을 쳐다보았다. 이름은 다자키라 했고, 나이는 준이치보다 열 살 위였다. 눈꼬리가 처진 그 얼굴을 보면, 약혼녀가 처녀가 아니었다고 역정 내며 때려죽인 사람으로는 보이지 않는다.

"하나, 주거를 옮기거나 장기간 여행을 할 경우 사전에 보호 관찰자의 허가를 구할 것."

마쓰야마 교도소 보안 본부 회의실에는 이외에도 소장 이하 직원이 열 명가량 참관하고 있었다. 그들은 교정관 또는 그냥 교도관이라 불린다. 간수라는 명칭은 계급명으로만 남아 있을 뿐, 직책명으로서는 10여 년 전 조직 개편 때 철폐되었다.

불투명한 유리창을 통해 흩어져 들어오는 빛이 교도관들의 표정을 이제까지 본 적도 없는 온화한 표정으로 바꿔 놓고 있었다. 그러나 준이치가 느낀 안도감은 다자키가 그다음에 한 말로 싹 사라졌다.

"하나, 피해자의 명복을 기리며 위로에 열과 성의를 다할 것."

상반신에서 스윽 핏기가 가시는 게 느껴졌다.

피해자의 명복을 기리며 위로에 열과 성의를…….

자신이 죽인 그자는 어디로 갔을까, 준이치는 생각했다. 천국일까, 지옥일까. 아니면 그자의 영혼은 그 어디에도 가지 않고 그저 무(無)로 돌아간 것일까. 그렇게 자신이 휘두른 폭력으로 놈은 흔적도 없이 사라지고 만 것일까.

"하나, 한 달에 두 번, 보호사 또는 보호 관찰관을 면회하여 근황을 보고할 것."

준이치는 눈을 내리깔았다. 복역 기간 동안 느꼈던 의문은 여태 해결되지 않았다. 자신은 진정 죄를 저지른 것인가. 그 행위를 죄라 말한다면, 2년 남짓한 복역 생활로 용서받을 수 있는 것인가.

"하나, 교도소 내에서 일어난 일들을 일절 누설하지 않을 것."

다자키는 가석방 후의 준수 사항을 다 읽고 나서, 서약서 본문으로 들어갔다.

"저는 금번 가석방을 허락받아, 보호 관찰을 받게 되었습니다……."

문득 얼굴을 든 준이치는 정면에 서 있던 교도관 한 명과 시선이 마주쳤다. 이름이 난고라는 40대 간수장이었다. 떡 벌어진 어깨 위에 험악한 얼굴이 얹혀 있다. 난고는 미소를 머금고 준이치를 바라보았다.

출소를 축하해 주고 있는 건가, 하는 생각도 들었으나 상대방의 미소에는 더 깊은 이해가 숨어 있는 것 같았다.

"앞으로 위의 준수 사항을 지켜 건전한 사회인이 되도록 노력할 것을 맹세합니다……."

그러나 난고가 왜 그렇게까지 자신에게 시선을 고정하고 있었는지, 준이치는 신기하게 여겨졌다. 복역 중에 보면 복무 규정에 위반되지 않는 범위 내에서 편의를 봐주는 친절한 교도관이 있다. 한편 트집을 잡아 징벌을 가해 오는 가학적인 자도 있다. 그러나 난고는 그 어느 쪽도 아니었고 거의 접촉할 일이 없었다. 준이치의 갱생을 특별히 돌보아 주었다고는 보기 어려웠다.

"만약 이를 어길 경우 가석방을 취소당하고 교도소로 돌아와도 이의 없습니다. 가석방자 대표, 다자키 고로."

서약서 낭독이 끝남과 동시에 준이치의 뒤에서 그 자리에 어울리지 않는 박수 소리가 났다. 박수를 친 자가 곧 자기 실수를 깨달은 듯 갑자기 소리가 멎었다.

그게 누구였는지, 뒤돌아보지 않아도 준이치는 알고 있었다. 아버지였다. 아들을 데리러 도쿄에서 시코쿠 마쓰야마까지 먼 길을 와 준 51세의 공장 경영자. 준이치는 그때까지 굳게 다물고 있던 입가에 겨우 긴장을 풀었다.

"이번 복역 생활이 너희들에게는 길게 느껴졌을 수도 있다."

더블 단추가 달린 짙은 감색의 제복을 입은 소장이 마지막 훈시를 시작했다.

"그러나 진정한 갱생은 이제부터 시작된다는 것을 염두에 두기 바란다. 너희들이 교도소로 돌아오는 일 없이, 훌륭한 사회인이 되었을 때 비로소 처음으로 갱생을 이루었다고 말할 수 있다. 그날까지, 사회 복귀의 어려움에 굴하지 말고 이곳에서 배운 것을 잊지 않고 잘 해내기 바란다. 이상. 축하한다."

이번에는 회의실 전체에 성대한 박수가 울려 퍼졌.

가석방 허가 결정서 교부식은 10분 정도로 끝났다.

교도관들에게 인사를 마친 준이치는 다자키와 함께 이제 뭘 해야 할지 몰라 주춤거리고 있었다. 얼굴을 돌릴 방향까지 명령으로 정해져 있던 생활 습관을 바로 고치기는 어려웠다.

소장이 "자, 어서."라며 두 사람을 내보내듯 오른손을 내밀었다. 준이치는 그 손이 가리키는 방향을 돌아보았다.

회의실 뒤편, 벽을 등지고 아버지 도시오가 서 있었다. 어디를 보나 공장 직원다운 그을린 얼굴과 마른 몸매, 외출용 양복에 오히려 주눅 들어 보이는 모습이 인기 없는 트로트 가수와도 같았다. 그러나 아버지의 세련되지 못한 풍채에는 분명 고향의 따스함이 깃들어 있었다.

준이치는 아버지 쪽으로 향했다. 다자키도 부모로 보이는 초로의 부부 쪽으로 뛰어갔다.

미카미 도시오는 아들을 맞자, 만면에 웃음을 띠며 주먹으로 '으샤!' 하는 포즈를 취해 보였다. 곁에 있던 교도관들 사이에서 웃음소리가 들렸다.

"오래 걸렸구나."

도시오는 준이치의 얼굴을 들여다보며 마치 자신이 형기를 마친 것처럼 한숨을 섞어 말했다.

"잘 견뎠다."

"어머니는요?"

"집에서 진수성찬을 차리고 있다."

"알았어요."

준이치는 고개를 끄덕이고는 조금 망설이더니 말했다.
"아버지, 죄송해요."
그 말을 듣고 도시오는 눈물을 글썽였다. 준이치도 입술을 깨물며 아버지가 입을 떼기를 기다렸다.
"이제 아무것도 신경 쓸 거 없다."
도시오는 목멘 소리로 말했다.
"앞으로 성실하게 일하면서 살아가면 된다. 그렇지?"
준이치는 고개를 끄덕였다.
도시오는 미소를 되찾고는 아들 어깨에 오른팔을 휘감아 마구 흔들었다.

서무과 창문에서 교도소를 나서는 미카미 부자의 모습이 보였다. 정문 앞에서 교도관과 말을 나누는 것은 마지막 인정(人定) 질문*에 응하는 것이리라.
난고 쇼지는 구원받은 심정으로 아버지와 아들의 밝은 표정을 지켜보고 있었다. 그는 석방자가 문을 나서는 광경을 좋아했다. 자기 직무에 대한 사명감은 열아홉 살 때 법무 사무관 간수로 임명받은 지 고작 1년 만에 사라졌다. 그 후 30년 가까이 이 일을 계속할 수 있었던 것은 출소 풍경을 볼 수 있었기 때문이다. 지금 이 순간만큼은 저 범죄자가 갱생했다고 감히 말할 수

---
* 본인임을 확인하는 질문.

있다. 재범에 대한 위험성은 제쳐 두고, 덮어 놓고 기뻐하자는 마음이 든다.

미카미 부자는 교도관에게 깊숙이 인사하고 교도소 문을 나섰다. 그리고 어깨를 맞대며 걷기 시작했다.

두 사람의 뒷모습이 사라지자, 난고는 서류 캐비닛 앞으로 돌아갔다. 그곳에는 미카미 준이치의 '신원 대장'이 있었다. 이 두터운 서류는 수형자의 행형 관찰 기록지다. 준이치의 출소와 함께 난고가 소속된 처우부에서 서무과로 옮겨 온 서류였다. 준이치가 다시 금고형 이상의 형벌을 받지 않는 한, 신원 대장은 영원히 이곳에 보관된다.

이제까지 몇 번이나 읽은 서류이기는 했으나, 난고는 표지를 넘겨 분류 조사표에 기록된 미카미 준이치의 개인 정보와 뒤이은 공소 사실을 다시 읽었다. 최종 확인을 위함이었다.

준이치의 출신은 도쿄였고, 가족 구성은 부모와 남동생. 2년 전 범행 당시 25세였다. 죄상은 상해 치사로 1심 판결 후로는 공소하지 않고 미결 구류 기간을 포함한 징역 2년의 실형 판결 확정. 수형자 분류 규정에 의해 YA급(26세 미만의 성인으로 범죄 경향이 진행되지 않은 자)으로 분류되어 도쿄 구치소에서 마쓰야마 교도소로 이관되었다.

난고는 성장 기록과 범죄 개요란으로 시선을 옮겼다. 준이치의 출생에서 범행에 이르기까지 사실 경과가 수사 자료를 근거로 정리되어 있었다. 난고는 손가락으로 글자를 짚어 가며 준이치가 저지른 죄에 대한 상세 내용을 읽어 내려갔다.

미카미 준이치는 1973년 도쿄 오타구(區)에서 태어났다. 부친은 작은 공장에서 근무하던 직공이었으나 후에 독립하여 직원 세 명을 두고 작은 공장을 경영했다.

중학교를 졸업할 때까지 특필할 만한 내용은 없었으나, 1991년 준이치가 고등학교 3학년 때 훗날 일어날 사건의 먼 원인이 될 사건이 발생했다.

여름 방학 때 친구와 3박 4일로 여행을 간 준이치가 예정일이 지나도 귀가하지 않자, 걱정하던 부모가 가출인 수색 신청서를 제출했다.

열흘 후인 8월 29일에 준이치는 여행 목적지였던 지바현 가쓰우라시로부터 남쪽으로 15킬로미터 떨어진 나카미나토군(郡)에서 경찰에 붙잡혔다. 준이치는 혼자가 아니었고, 여자 친구를 데리고 있었다. 친구와의 여행이라는 것은 거짓말이었고, 생전 처음으로 이성과 외박을 즐기고 있었던 것이다.

도쿄로 돌아온 준이치는 그 사건 이래 학교에 안 가기 일쑤였고, 부모와 교사에게 반항적인 태도를 보이기 시작했다. 성적은 눈에 띄게 떨어졌고, 대학 수험에 실패하더니 재수한 끝에 제4지망이었던 공대에 입학했다. 전공은 화학공업이었다.

대학 졸업 후에는 부친이 경영하는 '미카미 모델링'이라는 금형 공장 일을 돕다가 2년 후인 1999년, 사건이 발생했다.

"뭘 열심히 읽고 있나?"

갑자기 묻는 말에 난고는 놀라서 고개를 들었다.
총무부장 스기타가 이쪽을 들여다보고 있었다. 계급은 난고보다 하나 위인 부교정장으로, 제복 소매에 금으로 된 두 개의 선이 반짝이고 있다.
"229번 가석방에 문제라도 있는 건가?"
229번이란 준이치에게 붙여진 점호 번호였다.
"아뇨, 헤어지는 게 좀 서운해서 그렇습니다."
난고는 농담으로 얼버무리기로 했다.
"이거, 빌려 가도 되겠습니까?"
"음...... 상관은 없네만......"
스기타는 말하면서도 망설이며 인상을 쓴다.
난고는 속으로 웃음 지었다. 교도관들은 틀에 박힌 일상이 조금이라도 어긋나면 눈빛이 바뀐다. 교도소 내에서는 그런 작은 징후가 큰 문제로 발전하는 경우도 있다. 스기타는 소심한 자들 특유의 경계심을 무기로 출세해 온 남자였다. 신원 대장을 부하가 꺼내 가는 것만으로도 불안해서 견딜 수 없는 것이다.
"금방 되돌려 놓겠습니다."
난고는 안심시키듯 말하고는 서무과를 나와서, 보안 본부 2층에 있는 처우부로 돌아왔다. 이곳은 형무 작업을 비롯한 수형자의 처우 전반을 관리하는 부서로, 이곳의 수석 교정 처우관이라는 게 난고에게 주어진 직책이었다. 이 직책과 간수장이라는 계급은 47세라는 난고의 나이로 볼 때 빠르지도 늦지도 않은 출세였다. 일반 기업으로 치면 차장 정도 되는 위치다.

사무 책상이나 감시 모니터가 늘어선 방에는 교도관이 몇 명 있을 뿐 텅 비어 있었다. 나머지는 모두 형무 작업 감독이나 순찰로 외근 중이었다. 난고는 일부러 느긋하게 걸으면서 자신에게 결재를 받으러 오는 부하가 없음을 확인한 후, 창문을 등진 자리에 앉았다. 그리고 담배에 불을 붙이고 미카미 준이치의 신원 대장을 다시 정독하기 시작했다. 준이치가 25세 때 저지른 죄에 관해서는 조서나 재판 기록 등 여러 문서에 기록되어 있었다.

1999년 8월 7일 오후 8시 33분, 사건은 느닷없이 발생했다. 현장은 도쿄 하마마쓰역 인근에 있는 식당이었다. 술을 마시던 25세의 사무라 교스케라는 손님이 가게 안쪽에 있던 준이치에게 "뭐 불만 있냐?" 하고 갑자기 시비를 걸면서부터 시작된 것이다.

이때 먼저 시비를 건 게 사무라 교스케였다는 것, 그리고 그 전까지 두 사람은 5미터 떨어진 테이블에 각자 앉아 대화를 나눈 적이 없다는 것이 여러 목격자의 증언으로 뒷받침되어 있다.

준이치는 당황스러운 표정으로 테이블 앞까지 다가온 사무라 교스케를 올려다보았다. 가게 주인의 증언으로는 사무라가 일방적으로 준이치에게 따지고 들며 "자기를 바라보는 준이치의 눈빛이 마음에 안 든다.", "마치 범죄자를 보는 눈빛이다."라는 등의 트집을 잡았다고 한다.

두 사람은 두세 마디의 말을 주고받았다. 그리고 말다툼이 급격히 심해졌다. 조서에 있는 준이치의 증언에 의하면 사무라는 "나를 촌놈인 줄 알고 깔본다."라는 식의 말을 내뱉었다. 이어 사무라가 지바현 출신이라는 것을 알게 된 준이치는 상대방을 달랠 마음에, 고등학교 재학 당시 일으킨 자신의 가출 사건에 관한 이야기를 꺼냈다. 지바현 보소 반도의 바깥쪽, 나카미나토군에 간 적이 있다고 말한 것이다. 그러나 이것이 불에 기름을 끼얹은 꼴이 되었다. 사무라 교스케는 바로 그 나카미나토군에서 업무차 도쿄에 나와 있던 것이기 때문이다.

'이 새끼'라는 말을 목격자 전원이 들은 직후, 사무라가 준이치의 멱살을 잡았다. 주인이 싸움을 말리려고 카운터에서 뛰쳐나왔으나, 테이블까지 뛰어가는 그 짧은 동안에 두 사람 사이에는 네 번, 또는 증언에 따라서는 열 번 정도의 주먹이 오갔다. 먼저 손을 댄 것은 준이치 쪽이었다. 진술서에는 "상대방을 떨쳐버리려면 그렇게 할 수밖에 없었다."고 되어 있다.

이윽고 주인이 테이블에 도달했으나, 격투하는 두 사람 사이에 끼어들 수가 없었다. 후에 재판에서 주인은 이때 일을 이렇게 증언한다.

"상대방을 해치려 했던 것은 피해자 쪽이었고, 피고인은 그 자리에서 벗어나려고 필사적으로 몸부림치는 것처럼 보였습니다."

그리고 준이치는 사무라의 손에서 벗어나는 데 성공한다. 그러나 사무라는 지치지도 않고 정면에서 덤벼 왔다. 이에 준이치는 '씹새끼', '개새끼' 등의 욕을 하며 머리와 오른쪽 어깨, 오른팔을 써서 상대에게 돌진한다. 허를 찔린 사무라는 뒤로 비틀거리다가 그만 의자에 발이 걸리는 바람에 뒤통수부터 바닥에 나가떨어지고 말았다. 이 타박상으로 인해 두개골이 골절되고 좌상을 입어 응급 구조대가 도착한 11분 후에 사망했다.

범행 직후 준이치는 주인이 잡아 둘 것도 없이 경찰이 도착할 때까지 현장에 남아 있었다. 정신이 나간 모습이었다고 한다. 그리고 상해 치사의 용의자로 현장에서 체포당했다.

거기까지 읽은 난고는 담배를 비벼 끄고 한숨을 내쉬었다. 불경스럽기는 하나 아무래도 쓴웃음이 나오고 만다.

싸움이 원인인 전형적인 상해 치사 사건이다. 재수 없는 인간이 이런 사건에 휘말리는 법이다. 공소 사실로 판단하자면 실형 2년은 조금 과하다고 볼 수 있다. 집행 유예라도 이상할 게 없는 사례다. 재판관의 눈에는 고등학교 때의 가출 사건과 그 후의 행동이 비행으로 비춰졌을지 모른다. 검찰관도 그러한 심증 형성을 의도하고 모두 진술*에서 가출 사실에 대해 상세히 언급한 것이리라.

그래도 재판관은 공정한 판결을 내렸다고 볼 수 있다. 보통, 상해 치사 사건에서 쟁점이 되는 것은 정당방위 여부 혹은 피고인에게 살의가 있었는지의 여부, 둘 중 하나다. 전자로 인정되면 피고인은 무죄가 되며, 후자로 인정되면 죄상은 살인죄가 되어 형량이 껑충 뛰어오른다. 결과적으로 살인이 발생하면 법조문상

---

* 법정에서 검사가 공소장에 의하여 기소 요지를 진술하는 일.

사형까지도 적용받을 수 있는 죄가 된다.

준이치의 경우, 재판에서 최대 쟁점이 된 것은 가방 속에 있던 휴대용 칼이었다. 이는 매우 불리한 증거였으나, 가업을 돕던 준이치가 평소에도 미세 작업에 칼을 사용하고 있었던 점, 그리고 갓 구입한 칼이 가게 포장지에 싸인 채 가방 안에 있었던 점이 운 좋게 작용했다. "살의가 있었다면 칼을 사용했을 것이다."라는 변호인 측의 주장이 받아들여졌을 뿐 아니라, 그 이전의 입건 단계에서 도검법 위반에 의한 소추도 면했던 것이다.

검찰 측은 그나마 반격을 위해 피해자의 부친 사무라 미쓰오를 증인으로 출정시켜 식당 전표에 기재된 주량과 소주 섞인 맥주 두 잔 가지고는 피해자가 만취하지 않았고, 투쟁 원인을 만들었다고 보기는 어렵다고 주장했다. 피해자의 취한 정도가 가벼웠던 것은 부검 시 측정된 혈중 알코올 농도에서도 증명되었으나, 이는 재판 결과를 좌우할 만한 논증은 아니었다.

결과적으로 재판은 세 번의 심리로 결심되었고, 준이치는 미결 구금 일수 1개월을 산입한 징역 2년의 실형 판결을 선고받았다.

신원 대장에서 눈을 뗀 난고는 준이치가 복역했던 1년 8개월간의 기억을 되짚었다.

난고가 229번 수형자에게서 느낀 것은 손익을 계산할 줄 모르는 순박하고 투박한 성격이었다. 신원 대장을 정독하고 나자 그런 인상이 더욱 강해졌다. 소년의 모습이 남아 있는 풍모나 항상 깊은 생각에 빠져 있는 듯한 눈동자. 고등학교 재학 시절에 일으킨 고작 열흘간의 가출도 한결같이 여자 친구를 좋아한 결과였으리라.

지금 난고는 반년 전에 있었던 교도관 회의를 머리에 떠올렸다. 그때 준이치는 교회사*의 면회를 거절한 이유에 대해 질문을 받자 "종교에 기대지 않고 내 머리로 생각하고 싶다."라고 대답했다. 229번을 담당하는 교정 처우관이 보기에는 수형자의 언행이 건방져 보인 모양이었다. 항변에 의한 징벌도 검토되었으나 난고의 반대로 부결되었다. 이 사건 때부터 난고는 미카미 준이치를 주목하기 시작했다.

그리고 후에 신원 대장에서 알아낸 기묘한 우연이 결정타가 되었다.

고등학교 3학년 때의 준이치의 가출 소동……. 그는 그 강도 살인 사건 발생 당시 여자 친구를 데리고 그 고장에 있었던 것이다.

최종 확인이 끝났다. 이미 인선에 망설임은 없었다.

난고는 재떨이에 담배꽁초를 짓이기고, 책상 위의 전화기를 끌어당겼다. 전화를 건 곳은 도쿄에 있는 한 변호사 사무실이었다.

"이쪽은 준비가 다 되어 갑니다."

난고는 낮은 목소리로 말했다.

"하루 이틀 정도면 어떻게든."

---

* 敎誨士. 수형자를 교화하는 직업.

2

마쓰야마 교도소를 나와 도쿄에 도착하는 데 겨우 4시간밖에 걸리지 않았다. 그러나 그 짧은 사이에 출소의 기쁨은 끊임없이 숨 가쁘게 밀려왔다.

먼저 준이치가 놀란 것은 자신이 수용되어 있던 교도소의 울타리가 낮았다는 점이었다. 5미터 높이의 콘크리트 벽이 이렇게 낮아 보이다니. 안에서 볼 때는 하늘을 뒤덮을 듯 우뚝 서 있었는데.

그리고 거리의 광활함에도 눈이 휘둥그레졌다. 공항으로 향하는 택시에서 바라본 마쓰야마 시가지는 빌딩 하나하나가 덮쳐오는 듯한 위압감을 주었다. 전날 실시된 마지막 출소 교육 때 시내에 나와 보았는데도, 하룻밤 사이에 인상이 전혀 달라져 있었다. 이대로 도쿄에 돌아가면 무슨 일이 벌어질까.

공항에 도착해서 탑승 수속을 마치자 도시오가 물었다.

"술이라도 마실래?"

준이치는 고개를 저으며 즉각 대답했다.

"단 걸 먹고 싶어요."

두 사람은 카페에 들어가 푸딩 아라모드*와 초콜릿 파르페를 주문했다.

게 눈 감추듯 먹어 치우는 아들을, 아버지는 착잡한 표정으로

---

* 푸딩에 과일과 디저트를 곁들인 일본식 디저트.

지켜보았다.

배를 채우고 나니, 주변의 젊은 여성들이 마구 눈에 들어오기 시작했다. 때는 6월, 여성들의 의상이 얇아지는 계절이다. 카페에서 나와 비행기를 탈 때까지, 준이치는 주머니에 양손을 쑤셔 넣고 구부정하게 걸어야 했다.

비행기에 타면 탄 대로, 이번에는 장이 뒤틀릴 듯한 복통이 생겨 몇 번씩이나 화장실로 직행하는 신세가 되었다. 2년 남짓한 세월 동안 보리밥을 주식으로 삼고, 최소한의 칼로리밖에 섭취하지 않았던 소화기들이 아까 먹은 디저트의 공격으로 공황을 일으킨 듯했다. 그래도 준이치는 기뻤다. 아무에게도 감시받지 않고 일인용 화장실에서 용변을 볼 수 있다는 게 꿈만 같았다.

하네다 공항에 내린 아버지와 아들은 전철을 갈아타며 오쓰카로 향했다. 도쿄를 순환하는 야마노테선 북서쪽에 위치한 역으로 번화가인 다음 정거장 이케부쿠로까지 걸어갈 수 있는 거리다.

거기 있는 집은 아직 준이치가 본 적이 없는 집이었다. 반년 전 부모님이 보내오신 편지를 통해 가족이 이사한 것은 알고 있었다. 그러나 준이치는 일부러 어떤 집인지 묻지 않고, 출소 후로 기대를 미뤄 두었다. 낯선 동네에서의 생활이 과거를 청산하고 인생을 다시 시작하려는 준이치에게 조금은 나은 미래를 선사해 줄 것 같았다.

오쓰카역 개표소에서 나온 준이치는 눈앞에 있는 로터리와 그곳에서 방사형으로 뻗은 길을 바라보았다. 은행과 비즈니스호텔, 패밀리 레스토랑이 즐비하고, 지나다니는 사람도 많았다. 활기가 넘치는 거리를 보자 준이치의 마음이 들떴다.

그러나 도시오를 따라 5분가량 걷다 보니 주택가로 들어섰기 때문인지 주변이 갑자기 고요해진 인상이었다. 10분을 더 걷다 보니 준이치의 마음이 무겁게 가라앉기 시작했다. 중대한 문제를 간과하고 있었나 하는 의문과 함께 마음속 어디에선가는 예견했던 일이 아니었나 하는 자책감이 밀려와 저도 모르게 고개를 떨군 채 걷게 되었다.

집이 가까워지자 말수가 준 도시오가 겨우 입을 열었다.

"다음 모퉁이만 돌면 된다."

망설일 틈도 없이 두 사람은 모퉁이를 돌았다. 준이치의 눈에 색바랜 모르타르 벽이 들어왔다. 오랫동안 비바람에 노출된 벽면은 줄무늬로 얼룩이 져 있었다. 대문 같은 것도 없고 길가에 난 작은 문이, 그곳이 현관임을 말해 주고 있었다. 건평이 6평 정도 될까. 여하튼 단독 주택이라 하기에는 너무나도 초라한 집이었다.

"자, 들어가자."

도시오가 시선을 떨구고 말했다.

"여기가 네가 살 집이다."

준이치는 그 순간 아버지를 배려하기로 했다. 태연하게 현관에 들어서는 것이다. 그는 잘 해냈다.

"다녀왔습니다."

문을 여니 바로 눈앞이 부엌이었고, 샐러드를 옮겨 담던 어머니 유키에가 뒤돌아보았다.

쌍커풀 진 눈이 애타게 기다리던 기쁨으로 커졌다. 둥근 얼굴에 눈썹과 눈 사이가 좁아 의지가 강해 보이는 눈매는 고스란히 아들에게 물려준 부분이었다.

"준이치!"

유키에는 앞치마로 두 손을 닦으며 천천히 현관으로 나왔다. 그새에 벌써 두 눈에서 눈물이 뚝뚝 흘러내린다.

준이치는 늙어 버린 어머니의 모습에 충격을 받으면서도 내색하지 않았다.

"여러 가지로 고마웠어요."

준이치가 말했다.

"이제야 왔어요."

부모와 아들, 이 세 명은 저녁 5시도 채 되기 전부터 축연을 시작했다. 1층의 3평짜리 방에 있는 식탁에는 소고기와 생선구이, 중국 요리 등 주 요리가 세 가지나 차려져 있었다.

준이치는 여덟 살 어린 남동생 아키오가 보이지 않아 이상하게 생각했으나, 부모가 먼저 말을 꺼내기 전에는 잠자코 있기로 했다.

도시오도 유키에도 처음에는 말수가 적었다. 전과를 짊어진 스물일곱 살 난 아들에게 무슨 말을 해야 할지 모르는 듯했다. 세 명이 한두 마디씩 하다가 겨우 화젯거리가 준이치의 앞날에 대한 이야기로 낙찰되었다.

준이치는 당장 내일부터라도 아버지의 공장 '미카미 모델링'에서 일할 생각이었으나, 부모가 일주일 정도 느긋하게 쉴 것을 권하자 그 말에 따르기로 했다. 목적도 없이 빈둥거리겠다는 것은 아니었다. 이 낡은 새집을 보고 자신에게 알리지 않은 사정이 있음을 깨달은 것이었다.

식사를 마친 후 유키에가 2층을 안내했다. 삐걱거리는 가파른 계단을 오르자 짧은 복도에서 갈라진 다다미방 두 개가 나왔다.

방문을 열어 자신에게 할당된 1.5평짜리 방을 보았을 때, 그나마 남아 있던 출소로 인한 기쁨이 송두리째 사라지고 말았다. 교도소 독방과 똑같은 면적이 아닌가.

"좁긴 해도 괜찮지?"

유키에가 밝은 목소리로 물었다.

"네."

준이치는 고개를 끄덕이며 마쓰야마에서 들고 온 가방을 내려놓고 이미 깔아 놓은 이불 위에 주저앉았다.

"이 집이 말이다, 이래 봬도 살기 편하단다."

문가에서 유키에가 웃으면서 말했다.

"오래돼서 손질할 필요도 없고, 청소할 데도 많지 않아."

하지만 그 말투는 말을 하면 할수록 표정과는 반대로 필사적인 울림으로 바뀌어 갔다.
"역에서 머니까 소음도 신경 쓰이지 않지? 장 보러 가는 것도 15분만 걸어가면 된단다. 햇빛도 잘 들어오고."
말을 끊은 유키에는 이윽고 혼자 중얼거렸다.
"이전 집보다 좀 좁긴 하다만."
"엄마."
준이치는 화제를 돌렸다. 어머니가 또 눈물을 보이지 않을까 걱정되었기 때문이다.
"아키오는요?"
"아키오는 나가 산단다. 아파트에서 혼자 살아."
"주소 좀 알려 줘요."
유키에는 조금 망설이더니 동생의 주소를 알려 주었다.

주소와 지도가 적힌 메모를 쥐고 준이치는 오후 6시 넘어서 집을 나섰다.
하지가 가깝다 보니 아직 해가 저물지 않았다. 그래도 혼자 거리를 다니기에는 불안했다. 스쳐 가는 차들이 괜시리 빠르게 느껴졌고 또 하나, 가석방자 특유의 문제가 있었다. 형기가 만료되는 3개월 이내에 벌금형 이상의 죄를 범하면 준이치는 교도소로 돌아가야 한다. 교통 위반조차 허용되지 않는 것이다. 의무적으로 항시 휴대해야 하는 '연락 카드', 통칭 '전과자 카드'가 남방 가슴 주머니 속에서 몹시 무겁게 느껴졌다.

동생은 전철을 갈아타고 20분 정도 걸리는 히가시주조에 살고 있었다. 2층짜리 목조 아파트였다. 건물 외부로 붙은 계단을 올라가 구석방을 노크하자, "네."라는 대답이 건성으로 들려왔다. 1년 10개월 만에 듣는 동생의 목소리였다.

"아키오? 나야."

문에 대고 말하자, 판자 너머에서 동생이 움직임을 멈춘 듯했다.

"열어 줘."

한동안 침묵이 흘렀다. 이윽고 문이 빠끔히 열리며 부친을 닮은 초라한 얼굴이 나타났다.

"뭐야."

아키오가 이쪽을 노려보았다. 동생이 진심으로 화났을 때 보이는 얼굴이다.

그 분노의 이유를 가늠하고 준이치는 당황하며 말했다.

"할 얘기가 있어. 좀 들어가자."

"싫어."

"왜?"

"살인자는 사절이거든."

준이치의 시야가 흐려졌다. 돌이킬 수 없는 실패를 깨달았을 때의 절망감. 준이치는 이대로 돌아설까 망설였다. 그러나 그러자니 너무 무책임하다.

그때 계단을 올라오는 발소리가 들려왔다. 다른 방 주민이 귀가한 모양이다. 아키오의 눈에 두려움 같은 것이 스쳐 지나갔다.

아키오는 준이치의 어깨를 붙잡아 방으로 들인 후, 서둘러 문을 닫았다.

"살인자와 함께 있는 걸 옆집 사람에게 보이고 싶지 않아."

준이치는 아무런 대꾸 없이 3평 1칸짜리 방을 둘러보았다. 대형쓰레기장에서 주워 왔음 직한 앉은뱅이책상 위에 대입 검정고시 참고서가 흩어져 있었다. 펼쳐져 있는 한 권의 책이 아키오가 지금 공부 중이었음을 말해 주었다.

그런데 왜 대입 검정고시일까. 준이치는 이상하게 생각했다.

형의 시선을 의식한 아키오가 불쑥 말했다.

"고등학교, 중퇴했어."

"뭐?"

놀란 준이치는 자신이 사건을 일으킨 2년 전을 돌이켰다.

"졸업까지 반년밖에 안 남았었잖아?"

"학교에 잘 다닐 수 있을 리 없잖아. 살인자 동생이."

형을 방으로 끌어들였을 때의 그 두려워하던 눈. 준이치는 현기증을 느끼며 가까스로 그 자리에 버티고 있었다. 여기 있어야 한다. 아키오라면 뭐든 주저하지 않고 모조리 말해 줄 것이 분명했다.

"왜 집을 나왔어?"

"아버지가 대학 포기하고 돈 벌라고 그러시니까……. 차라리

내 힘으로 학비를 벌려고."

"아르바이트하는 거야?"

"창고에서 분류 작업해. 잘하면 한 달에 17만 엔 정도 벌 수 있어."

준이치는 각오하고 핵심 부분으로 들어갔다.

"집에는…… 아버지, 어머니한테는 돈이 없는 거야?"

"당연하지."

아키오는 말에 힘을 주며 얼굴을 들었다.

"네가 사람을 죽인 탓에 다른 사람들이 어떻게 됐는지 몰라? 손해 배상이 얼마나 됐는지 모르냐고?"

사건 후, 피해자의 부친 사무라 미쓰오는 준이치와 그 부모에게 위자료와 손해 배상 지불을 요구했다. 그 후 쌍방의 변호사가 협의하여 화해 계약이 성립되었을 터였다. 교섭을 모두 부모에게 맡겼던 준이치는 계약을 한다는 이야기는 들었어도, 자세한 화해 내용은 전혀 듣지 못했다. "이제 걱정할 것 없다."라던 아버지의 편지를 액면 그대로 받아들인 것이다.

그 편지를 교도소에서 받은 건 준이치가 폐쇄 독방에서 나온 직후였다. 성격이 안 맞는 교도관과 말다툼을 한 그는 악취 풍기는 좁은 독방에 가둬져, 가죽 수갑으로 양손이 묶인 채 한 주를 보냈다. 바닥에 놓인 식기에 입을 대고 개처럼 밥을 먹었고, 대소변은 나오는 대로 줄줄 흘리는 가혹한 체험이었다. 사고력이 마비되었을 무렵에 도착한 아버지의 편지. 중대한 문제를 그때 간과한 것이다.

"얼만데, 배상액이?"

"7000만 엔."

준이치는 할 말을 잃었다. 그가 주 40시간, 1년 8개월 동안 교도소 목공 공장에서 일해서 번 돈이 6만 엔이었다. 게다가 그 노동으로 교도소 측이 올린 수익은 모두 국고로 들어갔고, 피해자에 대한 위로와 보상에 쓰인 적은 없었다.

입을 다물어 버린 준이치에게 동생은 박차를 가했다.

"이전 집 토지 임대 권리를 팔아서 3500만, 자동차랑 공작 기계로 200만, 그리고 온 친척들한테 빌려서 600만…… 그래도 아직 2700만이 남았어."

"어떻게 한대, 그 많은 돈을?"

"매달 지불할 수 있는 범위 내에서 지불하는 거지. 다 갚을 때까지 20년은 걸릴 거라고 어머니가 그러셨어."

준이치는 늙어 버린 모친의 얼굴을 떠올리며 눈을 감았다. 어머니는 어떤 심정으로 오랫동안 정들었던 집을 떠났을까. 저 지저분한 단독 주택으로 이사했을 때 얼마나 비참하게 느껴졌을까. 하나밖에 없는 어머니는 아들이 범한 죄의 무게에 전율하며, 행복했을 무렵의 단란한 가족상을 마음속에 그리면서 소리 죽여 울어 왔던 것이다.

"울긴 왜 울어."

아키오가 형을 힐난했다.

"다 네 탓이잖아. 울면 용서받을 수 있기라도 할까 봐?"

더 이상 아무 말도 할 수 없었다. 준이치는 힘없이 고개를 떨구고 동생 방을 나섰다. 어두워진 아파트 복도를 걸으며 오로지 부모 얼굴을 다시 보기 전에 눈물을 그쳐야겠다는 생각만 했다.

3

도쿄 가스미가세키 중앙 합동 청사 6호관.

법무성 형사국 한구석에선 검찰청에서 파견 나온 검사가 '사형 집행 기안서' 작성을 막 끝내던 참이었다. 총 170쪽, 로커 하나를 송두리째 점거했던 방대한 기록을 심사한 끝의 결론이었다.

사형 확정수의 성명은 기하라 료라고 했다. 연령은 파견 검사와 같은 32세였다.

결론 부분만 남겨 둔 채, 검사는 의자 등받이에 몸을 맡기고 머릿속으로 되뇌며 누락이 없는지 확인했다. 이제까지 몇 번이고 반복한 작업이었다.

공소권을 독점한다는 강대한 권력을 쥔 검찰관은 동시에 형 집행까지 마무리 지어야 할 책무가 있다. 특히 극형까지 가게 되면 엄정한 심사를 해야 하며, 그가 작성 중인 사형 집행 기안서는 앞으로 5개 부서, 관료 열세 명의 결재를 받을 예정이었다.

열세 명.

그 숫자에 눈살을 찌푸린 검사는, 사형 판결 선고 이후 집행까지 절차가 몇이나 되는지를 세어 보았다. 열세 가지였다.

13계단.

교수대의 대명사를 떠올리며 파견 검사는 얄궂은 감개에 빠졌다. 메이지 시대* 이후로 일본 사형 제도 사상, 13계단짜리 사형대가 만들어진 적은 없다. 유일한 예외로 전쟁 범죄자 처형을 위해 만들어진 스가모 프리즌** 교수대가 있었으나, 그것은 미군에 의해 제작된 것이다. 일본의 옛 처형대는 단이 열아홉 칸이었다고 하나, 사형수가 계단을 오를 때 사고가 빈번해서 개량할 수밖에 없었다. 현재는 눈가리개를 쓴 사형수 목에 밧줄을 건 직후, 바닥이 두 동강 나며 지하로 낙하하는 '지하 교가식'으로 되어 있다.

하지만 13계단은 뜻밖의 장소에 존재했다. 파견 검사가 의뢰받은 일은 지금 다섯 칸째에 해당했다. 집행까지 앞으로 여덟 칸. 사형 확정수 기하라 료는 아무것도 모르는 채 한 칸 한 칸 사형대 계단을 오르고 있는 것이다. 그가 맨 위 칸에 도달하기까지 약 3개월이 소요될 것으로 추정되었다.

'결론'

파견 검사는 컴퓨터 자판을 두드리기 시작했다.

'이상 어떠한 요소를 보아도 본 건은 형의 집행 정지, 재심, 비

---

* 메이지(明治) 천황이 재위했던 시대, 1868~1912년.
** 현 도쿄 구치소의 전신.

상 상고의 사유가 없으며, 정상을 참작하여 은사*에 귀속될 여지가 없는 것으로 사료됨.'

거기까지 입력하고 검사는 손을 멈추었다. 기하라 료의 사건은 특수했다. 머릿속으로 미심쩍인 부분을 점검했으나, 최종 확인으로 나온 결론은 법에 비추어 보아 극형을 면할 수 없다는 것이었다. 마음속에 맺힌 꺼림칙한 느낌, 그것만으로는 증거 능력이 없다.

그는 기안서에 마지막 한 문장을 적어 넣었다.

'따라서 사형 집행서 발부를 고등법원에 요청합니다.'

출소한 다음 날 아침, 준이치는 가스미가세키 관청가로 향했다. 보호 관찰소에 출두하여 보호 관찰관과 보호사를 만날 목적이었다.

전날 밤은 새벽녘까지 잠이 오지 않았다. 그 후에 깜빡 잠이 들었으나 오전 7시에는 깨고 말았다. 뼛속까지 새겨진 교도소의 생활 패턴이었다. 그래도 아침 점호가 없는 것이 행복으로 느껴져, 기분이 조금은 밝아졌다. 동생에게 들은 이야기는 부모 쪽에서 먼저 말을 꺼내기 전에는 언급하지 않기로 했다.

세 식구의 아침 식사에 문제는 없었다. 준이치는 공장으로 출근하는 아버지를 배웅한 후 채비를 갖추어 집을 나섰다.

---

* 恩赦. 일본의 사면 제도.

보호 관찰소 대합실에 들어간 준이치는 타일 바닥에 늘어선 의자에 앉았다. 준이치 외에 열 명가량의 남자들이 하릴없이 앉아 있다. 한참 후 준이치는 대합실에 있는 사람들이 모두 보호 관찰 중인 전과자임을 깨닫고는 자기 입장을 잊은 채 흠칫 놀랐다.

그때 "미카미!"라는 목소리와 함께 회색 정장을 입은 초로의 남성이 들어왔다.

"구보 선생님."

준이치는 친근감을 느끼며 자신보다 약간 키가 작은 보호사의 얼굴을 바라보았다.

구보는 도시마구(區) 보호사회에 소속되어 있었다. 준이치의 보호사로 선임된 이래, 환경 조정이라 불리는 작업으로 가석방에 필요한 요건을 충족시켜 주었다. 먼길을 마다 않고 마쓰야마 교도소까지 와 주었기에, 이미 준이치와는 구면이었다.

"자, 들어갑시다."

구보의 온화한 목소리에 이끌려, 준이치는 인사도 하는 둥 마는 둥 보호 관찰관실로 들어갔다. 방 안에는 집무 책상이 있었고, 오치아이라는 40대의 보호 관찰관이 기다리고 있었다.

오치아이는 풍채 좋은 몸과 거무스름한 피부가 거만한 인상을 풍겼지만, 대화해 보면 솔직한 실무자였다. 그는 가석방자의 준수 사항을 준이치에게 재인식시켰고, 추가로 '직업을 함부로 전전하지 않을 것'과 '현주소에서 200킬로미터 또는 3일 이상되는 여행 시에는 허가를 구할 것' 등 특별 준수 사항을 알려 주었다. 그리고 당근과 채찍을 함께 부여하는 것을 잊지 않았다.

"전과가 있으면 경찰이 필요 이상 거센 태도로 나올 때가 있다. 하지만 이치에 맞지 않는 일이 생기면 부담 없이 내게 말하도록. 너의 인권을 옹호하기 위해 모든 수단을 동원할 테니까."

상냥한 말에 놀란 준이치는 엉겁결에 구보 보호사를 쳐다보았다. 구보는 틀림없다는 듯이 웃으며 고개를 끄덕였다.

"단!"

오치아이가 계속 말했다.

"네가 준수 사항을 지키지 않거나 벌금형 이상의 범죄를 범한 경우에는 두말 않고 교도소로 돌려보내겠다."

공포를 느낀 준이치는 또다시 보호사의 얼굴을 쳐다보았다. 구보는 또 한번 틀림없다는 듯이 웃으며 고개를 끄덕였다.

"그건 그렇고 화해 계약 조건은 완수했나?"

오치아이의 질문에 준이치는 화들짝 놀라 얼굴을 들었다.

"돈 말씀이신가요?"

"그 외에 하나 더……, 부모님께 못 들었나?"

"아직 자세히는."

"고작 하루밖에 지나지 않았거든요."

구보가 온화하게 옆에서 거들었다.

"그렇군."

눈앞에 있는 서류로 시선을 옮긴 오치아이는 잠시 생각에 잠긴 후에 말했다.

"경제적인 부담은 부모님께서 감당하셨다. 그 부분은 앞으로 부모님과 잘 상의했으면 한다. 그 밖에 네가 해야 할 것은 유족에 대한 사죄다."

준이치의 가슴이 무겁게 짓눌리기 시작했다.

"지바현 나카미나토군의 사무라 미쓰오 씨를 찾아가서 사죄하고 와라."

여기에 준이치의 전력을 아는 보호 관찰관은 이렇게 덧붙였다.

"고등학교 시절에 여자 친구랑 가출한 곳 말이다. 가서 길은 헤매지 않겠지?"

그 고장에 다시 가야 한다. 생각만 해도 준이치의 등골에 차가운 것이 지나갔다.

농담조로 말하던 오치아이는 준이치의 창백한 얼굴이 눈에 들어왔는지, 미심쩍게 쳐다보다가 말투를 바꾸었다.

"마음 내키지는 않겠지만 이건 의무야. 법적으로 보나, 도의적으로 보나."

"알겠습니다."

준이치는 이렇게 대답하면서도 즉시 그녀를 만나야겠다는 생각만 했다.

하타노다이에 있는 잡화점은 여전했다. 역전 상점가. 라벤더색 비닐 지붕에는 리본이 풀린 듯한 곡선으로 '팬시숍 릴리'라고 문자가 새겨져 있다.

그녀의 모습이 보이지 않자 준이치는 한동안 길 반대편에 있는 카페에 앉아 달짝지근한 카페오레를 홀짝홀짝 마시고 있었다.

이윽고 원박스 경차*가 멈추더니, 운전석에서 그녀가 내리는 것이 보였다. 청바지에 T셔츠, 데님 원단의 앞치마. 머리는 짧아졌지만 좌우로 흔들리는 가는 앞머리는 예전 그대로였다. 게다가 희고 부드러워 보이는 볼도, 멍한 인상을 사람들에게 주는 힘 잃은 검은 눈동자도.

기노시타 유리를 오랜만에 본 준이치는 수척해진 그 느낌이 어딘가 어머니와 비슷하다는 생각이 들었다.

유리는 트렁크에서 상자를 내려 가게 안으로 옮긴 후 계산대 뒤에 있는 모친과 말을 나누기 시작했다.

준이치는 카페오레 컵을 카운터에 돌려주고 포장도로로 나갔다. 경차는 주차장에 들여놓기 위해 시동이 걸려 있는 상태였다.

그때 유리가 나왔다. 바로 이쪽을 쳐다보았다. 준이치의 기척을 한순간에 짐작한 듯했다.

"나 왔어."

준이치의 말에 놀란 유리의 얼굴은 금방 울 것처럼 일그러졌다. 그러고는 고개를 돌려 가게 안에 있는 모친을 살펴보더니 재빨리 차에 올라탔다.

피하는 것일까 싶었으나, 그렇지 않았다. 차 안에서 유리는 조

---

* 봉고차처럼 차체가 박스 모양을 한 다목적차.

수석에 타라며 그에게 손짓했다.

준이치가 올라타자 경차는 바로 달리기 시작했다.

두 사람은 한동안 말이 없었다. 유리는 역전 거리를 지나쳐 차를 간선도로에 실었다.

"TV에서 봤어."

이윽고 유리가 입을 열었다.

"처음에는 믿기지 않았지……. 준이 그런 짓을 했다는 게."

준이라는 것은 그녀만이 부르는 준이치의 애칭이었다.

"내 얘기가 TV에 나왔어?"

"뉴스뿐만이 아니야. 연예 중계 프로에도 나왔어. 과거의 비행 소년이 어쩌고 그러면서……. 바보같이 생긴 리포터가 거짓말만 늘어놓더라. 준을 나쁜 놈으로 꾸미고 싶었나 봐."

세상 사람들이 보기에는 그것이 자신의 본모습이었을 것이다. 준이치는 쓰라린 굴욕감을 느꼈다. 매스컴만 아니었으면 동생 아키오는 주변 시선에 신경 쓰지 않고 고등학교를 졸업할 수 있었을 터였다.

"어떻게 지냈어?"

준이치는 에둘러 물어보았다.

"별일 없었어?"

"응. 나는 그때 이후로 시간이 멈춘 상태야."

유리는 슬픈 기색으로 말을 이었다.

"언제든 다시 돌아가더라고. 10년 전 그때로."

"좀 나아지지는 않았어?"

"응."

크게 낙심하며 준이치는 그녀의 옆 모습에서 눈을 떼었다.

"미안해. 하지만 앞으로 어떤 일로도 예전 내 모습을 되찾을 수는 없을 거야."

유리의 말에 준이치는 할 말을 잃었다. 사과해야 하는 건 그였고 사죄는 아직 끝나지 않았다. 그러나 더 이상 말이 나오지 않았다.

핸들을 쥔 유리는 2년 전까지 준이치네 가족이 살던 집으로 차를 모는 것 같았다. 그녀는 아직 미카미 일가가 이사한 것을 모르는 모양이었다.

눈에 익은 거리를 바라보며, 준이치는 고등학교 시절을 떠올렸다. 이른 아침의 조깅. 쥐 죽은 듯 고요한 주택가를 하염없이 달린다. 그리고 가게 셔터가 아직 내려진 유리네 집을 보고 돌아가는 것. 그것만으로 행복했다. 그러나 편도 20분 걸렸던 거리는 지금 차로 달려 보니 5분도 걸리지 않았다. 어른이 되며 잃은 것은 남아도는 시간이다.

"이쯤에 내려 줘."

작은 공장들이 늘어선 일각에 이르러 준이치가 말했다. 추억이 가득 담긴 예전 집을 보고 싶지 않았다.

유리는 말없이 경차를 보도에 붙였다.

"안녕."

차에서 내린 준이치가 말하자, 유리는 얼굴을 돌려 쓸쓸함이 담긴 목소리로 말했다.

"진작에 끝났어, 준이랑 나는."

준이치는 그 뒤로 한 5분을 걸었다. 마음이 침울해졌을 뿐 아니라 분출구 없는 성욕이 이글이글 일었다.

무거운 발걸음으로 주택과 작은 공장이 띄엄띄엄 늘어선 일대에 들어서자, 아는 사람을 만났다. 사건을 일으키기 전에 자주 찾아가던 문방구 할머니였다.

준이치는 할머니가 감형 탄원서를 써 준 것이 기억나서 고맙다는 표현을 하려 했다. 그런데 상대방은 준이치의 얼굴을 보자마자 경악한 표정을 지으며 그 자리에서 꼼짝하지 못했다. 준이치의 머리에 떠올랐던 감사의 말은 한순간에 사라졌다.

할머니는 억지웃음을 지으며 "준이치, 오랜만이다."라고만 말하고 발걸음을 옮겼다. 준이치는 놓치지 않고 보았다. 발길 돌릴 그새를 참지 못하고 상대방의 얼굴이 공포와 혐오가 뒤섞인 표정으로 바뀌는 것을.

'준이치만큼 좋은 청년은 없습니다……'

할머니는 감형 탄원서에 그렇게 써 주었다.

'사건이 정말 사실이라면 그건 불행한 사고였을 것이라 생각합니다……'

할머니가 늘어놓은 마음에도 없는 거짓말은 그대로 재판 중

거로 채택되었다.

그 재판은 잘못되었어. 준이치의 신념은 강해졌다. 재판관이 내린 판결은 아무것도 심판하지 않은 것이나 다름없다. 그러나 그런 생각이 들어도 자신이 무엇을 어떻게 해야 하는지는 알지 못했다. 준이치는 아는 사람과 마주치지나 않을까, 눈을 치뜨고 주변을 살피며 걷기 시작했다.

이제 그의 두 어깨는 전과라는 무거운 짐으로 짓눌려 있었다. 사회 복귀는 생각보다 힘들 것 같았다. 구청이나 검찰청에 있는 범죄자 명단, 그리고 경찰이 전산으로 관리하는 범죄 경력 자료에는 미카미 준이치라는 이름이, 저지른 죄상과 함께 기록되어 있다. 자신은 전과자였다.

갑자기 소리를 지르고 싶어졌다. 노상 주차되어 있는 차의 앞 유리를 때려 부수고 싶어졌다. 가까스로 참아 낸 것은, 자신이 지금 위험한 분기점에 서 있음을 명확히 자각했기 때문이다. 급사면을 굴러떨어지기는 쉽다. 평탄한 길을 걷는 게 어려운 것이다. 그 길에는 준이치를 살인자라고 기피하는 사람들이 돌을 던질 태세를 갖추고 있다.

그러나 유리만큼은 달랐다. 준이치는 돌연 그 점을 깨닫자, 가슴 언저리가 약간 따뜻해졌다. 유리만은 준이치를 있는 그대로 봐 주었다. 사건 전이나 후나, 그가 전혀 바뀌지 않았다는 것을. 몇 년 후에 되새겨 보면, 조금 전 유리와의 짧은 드라이브는 결코 잊을 수 없는 추억이 되어 있을지 모르겠다. 그런 생각을 하다 보니 아버지의 공장에 도착했다.

'미카미 모델링'의 외관은 그대로였다. 단층짜리 가건물에 새시 문이 달린 입구.

안으로 들어서자 아버지가 책상에서 전표를 정리하고 있었다. 2년 전까지는 여자 직원이 했던 일이다.

"준이치!"

얼굴을 든 도시오가 놀란 모양이었다.

"웬일이냐?"

"일하려고요."

"그러니?"

도시오는 아직 열려 있던 문 바깥으로 시선을 던졌다.

아직 준비가 덜 되었나 보군, 하며 준이치는 눈치를 챘다. 전과자인 아들이 이곳에서 다시 일한다는 것을 넌지시 사람들에게 알려 둘 필요가 있을 것이다.

"그건 그렇고, 아까 너를 찾는 전화가 왔다."

'누구요?' 하고 물어보려다가 준이치는 말을 삼켰다. 15평짜리 작업장 구석에, 오래된 작은 공장에는 어울리지 않는 장치를 발견했기 때문이다. 유리로 된 상자와 하단부에 달린 엷은 크림색 패널. 최신예 공작 기계는 준이치가 사건을 일으킨 바로 그날, 그가 전시회에 나가서 발주해 온 물건이었다.

하마마쓰의 도매업자.

그날 만난 사무라 교스케.

2년 전의 기억이 밀려와서 준이치는 눈을 감았다.
"그게 무슨 기계인가?"
예기치 않게 그 자리에 어울리지 않는 목소리가 울렸다.
준이치는 현실로 돌아와서 뒤를 돌아보았다. 현관에 챙이 넓은 검은 모자를 쓴 중년 남자가 서 있었다.
남자는 장난기 어린 웃음을 지으며 고개 숙여 모자를 벗었다. 그 험상궂은 얼굴을 보자마자, 준이치는 반사적으로 부동자세를 취하며 점호 번호를 외칠 뻔했다.
마쓰야마 교도소의 수석 교정 처우관은 편안하게 웃으며 미카미 모델링으로 들어왔다. 그리고 도시오에게 말했다.
"아까는 전화로 실례했습니다. 난고라고 합니다. 마쓰야마에서 준이치를 담당했지요."
"이런 먼 곳까지……."
도시오가 황송한 듯 머리를 숙였다.
"놀라게 해서 미안하네."
난고가 준이치에게 말했다.
준이치는 교도관이 직업인 남자 입에서 사죄의 말이 나온 데 놀랐다.
"난고 선생님, 웬일이십니까?"
"선생은 무슨!"
난고는 수형자에게 강요되는 존칭을 꺼렸다.
"좀 볼일이 있어서."

설마 가석방이 취소되는 건 아닌지, 준이치는 불안감에 휩싸였다. 그러나 난고는 즐거운 표정으로 작업장을 둘러보더니 다시 한 번 물었다.

"저 어마어마한 기계는 뭐에 쓰는 건가?"

"광조형(光造形) 시스템이라고……."

준이치는 폭 1미터, 높이 2미터짜리 거대한 수조 앞에 섰다. 그 속에는 투명한 황갈색 액체 수지가 가득하다.

"옆에 있는 컴퓨터에 데이터만 입력하면 입체상을 만들 수 있는 겁니다."

난고의 얼굴에 순진한 의문이 드러났다.

"뭐?"

교도관은 무슨 일로 온 것일까. 그 이유를 빨리 알려면 광조형 시스템의 개요를 설명하는 게 우선일 것 같았다.

"예를 들면 난고 선생님, 아니 난고 씨의 얼굴 데이터를 입력하면 똑같이 생긴 플라스틱 모델이 완성되는 겁니다."

"그러니까 내 사진을 가지고 흉상을 만들 수 있다는 말인가?"

"사진보다 3차원 데이터가 더 좋습니다만."

준이치는 말대꾸가 되지 않도록 주의했다.

"평면 데이터라도 컴퓨터 안에서 기복을 만들어 주면 괜찮습니다. 레이저 광선이 그 모양대로 액체 수지를 굳혀 주니까요."

"그래?"

장난감을 찾아낸 아이처럼 난고의 눈이 빛났다.

"코털까지 재현되는 건가?"
"이 기계라면 100미크론까지는 어떻게든."
"그렇군."
난고는 기뻐하는 낯빛으로 준이치를 돌아보았다.
"대단하군. 이런 엄청난 기계를 다룰 줄 알다니!"
준이치는 그제야 난고의 배려를 알아챘다. 최신예 공작 기계에 대해 물어본 것은 준이치를 칭찬하고자 함이었던 것이다.
경계심을 푼 준이치는 난고의 친절함이 그저 기뻐서 솔직하게 고백했다.
"하지만 아직 사용을 못 해 봤습니다. 사건을 일으킨 날 발주한 기계라서요."
"그렇군. 운이 안 좋았어."
난고는 아쉬워하듯 말하고 도시오 쪽을 바라보았다.
"잠시 아드님을 빌려도 되겠습니까? 이래저래 쌓인 얘기도 있고 해서 말입니다."
"그러세요, 그러세요."
준이치의 부친은 환하게 웃으며 기뻐했다.
"잘 좀 지도해 주십시오. 일주일 정도는 푹 쉬게 할 참이었으니까요."

"이런 모습으로 나타나서 놀랐나?"
카페에 마주 앉자, 난고는 웃으면서 모자를 벗었다.

"교도관이 직업이다 보니 살벌한 분위기가 몸에 배어 버렸어. 그래서 사석에서는 가능한 한 빼입는다네."

준이치는 무늬가 차분한 셔츠를 차려입은 교도관을 바라보았다. 교도소 밖에서 만난 난고에게는 촌스러움과 세련됨이 공존하는 기묘한 존재감이 있었다. 짧게 깎아 올린 머리와 그 밑에서 부지런히 움직이는 가는 눈썹. 중년의 남자가 자아내는 묘한 애교에 준이치는 놀랐다. 금줄이 들어간 제복을 벗기만 해도 이렇게 달라 보이다니.

웨이트리스에게 냉커피 두 잔을 주문하고 나서 난고가 말을 꺼냈다.

"내가 왜 왔는지, 이상하게 여기고 있겠지?"

"네."

"안심하게. 안 좋은 얘기가 아니니. 실은 기한부로 일을 좀 부탁하러 왔네."

"기한부로 일을요? 마쓰야마에서 일부러 오시면서까지요?"

"마쓰야마는 전근지였어. 내 출신은 바로 이 근처 가와사키야."

"그러셨군요."

"교도관은 전근이 너무 많아서 탈이라니까."

난고가 난처한 듯 머리를 긁적였다.

"아무튼, 자네에게 부탁하고 싶은 일이 있는데 3개월이 기한이야. 즉 보호 관찰이 끝날 때까지의 기간이지. 내용은 변호사 사무실의 일을 돕는 것이라네."

"구체적으로 어떤 일을 하면 됩니까?"

"사형수의 누명을 벗기는 거야."

그 말뜻이 준이치에게는 금방 다가오지 않았다.

난고는 주변 손님들이 신경이 쓰이는지, 조금 목소리를 낮추어 되풀이했다.

"사형수가 억울하게 뒤집어쓴 죄를 푸는 거야. 어때? 나랑 함께해 볼 생각 없나?"

준이치는 아연한 표정으로 교도관의 얼굴을 쳐다보았다. 지금 두 사람이 마주 보고 앉아 있는 작은 찻집이 갑자기 현실성을 잃고 허구의 존재가 된 것 같은 느낌이었다.

"그러니까 무고한 사형수를 살린다는?"

"그렇네. 처형되기 전에."

"난고 씨도 하시는 겁니까?"

"물론. 만약 승낙해 준다면 내 조수가 되는 셈이지."

"하지만 왜 제게?"

"마침 가석방을 받았으니까."

"다자키도 가석방을 받았는데요."

준이치는 약혼자를 때려죽인 교도소 친구의 이름을 댔다.

"그 녀석은 갱생하지 못할걸."

근속 28년 차 베테랑 교도관이 말했다.

"법조문에 따라 교도소에서 나간 것뿐이지. 욱하면 또 저지를 거야."

그러면 난고는 준이치의 갱생을 확신하는 걸까. 이제까지 보인 친근한 태도로 보아서는 자신에게 호감을 품은 게 분명했다.
"그건 그렇고, 피해자 유족에게 사죄는 했나?"
화제가 갑자기 바뀌는 바람에 준이치는 당황했다.
"아직 못 했습니다. 이삼일 내로 다녀올 참이에요."
"좋아, 그때 나도 함께 가겠네."
"난고 씨도요?"
준이치가 의아하게 여기자, 난고는 테이블에 두 손을 얹고 몸을 앞으로 내밀었다.
"아까 말한 사형수 사건은 지바현 나카미나토군에서 일어났네. 자네와 인연이 있는 장소 아닌가? 가출하며, 피해자네 집하며……."
준이치는 아연실색했다. 난고가 꺼낸 일에 대한 관심이 확 사라져 버렸다. 그는 무심결에 되물었다.
"언제 일어난 사건입니까?"
"10년 전 8월 29일. 자네가 여자 친구와 잡힌 날이지."
준이치는 현기증을 참아 내며, 이는 벌일까 하고 생각했다. 하늘이 내린 우연이라는 이름의 엄벌.
"만약 승낙해 준다면, 3개월 동안 저쪽에 체류하게 될 거야. 보호사에게는 내가 이야기해 놓겠네. 변호사 사무실 일이니, 그야말로 정규직이지. 준수 사항에 위반되지도 않고."
난고는 망설이는 준이치를 이해가 안 간다는 듯 바라보더니,

대화의 방향을 바꾸었다.

"유족에게 배상하느라 부모님께서 고생이 많으실 텐데?"

준이치는 고개를 들었다. 경계심이 다시금 고개를 쳐들었다. 난고는 직무상 준이치의 모든 것을 알고 있다. 성장 배경도, 가족의 경제 상황도.

난고는 자신의 교활함을 반성하듯 머리를 숙이고는 주저하며 덧붙였다.

"사생활에 간섭한 것 같아서 미안하네만, 이 일은 보수도 무시 못 할 걸세. 3개월 동안 수당만 300만 엔이야. 그러니까 매월 100만이란 얘기지. 그 외에 필요 경비가 300만 엔까지 지급될 테고. 그리고 만약에 사형수의 누명을 벗긴다면 성공 보수로 1000만 엔."

"1000만 엔?"

"그렇네. 한 사람당 1000만 엔."

준이치는 부모의 모습을 떠올렸다. 예전 같으면 스무 살도 안 된 여자 직원에게 시켰던 전표 정리에 몰두하는 아버지. 부쩍 늙은 데다가 언제나 울상을 짓고 있는 어머니. 두 사람은 증인으로 재판에 출정하여, 피고인석에 있는 아들을 앞에 두고 재판관에게 울며 용서를 빌었다.

눈물을 글썽이는 준이치의 모습에 난고는 당황한 듯했으나, 설득조로 계속 말했다.

"어떤가? 속죄라는 말은 쓰고 싶지 않네만, 한 사람의 목숨을 살리는 일이야. 게다가 돈도 되고. 거절할 이유가 없을 것 같은데."

만약 성공하면 남은 배상액이 반으로 줄어든다. 게다가 무고한 사형수를 구제한 사람으로서 세상이 바라보는 눈길도 달라질지 모른다. 준이치는 자랑스럽게 아들을 바라보는 부모의 얼굴을 떠올렸다.

이제 본인의 결단만 남았다. 그 몸서리쳐지는 곳에 또다시 발을 들여놓을 용기만 있다면…….

"알겠습니다."

준이치가 말했다.

"하겠습니다."

"음……."

난고의 얼굴에 엷은 미소가 떠올랐다.

준이치는 힘겹게 웃었다.

"살인자가 갱생하기에 딱 좋은 일인 것 같네요."

"자네는 갱생할 거야."

난고는 진지한 표정으로 중얼거렸다.

"내가 보장해."

제2장

사건

1

날이 밝아 오자 난고는 형 내외가 사는 가와사키시의 본가를 나와 가장 가까운 역인 무사시코스기로 향했다. 그곳에서 렌터카를 빌려 준이치와 전날 상의한 대로 나카하라 가도에 오르면 금방인 하타노다이를 향해 차를 굴렸다.

오전 6시 50분, 들은 대로 역전 거리로 가자 이른 아침부터 영업하는 커피숍이 있었고, 안에서 준이치가 기다리고 있었다.

"많이 기다렸나?"

난고가 말을 걸자 창밖을 내다보던 준이치가 고개를 들었다.

"아뇨, 저야말로 죄송합니다. 이런 데서 뵙자고 해서."

"아니, 가까워서 편했네."

난고는 카운터로 가서 아침 식사로 빵을 사들고 준이치 앞에 앉았다. 눈앞에 있는 젊은이는 흰 무지 셔츠에 면바지를 입고 있었다. 벨트로 허리를 졸라맨 듯이 보이는 것은 교도소 생활로 체중이 줄었기 때문이리라. 사복 차림의 준이치는 죄수복을 입었을 때보다 늠름해 보였다.

그건 그렇고, 왜 그는 항상 수심에 찬 얼굴일까. 난고는 그 점이 이상하게 여겨졌다. 전과자의 사회 복귀가 쉽지 않다는 것을 이해하긴 하지만 이미 이틀 전에 출소했지 않은가. 조금 더 밝은 표정이어도 될 텐데.

그때 갑자기 준이치의 표정에 움직임이 있었다. 시선을 좇으니 길 맞은편에 있는 '릴리'라는 잡화점이 눈에 들어왔다. 셔터가 약간 열리고, 맨발에 샌들을 신은 여자가 아래로 빠져나왔다. 아침 준비를 하다가 부족한 것이 있어서 근처 편의점에라도 달려가는 길인가? 그 뒷모습을 좇는 준이치의 눈에는 짝사랑 상대를 바라보는 소년 같은 필사적인 면이 있었다.

흰 피부의 젊은 여자는 준이치 또래였다. 과거의 연인일지도 모르겠다. 준이치의 재판 때 젊은 여자 증인은 없었으니, 사건 발각과 동시에 둘 사이는 끝난 것이리라.

난고는 안타까운 마음이 들었으나, 이것만큼은 어찌할 수 없는 일이었다. 죄를 범하는 자는 돌이킬 수 없는 형태로 자신의 환경까지 파괴해 버린다.

어떻게 말을 걸지를 떠올리지 못한 채 식사가 끝났고, 난고는 준이치를 데리고 가게를 나섰다.

나카미나토군까지는 편도 2시간을 예정하고 있었다. 핸들을 쥔 난고는 차를 도쿄만 횡단도로에 실었다. 보소 반도에 들어갈 즈음 잡담을 접고 준이치가 물었다.

"사건의 상세 내용은 앞으로 현장에서 알려 주실 겁니까?"

"음."

"어떤 경위로 이 일을 하게 되셨어요?"

"올 초봄에 도쿄에 출장을 갔는데 그곳에서 안면 있는 변호사를 만났지 뭔가. 스카우트를 당했다고나 할까."

"그런데 괜찮으신 겁니까? 교도관이시면서 사형수의 무고함을 증명하려 하다니요."

"내 걱정을 해 주는 건가?"

난고는 웃어넘겼으나 은근히 기뻤다.

"괜찮네. 얼마 안 있으면 교도관을 그만둘 테니까."

"네?"

준이치는 놀란 모양이었다.

"지금은 쌓이고 쌓인 휴가를 토해 내고 있는 중이지. 이게 끝나면 정식으로 퇴직일세. 이번 일은 퇴임 전의 자원 봉사로 취급되어 있어서 공무원법에도 걸리지 않아."

"그런데 왜 퇴직을 하시려고요?"

"이래저래. 일에 대한 불만도 있고, 가족 일도 있고. 정말 이래저래라네."

준이치는 고개를 끄덕이고 더 이상은 물으려 하지 않았다.

난고는 화제를 바꾸었다.

"그건 그렇고 자네, 사죄 건에 대해선 각오가 되어 있나?"

"네, 뭐······."

준이치는 자신 없는 투였다.

"일단 넥타이와 상의는 준비해 왔습니다만."

"충분해."

난고는 앞으로 힘든 일을 당할 준이치에게 조언을 했다.

"피해자에 대한 사죄는 말이야, 얼마나 이쪽에서 성의를 보이느냐에 달려 있어. 상대방은 자네에게 분노를 터뜨릴 수도 있지만 당황할 필요 없네. 죄송하다는 마음을 말과 태도로 표현하면 돼."

"네."

준이치는 힘없는 목소리로 말했다.

"괜찮을까요?"

"자네가 진정 죄송하게 생각하고 있다면 괜찮을 거야."

그러나 아무런 대답이 없자 난고는 준이치를 일별하고 물었다.

"반성은 하고 있겠지?"

"네."

난고는 목소리가 작다고 말하려다가 이곳은 교도소가 아니기에 그만두었다.

그 후로 1시간 남짓, 드라이브는 순조로웠다. 국도에서 가모가와 유료 도로로 진입해 보소 반도를 횡단하자 그제야 태평양이 눈에 들어왔다. 목적지인 나카미나토군은 가쓰우라시와 아와군 사이에 낀 인구 1만 명이 채 되지 않는 지역이다. 연안부까지 튀어나온 산지 밑의 얼마 되지 않는 평지에 주택과 상점이 즐비하게 들어서 있다. 기간 산업은 어업이지만, 그 외에 해수욕장이나 관광객을 맞아들이기 위한 시설인 호텔이나 음식점, 게임장 등도 갖추고 있었다. 규모는 작아도 사람들이 과부족 없이 생활하며, 마을 전체가 쇠퇴하지 않고 그만그만하게 꾸려 나가고 있는 그런 활력이 나카미나토군에는 있었다.

가모가와시에서 해안선을 따라 북동쪽으로 진로를 바꾼 차는 바닷바람을 맞으며 아와군을 빠져나와 드디어 나카미나토군에 들어섰다.

조수석에 앉은 준이치가 주소가 적힌 메모와 지도에 의지하여 피해자의 집으로 차를 안내했다. 국도에서 우회전하여 중심가의 번화한 일대를 지난 곳에 사무라 미쓰오의 집이 있었다. 상점가와 주택가의 경계에 목조 가옥이 외로이 고립된 것처럼 서 있었다. 도로에 면한 1층 베란다에 '사무라 제작소'라는 간판이 걸려 있었다.

준이치가 넥타이를 맬 동안, 난고는 세워 놓은 차창을 통해 사무라 미쓰오의 집을 관찰했다. 목재로 된 여닫이문 너머로 작업복 차림의 젊은 남자가 선반기를 다루고 있었다. 피해자에게는 형제가 없었으니, 사무라 제작소의 직원인 것 같았다. 작업장 안쪽으로 눈길을 돌린 난고는 황갈색으로 빛나는 수조를 발견하고 의외라고 생각했다. 저것은 준이치의 부친네 공장에서 본 것과 같은 류의 기계가 아닌가. 사건과 관련된 서류를 수차례 읽었어도 가해자와 피해자의 집안이 같은 가업을 경영하고 있다는 것은 처음 안 사실이었고, 얄궂은 우연의 일치를 느끼게 했다.

룸미러로 옷깃을 점검한 준이치가 차에서 내려 상의를 끼어 입었다. 출소하고 나서 옷을 마련할 시간이 없었으리라. 차림새는 전체적으로 어색한 인상이었다. 그러나 성의를 보이고자 하는 의지는 오히려 강하게 전달될 것 같았다.

"어떻습니까?"

준이치가 걱정스럽게 물었다.

"괜찮아. 자네 마음이 반드시 전달될 거야. 잘 다녀오게."

준이치가 차에서 멀어지며 발걸음을 옮기자, 발소리를 들은 사무라 제작소의 직원이 이쪽을 돌아보았다. 준이치는 목례를 하며 천천히 입구로 다가갔다.

사무라 미쓰오의 얼굴은 기억하고 있었다. 피해자의 아버지는 검찰 측 증인으로 재판에 출정했고, "피고인을 엄벌에 처해 주십시오."라고 눈물을 흘리며 재판장에게 호소했었다. "제 소중한 외아들은 돌아오지 않습니다."라고.

발길을 돌리고 싶다는 생각을 몇 번이나 하면서, 준이치는 가까스로 입구에 도달했다. 그리고 직원에게 물었다.

"사무라 미쓰오 씨 계십니까?"

"네, 계십니다만……. 성함이?"

"미카미 준이치라고 합니다."

"잠시만 기다려 주십시오."

직원은 선반기를 멈추고, 주택으로 연결되는 안쪽 문으로 들어갔다.

기다리는 동안 준이치는 제작소 설비를 둘러보았다. 아버지 공장보다 훨씬 훌륭했다. 아버지에게서 받은 배상금으로 기자재를 보강한 것일까. 이곳에 있는 광조형 시스템은 미카미 모델링에 비해 가격도 성능도 열 배 정도 차이가 날 터였다.

그때 "미카미?"라고 호통치는 듯한 목소리가 들려왔다.

준이치가 미처 마음의 준비를 하기 전에 사무라 미쓰오가 모습을 나타냈다. 머리칼을 기름으로 눕힌 머리, 넓은 이마 밑에 번득이는 큰 눈, 묵직하고 정력적인 인상은 재판 때와 다를 바 없었다.

미쓰오는 준이치의 모습을 보자 그 자리에 멈춰 섰다. 그의 입에서 나온 것은 "나왔구나."라는 저주로도 협박으로도 들리는 육중한 울림이었다.

"마쓰야마 교도소에서 죗값을 치르고 나왔습니다."

준이치는 직립 부동의 자세로 미리 정해 놓은 말을 쥐어짰다.

"그것으로 용서받을 수는 없겠지만, 부족하나마 사죄드리러 이렇게 찾아뵈었습니다. 정말 죄송합니다."

준이치는 깊숙이 머리를 숙여 상대방의 말을 기다렸다. 그러나 아무것도 들려오지 않았다. 어쩌면 발길질을 당할지도 모르겠다고 생각되었다. 준이치가 그렇게 생각할 정도로 이 짧은 침묵은 긴장감을 품고 있었다.

"얼굴 들게."

마침내 미쓰오가 말했다. 그 떨리는 목소리에서 분노를 필사적으로 참아 내는 노력이 엿보였다.

"그쪽 사죄는 앉아서 듣도록 하지. 안으로 들어오게."

"네."

준이치는 사무라 제작소에 발을 들여놓았다. 사정을 간파한 직원이 어쩔 줄 몰라하며 두 사람을 번갈아 쳐다보았다.

미쓰오는 준이치를 데리고 제작소 안쪽으로 들어가더니 사무용 책상 앞에 앉혔다. 일단 자신도 자리에 앉기는 했으나 작은 신음 소리를 내며 다시 일어섰다. 어떻게 할 생각인지 준이치는 불안해졌다. 미쓰오는 벽 쪽에 있는 전기 포트로 녹차를 우려 내더니 준이치 앞에 찻잔을 놓았다. 가해자를 상대로 녹차를 대접하는 것만으로도 맹렬한 의지의 힘이 필요하리라.

"감사합니다."

준이치는 황송해서 감사를 표했고 거듭 "정말 죄송합니다."라며 사죄를 되풀이했다.

미쓰오는 한동안 이쪽을 노려보더니, "언제 출소했나?"라고 물었다.

"이틀 전입니다."

"이틀 전? 왜 바로 오지 않았지?"

"화해 계약 내용을 어제서야 알았습니다."

준이치는 솔직히 대답해 버렸다.

그 말을 듣자 미쓰오의 기름진 이마에 혈관이 튀어나왔다.

"계약이 없었으면 사죄하러 오지 않았을 거란 말인가?"

"아닙니다, 그런 게."

준이치는 황급히 말했으나, 속으로는 상대방의 말이 옳다고 생각했다. 내가 잘못한 게 아니야, 애당초 계기를 만든 건 당신 아들이란 말이야.

미쓰오는 다시금 입을 다물었다. 침묵을 이용해서 이쪽을 괴롭히려는 것 같았다. 그저 빨리 해방되고 싶은 마음에 준이치는 다시 한 번 머리를 조아렸다.

"화가 풀리시지 않겠지만…… 정말 잘못했습니다."

미쓰오가 입을 열었다.

"화해 계약은 그쪽 부모님의 성의로 이해하고 있네. 나도 같은 일을 하고 있는 만큼 위자료와 배상금을 마련하신 고생도 알지. 그건 알고 있어."

미쓰오의 말투에는 자기 자신을 납득시키려는 울림이 있었다. 준이치를 눈앞에 두고 내면의 분노와 필사적으로 싸우고 있는 것이리라.

"일단, 차라도 마시게."

미쓰오의 이 말 덕분에 준이치의 마음이 동했다. 부모의 고생을 알았을 때부터 '어마어마한 배상금을 갈취해 간 나쁜 놈 같으니.'라는 거친 마음이 준이치의 마음속에 일고 있었다. 그러나 냉정하게 생각해 보면 모든 것은 자기 자신의 행위에서 발단된 것이다. 미쓰오가 보인 작은 친절함이 준이치의 완고한 마음에 통풍구를 뚫어 준 것 같았다.

"잘 마시겠습니다."

준이치는 조용히 말하고 찻잔을 잡았다.

"솔직히 자네 얼굴은 두 번 다시 보고 싶지 않았네. 하지만 지금 이렇게 얼굴을 맞대었으니 하나만 해 줬으면 하네."

"뭘 말씀이십니까?"

준이치는 조심조심 물었다.

"가기 전에 그 애 위패에 명복을 빌고 가게."

그 후 10분이 지나서야 겨우 준이치는 사무라 제작소에서 나왔다. 온몸이 피로에 지쳐 길 건너편에 서 있는 차로 돌아가기조차 귀찮았다. 조수석 문을 열고 안으로 들어가자 큰 한숨이 절로 나왔다.

"어땠어?"

운전석에 있는 난고가 물었다.

"그럭저럭 무사히 넘겼습니다."

"다행이군."

난고는 위로하고 차를 움직였다.

두 사람은 패밀리 레스토랑에 들러 간단히 식사를 했다. 준이치는 사무라 미쓰오와 만났던 상황을 난고에게 들려주었다. 그러나 불단에 놓인 사무라 교스케의 사진을 봤을 때의 심경은 이루 말할 수가 없었다. 준이치의 폭력으로 말미암아 이승에서의 존재가 사라진 사무라 교스케가 액자 속에서 자신을 향해 웃고 있었다. 25세 젊은이의 미소는 사건 당시의 음습한 표정과는 전혀 다른 것이었다.

이자는 이미 이 세상에 없다. 그 생각이 들자마자 준이치의 머릿속에는 아무것도 떠오르지 않았다. 자신이 무엇을 생각하고, 무엇을 느껴야 할지 감도 잡히지 않았다. 이제까지 속으로 반복했던 자기 연민이나 정당화 그리고 운명이라는 것에 대한 체념은 모두 사라지고, 어찌할 바 모를 공백에 준이치는 그저 당황할 뿐이었다.

이야기를 다 듣고 나서 난고가 말했다.

"앞으로도 유족의 분노를 잊어서는 안 되네. 이번 사건으로 가장 힘들었던 것은 자네가 아니라 피해자와 유족이니 말이야."

"네."

"좋아. 아무튼 일단락 지었으니 이제 일에 몰두하자고."

난고가 계산서를 쥐고 일어나 계산대로 가더니 두 사람 몫을 지불했다. 영수증을 챙기는 것은 변호사 사무실에서 지급될 경비를 챙기기 위함이리라.

이미 일은 시작되었다고 생각하며, 준이치는 마음을 다잡았다. 그러나 사형수의 무고함을 증명한다는 게 정말 가능한 일일까.

2

패밀리 레스토랑에서 나온 지 10분 후, 난고가 운전하는 차는 JR 선로를 넘어 내륙에 가까운 산지로 접어들었다. 그곳부터는 좁은 외길이 이어졌다. 녹이 잔뜩 슨 가드레일 너머에는 나무들이 무성해서 보였어야 할 나카미나토군의 전망을 뒤덮고 있었다.

계속해서 나타나는 급커브를 돌고 나자 그 끝에 흰 승용차가 멈춰 있었다.

"저 사람이 의뢰자라네."

난고는 말하고 승용차 바로 뒤에 차를 댔다.

두 사람이 길가에 내리자, 승용차에서 정장 차림의 남자가 나왔다. 나이는 50세가 넘어 보였고, 흐늘거리는 넥타이가 바람에 나부꼈다. 짙은 눈썹 밑에는 표면적인 웃음을 되풀이해서 각인된 것 같은 주름이 몇 가닥 형성되어 있었다.

"많이 기다리셨죠?"

난고의 인사에 남자의 얼굴 주름이 그대로 표면적인 웃음을 만들어 냈다.

"저도 지금 막 왔습니다."

"이 친구가 미카미 준이치입니다."

난고가 소개했다.

"이분은 변호사인 스기우라 선생이시다."

준이치는 머리를 숙였다.

"잘 부탁드립니다."

"제가 드릴 말씀이죠."

스기우라는 준이치가 전과자임을 알고 있을 텐데 적어도 태도에는 그런 것을 내비치지 않았다. 그는 한동안 난고와 잡담을 나눈 뒤 준이치에게 물었다.

"미카미 씨는 아직 사건의 자세한 내막은 모르시죠?"

"네."

"잘됐군요. 백지 상태에서 듣는 게 가장 좋습니다. 재판 자료는 난고 씨께 드렸으니 나중에 참조하세요."

스기우라는 포장된 도로로 눈길을 돌렸다.

"그럼, 사건 경과를 순서대로 설명드리겠습니다. 10년 전 여름밤 이야기입니다. 지금 두 분이 서 계신 부근에 한 남자가 쓰러져 있었습니다."

준이치는 엉겁결에 몇 발짝 뒤로 물러나 포장된 노면을 바라보았다.

"오토바이 사고였지요. 남자 옆에는 가드레일에 부딪혀 산산조각 난 오토바이가 쓰러져 있었는데……."

1991년 8월 29일 오후 8시 30분경.

나카미나토군 이소베 마을에 사는 교사, 우쓰기 게이스케는 부인 요시에를 데리고 노부모가 사는 본가로 이어진 산길을 경차로 오르고 있었다. 공교롭게도 비가 오고 있었으나 자주 다니던 길이었기에 특별히 조심할 일은 없었다.

그런데 본가 앞 300미터 지점에서 길 한복판에 쓰러져 있는 남자를 칠 뻔했다. 놀란 우쓰기 내외는 차에서 뛰어내려 그 남자 쪽으로 달려갔다.

남자가 고통스러운 듯이 신음 소리를 내고 있었기에 살아 있다는 것을 바로 알 수 있었다. 뒤편에는 오프로드 오토바이*가 내동댕이쳐진 상태였고, 우쓰기 게이스케는 오토바이 사고임을 직감했다.

추후 검증으로 밝혀진 사고 상황은 시속 70킬로미터 내외로 주행하던 오토바이가 커브를 다 돌지 못하고 가드레일과 접촉하며 쓰러졌고, 튕겨 오른 운전자가 지면에 세게 내동댕이쳐진 것이었다.

이때 상황에 대해 우쓰기 게이스케는 추후 재판에서 쟁점이 될 중요한 사실을 증언했다.

"쓰러져 있던 남자는 헬멧을 쓰지 않았고, 머리에 출혈이 있음을 한눈에 알 수 있었습니다."

우쓰기 내외는 바로 근처에 있는 본가에 가서 신고할 생각으

---

* 비포장 도로용 오토바이.

로 다시 차에 올라탔다. 당시에는 아직 휴대 전화가 보급되어 있지 않았기 때문이다.

그러나 본가에 막 도착한 내외가 목격한 것은 대형 날붙이로 습격당해 참살된 부모의 시체였다.

"자리를 옮깁시다."

스기우라 변호사는 거기까지 설명하고, 차에 올라타서 난고를 이끌며 산길을 올랐다.

300미터 앞 노면 포장이 끊긴 지점에 단층짜리 목조 가옥이 서 있었다.

사건 현장이 된 우쓰기 고헤이의 집이었다. 사건 이후 방치된 탓인지 마당에는 잡초가 무성했고, 창문이란 창문에는 먼지가 쌓여 있었다. 아담하고 평평한 폐가는 밝은 햇살 아래에서도 충분히 처참한 분위기를 풍겼다.

"좀 들어가 볼까요?"

스기우라는 아무런 거리낌 없이 도로와 부지의 경계에 묶인 사슬을 넘으려 했다.

"잠시만요."

준이치는 엉겁결에 제지했다.

"왜요?"

"안에 들어갈 수 있는 허가는 받으신 겁니까?"

"괜찮습니다. 아무도 안 와요."

"아니요, 그게 아니라……."
"참, 그렇지."
이때 난고가 끼어들었다. 그리고 준이치에게 배려하듯 짧게 덧붙였다.
"이 친구가 아직 가석방 중이거든요."
그러나 스기우라는 사정이 이해가 가지 않는 모양이었다.
"그래서요?"
"만일 이것이 주거 침입이라도 된다면 교도소로 다시 끌려가게 되는 거죠."
"참, 그렇지, 그렇군요. 변호사라는 사람이 한다는 짓이."
스기우라의 얼굴에 떠오른 경박한 웃음에 준이치는 적대감을 느꼈다.
"그럼 여기서 설명합시다."
스기우라는 부지에 들여놓았던 한쪽 발을 꺼내고 이어서 말했다.
"이 집 구조는 현관을 들어간 우측이 부엌과 욕실, 좌측이 거실과 침실로 구성되어 있습니다. 노부부가 살해당한 건 현관을 들어서면 바로 왼쪽에 있는 거실이었습니다……."

우쓰기 게이스케와 요시에가 본가에 도착했을 때, 집에는 불이 켜져 있었다. 현관 여닫이문도 열려 있었기에, 게이스케는 안으로 들어가자마자 신발장 위에 놓인 전화를 집어들었다.

요시에는 남편이 구급차를 부를 동안 시부모에게 자초지종을 설명하고자 안으로 들어갔다. 그러나 문을 열어 보니 그곳에는 참살된 시체 두 구가 방 양쪽 구석에 쓰러져 있었다.

요시에의 비명과 동시에 게이스케도 참극의 현장을 보았다. 그는 신고하던 수화기를 내던지고 부모가 쓰러져 있는 거실로 뛰어들었다. 노부, 노모 모두 사망했음은 시체 상황으로 보아 명확했다.

망연자실한 상태에서 제정신을 차린 게이스케는 전화기로 돌아가서 그래도 부모를 위해 구급차를 불렀다. 그러고는 전화를 끊기 직전 오토바이 사고가 생각나서 한 대 더 출동해 달라고 요청했다.

20분 후, 구급차 세 대와 임시 파출소 순경이 도착했다. 15분 후에는 가쓰우라 경찰서에서 제1수사진이 도착했다. 미나미보소 지역을 뒤흔든 강도 살인 사건은 이렇게 막을 올렸다.

현장 감식과 시체 관찰 결과 다음과 같은 사실이 판명되었다.

현장 가옥에는 문이나 창문을 따고 들어간 흔적이 없었으므로 범인은 현관에서 내부로 들어가 거실에서 흉행(凶行)을 저지른 것으로 추측되었다.

피해자는 직업이 없는 67세의 우쓰기 고헤이와 그 부인 야스코였다. 고헤이는 정년 퇴임까지 그 고장의 중학교 교장을 지낸 후 7년 전부터 자원 봉사로 보호사 활동에 종사하고 있었다. 사망 추정 시각은 오후 7시 전후. 두 사람의 전신에 남겨진 상처로 보아, 흉기는 도끼나 손도끼 같은 대형 날붙이로 추정되었다. 치명상은 두부에 내리쩍은 일격이었고, 그 충격은 두개골과 함께 두 사람의 뇌를 완전히 파괴할 정도로 강한 것이었다. 또한 고헤이는 짧은 시간 동안 범인과 격투한 것으로 추정되었고, 두 팔에는 수많은 방어흔이 남아 있었는데 이 상처 또한 대형 날붙이의 파괴력을 말해 주고 있었다. 단칼에 잘린 손가락 네 개가 현장에 흩어져 있었고, 왼팔은 근육 조직 한 가닥을 남겨 놓고 팔꿈치에 매달려 있는 상태였다.

현장 검증에 입회한 우쓰기 게이스케의 증언으로 피해자의 예금 통장, 인감 그리고 현금 카드를 넣어 둔 지갑이 없어졌다는 것이 밝혀졌다. 다른 방에도 뒤진 흔적은 남아 있었으나 아들 내외가 확인한 것은 그 물건들뿐이었다.

수사진은 현장에서 300미터 아래 지점에서 오토바이 사고를 일으킨 기하라 료라는 청년을 주목했다. 당시 22세였던 기하라는 청소년기의 비행력과 20세 이후에 일으킨 경미한 절도 사건 때문에 보호 관찰 처분을 받고 있었다. 그리고 그를 담당하는 보호사가 바로 피해자 우쓰기 고헤이였다.

그 관계가 판명되자마자 수사진은 바로 기하라 료가 후송된 병원으로 향했다. 그리고 기하라의 소지품 속에서 우쓰기 고헤이의 현금 카드가 들어 있는 지갑을 발견했다. 더욱이 사후 감정으로 기하라의 의류에서는 세 종류의 혈액이 검출되었다. 사고를 일으킨 기하라 본인과 두 피해자의 것이었다.

상황은 명확했다. 기하라는 구면인 보호사 집에 쳐들어가서 우쓰기 내외를 살해한 후, 금품을 훔치고 오토바이로 도주했다. 그러나 도중에 커브를 다 꺾지 못해 쓰러졌고, 공교롭게도 피해자의 유족에 의해 발견되는 사태에 이르렀다.

결국 기하라 료는 입원 중에 강도 살인 용의자로 체포되었고, 부상 회복을 기다렸다가 기소당한 것이었다.

"사건 자체는 이 정도입니다."

스기우라 변호사는 말을 끊고 담배를 물었다.

"의혹을 제기할 수 없는 상황 아닙니까?"

준이치가 물었다.

"원죄(寃罪)*의 증거가 될 만한 것이라도 나왔나요?"

"우선……."

스기우라는 담배에 불을 붙였다.

"1심 기록을 읽어 보면 쟁점이 아무것도 없습니다. 기하라는 운이 나빴어요. 국선 변호인이 의욕이 없었거든요."

준이치는 무심결에 스기우라의 얼굴을 보았다.

"의욕이 없었다고요?"

"그래요. 흔한 일이죠."

스기우라는 아무렇지도 않게 말했다.

---

* 억울하게 뒤집어쓴 죄.

"재판이란 게 다 운에 달렸어요. 피고인이 만나는 변호인, 검찰관, 재판관, 그런 사람들의 편성으로 재판이 좌우되는 거죠. 이건 어디까지나 소문이지만 피고인이 젊고 아름다운 여성일 경우 남자 재판관은 느슨한 판결을 내리며, 여자 재판관은 엄벌에 처하나 봅니다. 이것도 자유심증주의일까요. 하하."

스기우라의 웃음을 묵살하고 준이치는 고개를 숙인 채 생각에 잠겼다. 상해 치사죄로 자신을 심판한 법정은 어땠을까.

"원래 얘기로 돌아가자면……."

스기우라가 계속 이야기했다.

"1심 사형 판결에 의문이 생기기 시작한 것은 공소심부터였습니다. 새로 붙은 변호사가 두 가지 의문점을 집요하게 추궁한 것입니다. 우선 하나는 없어진 인감과 예금 통장, 게다가 흉기가 발견되지 않았다는 점입니다. 이에 대해서는 사건 직후 경찰이 수색을 했습니다. 그 결과……."

스기우라 변호사는 우쓰기의 집 앞 도로로 나가 산속으로 향하는 비포장도로를 가리켰다.

"여기서 300미터 더 들어간 곳에서 삽이 발견되었습니다. 피해자의 집 창고에서 꺼낸 것이지요. 즉 범인은 도주하기 전에 한 번 산속으로 들어가 증거품을 묻었다고 볼 수 있습니다."

준이치가 물었다.

"하지만 흉기뿐만 아니라 인감과 예금 통장도 묻었다는 게 이상하지 않습니까?"

"변호인도 그 점을 짚어 냈습니다. 그러나 검찰 측 반론은 현금 카드만 있으면 현금을 인출할 수 있을 것으로 피고인이 생각했다는 것이었습니다."

난고가 말했다.

"좀 억지 아닙니까?"

"네, 그렇지만 삽 부근에 남아 있던 타이어의 흔적은 틀림없이 기하라의 오토바이였습니다."

"즉 도주 경로와 역방향으로 증거를 묻으러 간 것은 수사를 교란시키기 위해서였다는 건가요?"

"그렇게 볼 수 있다는 겁니다."

준이치가 물었다.

"결국 예금 통장과 인감 그리고 흉기는 발견되지 않은 거네요?"

"그렇죠. 경찰이 삽에 부착된 흙도 분석했고 꽤 넓은 범위를 수색했지만 아무것도 나오지 않았습니다. 하지만 삽에 묻은 흙과 오토바이 타이어에 묻은 진흙 역시 일치했습니다. 기하라의 오토바이는 삽을 버린 지점까지 틀림없이 간 것이죠."

잠시 준이치와 난고가 머릿속을 정리할 시간을 준 후, 스기우라는 계속해서 말했다.

"두 번째 의문점은, 사고 현장에서 발견된 기하라가 헬멧을 착용하지 않았다는 사실입니다. 주위 사람들의 증언에 의하면 기하라는 오토바이를 탈 때 항상 풀페이스 헬멧을 썼다고 합니다. 얼굴을 숨기기에는 절호의 도구죠. 그럼에도 왜 하필 강도 살인이 일어난 날따라 착용하지 않았나 하는 점입니다."

난고가 잠시 생각한 끝에 입을 열었다.

"제삼자가 있었다?"

"그렇습니다. 변호인의 주장은 그랬습니다. 사고가 났을 때 오토바이에는 두 사람이 탑승했고 뒤에 탔던 사람이 기하라의 헬멧을 빼앗아 착용하고 있었다고. 그래서 사고가 나도 치명적인 부상을 입지 않았던 거죠."

"그러고 나서 혼자 도주했다?"

"맞습니다. 사고 현장 주변은 급사면이긴 하지만 나무가 무성하니까요. 나뭇가지를 잡고 가면 걸어서도 내려갈 수 있습니다."

준이치가 물었다.

"경찰은 발자국 같은 건 조사하지 않았습니까?"

"했습니다. 하지만 당일은 비가 왔었기 때문에 그런 흔적이 있었다 해도 발견되지 않았을 겁니다. 단, 이 제삼자설에도 말이죠, 강력한 반론이 제기되어 있습니다."

스기우라는 조심스럽게 말했다.

"범행 후에도 피해자의 계좌에서 현금이 인출되지 않았다는 것입니다. 즉 제삼자가 있고 인감과 통장을 가지고 달아났다면, 왜 이를 사용하지 않았을까……. 그것 때문에 사람을 둘이나 죽여 놓고서 말입니다."

준이치도, 난고도 입을 다물었다. 변호 측과 검찰 측의 불꽃 튀는 공소심 풍경이 눈앞에 선했다. 그러나 그 결과는…….

"2심에서는 항소 기각, 대법원에서도 상고 기각, 그 후 판결 정정 제기도 기각당해서 사형 판결이 확정됐습니다."

"잠시만요."

준이치는 중요한 점을 간과하고 질문하지 않았음을 깨달았다.

"아까 제삼자설인데요, 잡힌 본인은 뭐라 합니까? 뒤에 누군가를 태웠다든가, 그런 내용은 증언하지 않았습니까?"

"이 사건의 특이한 점이 바로 그 부분입니다."

스기우라는 뜸을 들였다.

"피고인은 오토바이 사고의 충격으로 범행 시각 전후 몇 시간 동안의 기억을 잃은 상태였습니다……."

기하라 료가 오토바이 사고로 당한 부상은 사지 타박상 외에 오른뺨 피부가 떨어져 나갈 정도의 찰과상, 두개골 골절 그리고 뇌좌상이었다. 그러나 뇌 안의 혈종은 그 후 수술로 제거되었고, 머리와 얼굴의 골절 부위를 포함해서 나머지는 순조롭게 회복되었다.

그러나 대신 수사진을 당혹스럽게 한 후유증이 남고 말았다. 사건 당일 오후 5시 이후의 기억을 완전히 상실한 것이다.

범행 시각 전후 4시간의 기억이 없다고 진술하는 기하라에게 수사진은 의구심을 품었다. 시치미를 떼는 게 아닌가 하고 생각한 것이다. 형사들은 자백을 유도하려고 집요하게 추궁했으나 기하라는 아무것도 기억나는 게 없다고 되풀이했다.

피고인의 사라진 기억은 그 후 재판에서도 쟁점이 되었다. 꾀병을 들어 공술을 거부했다는 게 밝혀지면 정상 참작에서 차이가 발생하기 때문이다. 그러나 재판관은 의료 관계자의 증언에 의해 피고인의 기억 상실을 진실로 추정했다. 즉 인간이 두부에 타박상을 입은 경우, 사고의 순간뿐만 아니라 과거로 거슬러 올라간 시점까지의 기억을 상실하는 '역행성 건망'이라는 현상이 일어날 수 있다는 것, 더욱이 이는 희귀한 사례가 아니라 교통사고 환자 등에게서 빈번히 관찰된다는 증언을 증거로 채택한 것이었다.

그러나 그 추정도 어디까지나 추정이었다. 역행성 건망이 일어나는 메커니즘은 해명된 게 없고, 뇌의 기질적인 변화를 객관적으로 관찰한다는 것은 거의 있을 수 없는 일이다. 기하라 료가 틀림없이 기억을 상실했다는 물적 증거는 어디에도 없었다.

"문제는 그거야."
난고가 스기우라의 설명을 이어받았다.
"기억이 없다는 건 검찰 측이 주장하는 공소 사실에 반론할 수 없다는 말이야. 조금 더 말하자면 기억이 없기 때문에 사형 판결을 받았다고도 볼 수 있어."
"무슨 뜻입니까?"
"양형 기준 말이야. 강도 살인의 경우 피해자가 한 명이면 절대 사형당할 일은 없어. 무기 징역이지. 그런데 피해자가 세 명

이상이 되면 거의 틀림없이 사형 판결이 나오게 되네."

"미묘한 건 이번처럼 피해자가 두 명인 경우입니다."

스기우라 변호사가 말했다.

"이 경우에는 어느 쪽으로 굴러도 이상할 게 없습니다. 그러나 형을 받는 입장에서 보면 그야말로 죽느냐 사느냐의 문제죠. 사형을 면하고 무기형이 된다면 법률상으로는 10년 복역으로 사회 복귀의 길도 열리니까요."

준이치는 두 사람의 얼굴을 번갈아 보며 말했다.

"그래서 이번 사건의 기억이 있고 없고는 어떻게 관계되는 겁니까?"

"개전의 정.*"

난고가 말했다.

"재판관이 사형 판결을 피하는 첫 번째 이유가 피고인이 개전의 정을 보였느냐 하는 부분이야."

개전의 정에 대해서는 진저리가 날 정도로 잘 아는 준이치였다. 자신이 심판받았을 때도 문제가 되었기 때문이다. 그러나 그때는 형기가 몇 개월 좌우될 정도의 의미밖에 없었다. 사형이냐 무기 징역이냐의 중대한 분수령은 아니었다.

준이치는 진작부터 품었던 의문을 입에 담았다.

"개전의 정이란 걸 정말 남이 판단할 수 있을까요? 죄를 범한

---

* 죄를 뉘우치는 빛이 뚜렷한가.

인간이 진심으로 반성하고 있는지를 겉으로 봐서 알 수 있는 겁니까?"

"과거의 판례를 보면 판단 기준은 가지각색입니다."

스기우라 변호사가 엷은 웃음을 띠며 말했다.

"법정에서 흘린 눈물이라든가, 유족에 대한 배상금의 많고 적음이라든가, 구치소 내에 불단을 만들어 놓고 매일 불공을 드린다든가……."

"죽여 놓고 기도드린들 피해자가 마음 편히 저승에 가겠습니까? 게다가 그런 걸로 판단할 수 있다면야 돈 많고 눈물 많은 사람이 유리한 거 아닙니까?"

준이치가 정색을 하며 반론하자 난고는 의아해했다.

"그건 좀 말이 지나친 것 같다."

난고는 준이치를 부드럽게 진정시키며 덧붙였다.

"그런 측면이 있다는 것은 부인할 수 없는 거야."

"다시 기하라의 기억 상실에 관한 이야기를 하자면……."

스기우라가 이어 말했다.

"본인에게 기억이 없는 까닭에 개전의 정이란 게 없습니다. 본인이 했는지 안 했는지 기억이 나지 않으니 말입니다. 본인이 자신 있게 증언할 수 있는 것은 기억을 잃었던 몇 시간을 제외하고는 우쓰기 내외를 죽일 생각이 전혀 없었다는 점, 그뿐입니다."

난고가 말했다.

"얄궂은 이야기지. 이번과 똑같은 범죄로 기소당했어도, 고백하고 개전의 정이란 걸 보이면 사형 판결은 받지 않을 수 있었을지도 모르니까."

준이치는 새삼 2년도 채 되지 않는 자신의 복역 기간을 생각했다. 자신도 타인의 생명을 빼앗았다. 그러나 그 결과 준이치 자신의 생명이 위협당한 일은 없었다. 강도 치사와 상해 치사 간에는 똑같이 사람의 목숨을 빼앗은 범죄라도 형량에 그만큼 차이가 나는 것이다.

"역행성 건망 건은 판결 확정 후에도 불리했습니다."

스기우라가 말했다.

"사형수에게 주어지는 구제 수단 중에 재심 청구와 은사 청원이라는 게 있습니다만, 은사에 대해서는 자기 죄를 인정했다는 전제하에 용서를 구하는 것이니 그것도 못 하는 겁니다."

"그럼 남은 수단은 재심 청구뿐이군요?"

"그렇죠. 지난 재심 청구는 세 번 모두 기각, 네 번째도 기각당했습니다만 현재 그에 항의할 즉시 항고라는 것을 하고 있습니다. 그러나 그것도 언젠가는 퇴짜를 맞겠지요. 난고 씨, 그리고 미카미 씨께 부탁드리고 싶은 것은 다섯 번째 재심 청구를 위한 증거 수집입니다."

준이치는 몸을 앞으로 내밀었다. 기하라 료라는 사형수의 생명을 구해 주고 싶다는 마음이 진심으로 들기 시작했다. 자신에게 전과가 없었더라면 사형수에게 이토록 동정심은 느끼지 않았을 것이라는 생각도 들었다.

"하지만 시간이 없습니다. 판결 확정 후, 이미 7년 가까이 지났기 때문에 기하라는 바로 처형당해도 이상할 게 없습니다. 위험한 것은 지금의 재심 청구가 완전히 기각당하는 순간이지요."

"그럼 만약 저희가 무죄의 증거를 발견해도, 다섯 번째 재심 청구 전에 사형당할 가능성이 있다는 겁니까?"

"맞습니다. 이번에 저를 찾아오신 의뢰인께서도 그 부분을 감안해서 3개월이라는 기한을 둔 것 같습니다."

"의뢰인?"

난고가 의아스럽다는 표정을 지었다.

"이번 일은 스기우라 선생께서 시작한 게 아니었던가요?"

"참, 아직 말씀드리지 않았군요."

스기우라의 얼굴에 표면적인 웃음이 드러났다.

"저는 의뢰인의 희망을 전달해 드리고 있을 뿐입니다. 사형수의 원죄를 밝히고 싶으니 증거 수집을 부탁한다는……"

"그래서 우리들을 실행 부대로 선정했다?"

"그렇게 된 겁니다."

"스기우라 선생께서 시작하신 일치고는 보수가 너무 많다고 생각했어요."

난고는 농담을 섞어 웃어 보였지만, 스기우라에 대한 일말의 의구심이 눈가에 남아 있었다.

"그래서 의뢰인이라는 건 어디 사는 누굽니까?"

"그건 비밀이라서……. 말씀드릴 수 있는 것은 익명의 독지가라는 것뿐입니다. 사형 제도에 반대하는 기골 있는 분이시죠."
그래도 미심쩍어하는 난고에게 스기우라가 약삭빠르게 말했다.
"보수는 그 정도면 만족스러우신가요?"
"음……"
난고는 답답하다는 표정으로 고개를 끄덕였다.
"그 밖에 우리가 못 들은 이야기는 없어요?"
"한 가지만 더. 현재 여러 그룹이 기하라를 지원하고 있습니다. 사형 제도에 반대하시는 분들이죠. 하지만 그런 그룹과는 접촉을 삼가 주십시오."
"무슨 이유로?"
"거의 모든 지원자가 선의의 자원 봉사자들인데, 개중에는 극단적인 사상을 가진 분들이 계십니다. 그런 분들이 증거 수집에 관여했다는 게 알려지면 재심 청구 체크가 엄격해집니다."
그 설명에 준이치는 납득할 수 없었다.
"누가 하든 간에 증거는 증거 아닙니까?"
"그렇게 되지 않는 게 일본 사회의 어려운 부분 아니겠습니까?"
스기우라는 추상론으로 피해 갔다.
"아무튼 두 분의 활동에 대해서는 모쪼록 은밀하게……"
"보호사와 보호 관찰관에게는 말씀드려야 합니다만."
"그분들은 미카미 씨의 비밀을 지킬 의무가 있으니 안심하십시오. 그쪽에서 새어 나갈 걱정은 없겠죠."
난고가 물었다.

"스기우라 선생은 이전부터 기하라를 지원해 오셨습니까?"
"아뇨, 이번이 처음입니다."
난고가 인상을 쓰자 스기우라는 서둘러 말했다.
"그러니까 이런 겁니다. 지금 기하라에게는 다른 변호사가 붙어 있습니다. 그 선생을 축으로 여러 지원이 들어가고 있지요. 그런데 한 지원자께서 이번에 특별히 저를 찾아왔습니다. 아마도 지원 그룹 내부에서 의견 차이를 느껴 혼자 움직이기로 결심한 게 아닐까요?"
"그렇군요."
난고는 코에서 소리가 날 정도로 크게 한숨을 쉬었다. 그리고 새로운 마음으로 시작한다는 듯이 "자아." 하며 밝은 표정으로 준이치에게 물었다.
"뭐부터 시작할까?"
자신에게 의견을 물어 준 것은 고마웠지만 준이치도 감을 잡을 수는 없었다.
"어떻게 할까요?"
"마지막으로 한 가지 더 있습니다."
스기우라가 참견하는 바람에 준이치도 그리고 결국 난고까지도 퉁명스러운 표정으로 변호사 쪽을 돌아보았다.
스기우라는 주뼛주뼛하며 말했다.
"이번에 의뢰인이 행동을 개시하고자 한 계기인데……. 기하라 료가 사라진 기억의 일부를 되찾았습니다."

"기억의 일부?"

"그렇습니다. 기하라는 기억나지 않는 4시간 중에 어딘가에서 계단을 오르고 있었다는군요."

"계단?"

준이치가 되물었다.

"네. 죽을지도 모른다는 공포를 느끼며 계단을 오르고 있었다고 합니다."

3

스기우라 변호사가 흰 승용차에 올라타고 산길을 내려간 후에도 준이치와 난고는 한동안 그 자리에 남아 우쓰기 고헤이의 집을 바라보고 있었다.

시각은 오후 1시 30분. 저물기 시작한 태양빛이 주위의 신록을 역광으로 돋보이게 했다. 엷은 빛 속에 서 있는 목조 가옥은 시간의 흐름 속에 남겨진 고대 유물로도 보였다.

"희한한 얘기지."

이윽고 난고가 말했다.

"이 집은 단층이라고."

"네, 계단 같은 게 없어요."

"언제 한번 유족의 허락을 받아서 내부를 확인해야겠지만……."

난고는 주변을 둘러보았다. 우쓰기의 집 앞에 나 있는 외길은 한쪽은 바닷가의 번화가로, 한쪽은 증거품을 묻었다는 산속으로 뻗어 있다.

"아무튼 계단이 있는 건물을 찾아야 해."

"기하라 씨의 되살아난 기억 말인데요."

준이치가 물었다.

"너무 막연하지 않습니까? 생각난 것은 죽음의 공포와 계단을 힘껏 딛는 본인의 다리."

"그 밖의 광경은 생각나지 않는다……."

"본인을 만나서 자세한 부분을 물어볼 수는 없습니까?"

"무리야. 사형 확정수는 완전히 사회에서 격리되어 있어. 만날 수 있는 건 변호사와 일부 친족뿐이라네. 확정수가 된 시점에서 이 세상에서 사라진 거나 다름없는 상태가 되는 거야."

"교도관인 난고 씨께서도 못 만나시는 겁니까?"

"음."

난고는 조금 생각한 후 말했다.

"같은 사형수라도 대법원의 확정 전이었다면 만날 수 있었는데. 아무튼 우리는 우리대로 스스로의 힘으로 할 수밖에 없겠어."

"난고 씨는 어떻게 생각하십니까? 기하라 씨는 무고한 걸까요?"

"가능성의 문제지."

난고는 난처해 보이는 웃음을 지었다.

"아까 이야기로 네 가지 시나리오를 생각해 볼 수 있어. 우선 기하라 료의 단독 범행, 즉 재판은 옳았다. 다음에 예의 그 제삼자가 있었다는 설인데, 이 또한 기하라 료와 공동 정범이면 사형 판정은 꿈쩍도 하지 않아. 그러나 제삼자 쪽이 주범이고 기하라가 종범인 게 밝혀지면 무기 징역 이하로 감형될 거야."

이상 세 가지 가설은 어쨌든 기하라 료가 죄인이라는 전제하에서였다. 준이치는 네 번째 가설에 걸고 싶었다.

"네 번째는, 제삼자의 단독 범행이야. 보호사를 찾아간 기하라 료가 강도와 마주쳤다. 강도는 기하라를 위협하고 증거품 처분이나 도주를 돕게 했다. 그런데 산을 내려가다가 사고가 났다."

"헬멧 건이 그것을 뒷받침해 주고 있지 않습니까? 처음부터 2인조였다면 헬멧은 두 개 있어야 맞죠."

난고는 고개를 끄덕였으나 의문을 제기했다.

"그런데 왜 강도는 사고 현장에서 기하라를 죽이지 않았을까? 얼굴을 봤을지도 모르는데 말이야."

"내버려 둬도 죽을 거라 생각한 게 아닐까요? 오토바이 사고 현장에도 타살체가 있었다면 범인에게는 더 불리해졌을 겁니다."

"있을 수 있는 얘기야. 혹은 사고 직후에 우쓰기 내외가 현장을 지나갔다든가."

"죽이고 있을 시간이 없었다는 거죠?"

"그래. 그래서 죄를 덮어씌우기 위해 현금 카드가 들어 있는 지갑만 남겨 놓은 거야."

납득이 가는 추론에 준이치는 만족스러웠다.

"그리고 내가 좀 걸리는 부분은 예금 통장과 인감이 없어진 점이야. 흉기와 함께 묻었다는 건 아무리 생각해도 이상해. 아무래도 사고 후에 제삼자가 들고 달아났다고 보는 게 자연스러운데……. 왜 범인은 돈을 인출하지 않았을까?"

"은행 CCTV에 찍힐까 봐 그런 게 아닐까요?"

난고는 웃었다.

"그런 생각을 하는 놈은 처음부터 통장 따위는 훔치지도 않아."

"아, 그러네요."

"아무튼 네 번째 가설을 믿는다면 계단을 찾아내야 해. 없어진 흉기라는 게 거기 있을 것 같은 예감이 들거든. 어쩌면 다른 증거들도."

그 부분에 준이치도 동감했다. 범행 후 강도에게 끌려 나온 기하라는 계단이 있는 어딘가로 연행되어 증거물을 파묻는 것을 도운 것이다. 오토바이 사고 후, 기하라가 그렇게 증언했다 해도 경찰은 분명 자백대로 증거가 나온 거라 생각했을 터였다.

하지만, 하고 준이치는 문득 깨달았다. 계단이라는 것은 보통 실내에 있다. 삽으로 구멍을 파는 행위와는 무관하지 않을까 싶었다.

"일단 도쿄로 돌아가지."

난고가 차를 향해 걷기 시작했다. 준이치는 뒤따르면서 마지막으로 물어보았다.

"아까 스기우라 씨라는 변호사 선생님은 믿을 만합니까?"

"변호사라는 건 신뢰받기 위해 존재하는 거야."
난고는 웃으며 말했으나 바로 덧붙였다.
"뭐, 이건 어디까지나 이상론이지만."

난고는 일부러 오쓰카 자택까지 준이치를 바래다 주었다. 앞으로 함께 일할 파트너와 조금이라도 친목을 다지려는 것이리라. 다음 날 이후의 준비 사항을 확인한 뒤 난고는 가와사키에 있는 형의 집으로 돌아갔다.

준이치는 부모와 저녁을 함께하면서 변호사 사무실의 일에 관해 말했다. 예상대로 도시오와 유키에는 두 눈을 휘둥그레 뜨며 기뻐했다. 특히 마쓰야마 교도소의 수석 교정 처우관이 권유했다는 점이 부모의 기쁨과 안심을 배가시킨 모양이었다. 두 사람의 웃는 얼굴을 보며 새삼 준이치의 마음속에는 자신에게 이러한 제의를 해 준 난고에게 감사의 마음이 우러났다.

온 식구가 한데 모인 저녁 식사는 조촐했으나 밝은 분위기여서 준이치는 식욕이 돋았다. 고액의 보수에 대해서는 아직 부모에게 말하지 않았다. 추후 3개월간의 노동으로 300만 엔을 얻는다. 기하라 료의 목숨을 구할 수 있다면 거기에 1000만 엔이 추가된다. 그때는 그 돈을 고스란히 부모에게 드릴 생각이었다.

다음 날부터 이틀 동안 준이치는 작업을 위한 준비에 들어갔다. 형무 작업으로 번 돈 6만 엔을 들고 나가 갈아입을 옷가지와 세면도구 따위를 구입했다.

그리고 보호사인 구보 노인의 집을 찾아가 보호 관찰소에 제출할 '여행 신고서'를 맡겼다.

난고에게서 자세한 보고를 받은 모양인지 구보는 만면에 웃음을 띠며 말했다.

"오치아이 보호 관찰관도 좋아하더군요. 훌륭한 일이니 잘 해내십시오."

"네."

준이치도 환한 얼굴로 답했다.

같은 무렵, 난고도 스기우라 변호사를 만나고 나카미나토군으로 돌아가는 등 분주하게 움직이고 있었다.

난고는 주어진 경비의 범위 내에서 3개월간 머무를 아파트를 빌릴 생각이었다. 처음에는 나카미나토군에 있는 부동산으로 향했다가 장소에 대한 생각을 고쳤다. 그 동네에는 준이치가 일으킨 사건의 피해자가 살고 있기 때문이다. 사무라 미쓰오와 준이치가 얼굴을 마주치기라도 하면 뜻밖의 문제가 생기지 않으리라는 보장이 없었다.

결국 난고는 차로 20분 정도 거리인 이웃 마을 가쓰우라시에 방을 빌리기로 했다. 또 하나의 작은 배려로, 준이치에게 독방을 주기 위해 방 두 개짜리 아파트를 빌렸다. 갓 출소한 준이치에게 조금이나마 인간적인 생활을 시키고 싶다는 노파심에서였다. 욕실이 있는 월세 5만 5000엔짜리. 방이 하나 있는 아파트에 비해 중개료 등을 포함하면 경비가 약 10만 엔 더 소요되었으나 허용 범위로 간주했다.

그러한 잡무를 처리한 뒤 마지막으로 난고는 도쿄 고스게에 있는 도쿄 구치소로 향했다. 그곳 신관 4동 2층에 있는 사형수 감방에는 기하라 료가 수감되어 있을 터였으나, 물론 만날 수는 없다. 난고의 목적은 오랜 전근 생활로 잘 알고 지낸 교도관들이었다.

그중 한 명, 후쿠오카 구치소에서 부하로 있었던 오카자키라는 간수장을 찾아냈다. 난고는 그의 근무가 끝나기를 기다렸다가 근처 술집으로 불러냈다. 내밀한 부탁이 있었던 것이다.

"집행될 조짐이 있으면 바로 알려 주게."

난고가 목소리를 낮추자 일곱 살 어린 후배는 몸을 움츠렸다. 오카자키 간수장은 난고보다 빠른 속도로 출세 가도에 올라, 지금은 기획 부문 수석 교정 처우관을 맡고 있었다. 만약 기하라 료의 '사형 집행 지휘서'가 구치소에 도착하면, 가장 먼저 알 수 있는 자리이다. 물론 집행에 대해서는 엄중한 함구령이 내려지지만, 오카자키가 입을 다문 것은 다른 이유가 있을 것이라고 난고는 추측했다.

"물론 아무에게도 누설하지 않겠네. 내게 알려 주기만 하면 돼."

난고가 거듭 부탁하자 오카자키는 주위를 슬쩍 둘러보고 나서 고개를 약간 끄덕였다.

"알겠습니다."

"미안하네."

오카자키는 단숨에 술을 들이켰다.

"난고 선배님께는 신세를 많이 졌으니까요."

그 말에 난고도 마음이 무거워졌다.

후배와 헤어지고 가와사키 본가로 돌아올 무렵에는 날짜가 바뀌어 있었다.

난고는 형네 집에서 냄비와 식기, 이불 등을 렌터카 시빅*에 실었다.

준비는 다 되었다.

한숨 돌리고 나서 난고는 우울한 마음을 떨쳐 버리듯 밤하늘을 올려다보았다. 남쪽 하늘의 별이 구름에 가려 보이지 않았다.

장마가 바로 코앞에 다가와 있었다.

---

* 혼다에서 출시된 1500cc 승용차.

제3장

조사

1

 미나미보소 지역으로 출발하는 아침에도 약속 장소는 하타노 다이에 있는 커피숍이었다.
 먼저 가게에 들어선 준이치는 난고의 도착을 기다렸다가 아침을 먹었고, 가재도구를 가득 쑤셔 넣은 혼다 시빅에 올라탔다. 나카미나토군으로 가는 길은 지난번과 같았다.
 "아까 그 잡화점은 여자 친구 집인가?"
 출발하자마자 바로 난고가 묻기에 준이치는 놀랐다. 교도관 생활로 습득한 난고 특유의 직감일까.
 "'릴리'라는 가게 말이야."
 오늘 아침에는 유리의 모습을 볼 수 없었다. 준이치는 난고와 허물없이 지낼 수 있는 화젯거리라는 생각에 말할 수 있는 범위 내에서 대답했다.

"네. 고등학교 때 함께 가출했던 여자 친구예요."

"가출?"

난고는 놀란 모양이다.

"10년 전?"

"네."

"계속 사귀고 있었나?"

"뭐…… 친구로서요."

"예쁘게 생겼어?"

"저한테는 그렇습니다."

난고는 웃었다.

준이치는 화제를 돌렸다.

"난고 씨께서는 왜 교도관이 되셨습니까?"

"그렇게 말을 높이지 않아도 되네."

난고는 도쿄만 횡단도로로 향하는 차선으로 핸들을 돌려, 자신의 태생에 대해 이야기하기 시작했다.

"우리 집은 빵집을 했어. 먹고사는 데 어려움은 없었는데, 자식들을 대학까지 보낼 생각을 하니 교육비가 한 명 치밖에 없는 거야. 그래서 아버지와 어머니는 자식을 하나만 낳기로 했지."

거기에서 난고는 잠시 뜸을 들였다.

"그런데 하필 태어난 게 쌍둥이였던 거야."

준이치는 무심결에 난고의 얼굴을 쳐다보았다.

"그럼 가와사키 본가에 계신 형님이라는 분이……."

"나와 얼굴이 똑같은 쌍둥이 형님이지."

준이치는 웃음을 터뜨렸다.

난고도 유쾌하게 웃으며 말했다.

"나한테 쌍둥이 형이 있다고 말하면 사람들이 다 웃어. 왜 그럴까?"

"글쎄요?"

"아무튼 그래서, 어느 쪽을 대학에 보낼까 하는 큰 문제가 대두되었지. 결국 아버지는 좋은 대학에 붙은 쪽을 진학시키기로 하셨어. 그래서 형이 대학에 갔고, 나는 고졸이 됐어. 한 1년 취업 재수를 했는데, 그 무렵 우리 집에 빵을 사러 오던 재판관이 그럼 교도관은 어떻겠냐는 무책임한 발언을 한 거야."

난고의 말투에는 부지런히 움직이는 가는 눈썹과 어우러져, 어딘가 모르게 사람의 흥을 돋구는 경쾌함이 있었다.

"듣자하니 교도관 사회라는 게 의외로 공정한 세계라서, 학력이 출세에 영향을 미치지 않는다더군. 고졸인 인간도 교정관구장이라는 정상까지 올라갈 수 있다는 거야."

교도소에 있었어도 준이치는 그런 일은 모르고 있었다.

"좋네요."

"음. 그래서 나는 교도관을 목표로 일직선을 달렸지. 나 때만 해도 괜찮았는데, 지금은 경쟁률이 15 대 1이나 되는 좁은 문이라네. 급여도 다른 공무원보다 많고."

"그렇다면 왜 난고는 교도관을 그만두려 하는 것일까. 준이치는 의아했으나 입 밖에 내는 것은 삼갔다.

"그래서 자기 혼자 대학에 간 형 말인데, 여태 그걸 미안하게 여기면서 걸핏하면 나한테 빚을 갚으려 들어."

난고는 이불이나 밥솥 따위를 가득 실은 뒷좌석을 턱으로 가리켰다.

"저런 것까지 빌려주니 말이야. 좋은 형이지?"

"네."

준이치는 고개를 끄덕였다. '난고 씨와 얼굴이 똑같은 분이니까요.'라고 말하려다가 아부성 발언으로 들릴까 싶어 그만두었다.

드라이브는 순조로웠다. 오늘 아침, 장마철 돌입 선언을 한 하늘도 흐리기만 할 뿐 비가 올 낌새는 없었다.

차가 보소 반도에 진입하자 이제 때가 되었다고 생각했는지, 난고가 뒷좌석에 있는 가방을 꺼내라고 지시했다.

"안에 휴대 전화와 명함이 들어 있어. 지니고 다니게."

준이치는 시키는 대로 본인 명의의 명함 묶음과 휴대 전화를 꺼내었다. 명함에는 '스기우라 변호사 사무실 미카미 준이치'라고 되어 있었고, 사무실 주소와 전화번호가 인쇄되어 있었다. 그 변호사에게는 호감이 가지 않았으나, 이렇게 보니 전과자인 자신에게 강력한 후원자가 나타난 것 같아 든든했다.

난고는 본인의 휴대 전화 번호를 알려 줬고, 따로 행동할 때에는 그쪽으로 서로 연락을 취하자고 했다.

"그리고 안에 봉투가 들어 있지?"

준이치가 가방 안을 들여다보니, 두툼한 사무 봉투가 있었다.

"안에 20만 엔이 들어 있네. 당분간 쓸 돈이야. 사적으로 사용할 경우 쓴 만큼 월말에 보수에서 차감될 테고 필요 경비로 쓴 것은 영수증을 받아 두게."

"네."

준이치는 지폐 다발을 자신의 지갑에 옮겨 넣고, 바지 뒷주머니에 넣었다.

드디어 2시간 30분 동안의 드라이브가 끝나고, 국도 변에 인가가 띄엄띄엄 나타났다. 나카미나토군에 진입한 것이다.

"지도로 여기를 봐 주게."

난고가 꺼낸 메모에는 '우쓰기 게이스케'라는 성명과 함께 주소가 휘갈겨 씌어 있었다. 10년 전 사건의 첫 번째 발견자의 집은 나카미나토군에서 가장 번화한 이소베 마을의 해변 일각에 있었다.

지은 지 얼마 되지 않은 이층집이 피해자 아들 내외의 집이었다. 주변 주택에 비해 훨씬 컸다. 사건 현장이 된 우쓰기 고헤이의 집이 초라했던 만큼 그 신축 가옥의 장려함은 의외였다.

차에서 내리자 난고가 물었다.

"변호사 사무실 사람으로 보이나?"

준이치는 자신들의 복장을 살펴보았다. 난고는 여느 때처럼 외국에서 갓 돌아온 아저씨 같은 모습이었고, 준이치는 준이치대로 아무리 봐도 청년 티가 나는 캐주얼 남방에 바지 차림이었다.

"옷까지 신경을 못 썼어."

난고는 말하고 나서 챙이 넓은 모자를 벗어 차에 던져 넣었다. 준이치도 남방 주름을 펴며 난고와 함께 우쓰기 게이스케의 집으로 향했다.

현관에는 세련된 목제 노커 외에 인터폰도 있었다. 인터폰을 누르고 한참을 기다리자 "네." 하는 소리와 함께 쉰 살이 넘어 보이는 여성이 얼굴을 내밀었다.

"우쓰기 씨 되십니까?"

난고가 묻자 상대방은 아무런 경계심도 없이 대답했다.

"네."

"우쓰기 요시에 씨?"

"그런데요."

준이치는 피해자 부부의 며느리인 그녀의 얼굴을 쳐다보았다. 처음 보는 손님을 미소로 맞이함은 이곳이 대도시가 아니기 때문이리라.

"저희는 도쿄에서 왔습니다만……."

난고가 명함을 내밀기에 준이치도 따라했다.

"저는 난고이고 이쪽은 미카미라고 합니다."

명함을 본 요시에는 미심쩍어하는 표정이 되었다.

"변호사 사무실요?"

"네, 매우 말씀드리기 송구한 일입니다만 10년 전 사건을 조사하고 있습니다."

요시에는 입을 다물지 못한 채 두 사람의 얼굴을 번갈아 보았다.

"혹 괜찮으시다면 시아버님 댁을 보여 주실 수 있겠습니까?"

"왜 이제 와서……."

요시에가 억양 없는 목소리로 말했다.

"사건은 이미 끝났을 텐데요."

"그게, 저……."

말꼬리를 흐릴 동안 난고는 작전을 변경한 모양이었다.

"사소한 일이지만 그쪽 댁에 계단이 있었는지만이라도 알려 주실 수 없겠습니까?"

"계단요?"

"네, 그것만 여쭤보면 됩니다만."

준이치는 난고가 고심하고 있다는 것을 알았다. '기하라 료의 원죄를 증명한다.'라는 식으로 말하면 쓸데없이 피해자의 감정을 자극할 뿐이다. 그러나 요시에는 그 간단한 질문에조차 대답해 주지 않았다.

"잠시만 기다리세요."

그녀는 짧게 말하고는 집 안으로 들어가 버렸다.

"잘 안 되는군."

난고가 작은 목소리로 말했다.

한참 후에 요시에와 함께 키가 큰 남자가 나왔다. 피해자의 아들, 우쓰기 게이스케였다. 게이스케는 이미 수상쩍은 눈초리로 이쪽을 쳐다보고 있었다.

"이 집 주인입니다만, 무슨 일로?"

"바깥 분도 댁에 계셨군요."

"오늘은 연구일이어서요."

게이스케가 말하고 나서 덧붙였다.

"고등학교 교사로 있습니다만, 일주일에 하루는 집에 있습니다."

난고가 다시 한 번 자기소개를 되풀이하려 하자 이를 가로막고 게이스케가 말했다.

"집사람한테 들었습니다. 무슨 일로 지난 사건을 다시 문제 삼는 겁니까?"

"간단한 사후 조사입니다. 아버님 댁에 계단이 있었는지만이라도."

"계단?"

"그렇습니다. 그 댁은 단층으로 알고 있습니다만, 예를 들어 지하로 내려가는 계단이 있었다든가……."

"잠시만요. 제 질문은 왜 사건을 다시 파헤치느냐는 겁니다."

게이스케는 난고의 답변을 기다리지 않고 정곡을 찔렀다.

"범인의 재심 청구 때문에 그러는 거 아닙니까?"

난고가 마지못해 고개를 끄덕였다.

"맞습니다."

"그렇다면 협력하지 않겠습니다."

"그렇게 말씀하시면 저희 쪽에서는 드릴 말씀이 없습니다."

난고로서는 무례하지 않을 정도로 유들유들거리는 수밖에 없는 것 같았다.

"저희들은 범죄자를 두둔하고 있는 것이 아닙니다……. 재판의 판결에 좀 합리적인 의혹이 생기는 바람에 말입니다."

"의혹 따위는 없습니다."

게이스케는 위압적으로 난고와 준이치를 내려다보았다.

"그 기하라라는 깡패가 부모님을 죽인 겁니다. 얼마 되지도 않는 돈 때문에 제 아버지와 어머니를요."

"재판 경과에 대해서는 알고 계십니까? 예를 들어……."

"그만두시죠!"

게이스케는 갑자기 흥분했다.

"뭐가 합리적인 의혹입니까. 그 깡패가 피 튀긴 옷을 입고 아버지 지갑을 소지하고 있었지 않습니까. 그걸로 충분한 거 아닙니까!"

난고와 준이치는 우쓰기 내외의 물어뜯을 듯한 시선을 받아내며 더 이상 아무 말도 못 하고 그 자리에 서 있었다. 준이치는 뼈저리게 깨달았다. 사형 판결에 이의를 제기하는 것은 피해자의 감정을 유린하는 행위인 것이다. 그곳에 논리가 비집고 들어갈 틈은 없다.

"당신들은 부모를 살해당한 경험이 있습니까? 그 비참한 현장을 자기 눈으로 본 적이 있느냔 말입니다!"

우쓰기 게이스케의 눈에는 눈물이 고여 있었다. 분노와 슬픔 모두를 내포한 눈물이었다. 그는 느닷없이 고개를 끄덕이더니, 목소리를 낮추었다.

"제가 발견했을 때 아버지의 이마에서는 뇌가 튀어나와 있었어요."

그 뒤로 한동안 입을 여는 사람은 없었다. 파도 소리만이 희미하게 들려올 뿐이었다.

이윽고 시선을 떨구고 있던 난고가 "대단히 죄송했습니다."라고 말했다. 그 목소리에는 동정이 서려 있었다.

"보상은 충분이 받으셨는지요? 국가에서 나오는 범죄 피해자에 대한 급부금 말입니다."

게이스케는 힘없이 고개를 흔들었다.

"그건 바보 같은 제도입니다. 아무런 도움이 되지 않아요. 피고인에게 손해 배상을 청구하는 동안 시효가 만료되어 버렸습니다."

"시효 만료?"

"네. 2년이 지나면 청구를 못 하게 되어 있죠. 그런 내용은 아무도 알려 주지 않았어요."

난고는 고개를 약간 끄덕이며 말했다.

"심중을 미처 헤아리지 못하고 갑자기 들이닥쳐서 죄송했습니다."

"알아주시니 됐습니다. 아무튼 제가 평생을 두고 후회하는 건 오토바이 사고 현장에 구급차를 부른 일입니다. 그런 짓만 안 했으면 그 자리에서 범인을 사형시킬 수도 있었으니까요."

유족이 나타내는 강한 응보(應報) 감정에 준이치는 견딜 수가 없었다. 사무라 미쓰오의 모습이 떠올랐기 때문이다. 가해자인 준이치가 사죄하러 찾아갔을 때, 아들을 살해당한 아버지는 무엇을 느끼고 있었을까. 지금 우쓰기 게이스케가 이야기하는 것과 같은 범인에 대한 복수심이었을까. 그러나 미쓰오는 준이치에게 손가락 하나 까딱하지 않았다. 틀림없이 엄청난 의지의 힘이 필요했을 것이다.

"다행히 법원에서 사형 판결을 내렸으니……."

우쓰기 게이스케는 독백과 같은 작은 소리로 계속했다.

"그것으로 부모님을 되찾을 수 있는 것은 아니지만, 범인이 살아남는 것보다는 훨씬 낫습니다. 이해가 안 되실지 모르겠습니다만."

"아닙니다."

고개를 떨군 채 난고가 짧게 대답했다.

"큰소리 내서 미안합니다만, 그렇다는 얘기입니다."

게이스케는 머리를 조금 숙이고는 그대로 집 안으로 들어가 버렸다.

혼자 남은 요시에가 입을 열었다.

"심한 말을 해서 죄송합니다만, 이것만큼은 이해해 주세요. 저희는 그 사건 이래 정말 지옥 같은 날들을 보내 왔어요. 장례 준비도 못 할 만큼 경찰이 사정 청취를 한다든가, 그리고 새벽녘까지 인터폰을 눌러 대는 매스컴 취재라든가…… 보도의 자유랍시고 폼 잡고 다니는 사람들이 범인과 마찬가지로 저희를 습격했어요. 저도 바깥양반도 몸 상태가 안 좋아져서 입원했는데도, 물론 의료비는 본인 부담이었죠. 머리를 다친 범인은 국가가 치료비를 대 주고 수술도 받았는데."

요시에의 두 눈에 눈물이 그렁그렁 맺히자 준이치는 시선을 돌렸다.

"밑도 끝도 없는 말씀을 드려서 죄송합니다. 하지만 이해해 주셨으면 좋겠어요. 이 나라에서는 흉악 범죄의 피해자가 된 순간, 사회 전체가 가해자로 돌변합니다. 그리고 아무리 피해자를 괴롭힌들 사죄하는 사람도 없고, 책임지는 사람도 없어요."

얼굴에 혐오감이 가득 찬 요시에는 그대로 이쪽을 올려다보았다.

"결국 유족 입장에서는 모든 잘못을 범인에게 돌릴 수밖에 없어요. 두 분께는 죄송하지만 저는 재심 청구가 기각되기를 희망합니다."

그리고 요시에는 손을 뻗어 조용히 현관문을 닫았다.

준이치는 뒤끝이 좋지 않음을 느끼며 닫힌 나무 문을 바라보고 있었다. 자신들을 맞이했을 때 보였던 요시에의 웃는 얼굴이 생각났다. 우쓰기 내외는 10년 전의 무거운 기억을 마음 한구석으로 몰아 둔 채, 표면적으로는 아무렇지도 않은 듯 일상 생활을 보내고 있었던 것이다. 그러나 준이치 일행의 방문은 그들이 필사적으로 매달려 있던 가식적인 평온마저 무너뜨려 버렸다.
"경솔했어."
난고가 말했다.
준이치는 고개를 끄덕였다.
"앞일이 심히 염려되는군."
준이치는 다시 고개를 끄덕였다.

그날 오후를 준이치와 난고는 가쓰우라시에서 보냈다. 앞으로 활동 거점이 될 아파트 '빌라 가쓰우라'의 2층 방에 가재도구를 옮겨 넣고, 가스 개통을 지켜보았으며, 바로 옆 단독 주택에 사는 주인에게 인사하고, 입주 절차를 끝냈다.
　방은 2평짜리 부엌과 일체형 목욕탕, 그리고 양쪽에 3평짜리 방이 하나씩 있었다.
　상상을 초월하는 훌륭한 방에 준이치는 놀랐다. 방 하나짜리 아파트에서 난고와 동침할 신세겠거니 생각했기 때문이다. 날씨 좋은 날에는 준이치에게 할당된 방에서 멀리 바다가 보일 터였다. 난고에게만 집을 찾는 고생을 시킨 게 준이치는 미안했다.
"요리는 할 줄 아나?"
난고가 묻기에, 준이치는 솔직히 대답했다.
"볶음밥이라면."

"내가 하는 게 낫겠다."

난고가 웃으며 말했다.

"가사는 분담하자고. 빨래나 청소는 자네가 해 주게."

그러고 나서 두 사람은 식재료와 잡화 등을 사러 외출했고, 난고가 저녁 준비를 시작할 무렵에는 오후 5시가 넘었다.

"난고 씨, 하나 여쭤보고 싶은 게 있는데요."

부엌에서 일하는 난고를 바라보며, 준이치가 다다미 위에서 말을 걸었다.

"뭔가?"

"아까, 범죄 피해자에 대한 국가 보상입니다만…… 제 사건 때는 어땠습니까?"

"사무라 미쓰오 씨가 받았는지 말인가?"

"맞습니다."

"그 사람은 안 받았어. 자네 부모님께서 배상에 응하셨으니까. 그러니까……."

난고는 잠시 생각하더니 말했다.

"말하자면 급부금 범위를 초과하는 배상금을 받으면, 국가에서는 한 푼도 안 나오는 거야."

준이치는 머릿속으로 그 의미를 정리하고 나서 물었다.

"급부금의 범위라는 게 얼마입니까?"

"약 1000만 엔이야. 법률이 정한 사람 생명의 가격이지."

난고는 다시 덧붙였다.

"새발의 피지."

준이치는 고개를 끄덕였다. 7000만 엔이나 배상금을 받아 내고 있는 사무라 미쓰오에게는 부모의 고생을 알고 나서부터 복잡한 감정을 느끼고 있었다. 그러나 피해자 입장에서 보면 당연한 요구를 한 것에 불과한 것이다. 아까 우쓰기 내외가 드러낸 분노를 생각하면, 사무라 미쓰오가 준이치에게 보인 태도는 관용이라고 할 수밖에 없었다. 자신은 용서받았다는 확신을 가지면서 준이치의 마음에는 미안한 감정이 생겨나고 있었다.

자신은 학습 중이다. 준이치는 돌연 이것을 깨닫고는 난고의 뒷모습을 바라보았다. 어찌 보면 무모할 수 있는 우쓰기의 집 방문이, 진정 난고가 경솔하게 행동한 것이었을까? 아니면 뭔가 교육적인 목적으로 준이치를 의도적으로 데리고 간 것이었을까?

"내 방에 소송 기록이 있네."

난고가 말했다.

"분량이 꽤 되지만, 쭉 읽어 봐 두게."

"네."

준이치는 대답하고 나서 난고의 방으로 들어갔다. 안에는 보자기에 싸인 높이 15센티미터 정도의 서류 묶음이 있었다.

"그것도 겨우 일부분에 불과해."

난고가 웃으며 말했다.

준이치는 어디부터 손을 댈까 고민하며 적당히 종이를 넘겨 보았다.

중간 즈음에 제1심 판결서가 있었다.

판결 주문

피고인 기하라 료를 사형에 처함.

압수된 125cc 오토바이 1대(1991년 압 제1842호의 9), 백색 남성용 셔츠 1매(동호 10), 청색 남성용 바지 1벌(동호 11), 흑색 남성용 운동화 (동호 12)를 몰수함.

압수된 현금 2만 엔(1만 엔 지폐 2매)(동호 1), 현금 2000엔(1000엔 지폐 2매)(동호 2), 현금 40엔(10엔 동전 4개)(동호 3), 피해자 우쓰기 고헤이 명의 자동차 운전 면허증(동호 4), 동인 명의 현금 카드(동호 5), 흑색 가죽 지갑(동호 6)을 모두 피해자 우쓰기 고헤이의 상속인에게 환급함.

……이것이 기하라 료가 받은 판결의 전부였다.

이를 선고받을 때 피고인의 마음이 어땠을지 준이치는 상상해 보았다. 준이치 자신이 징역 2년의 판결을 받았을 때와는 비교도 안 될 만큼 공포가 엄습했을 것이다. 사형이라는 단어가 머릿속에 메아리치고, 몰수나 환급 같은 주문 사항은 분명 귀에 들어오지도 않았을 것이다.

'판결 주문'에 이은 '판결 이유'는 B5 용지 세로로 된 문서로, 20쪽이 넘었다. 그중 '형량의 이유'라는 항목에 피고인의 정상에 대해 언급한 문장이 하나 있었다.

피고인이 머리에 입은 외상에 의해 역행성 건망이라는 기억 상실증에 빠진 정상을 참작하려 해도 그 원인이 된 사고는 범행 현장에서 도주 중에 일어난 것이며, 또한 결과적으로 피해자 유족에게 아무런 사죄 및 보상이 이루어지지 않은 점을 감안하면, 전혀 개전의 정을 인정할 수 없다고밖에 할 수 없다.

한편 결코 유복하다고 할 수 없는 피고인의 성장력도 그 후 비행력 및 절도 사건 시에 갱생의 기회가 주어졌음을 본다면 참작해야 할 정상이라고 하기 어렵다.

'피고인의 성장력'이라는 말에 준이치는 기하라 료라는 인간에 대해 자신이 여태 아무것도 모르고 있었다는 사실을 깨달았다. 계속해서 종이를 넘기자 판결서의 '죄가 될 사실'란에 그의 성장에 대한 기록이 있었다.

기하라 료는 1969년에 지바 시내에서 태어났다. 부친은 확실치 않으며, 다섯 살 때 모친이 매춘 행위로 체포된 것을 계기로 가모가와시의 친척집에 맡겨졌다. 그 후 그 고장의 중학교를 졸업했으나 키워 준 친척집과 사이가 좋지 않았고, 소매치기나 공갈 등의 비행을 되풀이하여 보호 관찰 처분을 받았다. 성인이 된 후로는 지바 시내로 나가 아르바이트로 생계를 꾸리고 있었으나 근무하던 패스트푸드점 계산대에서 현금을 훔쳐 체포당했고, 집행 유예로 유죄 판결을 받았다. 두 번째 보호 관찰 처분이었다. 이때 신원 인수인이 된 초등학교 시절의 담임이 나카미나토군에 살았기에, 그는 그 고장으로 거처를 옮겼다. 그리고 담당 보호사로 선임된 것이 우쓰기 고헤이였다.

그로부터 1년 뒤에 이 보호사 부부를 죽인 혐의로 기하라는 체포당한다.

준이치는 사형수와 자신이 거의 동년배라는 사실을 발견했다. 기하라 료는 네 살 위였고, 사건 당시에는 22세였던 셈이다.

이상하다고 준이치는 느꼈다. 현재 발견되지 않은 흉기는 도끼나 손도끼 같은 대형 날붙이로 추정되고 있다. 그러나 스물 남짓 된 젊은이가 그런 것을 사용할까? 자기 같으면 칼을 쓰겠다고 준이치는 생각했다.

미심쩍은 점이 또 없는지, 준이치는 소송 기록을 들추며 증거 관련 서류를 펼쳤다.

우선 눈에 들어온 것은 '우쓰기' 명의의 도장이었다. 은행에 제출된 인감에서 복사한 모양이었다. 그 간결한 서체를 보면 범행 현장에서 훔친 도장은 인감이 아니라 막도장이었다는 것을 알 수 있다.

다음 쪽에는 '검증 조서(갑)'이라는 제목이 붙은 서류가 있었다. 가쓰우라 경찰서의 경찰관 서명 및 날인이 있었기에, 현장 검증 보고서임을 알 수 있었다. 우쓰기 고헤이의 자택 위치, 주변 상황 등의 설명에 이어 '현장 상황'이라는 제목이 붙은 항목에 집의 구조가 세세하게 기재되어 있었다. 이를 읽어 보았으나 집 안에 계단이 있는지는 명확히 기재되어 있지 않았다. 그러나

'부엌 바닥에 수납 공간'이라는 짧은 기술이 계단이 존재할 가능성을 풍기고 있었다. 그래서 조서 말미에 첨부된 배치도를 보니, 현관 우측에 있는 부엌 바닥에 '수납'이라 표기된 네모난 틀이 적혀 있었다. 그러나 이곳에도 계단이 설치되어 있다고는 기재되어 있지 않았다.

준이치는 더 자세한 설명이 없는지 종이를 넘겼다. 그때 완전히 느닷없이, 예기치도 못한 사진이 눈앞에 나타났다.

피바다 속에 숨이 끊긴 우쓰기 고헤이의 시체 사진.

준이치는 순간 눈길을 돌렸으나, 그 엄청난 광경은 이미 뇌리에 새겨지고 말았다.

내가 발견했을 때, 아버지 이마에서는 뇌가…….

숨을 고르는 잠시 동안 준이치는 마음을 바꾸었다. 이것을 보는 게 자신의 의무라고. 그는 다시금 현장 사진으로 시선을 옮겼다.

그 컬러 인쇄물에는 엄청난 색채가 기록되어 있었다. 옅은 밤색의 뇌수, 새빨간 선혈, 새하얀 두개골. 준이치는 피해자의 아들이 표현을 대단히 약하게 했다는 것을 깨달았다. 그리고 모친의 참상에 대해 언급하지 않았던 이유도 알 수 있었다. 다음 쪽에 부착된 우쓰기 야스코의 사진은 전두부에 입은 거대한 충격이 원인인 듯 안구가…….

준이치의 목에서 신음 소리가 흘러나왔다. 부엌에 있던 난고가 움직임을 멈춘 듯했으나 아무 말도 하지 않았다.

준이치는 저도 모르게 입을 틀어막고, 자신이 범한 죄를 잊은 채 강도 살인을 범한 그 누군가를 저주했다.
이는 인간이 할 짓이 아니다.
극형에 해당될 잔혹 행위이다.

법무성 교정국의 넓은 회의실 구석에 세 남자가 앉아 있었다. 천장에 나란히 달린 형광등은 그들만을 비추듯 반만 켜져 있었다.
"구치소장에게 보고받았습니다."
참사관은 말하고 나서 국장과 총무과장의 얼굴을 번갈아 보았다.
"신분증 사본도 내일 도착할 겁니다."
국장과 총무과장은 신통치 않은 얼굴로 시선을 책상에 떨구고 있다. 몇 번을 해도 이 업무에 익숙해질 일은 없을 것이라고 참사관은 생각했다.
"소장 보고에 문제는 없었나?"
총무과장이 물었다.
"종교 지도를 받지 않은 점만 제외하면……."
"종교 지도를?"
"네, 아시다시피 기억 문제로……."
총무과장은 납득한다는 듯 고개를 끄덕였다.
"기억에 없다……던가?"
참사관이 물었다.

"기억 상실은 집행 정지 사유가 되지 않습니까?"
"본인이 기억을 되찾을 때까지 기다려야 한단 말인가?"
"적어도 검토해 두는 게 낫지 않을까 싶습니다."
거기에 국장이 끼어들었다.
"집행 정지는 타당치 않다고 보네. 기억 상실은 정말 있었겠지만, 그 후에 회복했는지 안 했는지는 본인밖에 모르는 일이야. 기억이 돌아오지 않았다는 연기를 계속한다면 우리는 영원히 사형 집행을 할 수 없게 돼."
"그러니까 꾀병의 가능성 말씀이십니까?"
"그렇네."
참사관은 침울한 심정을 느끼며 보고를 재개했다.
"그 이외에 심적 안정을 상실했다는 보고는 없었습니다."
"알았네."
국장이 말하고, 총무과장과 함께 입을 다물었다.
참사관은 두 사람이 입을 열기를 기다리면서 사형수가 발광하기를 기도했다. 심신 상실 상태가 되면 사형 집행은 정지된다. 그대로 회복 불능이라 판단되면 통계상으로는 '완료'로 처리되어 '집행 불능 결정'란에 '1'이 추가된다.
본인에게는 안된 일이지만 기억에도 없는 죄로 처형당하는 것보다는 나을 터였다. 적어도 사형 집행에 관여하는 30명가량의 인간들에게는 정신에 이상이 생겨 주는 편이 나았다.
그건 그렇고, 하고 아까부터 회의실을 뒤덮은 긴 침묵 속에서 참사관은 생각했다. 사형수는 어떻게 제정신을 유지할 수 있을까. 이는 오래전부터 느꼈던 의문이었다. 매일 아침 되풀이되는 '마중'에 대한 공포. 시한폭탄을 끌어안고 살아가는 미래 없는 나날들. 그러나 참사관이 아는 한 사형수의 발광 사례는 극히 드물었다. 개중에 인상에 남아 있는 것은 1961년에 확정된 여성 사형수의 경우였다.

빈곤의 밑바닥에 있었던 그녀는 옆집에 사는 노파를 살해하고, 얼마 되지 않는 돈을 훔친 죄로 기소되었다. 사형 판결이 확정되자 죽음으로 헤어져야 할 제 자식에 대한 미련이 고조되면서 결국 그녀는 발광해 버렸다. 의미 불명의 언행을 되풀이하며, 목욕할 때 뜨거운 물을 끼얹는 등 이상 행동을 한 끝에 그녀는 형 집행을 면했다. 그러나 목숨은 부지했어도 그 낭보가 광기를 회복시키지는 못했다. 심신 상실 상태인 채로 요양소에서 그 일생을 마감한 것이다.

이 사건을 떠올릴 때마다 참사관은 안타까운 심정이 들었다. 여성의 범행 동기가 자기 가족에게 만족스러운 끼니를 먹이고 싶었던 것으로 추측할 수 있기 때문이었다.

"황실 분들, 아이젠하워 님, 맥아더 원수님……."

이는 당시 문진 기록에 남겨진 그녀의 말들이다.

"여러분은 제 은인이십니다……. 자식을 위해 남편을 위해 더 할 나위 없는 은총을 주셨기에."

게다가 이 강도 살인의 피해자는 한 명이었다. 요새 같으면 분명 사형이 아니다. 컬트 집단의 테러 행위에 가담하여 무차별하게 열두 명의 목숨을 앗아 간 남자가, 자수가 인정되어 무기 판결을 받은 것은 아직 기억에 생생한 일이다. 왜 이 남자는 사형이 아니고, 50년 전 여성 피고인에게는 사형 판결이 내려졌을까? 형법이 그 강제력으로 지키려는 정의는 어쩌면 불공정한 것이 아닐까? 그런 생각을 지닌 참사관이 장담할 수 있는 것은, 사람이 사람을 정의라는 이름하에 심판하려 할 때 그 정의에 보편적인 기준 따위는 존재하지 않는다는 것이었다.

"기억에 없다면, 은사 상신도 없겠어."

국장이 드디어 입을 열었다.

참사관은 일개 시민에서 직업인으로 돌아왔다.

"네."

"기안서는?"

"여기 있습니다."

참사관은 방금 전 형사국에서 넘어온 '사형 집행 기안서'를 내밀었다. 2센티미터 정도 두께의 서류 표지에는 이제까지 심사를 담당한 형사국 참사관, 형사과장 그리고 형사국장의 결재인이 찍혀 있었다.

"기하라 료의 신원 대장이 오기를 기다렸다가, 심사를 시작해 주게."

국장이 참사관에게 말했다.

"그리고 내 심사가 끝날 때까지 구치소장이 보고하는 내용이 끊기는 일이 없도록."

"알겠습니다."

2

가쓰우라 경찰서를 향해 차를 굴리며 난고는 하품을 꾹 참았다. 어젯밤에는 잠을 설쳤다. 옆방에 있던 준이치가 밤새 신음했기 때문이다. 소송 기록에 있던 현장 사진을 본 탓일까, 아니면 자신이 저지른 사건이 아직 머리를 떠나지 않은 탓일까.

조수석에 있는 준이치를 힐끗 쳐다보니 역시나 졸린 표정이었다. 절로 웃음이 나온 난고는 졸음을 쫓기 위해 창문을 열고 준이치에게 물었다.

"시끄러웠나?"

"네?"

준이치가 되물었다.

"집사람 말로는 내가 매일 밤 신음한다던데."

"진짜 난고 씨, 그러시던데요."

준이치는 웃었다.

"저도 그렇죠?"

"음."

난고는 방 두 개짜리 아파트로 빌리기를 정말 잘했다는 생각이 들었다. 하마터면 두 남자가 서로의 귓전에서 밤새 신음하는 꼴이 될 뻔했다.
"예전부터 마음 편히 사는 성격이 못 돼서……."
"저도 그렇습니다."
그러나 준이치는 신음의 원인에 대해서는 언급하지 않았다.
"난고 씨께 사모님이 계셨습니까?"
"음. 처자식이 있네. 지금은 별거 중이지만."
"별거요?"
준이치는 눈치를 보는 건지 말을 삼켰다.
난고는 상대방의 호기심을 채워 주기로 했다.
"이혼 직전이야. 집사람은 교도관 부인이 적성에 맞지 않은 모양이야."
"그게 무슨?"
"교도관이란 게 관사에 살잖아, 교도소 울타리 안에."
"마쓰야마에서도 그러셨죠."
"그래. 그렇게 되면 왠지 자기들도 수감자 같은 기분이 들게 돼. 게다가 같은 업종끼리 뭉쳐 살다 보니 아무래도 시야가 좁아지기 마련이지. 그런 환경에 금세 익숙해지는 사람과 끝까지 익숙해지지 못하는 사람이 있는 거야."
준이치는 납득이 간다는 듯이 고개를 끄덕였다.
"나는 나대로 일 때문에 스트레스 받고."
"난고 씨가 교도관을 그만두시는 이유가 그 때문입니까? 그러니까 별거 중인 사모님을 생각해서?"

"그뿐만은 아니지만 물론 큰 원인이기는 하네. 이혼은 하고 싶지 않아. 집사람 생각을 하면…… 그 친구는 내 곁에 있는 게 자연스럽다는 생각이 들거든."

난고는 시야 한구석에 준이치의 미소를 포착하고는 서둘러 덧붙였다.

"좋아한다느니 반했느니 하는 뜻이 아니야. 아이까지 해서 평생을 함께 살아왔으니까."

"자제분은요?"

"사내아이야. 이제 열여섯 살이지."

준이치는 입을 다물고 골똘히 생각하는 표정을 지었다. 자신이 고등학교 때 저지른 가출이라도 떠올린 것일까.

잠시 후 준이치마저 창문을 열자 차 안에는 미나미보소 지역의 바람이 가득 들어왔다.

"교도관 그만두시고 이번 일도 끝나면 뭘 하실 생각이에요?"

"빵집을 할 거야."

"빵집?"

준이치는 생각지도 못했다는 듯이 난고를 쳐다보았다.

"이전에 한 말 잊었나? 본가가 빵집이었다니까."

난고는 웃었다.

"빵만 파는 게 아니라 케이크랑 푸딩도 내놓고 아이들이 즐겨 찾는 가게로 만들 거야."

준이치도 즐겁게 웃었다.

"가게 이름은 뭘로 하실 겁니까?"
"난고 베이커리."
"좀 딱딱하지 않아요?"
"그런가?"
난고는 잠시 생각에 잠기더니 뺨에 바닷바람을 느끼며 물었다.
"남쪽 바람을 영어로 뭐라 하지?"
"사우스 윈드요."
"그거야, 사우스 윈드 베이커리!"
"좋은 이름이네요."
준이치와 한데 웃으며 난고가 덧붙였다.
"식구를 다 불러들여서 빵집을 차린다! 그게 지금 내 소박한 꿈일세."

어항 바로 옆에 붙은 가쓰우라 경찰서에 도착하자, 난고는 시빅을 주차장에 넣고 혼자 차에서 내렸다. 형사와 이야기를 하자면 변호사 사무실 사람임을 밝히는 것보다 교도관으로 가는 편이 낫다고 판단한 것이다. 준이치도 이에 수긍하고 얌전히 조수석에 남아 있었다.
 현관에 들어서서 접수처에서 형사과의 위치를 묻자 여자 경관은 내방 이유를 묻지도 않고 바로 2층을 가리켰다.
 형사 사무실은 꽤 널찍한 구조였다. 넓은 사무실의 한구석에는 총무과, 교통과와 나란히 형사과라고 적힌 표지판이 천장에 걸려 있었다. 책상 수는 열다섯도 되지 않는다. 수사관들은 다 나가고 없는지, 형사과에 남아 있는 사람은 세 명 정도였다.

난고는 안쪽 창가에 위치한 과장석으로 향했다. 그곳에서는 반팔 와이셔츠 차림의 과장이 또 다른 내방객과 한참 대화 중이었다.

난고는 목례 후 두 사람의 대화가 끝나기를 기다렸다. 과장과 대화 중인 30대 남자는 옷깃에 검찰 배지를 달고 있었다. 경찰관보다는 검찰관들과 더 익숙한 교도관으로서 왠지 마음이 놓이는 느낌이었다.

이윽고 과장이 얼굴을 들어 난고에게 물었다.

"무슨 일로?"

"갑자기 찾아뵈어 송구합니다. 저는 이런 사람입니다만."

난고는 자신과 동년배인 형사 과장에게 머리를 숙이고 명함을 내밀었다.

"시코쿠 마쓰야마에서 왔습니다, 난고라고 합니다."

"마쓰야마에서?"

과장은 놀라며, 안경 너머로 명함을 읽었다. 옆에 앉아 있던 젊은 검사도 호기심을 드러내며 이쪽을 올려다보았다.

"형사 과장 후나코시입니다만."

상대방도 명함을 건네 왔다.

"어떤 일로 오셨는지요?"

난고는 허실을 섞어 가며 공략할 참이었다.

"실은 10년 전 사건에 대해 여쭙고 싶어서요. 기하라 료 사건입니다."

그 이름을 듣는 순간, 후나코시뿐만 아니라 검사의 표정도 바뀌었다. 상대의 놀라움이 진정되기 전에 난고는 단숨에 이야기를 시작했다. 자신은 퇴임을 눈앞에 둔 교도관이라는 것, 과거에 도쿄 구치소에 근무하여 기하라 료와 안면이 있다는 것, 그리고 '개인적으로' 한 가지 걸리는 점이 있다는 것 등.

"걸리는 점이라니요?"

후나코시 과장이 물었다.

"현장 혹은 현장 부근에 계단이 있었습니까?"

"계단? 아뇨, 없었습니다."

후나코시는 말하고 나서 자신보다 나이 어린 검사에게 존댓말로 물었다.

"없었죠?"

"네."

검사는 말하고 나서 자리에서 일어나 친근한 미소를 머금으며 난고에게 명함을 내밀었다.

"지바 지검 다테야마 지부의 나카모리입니다. 이쪽에 임관되자마자 그 사건을 담당했지요."

"그러셨군요."

난고는 그렇게 말하면서 이것 참 운이 좋다고 생각했다.

"그런데 왜 계단을?"

난고가 사형수의 기억에 되살아난 계단 이야기를 꺼내자 나카모리와 후나코시는 서로를 마주 보았다.

"검증 조서에는 바닥에 수납 공간이 기재되어 있던데, 그곳에도 계단이 없습니까?"

"그러고 보니 좀 확실치 않군요."

고개를 끄덕인 난고는 바로 다음 질문에 들어갔다. 난관은 단숨에 통과해야 한다.

"그럼 재판에 제출되지 않은 증거 중에 제삼자의 존재를 풍기는 물건은 없었습니까?"

두 사람의 움직임이 멈추었다.

"사소한 것이라도 상관없습니다."

난고는 조심스럽게 말했으나 역시 무리한 상담인 모양이었다. 그 질문이 자백 강요와 더불어 원죄 발생 메커니즘의 근본에 접근하는 것이었기 때문이다. 일본의 재판에서는 수사 측이 수집한 증거를 다 보여 줄 필요는 없게 되어 있다. 만약 그곳에 악의가 개재한다면, 피고인이 무죄인 증거를 숨길 수도 있는 것이다.

"꽤 열심이시네요."

후나코시가 웃으며 말했다.

"난고 씨는 왜 이런 일을 하시죠?"

"그냥 이상하게 마음에 걸리네요. 이제까지 저는 몇만 명에 달하는 범죄자 갱생에 입회해 왔지만 기하라 료는 좀 특별한 존재라서요."

나카모리가 물었다.

"기억이 없다는 점 말입니까?"

"맞습니다. 그는 완전히 본인 기억에도 없는 죄로 심판을 받았습니다. 이대로는 본인에게 개전을 재촉한들 무리한 요구죠. 게다가 저로서도 납득을 하고 넘어가고 싶습니다. 기하라 료라는 사형수가 진정 극형을 받아 마땅한 죄를 범했다는 걸 말입니다."

그 대사는 나카모리의 얼굴을 바라보며 말했다. 범죄자에게 형벌을 내리는 것은 경찰관이 아닌 검찰관이기 때문이다. 사형집행도 그들이 지휘한다.

"심정은 잘 알겠지만……."

당혹스러워하는 나카모리의 시선이 연상인 형사 과장을 향했다.

"숨긴 증거는 없습니다."

후나코시의 표정에는 이미 웃음이 사라져 있었다.

"기하라 료 사건에 대해서는 수사에 착오가 없습니다."

"그렇군요."

"난고 씨는 정말 마쓰야마에서 오셨습니까?"

후나코시가 건네받은 명함에 시선을 떨어뜨리며 물었다.

"네."

"확인 좀 해 봐도 되겠습니까?"

"그러시죠."

근무처에는 휴가 신청서와 타행 외박 신청서를 제출해 놓고 온 상태였다. 외박 목적은 적당히 적어 넣고 왔지만 만약 부실 기재로 징계 처분을 받는다 해도 퇴직금이 조금 줄어들 뿐이다.
"번거롭게 해 드려서 죄송합니다."
난고는 짧막한 인사를 남기고 형사과를 뒤로했다.

주차장으로 돌아오자 시빅 조수석 쪽에 경찰관이 서 있었다. 준이치와 뭔가 이야기를 나누는 중이었다. 무단 주차를 적발당했나, 하고 난고는 생각했으나 곧 준이치의 안색이 심상치 않음을 눈치챘다. 안색이 창백하고 구역질을 참는 것처럼 입을 틀어막고 있다.
난고는 빠른 걸음으로 차에 다가갔다.
"괜찮아?"
조수석을 향해 말을 걸던 나이 많은 경관이 난고를 발견하고 돌아섰다.
"무슨 일입니까?"
난고가 물었다.
"속이 안 좋은 모양입니다."
경관이 걱정스럽게 말했다.
"동행이십니까?"
"네, 보호자나 다름없습니다만."
"그러셨군요. 실은 미카미와 구면이라서……."
난고는 영문도 모른 채 경관과 준이치의 얼굴을 번갈아 쳐다보았다.

"10년 전에 한 번 만났거든요. 그때 저는 바로 옆 나카미나토 군에 근무했었습니다."

난고는 그제야 사태를 파악했다. 이 경관이 가출한 준이치와 연인이었던 여고생을 붙잡은 것이다.

"오랜만이어서 깜짝 놀랐습니다."

경관은 웃었다.

도쿄에서 가출한 소년과 소녀를 계도한 것만으로도 이 경관에게는 대사건이었으리라는 게 느껴졌다. 그건 그렇다 하더라도 왜 준이치는 얼굴이 창백해졌을까.

"멀미한 것 같은데요."

"걱정 끼쳐 드려 죄송합니다. 나머지는 제가……."

난고가 말하자 경관은 고개를 끄덕이며 조수석에 있는 준이치에게 말했다.

"앞으로도 성실하게 살아라."

그는 말을 건네고 경찰서 안으로 들어갔다.

운전석에 탄 난고는 준이치에게 물었다.

"괜찮아?"

준이치는 숨가쁘게 대답했다.

"네."

"차멀미?"

"갑자기 속이 메스꺼워서요."

"저 경찰관을 본 순간 말인가?"

그러자 준이치는 입을 다물었다. 난고는 수상해서 농담 반 진담 반으로 캐물었다.

"여자 친구와의 쓰라린 날들이라도 생각난 거야?"

준이치는 놀라서 이쪽을 바라보았다.

"10년 전, 저 경관이 연행했지?"

"아마도."

"아마?"

"잘 기억이 나지 않아요. 머릿속에 안개가 낀 것처럼."

"기억이 없는 건가? 기하라 료 같구먼."

난고는 그렇게 말했으나 준이치의 말을 믿은 것은 아니었다. 뭔가 숨기고 있다는 직감이 들었으나, 지금 캐물어도 준이치는 대답하지 않을 것이다. 사춘기 특유의 수치심 어린 추억일지도 모른다는 생각을 해 보았으나, 그런 일로 몸 상태까지 이상해질까.

얼마 후 마음이 가라앉았는지 준이치가 말했다.

"어떠셨습니까, 안에서는?"

"허사였네."

난고는 후나코시 과장과 나카모리 검사와의 대화 내용을 이야기했다. 그러면서 난고는 시간을 벌고 있었다.

이야기가 끝났는데도 난고가 차에 시동을 걸지 않자 준이치가 의아해서 물었다.

"누구 기다리시는 겁니까?"

"음."

난고가 대답했을 때 현관에서 나카모리가 나왔다.

"이심전심이군."

난고가 웃으며 뒷좌석의 잠금장치를 풀었다.

검사는 눈동자만 굴려 주변을 살펴보더니 금세 이쪽을 알아챘다. 그러고는 그대로 걸어오면서 작은 손짓으로 갓길을 가리켰다.

난고는 차의 시동을 걸고 나카모리를 지나쳐 경찰서 부지 밖으로 나갔다.

이윽고 정차한 시빅을 따라잡은 나카모리는 마른 몸으로 뒷자석에 미끄러지듯 올라탔다. 난고가 차를 출발시키기를 기다렸다가 그가 물었다.

"조수석에 계신 분은?"

"미카미라고, 제 조수입니다. 참고로 말씀드리자면 입이 아주 무겁지요."

나카모리는 고개를 끄덕였다.

"아무튼 지금 난고 선생님은 개인적인 흥미로 움직이고 계신 건 아니죠?"

"그런 것 같네요."

난고는 돌려서 말했다.

"뭐, 넘어갑시다."

검사는 그 이상은 물으려 하지 않고 사무적인 말투로 바로 본론에 들어갔다.

"아까 이야기 말입니다만, 법원에 제출하지 않은 증거가 딱 하나 있었습니다. 기하라 료의 오토바이 사고 현장에서 검은 섬유 조각이 채취되었거든요."

"검은 섬유 조각?"

"네, 면으로 된 섬유였고, 기하라 료의 의복과는 다른 것이었습니다. 하지만 오토바이 사고로 현장에 떨어졌다는 증거가 없었죠."

"언제부터 그곳에 있었는지 모른다는 말씀이시군요."

"맞습니다. 물론 저희는 공범자가 있을 가능성도 철저하게 조사했습니다. 그 결과 살해 현장 바닥에서 검은 섬유 조각 몇 개가 발견되었죠."

"서로 일치하지 않았습니까?"

"애매합니다. 우선 사고 현장의 섬유 조각을 감정한 결과, 한 의류 업체에서 나온 폴로 셔츠라는 걸 밝혀냈습니다. 그 옷은 옷깃과 소매에만 합성 섬유를 사용했는데, 살해 현장에서 채취된 것은 그 합성 섬유 쪽이었어요. 물론 폴로 셔츠 말고도 양말이나 장갑 같은 다른 제품에도 사용됩니다."

"완전히 일치하지는 않았다?"

"그렇죠. 일단 폴로 셔츠 입수 경로도 조사해 봤지만 업체 판매망이 전 관동 지역에 걸쳐 있었기 때문에 특정 짓기가 불가능했습니다. 그런 사정 때문에 문제의 섬유 조각은 제출할 증거에서 삭제되었어요. 수사진 측에 악의가 있었던 것은 아닙니다."

"무슨 말씀인지 알겠습니다. 그런데 문제의 섬유 조각에 혈흔 같은 것은 없었습니까?"

"혈흔은 없었지만, 땀이 배어 있었습니다. 폴로 셔츠를 입었던 인물의 혈액형은 B형이고요."

나카모리는 잠시 뜸을 들였는데 빠뜨린 말이 없는지 확인하는 듯했다.

"미제출 증거는 그뿐이에요."

"그 증거를 내놓은들 재심 개시의 결정타가 되지는 않겠죠?"

"네. 원죄를 증명하기에는 너무 약합니다."

"알겠습니다. 감사합니다."

"그럼 아무 데서나 내려 주세요."

난고는 그대로 직진해서 가쓰우라역 로터리로 진입했다.

"여기까지 데려다주신 덕에 편히 왔습니다."

나카모리가 말하고는 가볍게 머리를 숙였다.

난고는 재빨리 변호사 사무실 명함을 내밀었다.

"무슨 일 있으면 이 휴대 전화로 연락 부탁드립니다."

나카모리는 조금 망설이는 듯하더니, 잠시 후 명함을 받아 들었다. 그리고 차에서 내려 "원죄의 가능성이 사라지길 기도하죠."라고 말하며 문을 닫고는 역 계단을 향해 걷기 시작했다.

"형사과에서 만난 나카모리라는 검사야."

난고가 그제야 준이치에게 소개했다.

준이치는 의아해했다.

"검사가 왜 협조해 준 걸까요?"

"사건을 담당했기 때문에 그렇겠지."

난고는 마음이 차분해지는 것을 느꼈다.

"기하라 료에게 사형을 구형한 게 저 사람이야."

준이치가 놀랐는지 계단을 오르는 나카모리를 쳐다보았다.

"그러니까 기하라 료를 사형시키라고 제일 처음 말을 꺼낸 사람이네요?"

"그렇지. 평생 못 잊을 거야."

난고는 검찰관이 짊어진 무거운 짐이 어떤 것인가를 잘 이해하고 있었다.

나카미나토군으로 향하는 동안 준이치는 한마디도 하지 않았다. 그는 어딘가 선선한 느낌이 드는 검사를 떠올리고 있었다.

나카모리의 나이는 30대 후반으로밖에 보이지 않았다. 그렇다면 기하라 료에게 사형을 구형했을 때는 20대 후반이었다는 말이 된다. 준이치의 지금 나이와 같을 무렵에 흉악 사건의 피고인과 대치했고, 상대방에게 죽음의 선고를 들이민 것이다.

심판을 받는 입장이었던 준이치는 검찰관에게 좋은 인상을 갖고 있지 않았다. 사법 시험을 통과한 엘리트. 감정을 섞지 않고 법률만을 무기로 정의를 휘두르는 사람들. 그러나 기하라 료의 사형 판결이 원죄가 아니기를 기도하는 나카모리의 모습에서는 틀림없이 고뇌가 엿보였다. 저 사람은 다른 직업에 종사했더라면 사형 제도에 반대하고 있었을지 모르겠다고 준이치는 생각했다.

나카미나토군에 들어선 차가 번화가인 이소베 마을을 지날 무렵, 흐린 하늘에서 비가 내리기 시작했다.

와이퍼 스위치를 작동시킨 난고에게 준이치가 물었다.

"앞으로 어떻게 하실 생각이십니까?"

"계단을 찾아야지."

시빅은 우쓰기 고헤이의 집으로 이어지는 산길을 오르고 있었다.

"면허 가지고 있지?"

준이치는 뒷주머니에서 지갑을 꺼냈다. 면허증은 있었으나 그 내용을 확인하고는 "앗." 하고 놀랐다.

"주소가 마쓰야마 교도소로 되어 있는데요."

"나와 같은 주소군."

난고가 웃었다.

"2주 내에 변경하면 문제없어. 이제 차를 좀 운전해 줘야겠네."

"제가요?"

"음."

난고는 곁눈질로 준이치를 쳐다보았다.

"알아. 불안하지?"

"네."

현재 준이치는 속도 위반이나 주차 위반만 해도 교도소로 돌아가게 된다.

"그래도 해 줘야겠네. 난 지금부터 저 집에 들어가야 하니까. 주택 침입이지!"

준이치가 놀라 난고의 얼굴을 쳐다보았다.

"계단이 없다는 것을 확인하지 않고서는 아무것도 시작할 수 없으니 말이야."

"괜찮을까요?"

"할 수 없잖나."

난고가 웃었다.

"그래서 말인데, 누구한테 발각이라도 당했을 때 자네가 가까이 있어서는 곤란해. 공범이 되니까. 게다가 집 근처에 차가 있으면 아무래도 사람 눈에 띄게 마련이야. 그러니까 내가 집 안으로 들어가면 자네는 차를 몰고 산을 내려가 주게. 알겠나?"

따르는 수밖에 없을 것 같았다.

"난고 씨, 돌아오실 때는 어떻게 하시게요?"

"이쪽 일을 마치면 휴대 전화로 연락하겠네. 오토바이 사고 현장까지 데리러 와 줘."

준이치는 고개를 끄덕였다.

난고는 내키지 않는 듯 한숨을 쉬더니 변명하듯 말했다.

"폐가 침입과 사형수의 원죄 중에 어느 쪽이 더 중요한가의 문제야."

이전에 찾아왔을 때와 마찬가지로 우쓰기 고헤이의 집 앞에는 인기척이 없었다. 시빅이 올라온 외길은 오래전에는 내륙부로 통하는 주요 도로였던 모양이나, 그 후 또 다른 교통로가 개발되면서 방치되었다.

가랑비 속에 차에서 내린 난고는 트렁크를 열어 필요한 도구를 꺼냈다. 접이우산과 삽, 필기도구, 회중전등. 그리고 잠시 생각하더니 목장갑을 두 손에 끼었다.

우산을 쓰고 목조 가옥을 돌아보니 그 음침함이 두드러졌다. 처마에서 떨어지는 빗방울은 마치 집이 흘리는 피나 눈물처럼 보였다.

시빅 운전석에서는 준이치가 약간 긴장된 모습으로 좌석 위치를 조절하고 있었다.

"괜찮겠지?"

난고는 자신의 목소리가 뒤에 있는 집에 빨려 들어간 듯하여 무심결에 뒤돌아보았다.

"어떻게 되겠죠."

준이치는 미덥지 않게 말하고 가속 페달을 밟아 전진과 후진을 짤막하게 되풀이해서 차를 유턴시켰다.

"잘하는데."

"그럼, 이따 뵙겠습니다."

준이치는 그렇게 한마디 남기고 산길을 내려갔다.

난고는 집과 마주 보았다. 소리없이 다가오는 불길한 예감을 떨쳐 버리고, 검증 조서에 있던 배치도를 떠올린다.

뒷문일 것이라 생각하고 난고는 잡초를 가르며 집 뒤편으로 향했다.

그곳에 있는 문은 문이라기보다 나무 판자였다. 검증 조서에는 '집 안쪽에 목제 빗장'이라고 적혀 있었다.

난고는 우산을 벽에 세워 놓고 접이식 삽을 펴서 손잡이로 판자문을 두드려 보았다. 그러자 눌려 있던 판자문이 튕기며 아무런 저항 없이 난고 쪽으로 열렸다.

처음부터 열려 있었군, 하며 난고는 자기 자신을 타일렀다. 침착해라. 서두를 필요 없다.

내부의 어둠을 살펴보니 면적이 3평 정도 될 것 같은 부엌이 보였다. 회중전등을 켜고 집 안으로 들어가서 등 뒤의 판자문을 닫는다. 순간 희미하기는 하나 금속성의 이상한 냄새가 코를 찔렀다. 좋지 않은 예감이 들었으나, 뒷문에서 구두를 벗고 그대로 부엌으로 들어갔다.

바닥은 먼지투성이었다. 어쩔 수 없이 발자국이 남는다는 것을 깨닫고 난고는 다시 구두를 신은 채 그대로 부엌을 돌아다녔다. 목적했던 창고는 금방 찾을 수 있었다. 반 칸 정도 되는 정사각형의 판자가 찬장 앞에 끼워져 있었다.

난고는 손잡이를 잡고 바닥 판자를 들어올렸다. 휘날리는 먼지가 회중전등의 빛줄기를 부각시켰다.

그러나 그곳에 계단은 없었다. 구멍 깊이는 50센티미터 정도

밖에 되지 않았으며, 바닥에 있는 것은 식기류나 조미료 병, 그리고 말라 비틀어진 바퀴벌레 껍질뿐이었다.

혹시나 해서 구멍 바닥과 측면을 손으로 두드려 보았으나, 뒤쪽에서 콘크리트로 보강되어 있어 증거를 숨기기는 불가능하다는 것을 알았다.

다시 마음을 가다듬고 일어선 난고는 안쪽 여닫이문에 시선을 고정시켰다. 이대로 돌아갈 생각은 없었다. 현장을 본인 눈으로 꼭 봐야만 했다.

여닫이문을 열고 복도로 나간다. 어둠 속 왼편에 현관이 보였다. 신발장 위에는 우쓰기 게이스케가 구급차를 부른 전화기가 그대로 남아 있었다.

이상한 냄새가 강해지자 난고는 얼굴을 찌푸렸다. 그러나 해야 한다. 각오를 다지고 거실로 이어지는 문을 열었다.

방 안은 사방이 검붉었다. 이 집은 두 피해자가 흘린 대량의 피를 흡수한 채 방치된 것이다. 시체 냄새가 그 당시 그대로 풍겨 오는 것 같았다.

그래도 난고는 회중전등 빛에 의지하며 살해 현장으로 발을 들여놓았다.

산을 내려온 준이치는 이소베 마을로 들어서자마자 바로 주차장을 찾았다. 난고를 데리러 갈 때까지 시간을 때워야 한다. 그동안 계속 핸들을 쥐고 있는 것은 너무 위험하다.

번화가의 상점가를 달리며 10년 전에 유리와 이곳에 왔던 기억을 되살리려 했으나 바로 구역질이 치밀어 오르는 바람에 그만두었다.

결국 준이치는 역전에 있는 찻집을 발견하고는 그곳 주차장에 차를 주차시켰다.

가게 안에서 냉커피를 주문했다. 긴장은 풀렸지만 자신만 쉬고 있다는 데 죄악감을 느꼈다. 난고는 지금 유령의 집 같은 폐가 안에서 고군분투 중인 것이다.

뭔가 본인이 할 수 있는 일이 없을까 싶어 시빅으로 돌아간 준이치는 난고가 수납함에 넣어 둔 나카미나토군의 지형도를 꺼냈다.

만약 그 집 내부에 계단이 없다면 부근을 찾아야 한다. 찻집으로 돌아온 준이치는 수색 장소를 대충 찾아 놓을 생각에 지도를 여기저기 살폈다.

이소베 마을에서 우쓰기의 집까지는 외길이었다. 차로 10분가량 되는 거리이다. 우쓰기의 집 앞에서 포장이 끊긴 비포장도로는 그대로 산간을 굽이돌아 3킬로미터 정도 내륙으로 들어간 곳에서 세 군데로 나뉜다. 오른쪽으로 가면 가쓰우라시로 빠지고, 왼쪽으로 가면 아와군으로 향하며, 직진하면 주요 도로 강변길과 합류하여 보소 반도를 종단하는 경로가 된다.

경찰은 우쓰기의 집에서 300미터 정도 안쪽으로 들어간 지점에서 땅을 판 것으로 추정되는 삽을 발견했다. 증거품은 그 인근에 묻은 것으로 보고 있으나, 지형도의 등고선으로 보건대 인가가 있을 것 같지는 않다. 그렇다면 사형수 기하라 료의 기억에 되살아난 계단은 어디에 있는 것일까.

준이치는 시간 경과를 추적해 보았다. 피해자의 사망 추정 시각은 오후 7시 전후였다. 그 후 오토바이 사고 현장에서 기하라 료가 발견된 것이 오후 8시 30분. 즉 1시간 30분 사이에 기하라 료는 계단을 올랐다는 이야기가 된다.

진범이 누구든 간에 이동 수단으로 기하라의 오토바이가 이용된 것은 틀림없다. 그렇게 되면 오토바이로 편도 45분 범위 내에 계단이 존재한다는 것이다. 단, 구멍을 파고 증거를 묻을 시간을 고려하면 해당 범위는 더 좁아진다. 넉넉잡아 편도 35분 범위가 고작일 것이다.

이소베 마을에서 차로 10분 걸리는 우쓰기의 집으로 가는 길도 직선 거리로는 1킬로미터를 조금 넘을 정도다. 길이 험악한 산간부의 조건을 생각한다면 범인이 이동 가능했던 거리는 3킬로미터 이내로 추정되었다. 계단이 있다면 그 범위 안이다.

준이치는 고개를 들어 동사무소에 문의하는 등의 추후 계획을 짜기 시작했다. 그러던 중 창밖에서 예기치 못한 인물을 발견했다.

사무라 미쓰오였다.

준이치의 몸이 굳어 버렸다. 미쓰오는 T자로 맞은편의 신용금고에서 작업복 차림으로 막 나온 참이었다. 이쪽을 알아본 것 같지는 않았다. 그의 손에는 현금이나 전표를 넣는 손가방이 쥐어져 있다. 미쓰오는 지나치는 노인에게 웃는 얼굴로 인사하고, '사무라 제작소'라는 로고가 들어간 경트럭에 올라탔다.

그 아무렇지도 않은 광경이 준이치를 심히 동요케 했다.

아무리 아들을 잃었어도 남겨진 아버지에게는 지켜야 할 생활이 있다. 매일 세 차례씩 먹고 싸고 자는 것. 지인을 만나면 웃는 얼굴로 인사하며, 노동으로 수입을 얻어야 한다. 그렇게 이 세상을 살아가는 것이다. 바닷가의 단독 주택에 사는 우쓰기 내외나 준이치의 부모도 마찬가지로 일상 생활을 되풀이해 왔을 것이다. 이따금 밀려오는 힘든 기억에 일손을 놓고 아무도 모르게 고개를 떨구며.

준이치는 애절함을 느꼈다.

사무라 미쓰오에게 왜 좀 더 성의를 다해 사과하지 못했는지 후회되었다.

범죄는 눈에 보이는 형태로 무언가를 파괴하는 것이 아니다. 사람들 마음속에 침투하여 그 토대를 들어내는 것이다.

그러나, 하고 오랫동안 되풀이해 왔던 번민이 마음을 스친다.

그때 나는 달리 어찌했으면 좋았단 말인가.

사무라 교스케의 목숨을 빼앗을 수밖에 없지 않았던가.

피에 물든 다다미에서는 철과 녹이 섞인 강렬한 취기(臭氣)가 풍겨 왔다.

손수건으로 코를 막고 집 전체를 둘러본 난고는 계단이 없음을 눈으로 확인했다. 또한 바닥 판자를 뜯어 낸 흔적이 이곳저곳에 있는 것도 발견했다. 사라진 증거가 묻혀 있지 않은지, 경찰이 혈안이 되어 바닥을 뒤엎은 것이리라.

급한 대로 목적을 완수한 난고는 마무리 작업에 들어갔다. 거실 좌탁에 내동댕이쳐진 것처럼 놓인 봉투 묶음이었다. 그 큰 봉투들은 수사진이 압수한 증거를 영치*할 때 쓰이는 것들이었다. 아마도 재판에서 쓰이지 않고 반환된 증거품을 상속인인 우쓰기 게이스케가 이곳에 돌려놓은 것이리라.

봉투는 모조리 개봉되어 있었고, 안을 보다 보니 주소록이 있었다. 그것은 피해자의 교우 관계를 나타내는 중요한 자료다.

통째로 가져갈까 하다가, 절도가 성립된다는 생각에 마음을 고쳤다. 난고는 볼펜과 메모지를 꺼내어, 좌탁에 놓아둔 전등 빛에 의지해서 그곳에 적힌 성명과 연락처를 베끼기 시작했다. 추후 부근 일대를 조사할 때, 어디에서도 계단이 발견되지 않는다면 이 사본이 틀림없이 도움이 될 것이다.

그러나 작업이 굼떴다. 목장갑을 낀 채로는 필기도 마음 같지 않았고 종이를 넘기지도 못했다. 하는 수 없이 맨손이 된 난고에게 갑자기 한 가지 생각이 스쳐 갔다.

사라진 예금 통장.

---

* 領置, 압수의 한 가지.

범인은 통장을 훔쳤을 때 분명히 기재 내용을 확인하려 했을 것이다. 그때 장갑을 벗지 않았을까 하는 생각이 들었다.
'틀림없다.'
난고는 확신했다. 피에 물든 장갑을 끼고서는 통장을 넘기지도 못할뿐더러 틀림없이 혈흔이 묻는다. 돈을 찾을 때 수상하게 보일지도 모른다. 범인은 분명 맨손으로 통장을 만졌을 것이다.
과거 수천 가지의 범죄 기록을 읽어 온 경험에서 난고는 지문을 완전히 불식하는 것이 얼마나 어려운 일인가를 알고 있었다. 범인이 현장에서 장갑을 벗으면 반드시 잠재 지문이 남는다. 이는 눈에 보이지 않을뿐더러 물건을 만진다는 것은 완전히 무의식적인 행동이므로 나중에 닦아 내더라도 반드시 누락이 있기 마련이다. 사라진 예금 통장, 그리고 인감을 찾아내면 진범의 지문이 남아 있을 가능성이 높다.
난고는 주소록에서 눈을 떼고 우쓰기 고헤이와 야스코의 시체가 남아 있던 거실의 양쪽 구석으로 시선을 옮겼다. 그 다다미에는 거무죽죽한 얼룩이 남아 있었으나 두 사람의 몸이 닿았던 부분만 변색을 면했다. 난고는 그 애매한 사람 모양에게 말을 걸었다. 당신들을 죽인 진정한 범인을 찾아낼 수 있을지도 모르겠다고.
난고는 다시 필기하기 시작했다. 손목시계를 보니 이 집에 들어온 지 1시간이 경과해 있었다.
묵묵히 볼펜으로 써 내려가다가 주소록 안에서 의외의 이름을 발견했다.

사무라 미쓰오와 교스케.

준이치가 죽음으로 몰고 가 버린 젊은이와 그 아버지는 피해자 부부의 지인이었다.

난고의 전화를 받은 준이치는 오토바이 사고 현장 지점으로 향했다.

굽이 굽은 산길을 신중하게 오르자 우산을 쓰고 기다리는 난고의 모습이 보였다.

준이치는 마음이 놓였다. 무사고 무위반으로 여기까지 올 수 있었으니.

시빅을 세운 준이치는 즉시 운전석을 난고에게 양보하고 물었다.

"어떠셨습니까?"

난고는 피해자 주소록에 사무라 부자의 이름이 있었다는 사실을 이야기했다.

"사무라 미쓰오와 교스케요?"

준이치는 놀라서 되물었다.

"나도 처음에는 의외였지만 생각해 보면 그리 이상한 일도 아니야. 살해된 우쓰기 고헤이의 경력, 기억하나?"

"보호사 말입니까?"

"그전."

준이치는 스기우라 변호사의 설명을 기억해 냈다.

"중학교 교장이요?"

"음. 아마도 제자 중에 사무라 교스케가 있었던 거겠지."

준이치는 납득이 갔다.

"그리고 집 안에 계단은 없더군. 앞으로 우리는 들일을 해야 하네. 산속을 헤집고 다닐 거야."

"각오는 되어 있습니다."

준이치는 지도와 씨름하며 내린 결론을 전달했다. 추후의 수색 범위다.

이를 듣더니 난고는 벌써부터 질린 모양이었다.

"사방 3킬로미터?"

"그렇지만 멀리 가면 갈수록 숲에 들어갈 시간이 적어지니까, 수색 범위는 삼각형이 되지 않겠습니까?"

"응?"

"그러니까 3킬로미터까지 갔다고 치면, 갔다가 돌아올 시간밖에 없지 않습니까. 증거를 묻으러 숲속에 들어갔다 해도 바로 길가라는 말이 되죠."

"아, 알겠네. 이런 말이지? 우쓰기의 집 근처라면 범인에게는 숲속까지 들어갈 시간이 있었다, 멀리 가면 갈수록 그 장소는 길과 가까워진다."

"맞습니다. 그렇게 계산하면 숲속을 도보로 움직이는 시간까지 감안해서, 밑변 1킬로미터, 높이 3킬로미터짜리 삼각형 범위를 찾으면 되지 않겠습니까?"

난고는 웃었다.

"공학도한테는 못 당하겠는데."

"그리고 또 한 가지, 동사무소에 가서 물어봤더니 그 범위에 주택은 없답니다. 단, 45년 전에 지어 놓은 영림 사업 설비 같은 것이 남아 있을 가능성은 있다고 하더군요."

"좋아, 일단 그것부터 찾아보자고."

난고는 시빅에 시동을 걸었다.

탐색은 그날 오후부터 시작되었다.

우선 두 사람은 가쓰우라시로 돌아가 등산화와 두꺼운 양말, 밧줄과 비옷 등 필요 장비를 사들였다. 그리고 나서 나카미나토군의 산속으로 돌아가 길가에 차를 남겨 둔 채 숲속으로 들어갔다.

그러나 이는 예상을 초월한 고행이 되었다. 비로 질척이는 지면에 발을 헛딛기 일쑤였고, 노출된 나무뿌리가 가차없이 둘의 정강이를 때렸다. 더욱이 난고는 나이 탓에, 준이치는 교도소 생활의 식생활 탓에 스스로도 믿기지 않을 정도로 체력이 떨어져 있었다.

"난고 씨."

15분도 채 되지 않아 간신히 숨을 쉬던 준이치가 말했다.

"물통 사는 걸 잊었네요."

"깜빡했군."

난고도 거친 숨을 내쉬며 자신들의 멍청함에 웃음이 나오는 모양이었다.

"게다가 나침반도 없이 어쩌겠다는 건지."

"이런 데서 조난당하면 상대도 안 해 줘요."

"동감이네."

난고는 지도를 쥔 준이치에게 물었다.

"우리가 얼마나 걸어온 건가?"

"200미터 정도 되는 것 같은데요?"

난고는 웃음을 떠뜨렸다.

"앞일이 뻔하군."

다음 날부터 두 사람이 할 일이 한꺼번에 늘었다. 아침에 일어나면 난고는 소풍 가는 아이를 챙겨 보내는 어머니처럼 두 사람 몫의 물통과 음료수와 도시락을 준비했다. 한편 준이치는 산속 탐색을 끝내고 가쓰우라시의 아파트로 돌아올 때마다 진흙투성이가 된 두 사람 몫의 옷을 들고 빨래방으로 뛰어야 했다.

그 외에도 경비 계산이나 소송 기록 정독, 스기우라 변호사에게 올리는 경과 보고 등으로 눈코 뜰 새 없었다.

핵심인 산중 수색은 날이 갈수록 하루에 해치우는 범위가 넓어져 갔다. 둘 다 허리와 다리가 단련되어 갔기 때문이다. 그래도 즐거운 하이킹이 될 수는 없었다. 멧돼지와 마주칠 위험도 있었고, 실제로 뱀이나 지네, 거머리 등 도회지에서 자란 준이치로서는 털이 곤두설 만한 생물들이 수두룩했다.

어느 날 준이치는 사라진 증거품을 찾기 위해 경찰이 산속을 수색했던 것이 기억나서 어떤 작업을 했는지 소송 기록을 펼쳐 보았다. 그러자 형사나 감식과 직원 외에 기동대원 70명이 동원되어 도합 120명의 수사원이 열흘에 걸쳐 4킬로미터 사방을 빈틈없이 조사했음을 알았다. 일본 경찰의 특기인 롤러 작전이다. 게다가 그들은 계단을 찾는 준이치들과는 달리 매몰되어 있는 흉기를 찾아내기 위해 지면이 파인 흔적을 찾아 미심쩍은 곳은 모조리 파헤쳤고, 금속 탐지기까지 써 가며 그 일대를 샅샅이 조사했다. 그렇게까지 했는데도 흉기인 대형 날붙이와 예금 통장, 인감은 발견되지 않았던 것이다.

준이치는 소송 기록 중에 계단이 설치된 산장 따위가 기재되어 있지 않은지 기대했으나, 그런 말은 일절 적혀 있지 않았다.

두 사람이 산에 들어가기 시작한 지 열흘이 지나고 지도상의 삼각형이 반 정도 칠해진 무렵, 산 쪽의 시냇가에서 목조 오두막을 발견했다.

먼 곳에서 그 오두막을 발견한 준이치는 저도 모르게 소리를 질렀다.

"난고 씨, 있었어요!"

난고도 이제 고생에서 해방되었다 싶었는지, 눈을 빛내며 "가자!" 하고 소리쳤다.

두 사람이 다다른 그 오두막은 3평 정도의 건평에 2층으로 되어 있었으며, 세로로 긴 건물이었다. 입구 옆에는 풍파를 맞아

판독하기 어려운 간판이 걸려 있었다. 무슨 영림청이라고 적혀 있는 것 같았다. 문에는 녹슨 자물쇠가 설치되어 있었으나, 힘껏 잡아당기자 통째로 튕겨 나갔다.

"두 번째 주택 침입이군."

난고의 말에 제정신이 든 준이치는 엉겁결에 주변을 둘러보았다.

"아무도 안 봐."

난고가 웃으며 기세 좋게 문을 열었다.

안을 들여다본 두 사람은, 그러나 순식간에 실망했다. 오두막은 틀림없이 2층짜리였으나 승강을 위한 설비는 계단이 아니었다.

"사다리라니!"

난고가 안으로 들어가면서 위층을 올려다보았다. 준이치도 따라 들어가 3평 정도 되는 공간을 둘러보았다. 깨진 컵과 각재, 모래로 범벅이 된 이불 같은 것들이 널려져 있었다. 영림청 일꾼들이 휴식을 취하는 오두막인 것 같았다.

미련을 버리지 못한 두 사람은 오두막 내부는 물론 바닥까지 포함하여 계단과 증거품이 없는지 두루 살폈다. 그러나 아무것도 나오지 않았다.

수색이 허사로 돌아가자, 난고도 준이치도 맥이 빠져 그 자리에 우두커니 서 있었다. 문 너머 숲속으로 다시금 나가야 했으나, 추운 아침에 이불 속을 빠져나가는 것만큼이나 힘든 일이었다.

마침내 난고가 나무 바닥에 벌렁 누우며 말했다.

"좀 쉬었다 가세."

"네."

준이치는 벽에 기대어 앉았다. 물통에 넣은 스포츠 음료를 마시자 노곤했던 다리가 조금 풀리는 듯했다. 야생의 새소리를 들으며 준이치가 말했다.

"좀 생각해 봤는데요."

"뭘?"

피곤해 보이는 난고가 눈알만 굴려 준이치를 쳐다보았다.

"제삼자가 있었다는 가설 말입니다. 강도는 기하라 료를 협박해서 숲속에 들어간 거죠."

"증거를 파묻기 위해서지."

"그때 기하라는 계단을 올랐다……."

"그렇지."

"문제는 그거예요. 증거를 묻으러 간 장소에 계단이 있었던 게 우연이었을까요?"

"아하…… 범인은 처음부터 계단이 있는 장소로 향했다. 즉 처음 온 곳이 아니었다……."

"그런 생각이 듭니다."

"범인은 영림청 직원이야?"

난고의 농담이, 그러나 예리한 반론이 되었다. 준이치는 깨달았다.

"그렇겠네요. 이 고장 사람들도 이런 숲속까지는 모르겠죠."

"그럴 것 같은데. 그건 그렇고 계단의 기억이라는 게 생각하면 생각할수록 묘한 이야기야. 기하라는 정말 계단을 오른 걸까?"

"꿈이나 환각?"

"모르겠지만."

난고도 당혹스러운 듯했다. 그는 한동안 곰곰이 생각하더니 "자아." 하는 기합과 함께 자리를 털고 일어났다. 그리고 가는 눈썹을 올려 애교스런 미소를 띠며 준이치에게 물었다.

"좋은 소식과 나쁜 소식이 있는데 어느 쪽부터 듣고 싶나?"

"네? 그럼 좋은 소식부터."

"우리 작업이 벌써 반이나 끝났어."

"나쁜 소식은요?"

"우리 작업이 아직 반밖에 안 끝났어."

3

'사형 집행 기안서'가 법무성 보호국에 넘어온 것은 7월이 목전에 다가온 금요일이었다.

참사관은 바로 은사과 과장을 찾아가 기하라 료에 관한 은사 출원 상황을 확인했다.

"중앙 갱생 보호 심사회에도 확인을 했지만, 은사 출원은 한 번도 없었어. 본인이 범행 시의 기억이 없다고 주장하고 있으니 말이야."

은사과 과장이 말했다.
"기억 상실은 집행 정지 사유가 되지 않는 겁니까?"
"그건 우리가 관여할 바 아닐세. 심정 안정에 관련된 문제지만, 교정국 심사가 이미 끝났으니까."

참사관은 교정국 국장 이하, 세 명의 결재인을 바라보았다. 그들은 기억을 상실한 기하라 료에 대해 사형을 집행하라고 서명한 것이다. 은사 상당 사유를 심사하는 보호국 입장에서는 교정국 결론에 이의를 제기할 권한이 없었다.

자리에서 물러난 참사관은 기안서를 읽어 보기 시작했다. 읽어 본들 이미 집행을 정지시킬 수는 없다는 것을 알고 있었으나, 직업상의 양심은 채워 넣고 싶었다. 자세한 사정도 파악하지 않고 하나의 인간을 사형대에 올릴 수는 없다.

그건 그렇다 해도, 하고 기안서를 읽어내려 가자니 여느 때처럼 허무함이 밀려든다. 은사라는 제도가 진정 기능하고 있는가, 하는 의문이다. 은사란 사법이 내린 결론에 대해 행정이 자체 판단으로 형사 재판의 효력을 변경시키려는 것이다. 쉽게 말해 내각의 판단으로 범죄자의 형벌을 소실시키거나 감형시킬 수 있는 것을 뜻한다. 삼권 분립에 위반된다는 비판도 있으나, 이 제도가 유지되고 있음은 그 고매한 이념…… 법의 획일성에 의해 타당치 못한 판결이 내려진 경우나 다른 방법으로는 구할 길이 없는 오판에 대한 구제 등이 지지받고 있기 때문이다.

그러나 현실을 바라보면 부정적인 면만 보인다.

은사는 크게 나누어 정령은사와 개별은사의 두 가지가 있다. 정령은사 쪽은 황실이나 국가의 경조 시에 일률적으로 내려지는 은사이다.

1988년에 쇼와 천황의 병세 악화가 전해졌을 때, 사형 집행에 관한 모든 업무가 정지된 적이 있었다. 천황이 사망하게 되면 정령은사가 내려지는 것은 확실했고, 사형수에게도 적용될 경우를 고려하여 집행을 보류한 것이었다. 이는 행정 측의 온정이라 할 수 있었으나, 그 뒤에서는 어처구니없는 비극이 펼쳐지고 있었다. 재판에서 사형 판결을 다투던 피고인 몇 명이 스스로 공소나 상고를 취하하여 사형 판결을 확정시켜 버린 것이다.

이는 은사가 확정수에게만 적용되기 때문에 일어난 비극이었다. 정령은사가 내려진 시점에서 아직 재판이 진행 중이면 판결이 확정되지 않은 탓에 은사를 받을 수 없기 때문이다. 피고인들은 상급심에서 사형 판결이 파기되는 것보다 정령은사에 의해 사형 판결이 감형될 가능성에 내건 것이다.

그러나 결과적으로 정령은사가 내려지기는 했으나 대상자는 경미한 죄를 범한 자로 한정되어, 무기나 사형에 해당되는 흉악 범죄자는 적용되지 않았다. 공소나 상고를 취하한 피고인들은 그렇게 스스로의 최후를 앞당겨 버린 것이다.

왜 이런 일이 일어나는가. 원인은 명확하다. 은사 적용에 관한 기준이 명확지 않기 때문이다. 즉 그때그때 행정권자의 자의에 의해 어떻게든 운용할 수 있는 것이다. 그 증거는 과거 실적에 명확히 나타나 있다. 은사에 의해 석방되거나 복권된 자는 선거 위반 사안이 압도적으로 많다. 즉 정치가를 선거에서 당선시키기 위해 범죄에 손을 댄 자들이 우선적으로 용서받고 있는 것이다.

이와는 반대로 사형수는 과거 25년간 은사를 적용받은 예가 한 건도 없다. 이는 법원의 형량 기준이 느슨해진 원인도 있다. 웬만큼 무도한 죄를 범하지 않는 한 사형 판결이 선고되는 일이 없어진 것이다. 현재 일본에서는 연간 1300명 남짓되는 살인자들이 체포 투옥되고 있는데, 그중 사형 판결을 받는 자는 고작 몇 명에 지나지 않는다. 살인자 중에서도 0.5퍼센트 이하라는 낮은 확률이다. 총인구로 따지면 수천만 명 중 한 명이라는 기적과 같은 비율로 사형수가 나오는 꼴이다. 그 몇 명은 그야말로 '극형으로 다스릴 수밖에 없는' 잔학한 자들이며, 그들에게 은사를 내리는 것은 과분한 조치라 할 수 있을 것이다.

그러한 사정에도 불구하고 참사관이 불만을 느끼는 것은 정령은사, 개별은사 쌍방에 명확한 기준이 없기 때문이었다. '확정 판결 후의 개별적 범죄의 정황을 고려한다.'라는 게 무슨 뜻인가. 구치소장의 보고는 사형수의 내면을 제대로 파악하고 있는 것인가. 은사 제도의 기본 이념에 비추어 볼 때 실은 구제했어야 할 자까지 처형해 온 것이 아닌가 하는 의문점이 참사관의 머리를 떠나지 않았다.

기하라 료의 '사형 집행 기안서'는 다 읽었다. 결재인을 찍은들 그 어느 곳에서도 이의 제기는 없을 터였다.

참사관은 자기 인생을 돌아보며 일말의 반성을 느꼈다. 법무성에 들어올 때 설마 사형 집행 결정에 자신이 관여하리라고는 꿈에도 생각지 못했다.

경솔했구나, 하고 생각하며 그는 기안서에 도장을 쿡 찍었다.

"만세 삼창이라도 할까?"

최종 지점에 도달했을 때 난고가 그렇게 말했다.

산속에서 계단을 찾기 시작한 지 3주, 장마가 곧 갤 무렵에 그들은 겨우 예정 범위의 수색을 마쳤다.

그간 휴식이라고는 준이치가 도쿄로 돌아가 보호 관찰소에 출두한 반나절뿐이었다. 연일 빗속에서 근육통을 앓는 몸에 채찍질을 해 가며 찾아다녔는데도 계단은 발견할 수 없었다.

시빅을 세워 놓은 산길로 나가자 준이치는 길가에 주저앉았다. 하반신은 진흙투성이였고, 비옷 모자에서는 빗방울이 떨어졌다. 그는 거친 숨을 몰아쉬었다.

"어떻게 된 걸까요. 계단의 기억이라는 건 착각이었을까요?"

"그렇게 생각할 수밖에 없겠어."

난고는 비옷 밑에 수건을 넣어 온몸의 땀을 닦았다.

"이만큼이나 했는데 못 찾은 걸 보니."

"그럼 우리 일은 실패로 돌아간 겁니까? 그러니까 기하라 료의 원죄를 증명해 내지 못한 건가요?"

"아니, 아주 끝난 건 아닐 거야. 오늘 밤 스기우라 선생이 오니까 상의해 보세."

준이치는 억지웃음이 얼굴에 밴 변호사를 떠올렸다. 수색이 일단락되는 오늘, 스기우라가 상세한 경과 보고를 들으러 가쓰우라시까지 오기로 되어 있었다.

아직 시간은 있다. 준이치는 자신들에게 주어진 3개월이라는 시한이 생각났다. 아직 2개월 남짓 남아 있다.

"이대로 물러날 수는 없어요."

난고가 기특하다는 듯이 쳐다보자 준이치는 황급히 덧붙였다.

"기하라 료의 목숨을 구하고 싶은 것도 있지만 성공 보수도 있고……."

"그래. 부모님을 편하게 해 드리고 싶을 거야."

"네."

준이치는 솔직하게 시인했다.

"나는 사우스 윈드 베이커리 개업 자금이다."

난고가 웃었다.

"돈 목적도 나쁘지만은 않아. 사람 목숨을 살리는 일이니 말이야."

"그렇죠."

그런 후 준이치와 난고는 무거운 엉덩이를 들어 시빅에 올라탔고, 우쓰기 고헤이의 집 앞을 지나 하산했다. 수색이 정오 무렵에 끝났기에 평소보다 4시간 이른 오후 3시에는 가쓰우라시에 있는 아파트로 돌아올 수 있었다.

샤워를 하고 세탁 등의 잡일을 마친 무렵, 도쿄에서 스기우라 변호사가 도착했다.

"TV도 없어요?"

스기우라는 놀라서 현관에 우두커니 서 있었다. 눈길은 이불만 깔려 있는 3평짜리 두 방 사이를 오갔다.

난고도 그제야 살풍경한 방을 느낀 듯 쓴웃음을 지었다.

"야산을 쏘다니며 잠만 자는 생활이다 보니······."

"정말 고생하셨네요. 두 분 다 튼튼해지셨겠습니다."

그 익살에는 준이치도 웃을 수밖에 없었다. 비만이었던 난고의 배가 날이 갈수록 들어가는 게 눈에 보였기 때문이다.

"그런데 계단은 없더군요."

난고의 보고에 스기우라는 다시 진지한 표정이 되었다.

"식사라도 하러 나가실까요? 선후책을 검토해야죠."

아파트를 나선 세 사람은 스기우라의 안내로 역전 호텔에 있는 스시집으로 들어갔다. 바로 방으로 안내해 주는 것을 보니 변호사가 미리 예약해 둔 모양이었다. 난고와 준이치의 고생을 위로해 주려는 것이리라.

방에 자리를 잡은 세 사람은 우선 맥주로 건배했다. 그 후 한동안은 잡담이 이어졌다. 준이치는 몇 년 만에 입에 댄 스시에 혀를 내두르며 부모님께도 맛보여 드리고 싶다는 생각을 했다.

스시가 반이 비어 갈 무렵, 난고가 드디어 본론으로 들어갔다.

"그래서 앞으로 말이죠."
"잠시만 기다려 주십시오."
스기우라가 막았다.
"그 전에 제 쪽에서 드릴 말씀이……."
"뭡니까?"
스기우라의 눈동자는 말을 꺼내기 어려운 듯 난고와 준이치의 얼굴을 오갔다.
"좀 문제가 제기되는 바람에……."
"어떤?"
"정치적인 발언은 빼고 터놓고 말씀드리겠습니다. 실지 조사는 난고 씨 혼자서 해 주셨으면 좋겠다고 의뢰인이 부탁해 왔습니다."
"나 혼자서요?"
난고는 염려하듯 준이치를 쳐다보며 되물었다.
"이유는 저도 모르겠습니다만 아무튼 그렇게 하기를 원하십니다."
준이치는 젓가락을 놓았다. 그리도 맛있던 스시가 갑자기 넘어가지 않았다. 자신만 제외당한 이유를 그는 알고 있었다.
"미카미에게 전과가 있어서 그런가요?"
난고가 분노를 억누른 목소리로 말했다.
"전과자가 수집한 증거는 재심 심사를 통과하지 못한다는 건가요?"

"저도 의뢰인이 무슨 뜻으로 말씀하신 건지는 모르겠습니다만······."

"긴 말 필요 없어요. 미카미의 전력을 그쪽에 보고한 거죠?"

"그렇습니다."

스기우라 변호사는 순순히 인정했다.

난고는 눈을 이리저리 굴리며 누구한테랄 것 없이 말했다.

"빌어먹을 놈!"

준이치는 분노를 노골적으로 드러낸 난고를 처음 보았다. 놀라웠다. 체포된 후로 2년 동안 자신을 위해 화를 내 주는 사람이라고는 이 세상에 한 명도 없었다.

험악한 분위기 속에서 갑자기 미소를 띤 난고가 스기우라에게 맥주를 따르며 말했다.

"스기우라 선생도 나도 곤란하게 됐어요."

"곤란?"

"이번 계단 수색도 미카미가 없었으면 시간이 두 배는 걸렸을 거요. 앞으로도 그렇고. 혼자 하게 되면 원죄를 증명할 가능성이 반으로 줄어들어요."

"그렇게 되겠지요."

"보수도 이쪽이 두 배를 요구한 것도 아니고 미카미와 둘이 나누겠다는 건데······."

처음 알게 된 사실에 준이치는 놀랐다. 이번 일은 난고 혼자에게 들어온 것이고, 보수가 반으로 줄 것을 뻔히 알면서 준이치를 끌어들였단 말인가.

"게다가……"

난고는 한층 더 장난스런 웃음을 띠었다.

"스기우라 선생도 성공 보수로 계약한 게 아닙니까?"

스기우라는 멋쩍은 웃음을 지었다.

"이런 건 어때요? 나 혼자 스기우라 선생의 의뢰를 받았다. 그리고 제멋대로 조수를 고용했다. 이에 대해 스기우라 선생은 일절 아는 바가 없다."

"음……"

스기우라가 고개를 갸우뚱했다.

"나쁜 제안은 아닐 텐데요. 여기 있는 세 명 다 성공 보수를 받을 기회가 커지니 말입니다. 게다가……"

난고는 갑자기 진지한 표정으로 돌아왔다.

"미카미를 뺀다면 나도 그만두겠어요. 그쪽은 인선부터 다시 시작해야 할 겁니다."

"네? 진심이십니까?"

"물론이고말고. 어느 쪽을 택하겠습니까?"

"난처해졌는데요. 이런! 난처합니다, 난처해요."

스기우라는 반복해서 말하며 결론을 내릴 시간을 버는 것 같았다.

난고는 미소를 머금고 끈기 있게 상대방의 답변을 기다렸다.

"알겠습니다."

스기우라가 말했다.

"저는 난고 씨만 고용했습니다. 그럼 되겠습니까?"

"음."

난고는 기쁜 듯 고개를 끄덕였다. 그리고 입을 열려던 준이치에게 말했다.

"신경 쓸 필요 없어."

준이치는 입을 다물고 머리를 숙였다.

"이상한 화제를 꺼내서 미안하네."

스기우라는 준이치에게 말을 건네며 물수건으로 입가에 묻은 간장을 닦았다.

"그럼 앞으로에 대해서 이야기합시다. 기하라의 기억에 신빙성이 없다면 작전을 변경하는 게 낫겠군요."

"나도 그런 생각이 들어요."

난고가 말했다.

"즉 기하라가 기억한 내용을 확인하는 게 아니라 진범을 찾는 방향으로 말입니다."

그 말에 난고는 고개를 끄덕였다.

준이치는 긴장감을 느꼈다.

"승산이 있습니까?"

"해 봐야 알겠지만."

난고는 잠시 생각에 잠긴 후 물었다.

"스기우라 선생은 형사 전문 변호사였지요?"

"그래서 돈을 못 번 게 아닙니까."
"10년 전 지문이라는 게 검출이 가능한가요?"
"증거 보존 상태에 따라 다르긴 해도 불가능하진 않을 겁니다."
"알루미늄 분말로 하는 건가요?"
"잠재 지문이 새것일 경우에는."
"알루미늄 분말이라면……."
준이치가 끼어들었다.
"저희 공장에서 들여올 수 있을 것 같습니다."
스기우라가 고개를 끄덕였다.
"단, 10년 전 지문이면 그 방법으로는 무리일 수도 있습니다. 아마 가스를 뿜어 보거나 레이저 광선을 쏠 텐데요."
"흠……."
"그게 왜요?"
"아니, 참고로."
스기우라는 고개를 끄덕이고 자세를 바로 했다.
"이 대목에서 하나 말씀드릴 게 있습니다. 아시다시피 기한입니다."
"3개월이라는 기한?"
"그렇습니다. 실은 이틀 전, 기하라 료의 즉시 항고가 기각당했습니다. 바로 특별 항고 신청이 들어갔지만, 그게 기각될 경우 어찌 될지…… 즉 제4차 재심 청구가 완전히 기각당할 경우 말입니다."

간격을 두고 난고가 말했다.
"집행?"
"네. 드디어 위험 구역에 들어섰습니다. 안전한 건 앞으로 한 달이 고작이겠죠."
"그 이후로는 바로 처형당해도 이상할 게 없다?"
"맞습니다."

도쿄로 돌아가는 스기우라를 가쓰우라역까지 바래다준 후 준이치와 난고는 아파트까지 걸어서 돌아갔다. 밤 9시가 넘은 시각이었다. 2층에 있는 살풍경한 방으로 들어가자마자 창밖에 갑작스런 소낙비가 내렸다. 장마가 끝나기 전에 번개를 동반한 비구름이 몰려온 모양이다.

준이치는 소형 냉장고에서 캔 맥주 두 개를 꺼내 들고 난고의 방으로 갔다.

형광등 밑에서 양반다리를 하고 앉아 있던 난고는 암연히 중얼거렸다.

"시간이 없어."

준이치는 난고 앞에 앉아 맥주를 따며 물었다.

"사형 집행 시기라는 것은 명확히 정해져 있는 게 아닙니까?"

"법률에 의하면 판결 확정 후 6개월 이내에 법무 장관이 명령을 내리게 되어 있어. 그 명령이 내려지면 구치소는 5일 이내에 집행해야 해."

"그러니까 6개월 5일 이내라는 게 기한입니까?"

"음. 하지만 재심 청구나 은사 출원 기간은 계산되지 않아. 만약 재심 청구로 2년 걸렸다 치면 2년과 6개월 5일이 기한이야."

"기하라 료의 경우 어땠죠?"

준이치는 소송 기록을 가지러 자신의 방에 가려 했다.

"기한은 지났어. 판결 확정 후 기하라의 구치 기간은 7년이 조금 못 되지. 재심 청구 기간을 빼고도 11개월이 지났어."

"왜 이제까지 집행이 안 된 거죠?"

"법무 장관이 법률을 안 지키니까 그렇지."

난고는 웃었다.

"그런 부분이 엉터리야. 지금 시행되고 있는 사형은 그렇게 따지면 거의가 위법 행위라니까."

"하지만 그런 일이 있을 수 있는 건가요?"

"아무도 불평하지 않으니까. 사형수 입장에서는 하루라도 오래 살고 싶겠지. 집행하는 쪽도 본인이 정리가 될 때까지 시간이 필요하고."

준이치는 고개를 끄덕였으나 아직 이해가 되지 않는 부분이 있었다.

"그렇게 애매하다면 기하라 료는 아직 괜찮은 거 아닙니까? 바로 집행될 거라 단정 지을 수는 없잖아요."

"집행까지의 평균 자료가 있는데 그에 따르면 확정 이후 7년 전후가 가장 위험해."

준이치는 난고와 스기우라 변호사가 서두르던 이유가 이제야 이해되었다.

난고는 맥주를 홀짝거리더니 부채질을 하며 그 자리에 드러누웠다. 갑자기 더위를 느낀 준이치도 부엌 창문을 열러 갔다. 소나비가 방충망 너머로 들이닥쳤으나 내버려 두었다. 에어컨이 없으니 어쩔 수 없다.

방으로 돌아오자 준이치가 물었다.

"아까 이야기 말인데요, 10년 전 흉기에 지문이 남아 있을까요?"

"내가 생각하는 건 통장과 인감 쪽이야. 흉기까지 포함해서 경찰이 그렇게 찾았는데도 못 찾았으니까. 우리에게는 좋은 소식과 나쁜 소식이지."

"좋은 소식은 뭡니까?"

"흉기도 통장도 인감도 아직 산 어딘가에 잠들어 있어. 수색이 끝난 범위는 가장 안전하게 숨길 수 있는 장소이기도 하니까."

"그럼 나쁜 소식은요?"

"우리가 찾아봤자 무리라는 거야."

준이치는 힘없이 웃었다. 문제의 증거는 기동대원을 포함한 120명이 쥐 잡듯이 찾아도 발견되지 않았던 것이다.

"나머지는 나카모리 검사가 말했던 B형 혈액형이야. 오토바이 사고 현장에 있었던 섬유 조각이 범인의 것 같거든."

"저도 그런 것 같습니다."

난고는 의욕을 되찾았는지 몸을 일으키고 말했다.

"일단 앞으로 두 가지 선으로 생각하세. 우쓰기 내외를 죽인 강도가 구면이었을 경우와 그렇지 않았을 경우."

"구면이었을 가능성도 있을까요?"

이는 준이치가 어렴풋이 느끼고 있던 예감이었다.

"문제는 그 집 위치란 말이야. 그렇게 마을과 동떨어진 단독 주택에 떠돌이 강도가 일부러 찾아갔을까? 혹은 동떨어져 있었기에 노린 걸까? 그리고 또 한 가지, 기하라 료를 처음부터 노리고 있었다는 가능성도 생각해 둘 필요가 있어."

"그러니까 범인은 처음부터 죄를 덮어씌울 생각이었다?"

"그래."

난고는 방구석에 있던 진흙 묻은 배낭에서 메모장을 꺼냈다.

"이게 피해자 주소록을 베껴 온 것이네. 구면이라는 설이 맞다면 범인은 이 안에 있을 거야."

준이치는 종이를 넘기며 사무라 미쓰오의 이름을 확인했다. 그가 범인일 수도 있을까? 그러한 생각이 들자 준이치의 머릿속에 무엇인가 스치고 지나갔다.

처음 느낌은 어딘가 모르게 이상하다는 점이었다. 분명 옳은 길로 가고 있었는데 정신을 차려 보니 전혀 다른 곳에 와 있는 듯한 이질감.

준이치는 얼굴을 들었다. 그가 느낀 이질감은 돌연 흉폭한 모습으로 형태를 바꾸어 방심하고 있던 등 뒤로 덮쳐 온 것 같았다.

"왜 그래?"

난고가 물었다.

"잠시만요, 난고 씨."

준이치는 혼란스러운 머리를 애써 진정시키려 했다.

"만약 진범이 밝혀지면…… 그래서 재판이 열리면 판결은 어떻게 납니까?"

"사형이지."

"정상 참작의 여지가 있어도 말입니까? 즉 성장이나 범행의 동기가 기하라 료의 경우와 달라도?"

"그럼. 범죄 사실 그 자체는 변하지 않으니까. 뭐가 어쨌든 간에 법원은 종전 판결을 고집할 거야."

"이상해요, 이건."

준이치는 필사적이었다.

"저는 사형수의 원죄를 밝히는 일을 맡았어요. 한 인간의 목숨을 구하는 일을요. 그런데 만약 진범을 찾아내면 결국 다른 인간을 사형대로 보낸다는 거 아닙니까?"

"그래. 사형 제도가 있는 나라에서 흉악범을 잡는 것은 상대방을 죽이는 거나 마찬가지지. 우리가 진범을 찾아내면 그놈은 틀림없이 처형당하니까."

"상관없으신 겁니까? 그렇게 돼도?"

"별수 없잖나."

난고가 강한 말투로 되받았다.

"달리 어쩔 도리가 없어. 이대로 가만히 있으면 무고한 사람만 사형을 당할 텐데."

"하지만……."

"자, 보라고. 이건 양자 택일이야. 지금 우리 눈앞에서 두 사람이 물에 빠졌어. 한 명은 죄 없는 사형수, 또 한쪽은 강도 살인범이야. 한 사람밖에 구할 수 없다면 어느 쪽을 택하겠나?"

준이치는 머릿속에서 그 답을 내렸다. 그리고 깨달았다. 범죄자의 목숨은 범한 죄의 무게와 반비례하는 것이다. 그렇다면, 하고 준이치의 등에 차가운 것이 지나갔다. 상해 치사죄를 범한 자신의 목숨은 그만큼 가벼워진 것일까.

"나 같으면 살인자를 포기할 거야."

난고는 딱 잘라 말했다.

"난고 씨는 그걸로 만족하시겠지만……."

준이치는 살인자라는 단어에 반발을 느꼈다.

"저는 못 하겠습니다. 저 또한 과거에 사람을 죽인 사람입니다. 저는 살인자예요."

그러나 난고는 표정을 바꾸지 않았다.

"이 이상 남의 목숨을 빼앗다니."

아주 짧은 동안 방 안에 울리는 것은 빗소리뿐이었다. 그러나 그도 오래가지는 않았다.

"살인자는 자네뿐만이 아니야."

난고가 말했다.

"나도 둘이나 죽였어."

준이치는 귀를 의심하며 난고를 쳐다보았다.

"네?"

"나도 이 손으로 사람을 둘이나 죽였다니까."

준이치는 난고의 말이 이해가 되지 않았다. 농담인가 싶었으나 난고의 표정은 굳어 있었고, 눈동자는 빛을 잃었다. 그 어둡고 흐린 눈을 보았을 때 매일 밤 신음하는 난고의 목소리가 들려오는 것 같았다.

"무슨 뜻입니까?"

"사형 집행."

난고는 시선을 떨구었다.

"그건 교도관의 업무였어."

준이치는 할 말을 잃고 난고를 바라보았다.

제4장

과거

1

1973년, 19세인 난고 쇼지가 본 교도관 모집 포스터에는 그 업무에 사형 집행이 포함되어 있다는 말 따위는 일절 씌어 있지 않았다.

보람 있는 일. 범죄자를 교정하고 사회 복귀로 이끈다. 범죄의 증거 은멸을 예방하고 구류된 피고인에게 공정한 재판을…….

교도관 시험에 합격한 난고는 지바 교도소에 배속되었다. 이 교정 시설에 있는 수형자들은 교도소에 들어온 것은 처음이어도 8년 이상의 장기형을 받은 자들(LA급)이었다.

보안과로 들어간 난고는 그곳에서 잡무를 배운 후 교정 연수소에서 70일간 초등과 연수를 받고 나서야 겨우 수습 딱지를 떼었다. 그는 관련법이나 호신술 등을 배우며 이미 완벽한 교도관이 되었다고 생각했다.

그러나 지바 교도소로 돌아온 난고는 이상과 괴리된 현실에 큰 충격을 받았다. 당시 전국의 교도소는 혼란스러웠다. 수형자들은 결코 모두가 죄를 회개하려는 자들이 아니었고, 관리하는 간수 측도 그들을 제대로 된 인간으로 교육시켜 사회 복귀를 시키려는 자만 있는 것도 아니었다.

혹독한 처우나 그에 대한 소송, 수형자에게 동정하여 발 벗고 나서다가 역으로 이용당해서 징계 처분을 받는 간수들. 그곳은 교육의 장이 아니라 인간의 속을 샅샅이 아는 자들이 펼치는 거래의 장이었던 것이다.

이 혼란에 종지부를 찍고자 오사카에서 시작된 '관리행형(管理行刑)' 방법론이 전국의 감옥 행정을 뒤바꿔 놓았다. 군대식 행진과 곁눈질이나 잡담에 대한 단속 등, 수형자를 철저히 단속하자는 방침이었다. 간수 전원이 '소표'라 불리는 수첩을 배급받아, 아무리 사사로운 규율 위반이라도 적발하라는 명을 받았다.

난고가 법률 사무관 간수로 임명받은 해는 그야말로 일본 행형 제도의 일대 전기가 된 해였다.

그리고 난고는 직무를 수행하며 '자신은 도대체 무엇을 하고 있는가.'라는 의문을 항시 느끼고 있었다.

정렬 시에 수형자가 정렬할 때 딴전을 피웠다 하여 징벌을 해야 한다. 동료 중에는 수형자를 '징역꾼'이라 부르며 얕보고, 형무 작업의 노동량을 달성시킬 생각만으로 가득 찬 자도 있었다.

많은 동료들이 그런 풍조에 눈살을 찌푸리고 있음을 난고는 피부로 느끼고 있었다. 자신들의 업무에 자부심을 느끼고 싶다. 범죄자를 교화하여 사회 복귀의 길을 터 주며, 나아가 사회적 위협을 제거한다……, 이런 교육형의 고매한 이념은 어디로 사라진 것일까. 그러나 한편 엄한 규율을 조금이라도 완화시키면 수형자 쪽에서 치고 올라오는 자가 나타날 것도 분명했다. 관리 행형이 도입되기 전에는 교도소 내의 조직 폭력배가 간수에게 포장마차에서 라면을 사 오라고 시킨 일까지 벌어졌었다.

눈앞에 현실로 존재하는 범죄자들을 어떻게 처우해야 할까. 감옥 행정의 최전선에 배치된 간수들은 그러한 딜레마에 직면하고 있었다.

그리고 업무를 시작한 지 5년 후, 난고의 내면에 변화가 생겼다. 계기가 된 것은 교도소에서 실시된 연 1회의 운동회였다. 이는 수형자들이 기대하는 행사로, 이날만큼은 간수와의 긴장 관계도 잊고 다 큰 어른들이 달리기를 하고는 흥겨워하는 특별한 날이었다.

운동장에서 그 행사를 지켜보던 난고는 문득 깨달았다. 이곳에는 300명 남짓의 살인범이 수용되어 있다는 것을. 이는 즉 그들에 의해 이 세상에서 사라진 희생자가 300명 있다는 말이기도 했다.

그 생각이 들자마자 눈앞의 광경이 완전히 뒤바뀌었다. 특별

배급된 단팥빵에 어쩔 줄 몰라하며 맛있게 먹어 치우는 살인범들. 어째서 그들을 기쁘게 해 주어야 하는가. 이래서는 희생자들이 위안을 못 받지 않는가, 하며 난고는 일종의 충격과 함께 직감했다.

때마침 난고는 승진의 첫 관문인 중등과 시험 합격을 목표로 맹렬히 공부하기 시작했던 터였다. 그 과정에서 학습한 형법사에 남을 역사적인 논쟁이 머리를 스쳤다. 근대 형법의 요람기, 유럽 대륙에서 형벌은 왜 존재하는가 하는 문제를 둘러싸고 격론이 오갔다.

범죄자에 대한 보복으로 보는 응보형 사상, 한편 범죄자를 교육·개화하여 사회적 위협을 제거한다는 목적형 사상. 이 두 주장은 오랜 논쟁 끝에 양자의 장점만 지향하는 방향으로 결착이 났다. 그리고 오늘날의 형벌 체계의 기초가 형성되었다.

물론 각 국가별 법률에 따라 어느 쪽에 주안점을 두느냐의 차이는 있다. 대다수의 구미 국가에서는 응보형 사상에, 일본은 목적형 사상에 편중되어 있다고 할 수 있다.

이를 배웠을 때 난고는 자신이 느끼고 있는 딜레마가 무엇이었는지 그제야 이해할 수 있었다. 그 엄한 '관리행형'은 표면상으로는 교육형을 표방하면서도 실제로는 수형자를 단속하는, 그야말로 분열된 처우 방침이었던 것이다.

그리고 지금, 살인자들 뒤에 붙어 저세상에 가지 못한 채 떠도는 영혼들을 본 난고는 자신이 취해야 할 길을 명확히 자각했다. 범죄자를 징벌하는 것이 자신의 업무임을. 피해자를 생각하는 한, 응보형 사상은 절대적인 정의일 터였다.

그때 이래, 난고는 그야말로 관리행형의 지침에 따라 직무를 완수했다. 중등과 시험에도 합격했고, 연수를 수료한 시점에서 계급이 부간수장으로 뛰었다. 상사들 사이에서도 평판이 높아져, 도쿄 구치소로의 전근이 결정되었다.

생전 처음으로 사형 집행을 경험한 것은 그 무렵이었다.

도쿄 고스게에 있는 구치소에 부임했을 때 25세였던 난고는 의기양양했다. 그가 진심으로 출세 가도를 달리기로 마음먹은 것은 교도관 세계가 상명하복의 절대적인 계급 사회임을 터득했기 때문이다. 위에 서지 않으면 아무것도 할 수 없다. 그리고 그는 그 첫발을 내딛은 것이다.

현재 난고에게는 관리행형의 추진이야말로 자신에게 내건 사명이었다. 그리고 새 직장에는 개선의 여지가 없어 사형을 선고받은 자들이 수감되어 있었다.

사형 확정수가 있는 것은 교도소가 아니라 구치소이다. 그들은 사형을 당해야 형이 집행되는 것이기에 그 전까지는 미결수로서 구치소에 수감되는 것이다. 사형수들은 말미에 제로가 붙는 호칭 번호를 달고 한곳으로 집결되어, 엄중한 감시 대상이 된다. 도쿄 구치소의 신관 4동 2층이 사형수 감방, 통칭 '제로 구역'이었다.

교도관이 된 후로 6년 동안 난고는 사형에 대해 깊이 생각해

본 적이 없었다. 여느 일반인들처럼 딴 세상 일로 여겼던 것이다. 따라서 새 직장에 부임한 지 얼마 되지 않아 동료가 된 보안과 직원의 안내로 '제로 구역'을 시찰할 때도 아직 실감이 나지 않았다.

그러나 그때 한 동료가 복도를 걷기 전에 목소리를 죽여 말한 것이 인상에 남았다.

"발소리는 가급적 내지 말아 주십시오. 그리고 절대 문 앞에 멈춰 서서는 안 됩니다."

"왜요?"

"마중 왔다 싶어 미쳐 버리는 자가 있거든요."

신관 4동 2층을 둘러본 후 동료는 과거에 발생한 오싹한 이야기를 난고에게 들려주었다. 한 간수가 사무 절차 관계로 사형 확정수의 독방으로 향했는데, 그때가 공교롭게도 마중 오는 시간이라 불리는 때인 오전 9시부터 10시 사이였다. 철문 밖에서 불러도 응답이 없기에 수상하게 여긴 간수가 감시창으로 안을 들여다보니 방 안의 사형수는 실금을 했고, 실신 직전이었다. 며칠 후 이번에는 그 방의 통보기가 올라갔다. 통보기라는 것은 간수와 연락용으로 사용되는 목제 판자 조각으로, 방 안에 있는 레버를 들어 올리면 복도 측 나무가 올라가도록 되어 있다. 간수는 즉시 방으로 향했고, 무슨 일인지 감시창으로 안을 들여다보았다. 그때 갑자기 안에서 손가락이 뻗어 나와 간수의 눈을 멀게 했던 것이다.

"사형수는 그야말로 극한 상황에 있습니다."

동료가 설명했다.

"그 부분을 이해해 주지 않으면, 적절한 처우를 할 수 없습니다."

난고는 고개를 끄덕였으나 그의 머릿속에는 아직 운동회에서 맛있게 빵을 먹던 살인범의 모습이 선명했다. 그자는 사람을 죽였다 해도 징역 15년이었다. 사형수 감방에 있는 것은 더욱 잔학무도한 죄를 범한 자들이다. 동정해서 뭐 하냐는 게 난고의 솔직한 심정이었다.

그 후 일주일이 지나서 같은 보안과 직원과 부지 안을 걷고 있을 때였다. 난고는 나무들 틈에 있는 상앗빛의 작은 건물을 발견했다. 삼림 공원의 관리 사무실 같은 느낌이었다.

"저 건물은 뭡니까?"

별생각 없는 질문에 동료가 대답했다.

"형장입니다."

난고는 저도 모르게 걸음을 멈추었다. 그것은 사형수를 교수형에 처하기 위해 지은 시설이었다. 말쑥한 외관과 그와는 어울리지 않는 견고한 철문은 보는 이로 하여금 잔혹한 동화를 떠올리게 했다. 난고의 가슴속에 막연한 불안이 밀려왔다. 집행 업무가 본인에게 배정될 수도 있을까. 그때 저 문 안에서는 도대체 어떤 일이 벌어질 것인가.

형장을 직접 보고 난 이후로 난고는 업무를 마치고 관사로 돌아가면 사형수의 처우에 대해 공부하기 시작했다. 특히나 집행에 대해서는 혼자 공부할 수밖에 없었다. 선배에게 질문해도 만족스러운 답은 돌아오지 않았다. 모두 뭔가 뒤가 켕기는 일을 숨기듯 입을 다물어 버리는 것이었다. 그런 배경에는 집행 경험이 있는 교도관이 극소수로 제한되어 있다는 사정도 있었다.

단 한 사람, 지바 교도소 시절에 알고 지내던 노간수의 혼잣말이 귓전에 남아 있었다.

"놈들은 꼭 노을 무렵에 찾아오지. 저승사자 말이야. 검은색 차가 스윽 본부 앞에 멈추면 이미 위험한 거야."

그때는 무슨 말인지 이해하지 못했으나 그것이 사형 집행에 관한 중요한 정보가 아니었을까? 이제 난고는 알 수 있었다.

사형수 처우에 대해 조사하기 시작한 난고는 이때도 제도 운영상의 문제와 맞부딪힌다. 법률에서는 사형수의 처우에 대해 형사 피고인에 준한다고 되어 있다. 즉, 아직 확정 판결을 받지 않은 일반 수용자와 똑같이 대하라는 것이 법률이 정한 바이다. 그러나 현실은 그렇지 않았다. 1963년에 내려온 법무성 통지에 의해 거의 모든 사형수는 바깥세상과 연락이 차단되었고, 옆방 수감자와의 대화조차 용납되지 않았다. 더욱이 편지를 주고받는 것 등의 세세한 규칙은 구치소장의 재량에 맡겨져 있었고, 사형수 전원이 공평하게 같은 처우를 받고 있는 것도 아니었다.

흉악범에게는 엄벌을 내려야 한다는 생각을 지닌 난고에게도 이 방법은 의문이었다. 법률의 우위를 범하면서까지 법무성 통지 쪽이 효력을 지니는 것은 법치 국가에서는 용납되지 않는 일이다.

이때도 이러한 모순을 난고는 자신을 분발케 하는 도구로 삼았다. 다음 고등과 시험에 합격하면 출세의 상한선이 없어진다. 그대로 교정관구장까지 올라가면 고등학교밖에 나오지 않은 자신도 법무 관료와 대등하게 겨룰 수 있는 것이다.

그러나 일사불란하게 공부에 매달리기 시작한 난고 앞에 드디어 저승사자가 그 모습을 나타냈다.

그 노간수가 말하던 바로 노을 무렵, 본부 앞 주차장에 검은 공용차가 멈췄다. 차에서는 짙은색 정장을 차려입은 30대 남자가 보자기를 가지고 내렸다.

남자의 가슴에 은색으로 빛나는 배지를 보았을 때, 난고는 저승사자의 정체를 알았다. 도쿄 고등 검찰청 검사가 '사형 집행 지휘서'를 들고 구치소에 온 것이다. 난고가 본 검찰 배지는 별칭 '추상열일(秋霜烈日) 배지'라고도 하며, 형벌을 발동시키는 지조의 엄격함을 가을 서리와 여름 햇살에 빗댄 검찰의 심볼이었다.

난고는 집행이 다가왔음을 감지했다. 그러나 수감된 열 명의 사형수 중 누가 집행되는지는 가늠할 수 없었다.

그 후로 이틀 동안 난고의 주변에는 아무 일도 일어나지 않았다. 그저 보안과 상사나 베테랑 교도관들이 평소보다 표정이 좀 굳어 있다는 것만 눈에 띌 뿐이었다.

그리고 사흘째 저녁, 난고는 보안 과장에게 불려갔다. 회의실로 출두하자 과장은 어둡고 엄한 표정으로 말을 꺼냈다.

"내일 470번에게 형이 집행된다."

난고는 찰나에 470번의 얼굴을 떠올렸다. 두 건의 강간 살인으로 사형을 선고받은 20대 남자였다.

한참 뜸을 들인 과장은 난고의 얼굴을 뚫어지게 쳐다보며 계속해서 말했다.

"여러 상황을 감안한 결과, 자네를 집행 담당자로 추천하기로 했네."

올 게 왔다는 것이 난고의 첫 소감이었다. 그의 머릿속에는 신기하게도 초등학교 시절의 기억이 되살아났다. 치과 대기실에서 차례를 기다릴 때의 불안감. 그리고 간호사에게 호출당했을 때의 도망치고 싶은 긴장감.

과장은 계속해서 선정 기준을 솔직히 밝혔다. 평소 직무 수행이 특히 우수한 자. 본인에게 지병이 없고, 가족 중에도 환자가 없는 자. 부인이 임신 중이지 않은 자. 상중에 해당되지 않는 자⋯⋯. 그러한 조건에 맞는 일곱 명의 교도관이 과장 추천 범주에 든 것이었다.

"그러나 이는 절대적인 명령이 아니야. 사퇴할 사정이 있다면 기탄없이 이야기하게."

그 말투에서 부하를 배려하는 성의를 느낄 수 있었다. 아마도 난고가 고개를 저으면 받아들여지리라. 그러나 자신 외에 선정된 여섯 명의 동료를 생각하면 난고는 거절할 수가 없었다.

"괜찮습니다."

"그런가?"

고개를 끄덕인 과장의 표정에는 고녀의 인선이 보답받은 데 대한 감사의 마음이 드러났다.

"고맙네."

1시간 후, 소장실에 집합한 일곱 명의 사형 집행관은 소장으로부터 정식으로 발령을 받았다. 뒤이어 보안 과장이 작성한 '계획안'이라는 제목이 붙은 수기의 문서를 받았다. 거기에는 앞으로 24시간 동안 해야 할 일…… 형장 점검 시 당일 인원 배치, 사형수 본인에 대한 당일 선고와 연행 순서, 집행 담당자 한 명 한 명에게 주어질 역할, 시체 처리에서 그 후 보도 관계자에 대한 대응에 이르기까지 세세하게 기재되어 있었다.

난고를 비롯한 집행관들은 적혀 있는 대로 공원 관리 사무실처럼 생긴 건물로 향했다. 형장 준비와 사형 집행 리허설을 하기 위함이었다.

자물쇠를 풀고 철문을 밀어젖히자 밤나무들 사이로 낮은 소리가 희미하게 울렸다. 모인 사람 중에 최연장자인 40세의 간수부장이 벽에 있는 스위치로 형광등을 켰다.

건물 내부는 베이지색으로 통일되어 있었다. 바닥에도 같은 색 카펫이 깔려 있어, 고급스러운 주택과도 같은 느낌이었다. 그러나 그 구조는 일반 주택과는 현저한 차이가 있었다. 집행관들이 들어간 1층에는 입구와 복도밖에 없었다. 복도 좌우에는 중간 2층과 반지하로 이어지는 계단이 있었다. 즉 2층짜리 건물이 반층만큼 지하로 꺼진 것 같은 구조였고, 일행은 그 중간 높이에서 안으로 들어간 것이었다.

집행관 일곱 명은 묵묵히 열 칸이 채 되지 않는 계단을 올라 중간의 2층으로 올라갔다.

우선 눈에 들어온 것은 복도 벽에 달린 세 개의 단추였다. 그것은 집행 단추라 불리는 것으로 형장의 발판을 빼기 위한 스위치였다. 세 개인 까닭은 어느 것이 사형수를 저승으로 보냈는지, 단추를 누른 세 명의 담당자들도 알지 못하도록 하기 위해서였다.

그 위치에 명을 받은 세 명이 복도에 남고, 난고를 포함한 네 명이 벽 반대쪽에 있는 재실(齋室)이라 불리는 방으로 들어갔다.

그곳은 접이식 문으로 구획된 3평 정도의 공간이었다. 정면에는 제단, 방 중앙에는 탁자와 의자 여섯 개. 종교인이 독경을 외거나 말씀을 전하고, 사형수에게 마지막 식사를 제공하기 위한 장소이다.

재실에 들어간 집행관 네 명 중 그곳에서 움직이는 것은 두 명이었다. 드디어 사형이 집행되면, 한 사람이 사형수에게 눈가리개를 하고, 나머지 한 사람이 손을 뒤로 하여 수갑을 채운다.

난고는 자신에게 주어진 임무를 연습하기 위해 재실 안쪽에 있는 접이식 문을 열고 안으로 들어가려 했다.

그러나 형장을 직접 눈으로 본 순간, 난고는 저도 모르게 한 발짝 뒤로 물러섰다.

문에서 겨우 1미터 떨어진 곳에 발판이 있었다. 그곳에도 카펫이 깔려 있기 때문에 눈가리개를 한 사형수는 그 자리에 서도 모를 것이다.

1미터 사방의 발판 위에는 굵기 2센티미터가량 되는 삼으로 만든 밧줄이 내려와 있었다. 밧줄의 길이는 총 8미터 정도 될까. 그 끝은 측벽 기둥에 묶여 있고, 천장에 달린 도르래를 지나 발판 위에 드리워져 있었다.

난고에게 주어진 임무는 그 밧줄을 사형수 목에 거는 일이었다. 그는 한참을 그곳에 선 채 꼼짝하지 못했다. 다른 여섯 명의 동료들은 말없이 기다려 주었다. 난고는 침을 삼키려 했으나 타액이 입안에서 매말라 버렸다. 하는 수 없이 힘겹게 숨을 쉰 후 형장으로 들어간 난고는 고리 모양의 밧줄 끝을 손에 쥐었다.

사형수의 목이 닿는 부분에는 검은 가죽이 감겨 있었다. 그 표면의 둔탁한 광택을 보았을 때 난고는 죽음의 냄새를 맡은 듯했다. 고리의 뿌리 부분에는 작은 타원형의 철판이 있고, 구멍이 두 개 뚫려 있었다. 천장에서 내려온 밧줄과 고리 모양으로 돌아오는 끝부분을 끼워 넣도록 되어 있는 것이다. 즉 고리를 사형수 목에 걸었을 때 이 철판을 조이면 줄이 상대방 목에서 빠지지 않게 되어 있다.

그 작업을 머릿속에 그리니 난고는 구역질이 났다. 그러나 이는 그의 직무였다. 법이 정해 놓은 바에 따라 사형 제도가 유지되는 한 누군가가 이를 시행해야만 했다.

난고는 계획안에 기재된 명령(낙하했을 때 사형수의 발이 바닥에서 30센티미터 높이에 오도록 밧줄을 조정할 것)이 생각나서 작업에 착수했다. 사형수가 될 470번의 키도 계획안에 씌어 있었다.

밧줄의 조정이 끝나자 연장자인 간수 부장의 지시에 따라 리허설이 시작되었다. 복도에 남아 있던 세 명 중 가장 젊은 간수가 사형수 역할을 맡았다. 그에게 수갑을 채우고, 눈가리개를 씌우고, 접이식 문을 연다. 그리고 형장으로 연행하여 발판 위에 세운다. 좌우에 선 간수부장과 난고가 각각 다리를 묶고 목에 고리를 씌운다. 그리고 발판 위에서 한 발짝 물러선다. 실제로 집행될 때는 거기까지 지켜본 보안 과장이 복도에 있는 세 명에게 사인을 보내기로 되어 있었다. 세 명이 동시에 집행 단추를 누르면 사형수의 몸은 2.7미터 아래에 있는 반지하를 향해 낙하한다.

위와 같은 집행 순서를 몇 번씩 되풀이하면서 소요 시간이 단축되어 갔다. 그 시간이 너무도 짧음에 난고는 놀랐다. 470번이 형장에 들어서서 발판이 빠지기까지, 10초도 걸리지 않을 것이다. 난고는 사형수 목에 줄을 거는 작업에 숙련되어 버렸다.

밤 10시가 넘은 무렵, 리허설이 종료되었다. 일곱 명의 집행관들은 관사 구역까지 걸어가서 그곳에서 해산했다. 두 명은 자택으로 돌아가고, 네 명은 '구락부'라 불리는 교도관들의 아지트로 들어갔다.

난고만 신관 4동으로 돌아가, 당직장을 찾아가서 470번의 신원 대장을 열람할 수 있는 허가를 받았다. 집행을 앞두고 자신이 죽일 남자의 죄상을 머리에 새겨 넣고 싶었다.

회의실에 혼자 앉아 묵묵히 페이지를 넘긴다. 470번의 죄상은 두 건의 강간 살인으로, 범행 당시 나이는 21세. 도쿄에 있는 대학교 3학년이었다. 한편 강간당하고 살해당한 소녀 두 명은 당시 5세와 7세의 유아들이었다.

기록을 읽다 보니, 난고는 조금이나마 마음이 편해지는 것을 느꼈다. 사형 확정수에 대한 증오가 의지의 힘을 빌리지 않고도 자연히 일어났기 때문이다. 워낙 아이들을 좋아하는 난고는 유아가 희생되는 범죄에 남달리 큰 분노를 느끼고 있었다. 가와사키에 사는 쌍둥이 형을 찾아가면 아버지와 똑같은 얼굴을 한 삼촌이 왔다며 좋아하는 조카. 그 아이가 이런 범죄에 휘말렸을 생각만 해도 유족과 사회 전체의 격분은 불 보듯 뻔했다.

게다가 470번은 그 공판 중에 정신 이상을 가장하거나 범행 시에 피해자가 성적인 유혹을 했다는 등의 증언을 해서 재판관의 분노를 샀다. '갱생의 가능성을 찾아볼 수 없다.'라는 사형 판결도 당연하다는 생각이 들었다.

이렇게 되면 난고의 걱정은 단 한 가지, 증거를 모두 갖추고 있는가 하는 부분이었다. 470번이 원죄는 아닐지. 무고한 인간을 죽이는 것은 아닐지.

신원 대장에 있는 소송 기록을 읽는 한 그럴 우려는 없었다. 피해자의 체내에 남은 정액은 피고인의 혈액형과 복수의 형식으로 일치했다. 또한 수사 단계에서 압수된 피고인의 속옷에는 혈액을 포함한 피해자의 질 분비액이 부착되어 있었다. 이러한 강간죄를 입증할 증거와 함께 살해 흉기로 쓰인 바위 조각이 피고인의 털 스웨터에 부착되어 있던 것도 발견되었다.

그러한 물증이 시사하는 범행 양상에 난고는 저도 모르게 눈을 감았다.

유아 둘은 성적으로 능욕당한 데다가 바위로 머리가 산산조각이 났다.

인간이 할 짓이 아니다. 심지어 짐승조차도 그런 짓은 하지 않는다.

난고의 처형 대상은 바로 짐승 이하의 존재였다.

그러나 그날 밤 난고는 잠들 수가 없었다. 나중에야 뼈저리게 깨닫게 되는 일이지만 그 전날 밤의 수면이야말로 그의 인생에서 최후의 안면(安眠)이었다.

다음 날 아침, 특별 배치 점호에는 창백한 얼굴을 한 집행관 일곱 명과 그들의 상사가 모여 있었다. 푹 자고 나온 사람은 한 명도 없었을 것이다.

점호 종료 후, 일곱 명의 집행관은 형장으로 향했다. 그곳에서 마지막 리허설을 마치고, 제단 위에 설치된 불단에 향을 올렸다. 난고를 비롯한 교도관들은 불단을 향해 두 손을 모았다. 그들은 합장하며 당혹스러움을 감추지 못했다. 아직 살아 있는 인간의 명복을 빌고 있는 것이다. 이를 마치자 일동은 의자에 앉아 집행 시간을 기다렸다.

오전 9시 35분, 1층의 철문이 열렸다. 재실에서 대기하던 난고의 귀에 승려의 독경 소리가 들려왔다. 그 목소리와 함께 계단을 올라온 한 무리…… 경비 대장을 앞세운 승려, 470번, 그리고 소장 이하 간부 다섯 명과 검찰관, 검찰 사무관들이 재실에 도착했다.

난고는 처음으로 가까이에서 470번을 보았다. 두 명의 유아들에게 강간 살인이라는 흉악 범죄를 저지른 자는 마르고 가녀린 풍모였다. 이 남자가 젖혀 눕힐 수 있는 것은 그야말로 나이도 차지 않은 어린아이들밖에 없겠다 싶을 정도로 그 팔은 가늘었다.

그는 마중 온 자들에게 강당으로 끌려가 이미 집행 선고를 받은 상태였다. 교수형 집행을 목전에 둔 지금, 사형수는 몸 앞에서 두 손 모아 수갑을 차고 울고 있었다. 입꼬리를 밑으로 내리고, 찌푸린 눈썹 아래에서 눈물이 줄줄 흐르고 있다.

"별미를 잔뜩 마련해 뒀다."

보안 과장이 470번의 수갑을 풀어 주며 인자하게 말했다.

"뭐든 좋아하는 것을 들게."

470번은 테이블 위에 준비된 식사 쪽으로 눈길을 돌렸다. 야채와 고기, 쌀밥에 과일, 일본 과자, 서양 과자, 케이크와 초콜릿 등 후식까지 꼼꼼히 준비되어 있었다.

사형수는 울면서 손을 뻗치더니 팥떡을 자기 입에 쑤셔 넣었다. 그러나 "웩." 하는 작은 소리와 함께 그것을 다시 토해 냈다. 그리고 바닥에 떨어진 떡을 황급히 주우려다 갑자기 손을 멈추고, 자신을 둘러싼 사람들을 순서대로 둘러보았다.

그 눈이 자신에게 고정된 채 움직이지 않자, 난고는 몸이 굳어 버렸다. 집행을 위해 끼고 있던 하얀 새 장갑에 땀이 번지는 것이 느껴졌다.

"살려 주세요."

470번이 난고의 눈을 쳐다보며 오열 속에 가냘픈 목소리를 쥐어짜 냈다.

"저를 죽이지 말아 주세요."

난고는 살결이 흰 청년에 대한 증오를 필사적으로 떠올리려 했다.

470번은 제지하려는 경비 대원의 손을 뿌리치고, 난고의 눈앞에 무릎을 꿇었다.

"살려 주세요! 부탁입니다! 절 죽이지 마세요!"

난고는 꼼짝 않고 470번을 내려다보고 있었다. 그의 눈앞에 있는 것은 그저 왜소하고 비참한 인간일 뿐이었다. 필사적으로 목숨을 구걸하는 470번에게 난고는 어젯밤부터 느꼈던 증오를 속으로 내비쳤다.

'대체 어린 여자아이의 몸을 유린하고 목숨을 빼앗았을 때 어떤 쾌감을 느낀 거야?'

'그 쾌감은 지금 네가 맛보고 있는 죽음의 공포에 견줄 만하더냐?'

경비 대장의 손이 사형수의 몸을 일으켜 세웠다. 그 자리에 있는 남자들 사이에서 470번의 최후를 앞당기라는 눈길이 오갔다. 그들은 470번을 죽일 일로 단결된 집단이었다.

"죽기 전에 남기고 싶은 말은?"

보안 과장이 애써 인자하게 물었다.

"혹은 서필로 남겨도 좋다."

동시에 계속되던 독경 소리가 멈추었다. 470번의 최후의 한마디가 잘 들리도록 배려한 모양이었다.

돌연 찾아든 정적 속에 470번이 입을 열었다.

"나는 안 했어."

순간 재실에 있는 약 20명의 남자들이 움직임을 멈추었다.

"정말 저는 안 했습니다."

"그뿐인가?"

보안 과장이 말했다.

"그게 전부인가?"

"난 안 했어! 살려 주세요!"

날뛰려는 470번에게 경찰 대원 세 명이 달려들었다. 동시에 소장의 입에서 "집행하라!"는 짧은 명령이 내려졌다.

여러 발소리가 뒤섞였다. 승려가 한층 큰 소리로 독경을 재개했다.

470번의 머리에 눈가리개용 천이 씌워졌다. 이를 확인한 난고는 접이식 문을 열고 형장으로 돌진했다.

눈앞에 길이가 조절된 밧줄이 드리워져 있었다.

난고는 무심결에 뒤를 돌아보았다. 470번은 바닥 위에 진압되어, 손을 뒤로한 채 수갑이 채워지고 있었다.

밧줄을 놈의 목에 걸어야 한다. 그렇게 생각하자마자 난고의 얼굴에서 핏기가 가셨다. 형장 전체를 뒤덮는 승려의 독경이 난고의 동요에 박차를 가했다. 죽은 자의 명복을 빌기 위한 불경은 마음에 안식을 찾아 주지 못했다. 명복을 빌 상대가 살아 있는 마당에, 이는 인간의 엽기성을 깨우는 듯한 주술적 효과밖에 되지 않았다.

"살려 줘! 살려 줘!"

소리치는 470번이 그 자리에서 버텼다.

소장이 소리쳤다.

"자꾸 말을 하면 혀를 잘라 버리겠다!"

그러나 470번은 입을 다물지 않았다. 두 팔을 잡는 경비 대원에게 계속 소리치고 절망적인 저항을 반복하며 형장으로 끌려 들어왔다.

난고는 최대한 민첩하게 움직이며 밧줄의 고리를 잡았다고 생각했다. 그러나 그의 눈에 들어오는 손놀림은 사고를 목격하는 인간의 시야처럼 꾸물댔다.

470번의 발이 발판 앞에 다다랐다. 난고는 귀를 뒤덮는 독경 소리와 사형수의 비명을 마음속에서 몰아내려 했다. 이 자리에서 그가 매달린 것은 응보형 사상을 측면에서 지원한 철학자 칸트의 말이었다.

'절대 응보야말로 정의다……'

470번의 발이 발판에 들어섰다.

'절대 응보야말로 형벌의 근본 이념이다……'

이 말을 마음속에서 되풀이하며 난고는 손에 쥔 줄을 들어 올렸다.

'만약 시민 사회가 해산되어 세계가 멸망하는 최후의 순간에도……'

난고는 검은 가죽으로 덮인 고리를 470번의 목에 걸었다.

'살인자는 처형당해야만 한다……'

"나는 안 했어."

난고의 코앞, 눈가리개 천 속에서 470번의 목소리가 들렸다.

"살려 줘……"

난고는 작은 타원형의 금속을 사형수 목덜미에 밀어 넣었다. 그리고 그 자리에서 한 발짝 물러섰다.

그 직후, 땅울림과 같은 충격음이 형장 전체에 울려 퍼지며 발판이 빠져서 형장과 나락 끝을 직결시켰다. 470번의 몸은 갑자기 나타난 구멍에 빨려 들어가듯 사라졌다. 밧줄이 팽팽해짐과 동시에 숨이 막히는 소리, 뼈가 부러지는 소리, 끼익끼익 줄이 내는 소리가 들려왔다.

난고가 용의주도하게 조절한 밧줄은 그의 눈앞에서 완벽한 직무 수행을 말해 주듯 천천히 좌우로 흔들리고 있었다.

"아래로 가시죠."

검찰관과 검찰 사무관을 안내하는 소장의 목소리가 들렸다. 그들은 반지하로 내려가 470번의 사망을 확인해야만 한다.

난고는 아직 이어지는 독경 소리를 역겹게 느끼며 그 자리에 우두커니 서 있었다. 한참을 지나 불시에 줄의 흔들림이 멈추었다. 집행 단추를 누른 세 명이 반지하로 가서 아직 경련을 일으키고 있는 470번의 몸을 잡은 것이다. 지금 아래에서는 의무관이 470번 가슴에 청진기를 대고, 심장 고동이 멈추기를 기다리고 있을 터였다.

그로부터 16분이 소요되고서야 470번의 심박 정지가 확인되었다. 다음으로 감옥법 규정에 따라 사형수의 몸은 5분을 더 줄에 매달린 상태에 놓였다.

시체 처리를 위해 난고 일행이 반지하로 내려간 것은 오전 10시 정각이었다. 기결수의 유해는 알코올로 15분 정도 씻은 후, 수의가 입혀졌다. 그리고 납관된 시체를 형장에 인접한 시체 안치소로 옮겼을 때 이들의 임무는 끝났다. 그들은 특수 근무 수당으로 현금 2만 엔을 지급받고, 형장에서 있었던 일을 결코 입 밖에 내지 말라는 당부와 함께 부정을 씻는 의식으로 청주를 마신 후 관사 구역에 있는 '구락부'에 가서 목욕을 했다.

그런 일련의 행동을 난고는 남의 일 보듯 했다.

일곱 명의 집행관들은 한데 모여 구치소 밖으로 나갔다. 시각은 아직 낮 12시였다. 일동은 거의 말없이 거리를 걸은 후 함께 있기가 견디기 힘들어 해산했다. 난고는 식당가를 혼자 걸으며,

낮부터 술을 마실 수 있는 가게를 찾았다.

그가 정신을 차린 것은 밤의 길거리였다. 포장된 지면에 네 발을 짚고 난고는 위장 속에 있는 것들을 토해 냈다.

술을 너무 많이 마신 건가. 몽롱한 의식 속에 그는 겨우 몇 분 전의 기억을 더듬었다. 바 카운터에서 위스키를 마시고 있지 않았었나.

한참을 계속 토하다가, 난고는 가까스로 속이 안 좋아진 이유가 생각났다. 술을 마시고 있을 때 갑자기 시체 처리 광경이 머리에 되살아난 것이다. 죽은 자의 얼굴을 확인하기 위해 줄에 매달려 있는 470번에게 씌웠던 천을 벗겼을 때, 잘려 나간 혀끝이 난고의 발치에 굴러떨어졌다.

나는 사람을 죽였다.

튀어나온 두 눈과 낙하의 충격으로 15센티미터 정도 쭉 늘어난 목.

그 처참한 현실에 그가 믿었던 정의는 아무런 답변도 해 주지 않았다.

난고는 거리에 위액을 뿌리고 다니며 울기 시작했다. 돌이킬 수 없는 짓을 저질렀다는 후회가 가슴에 밀려와, 소년 시절 가족이 모인 식탁을 떠올리며 왜 이런 일이 일어났을까 자문을 되풀이했다. 만약 자신이 형보다 좋은 대학에 합격했더라면 사람을 죽이지 않을 수도 있었을까. 아니면 이는 피할 수 없는 운명이며, 태어날 때부터 정해진 일이었을까. 자신은 살인자로 정해져서 이 세상에 태어난 것일까.

눈물은 그치기는커녕, 기세를 더해 두 눈에서 흘러내렸다. 지면을 기어다니며 오물을 토해 내고 있는 자신이 더욱 비참하게 느껴져, 마침내 난고는 소리 내어 울었다.

그로부터 일주일간은 전과 다름없이 근무를 계속했다. 8일째에 접어들자 이제 한계라고 느낀 난고는 휴가를 내고 병원으로 가서 수면제를 처방받았다.

그때 약을 조제해 준 약국 직원의 가슴에 작은 십자가 목걸이가 빛나는 것을 보았다. 기독교 신자냐고 묻자 젊은 여자는 수줍은 미소를 띠며 고개를 저었다. "그냥 액세서리예요."라고. 그러나 난고에게는 그것이 어떤 계시처럼 느껴졌다.

난고는 매일 밤 수면제를 먹었고, 잠들 때까지의 시간을 이용해서 수많은 종교 서적을 읽어 댔다. 서적에 적힌 신의 말은 아름다웠고, 자애로 가득했으며, 때로는 자신을 질타했다. 거기에서 엄청난 편안함을 느낀 난고는 이윽고 종교 서적을 버렸다.

신에게 매달리는 것은 비겁해 보였다.

모두 인간이 한 짓이다. 유아 둘에게 저지른 잔학한 범행도, 이를 범한 자에 대한 처형도. 죄와 벌은 모든 인간의 손으로 이루어졌다. 인간이 한 짓에 대해서는 인간 스스로가 답을 찾아야 하지 않을까.

그 답이 나올 때까지 7년의 세월이 걸렸다.

난고는 십자가 목걸이를 한 여자와 결혼했다. 만나서 혼인 신고를 하기까지 5년이나 걸렸다. 처음 그녀와 밤을 함께 지낸 후 "밤새 신음하더라."는 말을 듣고 나서 결혼을 망설인 것이었다. 집행에 대해서는 아무에게도 말하지 않았다. 그 사실을 숨긴 채 그녀를 처로 맞이해도 되는가 하는 의문이 있었다. 그러나 그녀가 선사해 주는 평안을 잃고 싶지 않아서 난고는 결혼을 결심했다.

가정을 꾸린 지 2년 후, 둘 사이에 사내아이가 태어났다.

아이가 너무 예뻐서 어쩔 줄 몰랐다. 갓난아이의 자는 모습을 보고 있노라면, 어느덧 포기했던 고등과 시험에 대한 의욕도 생겨났다. 동시에 7년 전에 자신이 한 일이 옳은 일이었을 수 있다는 생각이 들었다.

만약 자기 자식이 살해당하기라도 한다면, 그리고 범인이 눈앞에 있었다면 난고는 상대에게 똑같이 갚아 줄 것이다. 그러나 그러한 사적인 보복을 인정하면 사회는 완전한 무질서 상태가 된다. 국가라는 제삼자가 형벌권을 발동시켜 대신 해 줘야 한다. 인간의 마음에 복수심이 있고, 그 복수심이 이 세상을 떠난 타인에 대한 애정이며, 그리고 법이라는 것이 인간을 위해 존재하는 한 사형을 포함한 응보형 사상은 용인되지 않을까.

470번 처형 이후, 난고는 사형 제도에 의문을 품게 되었다. 그러나 이는 자기 손으로 사람을 죽였다는 불쾌감과 혼동된 잘못이라는 것을 깨달았다. 집행 직전까지도 그는 사형 제도를 지지하고 있었으니까.

난고는 지난 7년간을 거슬러 올라 그때로 돌아갔다. 무릎 꿇고 목숨을 비는 470번을 내려다보며 마음속의 증오를 내리친 그때로.

따라서 평생에 두 번째로 집행을 명령받았을 때도 마음의 동요를 억제할 수 있었다. 사람을 죽인다는 생리적인 혐오감만 참으면 되기 때문이다. 만약 그것이 앞으로 40년 동안의 숙면을 빼앗는 것일지라도, 정의는 이루어져야만 한다.

명령을 받았을 때 난고는 후쿠오카 구치소에 전근 중이었다. 근무지가 빈번히 바뀐다는 것은 그가 아직 출세 궤도에 있음을 의미했다.

집행 전야, 관사 구역의 '구락부'로 가자, 젊은 간수가 창백한 얼굴로 술을 마시고 있었다. 후배 오카자키였다. 그도 집행관으로 선발되어 있었다. 난고와 오카자키에게는 또 한 명의 집행관과 함께 발판을 빼는 집행 단추를 동시에 누르는 임무가 주어졌다.

난고는 과거의 자신을 보는 심정으로 오카자키 옆에 앉았다. 말을 걸어 온 것은 오카자키 쪽이었다. 그가 사형수 처우 전반에 대한 이야기를 꺼낸 것은 내일 처형에 대한 직접적인 대화를 피하고자 함이리라. 젊은 간수는 난고가 과거에 느꼈던 것과 똑같은 의문, 감옥법 조문을 무시하고 왜 법무성 통지가 우선되는가 하는 문제를 꺼냈다.

"그걸 두고 꽤 고민했네."

난고는 나름대로 결론을 말했다.

"법무성은 아마도 감옥법 개정을 원하고 있을 거야. 하지만 정치가 움직이지 않으니 법률을 바꿀 수가 있나. 그러니 도리 없이 그런 통지를 보낸 게 아니겠나."

"그럼 잘못은 법 개정을 하지 않는 정치가들에게 있다는 말씀입니까?"

"표면상으로는. 그렇지만 국회의원이 움직이지 않는 이유도 생각해야 하네. 그놈들이 움직이지 않는 것은 범죄자의 처우, 특히 사형수에 관한 문제를 언급한 순간 이미지가 안 좋아져서 그런 걸세. 자신들의 인기 몰이에 방해가 되거든."

"역시 정치가 잘못이네요."

"자네, 사형 제도에 관한 국민 설문 조사 본 적 있어?"

"국민의 과반수가 지지, 아닙니까?"

"바로 그거야."

난고는 말했다.

"일본 사람들이라는 게, 나쁜 놈을 사형시키자고 속으로는 생각해도 그걸 입 밖에 내는 사람을 곱지 않게 보는 거야. 속내와 겉을 구분하는 민족의 음습함이지."

오카자키는 뭔가 깨달은 듯 입을 열더니 잠시 후 고개를 끄덕였다.

"TV를 봐도 사형에 반대하는 사람밖에 안 나오더군요."

"음. 게다가 백안시당하는 것은 정치가뿐만이 아니라네. 우리도 그렇지 않나. 국민의 기대에 부응해 주고 있는데도 손가락질당하는 거지. 극악범을 죽여 주셔서 감사하다는 말 따위 아무도 안 해 준다니까."

난고는 한숨을 섞었다.

"하지만 누군가는 해야 할 일이야."

"그럼……."

오카자키는 주변을 둘러보고 나서 목소리를 낮추어 물었다.

"난고 선배는 사형 제도에 찬성하시는 겁니까?"

"그래."

"내일 160번 집행에 대해서도?"

난고는 오카자키를 쳐다보았다. 상대방 얼굴에 진퇴양난의 절박한 심정이 엿보였다.

"160번에게 특별한 사정이라도 있는 건가?"

오카자키는 대답하지 않았다.

난고는 불길한 예감이 들었다.

"설마 원죄라도."

"아닙니다. 증거 관계는 틀림없습니다. 하지만……."

오카자키는 말을 삼키더니 생각을 가다듬고 말했다.

"녀석의 신원 대장을 보십시오. 제일 마지막 장을요."

난고는 사형수 감방으로 향했다. 160번의 죄상에 대해서는 나름대로 이미 파악하고 있었다. 50대 남자, 지인의 빚에 연대 보증을 서 주면서 자신도 빚더미에 올라앉자, 가족 동반 자살을 할지 강도 짓을 할지 고민하다가 후자를 선택한 범죄자였다. 피해자 수는 세 명, 자산가 노부부와 그 아들이었다. 만약 가족 동반 자살을 선택하여 처자 셋을 죽였더라면 사형은 고사하고 무기 판결을 받을 일도 없었을 터였다.

신원 대장 열람을 허락받은 난고는 아무도 없는 늦은 밤, 회의실에 두터운 파일을 들고 들어가 7년 전처럼 읽어 내려가기 시작했다. 오카자키가 말하던 마지막 장에 도달하기 전에 종교 교회(敎誨)에 관한 160번의 기술이 눈에 띄었다.

'체포 직후 죄를 인정하고 제1심 공판 중에 천주교로 귀의.'

난고는 기재 사항을 손가락으로 짚어 나갔다.

'여러 종교를 동시에 믿는 소위 '박쥐 신자'가 아니라 담당 교회사의 가르침에 진지하게 따르며, 피해자를 위해 매일 기도 드림.'

난고는 오카자키가 말하던 게 이것이었구나 싶었다. 개전의 정이 여실한 사형수를 처형할 필요가 있는가 하는 문제다.

이에 대해서 난고는 나름대로 답을 마련해 놓고 있었다. 업무상 알게 된 수많은 무기 징역수와 사형수를 비교해 보고 내린 결론이었다.

아무리 흉악한 죄를 범했더라도 무기수 중에는 꽤 높은 비율로 개전의 정 따위는 보이지 않는 무리가 있다. 가슴속에는 자신에 대한 해명뿐, 범행 현장에 함께한 피해자를 원망하는 자조차 적지 않다. 그들은 교도소 내에서 그저 얌전히 행동하며, 모범수로 가석방되는 것이 목적이다.

한편 개전을 태도로 나타내는 자들도 있다. 이쪽이 다수파이다. 그러나 그들의 태도는 일부 사형 확정수가 보이는 것과 같은 어떤 열정에 이끌리는 후회와는 다른 것이다. 그야말로 종교적인 법열에 도달할 것 같은 열렬한 개전은 사형수에게서만 볼 수 있는 현상이었다.

그러한 일련의 관찰에서 난고가 얻은 결론은 사형수가 죄를 참회했다 해도, 이는 사형 판결을 받았기에 일어나는 결과라는 것이었다. 즉 응보형 사상이 지지하는 사형 판결에 의해 목적형 사상의 목표인 회오의 정을 유인해 냈다는 공교로운 현상 말이다.

그리고 지금 160번의 종교 교회에 관한 내용을 접하며 난고는 또 하나의 얄궂은 감개를 느꼈다. 종교 교회에서 보이는 태도는 사형 확정수의 심적 안정을 측정하는 기준이며, 이는 형 집행 시기의 결정 요인이 된다. 교회사의 가르침에 따라 마음의 안식을 얻은 자일수록 빨리 처형당하고 마는 것이다.

아마도 오카자키는 그러한 제도상의 모순에 당혹스러움을 느끼고 있는 게 아닐까. 난고는 그런 생각을 하며 마지막 장을 넘겼다.

그곳에는 한 편지의 복사본이 서류철 되어 있었다. 받는 이는 후쿠오카 지방 법원 재판장이며, 보내는 이는 160번에 의해 부모와 오빠를 살해당한 여성이었다.

피해자 유족이 재판장에게 보낸 편지. 양질의 편지지에 자필로 적힌 '저는 사형 판결을 원하지 않습니다.'라는 문장을 접했을 때, 난고는 자신의 눈을 의심했다.

왜? 그게 첫 소감이었다. 자기 자식이 살해당하면 범인에게 그대로 앙갚음하리라고 생각하는 난고에게, 이는 이해 불능이었으며 충격적인 한마디였다.

'피고인은 이미 충분한 위로와 사죄를 표명해 주었습니다.'라는 문장을 읽은 난고는 허둥지둥 신원 대장을 넘겼다. 피해자의 유족이 이미 충분한 경제적 대가를 받은 게 아닌가 싶었기 때문이다. 그러나 빚을 갚지 못해 범죄로 치달은 160번에게는 고액의 위자료를 지불할 만한 경제적인 여유가 없었다. 체포 후 현재까지 사형수가 유족에게 보낸 것은 11년간 노역으로 벌어들인 20만 엔 정도의 돈밖에 없었다.

난고는 재판장에게 보낸 편지로 돌아왔다. 거기에는 유족의 심정이 적혀 있었다.

'처음에는 저도 피고인에게 아무리 증오해도 모자란 격한 감정을 느꼈습니다. 그러나 빈곤한 가정에서 자라 학력도 없이 세파를 견디며, 친구를 믿은 죄로 빚더미에 앉게 된 피고인의 사정을 생각하면 사형을 원하는 마음이 망설여집니다. 만약 제가 같은 인생을 걸어왔다면, 그가 제 가족에게 한 짓을 다른 누군가에게 했을지도 모릅니다. 그렇다고 피고인을 무죄 방면시켜 달라는 것은 아닙니다. 피고인이 이대로 교도소에서 살아가며, 항상 제 부모님과 오빠의 명복을 빌어 주었으면 하는 바람입니다.'

이는 어떠한 사형 반대론자의 이론 무장보다 강력했다. 강력한 만큼 난고는 그 편지에 부아가 치밀었다. 우리가 얼마나 고통스러운 심정으로 집행해 주려는데 왜 이런 짓을…….

난고는 자신의 마음속에 이 유족을 증오하는 마음이 있음을 느끼고 정신을 차렸다.

난고는 1심 판결을 보았다. 유족의 편지를 받은 재판장이 내린 판결은 무기 징역이었다. 그러나 이에 대해 검찰 측이 공소했고, 맞이한 2심에서는 원심이 파기되어 극형이 선고되었다. 판결문에는 양형의 이유가 다음과 같이 설명되었다.

'피고인에게는 수사, 공판 단계를 통해 일관된 개전의 정이 현저한 점, 또한 피해자 유족에 의한 감형 탄원 등은 받아들여야 할 정상이기는 하나, 피고인의 범행은 잔학무도하며 사회에 미친 충격이 막대하고, 더 이상 정상을 참작할 여지가 전혀 없어, 만약 극형을 선고하더라도 명백히 정의로 돌아올 것으로 볼 수 없음.'

이어진 상고심에서는 대법원이 피고인의 상고를 기각했고, 그 후 판결 정정 신청도 받아들여지지 않아 사형 판결이 확정되었다.

법원이 내린 결론은 정의가 아니라고 난고는 생각했다. 그가 사형 제도를 지지하며 7년 전에 시행한 처형을 정당화시킬 수 있었던 것은 피해자의 응보 감정을 생각했기 때문이다. 그 감정이 허물어진 지금, 남은 것은 법학자들이 구축해 놓은 법리뿐이다. 160번은 법이 지켜야 할 이익, 법익을 침해했기에 처형당한다.

하지만 이것으로써 만사형통일까. 그러한 획일적인 판결을 시정하기 위한 구제 조치인 은사 제도도 160번에게는 전혀 기능하지 않았다.

난고는 유족의 편지를 다시 읽었다. 이 여성은 가족을 모두 살해당하고도 피고인의 사형을 원치 않는다. 그 사실이 생각지도 못한 문제를 제기했다.

내일의 처형은 누구를 위해 진행되는가. 난고와 오카자키가 160번을 죽여야만 하는 이유가 있을까. 피해자 유족의 의지와는 달리 범죄자에게 절대 응보를 과하는 것은 더더욱 범죄 피해자에게 상처를 입히는 행위가 아닐까.

그날 밤 난고는 한숨도 잠을 이룰 수 없었다. 그는 사직을 고려하고 있었다. 3LDK*짜리 관사 안을 왔다 갔다 하며 몇 번씩이나 처자식의 얼굴을 보러 갔다.

그에게는 지켜야 할 가정이 있었다.

난고는 생각하다 지친 끝에 자신의 진심을 배반하고 사직을 단념했다. 이는 사형수의 목숨보다 가정 생활을 우선하겠다는 결단이었다.

다음 날 아침, 형장에서 집행 리허설을 마친 난고는 160번의 도착을 기다렸다. 마음속에 떠오른 것은 7년 전의 집행 광경이었다.

'나는 안 했어……'

목숨을 구걸하는 470번 목에 밧줄을 건 행위는 그래도 옳았

---

* 거실, 식당, 부엌을 말하며 앞의 숫자는 방의 개수를 뜻한다.

노라고 난고는 생각했다. 그러나 이번 160번의 경우는 어떨까. 감형을 호소하는 유족의 편지가 말해 주는 것은 인간의 마음이 천편일률적인 법 제도로 심판하기에는 너무도 다양하다는 사실이었다.

형장 문이 열렸다. 사제복을 걸친 신부를 앞세워 160번이 좁고 짧은 계단을 올라왔다. 세 명의 인간을 죽인 50대 후반의 남자. 그 얼굴은 헬쑥했고, 눈은 푹 꺼져 있었으나 결연한 표정은 생기를 느끼게 했다. 사형수는 확고한 발걸음으로 재실로 들어왔다.

난고는 바로 옆에 있는 오카자키에게 신경이 쓰였다. 젊은 간수는 이미 고통을 견디지 못하겠다는 듯 몸을 가늘게 떨고 있었다.

수갑을 푼 160번은 한참 동안 제단에 붙은 십자가를 뚫어지게 쳐다보았다. 이윽고 기획 과장이 마지막 식사를 권유하자 그 배려에 감사의 뜻을 표하고, 과자와 과일 등 소량의 식사를 입에 댔다.

160번의 침착한 태도에 입회한 검찰관 이하 스무 명의 남자들은 안도의 표정을 지었다.

잠시 후 흡연을 허락받은 사형 확정수는 담배를 피우며 구치소장과 마지막 대화를 나누었다. 유품은 그의 가족에게 전달해 줄 것. 유서는 이미 담당 간수에게 맡겨 놓았다는 것. 소지했던 약간의 현금은 피해자 유족에 대한 보상에 충당해 줄 것. 그는 자기 시신을 대학 병원에 기증하겠다는 서약을 했고, 그 답례로 5만 엔 가량의 현금을 선불로 받아 놓았다.

40분이 경과한 무렵 보안 과장이 말을 꺼냈다.

"자, 슬슬 준비합시다."

160번은 순간 움직임을 멈추었으나 이윽고 "예." 하고 대답했다.

그와 동시에 7년이나 사형 확정수와 함께 지내 온 담당 간수가 참다 못해 울기 시작했다.

160번도 슬픈 듯 시선을 떨구었으나 이윽고 신부 쪽을 돌아보며 말했다.

"신부님, 고백 성사를 부탁드립니다. 저는 죄를 지었습니다."

신부가 고개를 끄덕이며 무릎 꿇은 사형수 앞으로 다가갔다. 그리고 제단 위의 십자가를 등지고 엄숙한 어투로 말했다.

"당신의 평생에 걸친 죄, 전능하신 하느님을 거역한 것을 회개합니까?"

"네."

"나는 너의 죄를 사하노라."

그 신의 말씀을 듣고 난고는 머리를 맞은 기분이었다. 160번이 범한 죄를 신은 용서했으나 인간은 용서하지 않는다.

"성부와 성자와 성령의 이름으로. 아멘."

"아멘."

160번은 복창하며 가슴 앞에 성호를 긋고 일어섰다.

이에 집행관 두 명이 다가가 그의 머리에 천을 뒤집어씌웠고,

두 손을 뒤로 돌려 수갑을 채웠다.

난고와 오카자키, 그리고 또 한 명의 간수가 재실 벽 뒤편에 있는 집행 단추로 향했다. 그곳에서 형장은 보이지 않는다. 나머지는 보안 과장이 내리는 사인을 기다렸다가 집행 단추를 누르면 되는 것이다.

접이식 문이 열리는 소리가 났다. 형장으로 가는 문이 열린 것이다. 난고는 눈앞에 있는 단추를 바라보며 지금이 사직할 마지막 기회라고 생각했다. 여기서 직무를 포기하면, 그리고 사표를 제출하면 적어도 160번을 죽이지 않아도 된다.

그러나 가족은 어떻게 되는가. 그리고 고통을 견디며 난고와 함께 단추를 누르려는 두 명의 후배를 배신할 것인가.

이때 보안 과장이 들어올린 손을 내렸다.

난고는 반사적으로 눈앞에 있는 단추를 눌렀다.

그러나 아무 일도 일어나지 않았다.

난고는 눈을 들었다. 발판이 빠지는 소리가 들려오지 않는다. 재실에서는 보안 과장이 아연실색한 표정으로 이쪽과 형장을 번갈아 보고 있다. 이변이 일어난 것이 분명했다. 무슨 일이 일어난 것일까. 황급히 주변을 둘러본 난고는 마침내 그 원인을 찾아내고는 경악했다.

오카자키의 손가락이 집행 단추 바로 앞에 멈춰 있었다.

난고는 단추를 누른 자세를 유지한 채 작게 말했다.

"오카자키."

그러나 젊은 간수는 안면이 창백했고, 손끝을 떨며 아무 말도 듣지 않겠다는 식으로 두 눈을 꾹 감고 있었다.

더 이상 그가 단추를 누르는 것은 무리라는 걸 난고는 알아챘다. 오카자키가 망설임으로써 세 개의 단추 중 어느 것이 160번을 죽이게 될지 폭로해 버린 셈이 되었다.

난고는 재실을 보았다. 보안 과장이 난고의 우측에 있는 간수에게 손짓하고 있었다. 집행 단추가 작동하지 않을 때는 형장에 있는 수동 레버를 당기도록 되어 있다. 그리고 수동 레버도 작동하지 않으면, 집행관 중 누군가가 손으로 사형수를 목 졸라 죽여야 할지도 모른다. 형법 규정에 따라 사형은 '교수(絞首)로써 이를 집행함'이라고 되어 있기 때문이다.

이름이 불린 간수가 허둥지둥 그 자리를 박차고 나갔다. 그러나 난고는 기다리기 힘들었다. 목에 밧줄을 걸고 죽음의 공포에 내몰린 160번을 1초라도 방치하는 것은 너무나도 잔혹했다. 난고는 얼어붙은 오카자키의 손가락을 치우고, 자기 손으로 집행 단추를 눌렀다.

무거운 충격음이 울렸다.

이를 마지막으로 난고의 귀에는 아무것도 들리지 않았다.

'이로써 두 명을 죽였다.'

머릿속에 떠오른 것은 그뿐이었다.

형장 밖에서 같은 짓을 하면 자신에게 사형 판결이 내려져도 이상할 게 없다.

그다음 날부터 난고가 사형수의 목숨을 대가로 지키려 했던 가정이 서서히 무너지기 시작했다. '후쿠오카 구치소에서 사형 집행'이라는 기사가 전국에 뿌려지는 신문에 실린 것이다.

신문을 접한 난고의 처는 남편이 왜 전날 밤 숙취 상태로 귀가했는지 이유를 알아 버린 모양이었다. 입 밖에 내지는 않아도 태도가 미묘하게 변하기 시작했다.

처음에 난고는 사형 집행에 관여한 것 때문에 질책당하는 줄 알았다. 그러나 시일이 지나면서 부인의 불만이 다른 데 있음을 알게 되었다. 그녀는 남편이 솔직히 털어놓지 않은 데 짜증을 내고 있던 것이다. 난고가 자신의 고뇌를 솔직하게 말하면 그녀는 함께 고통을 나누어 주었으리라.

그래도 난고는 집행 사실을 이야기할 수 없었다. 7년 전 처형 사실을 숨긴 채 결혼했다는 거리낌도 있었고, 귀가해서 발치에 엉겨 오는 자식을 보면 아버지가 사람을 죽였다는 사실을 입이 찢어진다 해도 말할 수 없었다. 결국 그는 형장에서 일어난 일을 아무에게도 말하지 말라는 직장의 함구령을 지켜 냈다.

마침내 아들이 유치원에 다니게 되었을 무렵, 부부 사이에 최초로 이혼 이야기가 불거졌다. 결론은 아이가 초등학교에 들어갈 때 다시 생각해 보자는 것이었다. 그리고 그때가 되자 이번에는 중학교에 갈 때까지 참자고 했다. 난고는 이혼만은 어떻게든 피할 생각이었다. 교도소에 들어오는 범죄자의 대다수가 가정불화 속에서 자랐음을 알고 있었기 때문이다. 20년 후에 자기 아들이 재판에 회부되어, 부모의 이혼이 정상으로 척량된다는 상상 따위를 하면 난고는 견딜 수가 없었다. 아이의 미래를 최우선으로 고려하는 한, 이제 부부에게 요구되는 것은 심적인 사랑이 아니라 의지의 힘에 의한 단결이었다.

부인은 이를 위해 노력해 주었다. 남편의 전근으로 전국 각지를 전전하게 되어도, 관사 생활로 인간관계가 피폐해져도, 아이 앞에서는 불쾌한 내색 하나 없이 가정을 지켜 주었다.

그리고 2001년, 아이가 고등학교에 입학했고, 난고가 마쓰야마 교도소로 전근하게 된 것을 계기로 부부는 별거를 단행했다. 아들에게는 아버지의 단신 부임이라고밖에 말하지 않았다.

아이가 고등학교를 졸업할 3년 후, 가정은 완전히 파괴될지도 모른다고 난고는 생각했다. 160번의 목숨과 맞바꾸면서까지 지키려 했던 가정이…….

그 무렵, 뜻밖의 이야기가 들려왔다.

사형수의 원죄를 밝힌다, 그를 위한 조사원을 무명의 변호사가 구하고 있다…….

난고는 이야말로 자신이 할 일이라고 생각했다. 그는 격한 충동에 이끌리듯 먼저 변호사에게 연락을 취했다. 실제 만나 보고 처음 알았지만, 상대방인 스기우라는 도쿄 구치소 시절에 만난 적이 있는 사람이었다.

스기우라 변호사는 교도관이 응모해 온 데 놀라며 환영했다. 난고가 직무상 재심 청구를 포함한 사형수 처우 전반에 정통했기 때문이다.

난고는 사직할 각오를 했다. 퇴직금과 성공 보수를 몽땅 투자하면 아이를 대학에 보내고, 가업인 빵집을 다시 일으킬 수 있다. 그때가 되면 부인에게 모조리 털어놓고, 다시금 가족이 한데 모여 살자고 말할 생각이었다.

어려운 일에 착수하기에 앞서, 남은 일은 이제 하나밖에 없었다. 사형수를 교수대에서 환생시키기 위해, 함께 조사 작업을 할 파트너를 찾는 것.

그리고 그의 앞에 미카미 준이치라는 27세의 수형자가 있었다.

"복무 규정 위반이다."

길고 긴 이야기 끝에 난고가 말했다.

"다 말해 버렸군. 그래도 조금은 편해졌어."

이미 날짜가 바뀌었고, 격렬했던 비는 멈췄다. 방충망을 통해 선선한 바람이 들어왔다.

준이치는 눈앞에 있는 47세의 교도관을 바라보았다. 범죄자 두 명을 처형하고, 무너져 가는 자기 가정을 필사적으로 지키려는 남자의 얼굴을. 평소에 보이던 애교 있는 미소는 사라지고, 순교자를 상상케 하는 엄한 표정이었다. 이것이 난고의 진정한 얼굴일지도 모른다고 준이치는 생각했다.

"그래서 난고 씨는……."

피곤해 보이는 상대방을 배려하며 준이치가 말했다.

"지금도 사형 제도에 찬성하시는 겁니까?"

난고는 힐끗 준이치를 쳐다보았다.

"어느 쪽도 아니야."

"어느 쪽도 아니라고요?"

"음. 피하는 게 아니야. 정말 어느 쪽도 아니라네. 사형 제도 따위 있으나 없으나 마찬가지야."

"무슨 뜻입니까?"

난고의 답변이 성의 없게 들렸기에 준이치는 취조하는 투가 되었다.

"어이, 조심하자고."

난고는 달래듯 미소를 띠었다.

"사형 존폐 논의에는 사람을 감정적으로 만들어 버리는 무언가가 있어. 아마도 그것이 본능과 이성의 싸움이기 때문이겠지."

그 말뜻을 되새기며, 준이치는 납득한다는 듯 고개를 끄덕였다.

"죄송합니다."

"그래서……."

난고는 계속해서 말했다.

"남을 죽이면 사형이 된다는 것 정도는 초등학생들도 알고 있잖나."

"네."

"중요한 건 그 부분이야. 죄의 내용과 그에 대한 벌은 사전에 모든 사람에게 알려진 상태야. 그런데 사형당하는 놈들이란, 잡히면 사형이라는 것을 뻔히 알면서 굳이 저지른 일행들이야. 이해가 되나, 이 뜻이? 그러니까 놈들은 누군가를 죽인 단계에서 스스로를 사형대로 몰아넣는 거야. 잡히고 나서 울고불고해 봤자, 이미 늦어."

난고는 짜증스러운 말투로 변했다. 볼 주위의 근육이 속마음의 증오를 눌러 없애려는 듯이 뻣뻣하게 긴장되어 있었다.

"왜 그런 바보들이 끊임없이 나타나는 걸까? 그따위 놈들이 없어지면 제도가 있으나 없으나 사형은 시행되지 않잖아. 사형 제도를 유지시키는 것은 국민도 국가도 아닌 남을 마구 죽이고 다니는 범죄자 본인이야."

"하지만······."

말을 꺼내 놓고 준이치는 황급히 입을 다물었다. 그는 무심코 160번의 경우에 어떠했는지 되물으려 했다.

"물론 현행 제도에도 문제는 있어."

난고는 준이치의 의문을 알아챈 모양이었다.

"오판의 가능성, 타당치 못한 판결, 전혀 기능하지 않는 구제 조치 문제. 특히 이번 기하라 료와 같은 사례는 멋들어지게 그 틈새에 끼어 버린 실례라 할 수 있지."

"그 부분 말입니다."

준이치는 본제로 돌아갔다.

"역시 난고 씨는 기하라 료 대신 진범이 밝혀질 경우, 그 사람이 사형당해도 좋다는 뜻입니까?"

조금 망설인 후에 난고는 고개를 끄덕였다.

"그 외에 기하라를 구해 낼 방법이 없잖은가. 만약 이대로 녀석이 형장에 끌려가면 목에 밧줄을 걸었을 때 말하겠지. '나는 안 했어. 살려 주세요.'라고 말이야. 그야말로 필사적으로 집행관에게 목숨을 구걸……."

난고는 갑자기 입을 다물었다. 그의 두 손이 완전히 사형수 목에 밧줄을 거는 형태로 멈춰 있었다.

준이치는 난고의 눈빛 속에서 고통스러운 과거를 보았다.

"그것만큼은 피하고 싶어. 어떻게든. 기하라 료를 사형대에서 끌고 내려온다. 내가 하고 싶은 것은 그뿐이야."

"알겠습니다."

준이치는 결단을 내렸다.

"저도 협조하겠습니다."

교도관은 엷은 미소를 띠며 고개를 끄덕였다.

"미안하네."

방충망 너머로 더위를 식혀 주는 찬바람이 흘러 들어왔다. 두 사람은 한참 동안 산들바람에 몸을 맡기고 있었다.

"신기하게도……."

밤의 정적 속에 난고가 소근대는 목소리로 말했다.

"그 두 사람 이름이 지금까지도 기억이 나질 않아. 470번과 160번의 이름이……."

그리고 고개를 갸우뚱거렸다.

"왜 생각이 나지 않을까?"

이름이 생각나면 더 힘들어질 것을 준이치는 언급하지 않았다.

2

전날 밤의 폭우가 장마전선의 작별 인사였는지, 다음 날 아침 보소 반도의 날씨는 쾌청했다.

준이치와 난고는 햇빛을 받으며 시빅에 올라탔다. 가쓰우라시 내에는 서핑 보드를 차에 실은 해수욕객들의 모습이 눈에 띄었다. 바야흐로 관광의 계절이 도래한 것이다.

두 사람은 나카미나토군을 지나쳐 도쿄로 향했다. 방침 전환에 따른 사전 준비를 위해 보소 반도 외부에서 해결해야 할 일이 있었기 때문이다. 며칠간 둘은 따로 행동하기로 했다.

"정치 뉴스에 신경을 쓰게."

핸들을 쥔 난고가 말했다.

"특히 내각 개편의 움직임에."

갑작스러운 화제에 준이치는 당황했다.

"왜요?"

"사형은 거의 대부분이 국회 폐막 중에 실시되거든."

준이치는 또다시 물었다.

"왜요?"

"회기 중에 집행하면 야당의 질문 공세를 받으니까 그렇겠지."

얼마 전에 정기 국회가 끝났으니 드디어 위험 구역 돌입이야."

정치에 둔한 준이치는 잘 이해가 되지 않았으나 고개를 끄덕였다.

"내각 개편이라니요?"

"내각이 개편되면 법무 장관이 바뀔 수도 있겠지?"

"법무 장관이 사형 집행을 명령하는 사람이죠?"

"그래. 그놈들은 그만두기 직전에 명령서에 서명한다니까."

준이치는 세 번째로 물었다.

"왜요?"

"이빨 치료나 마찬가지야. 하기 싫은 일은 되도록 뒤로 미뤄. 그리고 뒤에 더 이상 책임질 필요가 없다는 게 확실해지면 한꺼번에 해치우는 거지."

"법무 장관에게 집행 명령이란 그 정도 차원의 일입니까?"

"그렇다니까."

난고는 웃었다.

"재심 청구 기각 타이밍으로 보나 정치 정세로 보나 기하라 료에게는 꽤 불리해지고 있어. 되도록 시간을 아껴 쓰자고."

"네."

차는 보소 반도 안쪽으로 들어서서 다소 교통 지체에 휘말렸지만 정오가 지난 무렵에는 도쿄만을 횡단하여 가나가와현에 들어섰다.

난고의 형네 집이 있는 무사시코스기에서 하차한 준이치는 지하철로 갈아타고 가스미가세키로 향했다. 그날은 보호 관찰소에 의무 출두해야 하는 날이었다.

지하철 역에서 지상으로 나와 천황이 기거하는 외원(外苑)으로 이어진 길을 몇 분 정도 걸어가니 목적지인 합동청사 6호관에 도착했다. 안으로 들어가면서 준이치는 그곳이 법무성 건물임을 알았다.

이 건물 내부 어딘가에서 기하라 료의 사형 집행에 관한 심사가 진행되고 있다.

법무성 임원이 게으름을 피워 주길 기도하며 그는 건물로 들어섰다.

"그래, 생활은 순조롭고?"

오치아이 보호 관찰관이 풍채 좋은 몸을 의자에 내맡긴 채 물었다.

"네."

준이치는 고개를 끄덕였다. 하루하루의 식생활이나 건강 상태, 난고와의 작업 등 만족스런 생활에 대해 보고하자 실무 보호 관찰관은 입꼬리를 올렸다.

옆에 있던 보호사 구보 노인도 햇볕에 그을린 준이치를 대견하다는 듯이 바라보고 있었다.

"꽤 늠름해졌는걸요."

"여자랑 논다거나 하는 짓도 안 했겠지?"

오치아이가 물었다.
"그럴 시간도 없었습니다."
"좋아. 자네는 마약에 빠질 염려는 없으니 술 먹는 양만 조심하게."
"네."
근황 보고를 한 차례 마치고 나서 준이치는 두 사람에게 말했다.
"보호 관찰에 대해서 좀 여쭤볼 게 있는데요."
"뭔가?"
오치아이가 물었다.
"오치아이 보호 관찰관께서는 공무원이시고, 구보 보호사님께서는 민간인이시죠?"
"그렇네. 우리는 서로 협력해서 자네들의 사회 복귀를 돕고 있어. 국가 조직만으로는 지역에 밀착하기가 그리 쉽지 않으니까. 아무래도 민간 독지가의 힘이 필요한 거지."
준이치는 교도소에서 받은 출소 교육 내용을 떠올리며 애매한 점을 확인하기 시작했다.
"보호사님께서는 완전히 자원 봉사시죠?"
"맞아요."
구보 노인이 대답했다.
"교통비 정도를 실비로 받을 뿐이죠."
"보호사 선정은 보호 관찰소에서 하시는 겁니까?"
"아니."

오치아이가 대답했다.
"지역마다 다소 차이는 있어도, 거의 대부분 전임자 추천이지. 보호사를 했던 사람이 자기 후임자를 골라서 바통을 넘기고 있네."
"그럼 보호사님들께서 실제 도우시는 건 어떤 사람들입니까?"
"비행 소년이나 소년원에서 나온 자들, 자네처럼 3호 관찰이라 불리는 가석방자 그리고 유죄 판결을 받았지만 집행 유예가 붙은 자들. 아이부터 어른까지 폭넓은 사람들이지."
그러고 나서 오치아이는 물었다.
"왜 그런 질문을 하는 건가?"
"지금 조사하는 사건의 피해자가 보호사셨습니다."
"응?"
오치아이도 구보도 관심이 끌린 모양이었다.
준이치는 머릿속으로 재빨리 내용을 정리했다. 살해당한 우쓰기 고헤이는 그 고장 중학교 교장 출신이었다. 그 후 보호사로서 비행과 경범죄력이 있던 기하라 료에게 관여했다. 모든 게 자연스러운 흐름이다.
"보호사 선생님은 정기적으로 관찰자와 면회하십니까?"
"그래요."
구보 노인이 말했다.
"우리 집에 오라고 해서 근황이나 고민 같은 것을 듣습니다."

기하라 료가 피해자 집에 드나들었던 것도 어색할 게 없다. 그렇다면 그가 우쓰기 고헤이의 집에 갔을 때 그곳에는 어떤 손님이 와 있었을까.

"좀 여쭤보기 어려운 질문입니다만……."

"우리가 사람들의 원한을 살 일이 있는지 없는지 말인가?"

오치아이가 앞서 대답했다.

"맞습니다."

"그거라면 한 가지 있지."

"어떤 일입니까?"

"가석방 취소. 자네도 출소할 때 그리고 이곳에 왔을 때 준수 사항을 들었겠지?"

"네."

"그걸 위반하게 되면 우리로서는 가석방을 취소할 수밖에 없어. 자네 같은 경우 나머지 복역 기간 3개월이면 되겠지만, 무기수의 경우 심각한 사태가 되니까."

"무기수요?"

준이치는 의외로 여기며 되물었다.

"무기 징역수를 말하네. 사형 다음으로 무거운 죄를 범한 사람을 말하는데, 외국처럼 종신형이 아니야. 평생을 감옥에 갇혀 사는 게 아니라네. 법률상으로는 복역한 지 10년 되면 가석방 심사 대상이 되지. 뭐, 실제로는 평균 18년 정도 되면 사회에 나오는 모양이야."

"18년……."

준이치는 놀랐다. 사형 다음으로 무거운 죄가 겨우 그 정도란 말인가.

"무기수가 가석방을 취소당한 경우에는 어떻게 되는 겁니까?"

"물론 교도소로 돌아가야지. 다음에 언제 나올 수 있는지는 아무도 몰라. 그래서 심각하다는 거야."

오치아이는 표정이 조금 어두워졌다.

"가석방 취소라는 소리를 듣고 자살한 사람도 있다는 얘기야."

"그야말로 죽기 살기네요."

구보 노인이 미소를 머금은 채 말했다.

"하지만 아무리 원한을 사더라도 저희로서는 해야 합니다. 법이 정해 놓았으니까요."

가석방 취소는 보호사를 죽일 동기가 된다. 그렇게 생각한 준이치는 몸을 앞으로 내밀었다.

"제가 조사하고 있는 사건은 우쓰기 고헤이라는 분이 살해당한 사건인데요."

"역시 그렇군."

오치아이가 말했다.

"기억하고 있네. 보소 반도 해안 쪽에서 일어난 사건이지?"

"맞습니다. 우쓰기 씨는 그 당시 기하라 료라는 전 비행 소년을 돌보고 계셨는데, 그 밖에 보호 관찰자가 있었는지 알 수 없을까요? 정말 무기 징역수라든가……."

그러자 오치아이가 웃었다.

"만약 알고 있더라도 그건 가르쳐 줄 수 없어. 비밀 유지는 우리 업무의 절대 조건이거든. 보호 관찰자에 대해서는 어떠한 정보도 외부에 누설할 수 없게 되어 있지."

"그럼 저희 쪽에서 알아볼 수 있는 방법은 없습니까?"

"없네."

오치아이는 일언지하에 답했다.

"자네 일에 협조해 주고 싶은 마음은 가득하나 이것만큼은 방도가 없어."

준이치는 실망하며 용의자를 추려 낼 방법이 없는지 생각했다. 난고의 교도관 연줄로 어떻게 해 볼 수 없을까.

그때 구보 노인이 조심스럽게 오치아이에게 말했다.

"주제넘은 행동일지 모르겠습니다만, 하나만 미카미에게 조언해 줘도 될까요?"

"뭡니까?"

오치아이가 불안해하며 물었다.

구보는 준이치에게 얼굴을 돌렸다.

"그 사건이 아마 피해자 자택에서 일어났죠?"

"그렇습니다."

"집 안에는 어떤 물건들이 있었을까요?"

구보의 진의를 알아차리지 못한 준이치는 당황하며 상대의 얼굴을 쳐다보았다.

"보호사는 말이죠, 관찰자에 대한 기록을 세세하게 남겨 놓기 마련입니다."

"관찰자에 대한 기록이요?"

준이치는 앵무새처럼 따라했다. 그 폐가에 난고가 잠입했을 때 못 본 것일까? 서둘러 확인해야 한다.

오치아이가 타이르듯 말했다.

"구보 선생님."

"죄송합니다."

노인은 미소를 띠며 말했다.

"제가 추리소설을 무척이나 좋아해서요."

난고는 준이치에게 걸려 온 전화를 마쓰야마에서 받았다. 가와사키에서 렌터카를 반납한 그는 그대로 배를 타고 마쓰야마로 향했다. 교도관을 사직하고 관사를 처분하는 게 목적이었다. 휴가가 끝나기 직전인 지금, 잡무를 한꺼번에 해치우자는 심산이었다.

3LDK짜리 관사에서 난고는 짐을 싸던 손을 멈추고, 휴대 전화에 되물었다.

"관찰자에 대한 기록? 잠시만."

난고는 기억을 더듬어 보더니 말했다.

"없었네. 틀림없어. 반환된 증거도 봤지만 찾지 못했어."

전화 너머로 들려오는 준이치의 목소리가 흥분되어 보였다.

"증거로 아직 보관되어 있을 가능성은요?"

"그것도 있을 수 없어. 재판에서 사용되지 않은 증거는 반환되니까."

"그럼 역시 이상하네요. 기록이 하나도 남아 있지 않다는 게 말이에요."

"범인이 꺼내 갔을까?"

"그럴 거예요. 피해자와의 관계가 들통나지 않기 위해서."

준이치는 이어서 진범이 우쓰기 고헤이의 집에 드나들던 무기 징역수가 아닐까 하는 추론을 말했다.

"그런 사람이 있었는지 조사할 수 없을까요?"

"어렵겠지만 생각해 보겠네."

전화를 끊은 난고는 가족이 없는 3평짜리 방에 주저앉아 머릿속을 정리했다.

준이치의 추리가 맞는 것 같았다. 어떠한 이유로 인해 가석방을 취소당할 뻔한 인간이 이를 저지하려고 보호사를 죽였다. 그때 피해자와의 관계를 나타내는 기록을 범행 현장에서 들고 갔다. 아마 보호 관찰자의 기록에는 진범의 가석방을 취소한다는 내용이 적혀 있었을 것이다. 범인에게는 동기 은폐도 된다. 그렇게 되면 예금 통장과 인감을 가져가 놓고도 왜 사용하지 않았는가 하는 의혹에도 답이 나온다. 즉 위장이다. 범인의 목적은 처음부터 돈이 아니었던 것이다.

준이치는 금광맥을 찾아낸 것일지도 몰랐다. 난고는 그런 생각에 기쁜 표정을 지었으나, 단 하나 의문이 남았다. 돈 목적이 아니었다면, 그리고 기하라 료에게 죄를 뒤집어씌우기로 순간적으로 생각해 낸 것이라면, 왜 통장과 인감을 오토바이 사고 현장에 남기지 않았던 것일까.

방심은 금물이라고 난고는 생각했다. 결정타라 하기에는 아직 단서가 너무 적었다.

난고에게 전화를 건 후 준이치는 신바시로 향했다. 자신의 개인적인 의혹을 해명하기 위해서였다. 준이치는 자기 명함에 인쇄된 주소를 보고 스기우라 변호사 사무실을 방문했다.

그곳은 준이치가 예상했던 대로 오래된 잡동사니 빌딩이었다. 덜컹덜컹 흔들리는 엘리베이터를 타고 5층으로 올라가, 불투명 유리가 끼워진 문을 두드렸다.

"네."

스기우라의 목소리가 들리더니 문이 열렸다. 변호사는 준이치를 보자 의외라는 듯 물었다.

"무슨 일인가요?"

"좀 여쭈고 싶은 게 있어서요."

"뭡니까?"

스기우라는 일단 들어오라며 준이치를 사무실 안으로 안내했다. 이럴 때조차도 변호사는 잊지 않고 표면적인 웃음을 띠었다.

사무실은 5평 정도 되어 보였다. 타일이 깔린 바닥 위에 책상과 책장이 놓여 있고, 『일본 현행 법규』나 『대법원 판례집』 등의 서적이 있는 것이 역시 변호사 사무실다웠다.

"난고 씨는 어쩌고요?"

낡은 소파를 권하며 스기우라가 물었다.

"일단 마쓰야마로 가셨습니다."

"아, 그렇군. 드디어 퇴임이신가?"

"네."

준이치는 교도관이 퇴직을 하게 된 이유가 생각나, 순간 입을 다물었다.

"그래, 오늘은요?"

준이치는 조심스럽게 말을 꺼냈다.

"별 지장 없으시다면 좀 알려 주세요. 난고 씨는 왜 저를 선택하셨을까요?"

스기우라는 조금 난처한 듯이 준이치를 바라보았다.

"교도관 동료라든가, 그 외에도 작업을 함께할 상대가 있었을 것 같은데요……. 왜 전과가 있는 저 같은 사람을?"

"난고 씨는 의뢰인이 아니니까 비밀을 지킬 의무는 없겠지."

스기우라는 스스로를 타이르듯 중얼거리더니 얼굴을 들었다.

"좋아요. 말해 주겠어요. 난고 씨는 이번 일이 교도관으로서 마지막 업무라고 했어요."

"마지막 업무요?"

"그래요. 그분은 기본적으로 응보형 사상을 지지하고 계시지만 한편으로 교육형의 이상도 버리지는 않았지요. 죄를 범하더라도 대다수의 인간이 갱생할 수 있다, 다시 태어날 수 있다고 말입니다. 그 두 개념 사이에서 흔들리고 있는 게 난고 씨지요."

준이치는 의외였다.

"교도소에서 하고 있는 수형자 처우도 그처럼 애매하답니다. 범죄자를 징계하기 위해 하는 건지, 아니면 교육으로 반사회적인 인격을 교화해 주려는 것인지……. 실제로 인격 교육 따위는 거의 하지도 않고, 규칙으로 묶어 놓고 노동을 시키기만 할 뿐이지만 말이에요. 그 결과가 재범률 48퍼센트라는 참담한 숫자로 나타나는 겁니다. 그러니까 출소자 두 명 중 한 명이 다시 죄를 범하고 교도소로 돌아온다, 이 말입니다. 난고 씨는 그런 현장의 최전선에서 꽤 고민하셨겠지요. 그래서 언제부턴가 꿈을 지니게 되신 거고요. 자기 손으로 자기가 원하는 방법으로 범죄자를 갱생시키고 싶다. 하나의 인간이 제대로 다시 태어나는 모습을 두 눈으로 직접 보고 싶다는……."

그것이 교도관으로서 마지막 업무였다. 준이치는 몸을 앞으로 내밀었다.

"그래서 제가 뽑힌 겁니까?"

"그런 것 같습니다. 혹시 본인의 가석방 경위에 대해 알고 있나요?"

"아뇨."

준이치가 이상하게 여기고 있던 부분이었다. 징역 2년의 단기형에서 한 번 징벌을 받으면 가석방은 없다고 들었기 때문이다. 그러나 그는 성격이 맞지 않는 교도관이 폐쇄 독방으로 자신을 보낸 적이 있는데도 모범수와 같은 취급으로 가석방을 받았다.

"미카미 씨의 가석방 상신서는 난고 씨께서 쓰신 겁니다."

"그러셨군요. 하지만 왜 거기까지?"

"왜 다른 사람이 아니라 미카미 씨였는지는 저로서도 알 수 없습니다……. 다만 언젠가 난고 씨께서 농담조로 말씀하시는 것을 들은 적이 있어요. '미카미라는 녀석은 날 닮아 좋은 놈이야.'라고."

"난고 씨를 닮아서?"

그 말에 어딘가 짚이는 부분이 있었다.

변호사 사무실을 나온 준이치는 전철을 갈아타고 아버지 공장으로 향했다. 오늘 밤은 오쓰카에 있는 자택에서 숙박하기로 했기 때문에 그 전에 '미카미 모델링'에 들르기로 한 것이다.

전철 손잡이에 매달려 스기우라 변호사의 말을 되짚어 보았다. 난고와 자신과의 공통점. 이는 어젯밤 난고의 과거를 들으면서 막연히 느낀 점이었다.

난고도 준이치도 25세 때 남의 목숨을 빼앗았다. 난고는 사형 집행으로, 준이치는 범죄자로서. 그리고 한번은 종교로 위로를 받고자 했으나, 후에 이를 거부한 점도 비슷했다. 복역 중에 준이치가 종교 지도를 거절한 것을 수석 교정 처우관이었던 난고는 우연한 기회에 알고 있었을 것이다.

그런 표면상의 이유 뒤에 난고와 닮은 자신이 선정된 데는 더 깊은 동기가 숨어 있을 것 같았다. 난고는 자기 자신을 죄인이라 느끼며, 그 속죄를 준이치를 통해 이루려는 게 아닐까. 교도관이 직무로 인해 사형을 집행하고, 죄의식을 느낀다 해도 영원히 속죄받을 일은 없다. 왜냐하면 법의 심판을 받지 않기 때문이다. 그렇기에 자신이 벌을 받는 대신 다른 속죄 방법, 즉 남의 도움이 되는 쪽을 선택한 게 아닐까.

그렇게 보면 독점할 수 있었던 고액의 보수를 준이치와 나누어 가지려는 것도 납득이 간다. 전과자의 사회 복귀를 저지하는 큰 요인으로 경제적인 곤궁을 들 수 있기 때문이다. 더욱이 이번 일에 준이치가 빠질 뻔했던 상황에서 보인 난고의 분노……. 준이치는 자신의 추측이 결코 지나친 것은 아니라고 확신했다.

난고가 자신에게 해 주는 것에 대해 준이치는 있는 그대로 감사하게 여겼다. 그러나 그렇게 느낄수록 오히려 마음은 무거워졌다.

준이치는 자신이 갱생하겠다는 생각은 없었다.

부모가 살해당한 것에 대해 우쓰기 내외가 보인 증오. 그리고 같은 감정을 필사적으로 억누르며, 사죄하러 온 준이치를 맞이한 사무라 미쓰오의 고통에 가득 찬 얼굴. 그런 사람들의 고뇌를 준이치는 자기 눈으로 보아 왔다. 그들의 모습은 죄의식을 불러일으키기에 충분했다. 정말 죄송한 짓을 했다고 생각한다. 그러나 2년 전 상황에서는 사무라 교스케를 죽이는 것 외에 어떤 선택지가 있었을까. 잘못한 것은 내가 아니다. 피해자 측이다.

전철이 오카야마역에 다다랐다. 준이치는 내릴까 말까 망설였다. 그곳에서 갈아타면 유리가 있는 하타노다이까지 두 정거장이다.

그러나 그 행동이 미련을 저버리지 못한 행동 같아서 준이치는 단념했다. 이미 자신은 아무것도 해 줄 수 없다는 것을 잘 알고 있었다. 유리에 대한 자신의 죗값을 치르기 위해 힘닿는 데까지는 했다. 그녀에 대해서는 이대로 무사히 지내 주기만을 기도하는 수밖에 없었다.

준이치는 미카미 모델링에서 가장 가까운 역에 내렸다. 작은 공장들이 늘어선 일대를 걸으며, 난고가 돌아오기를 자신이 몹시 기다리고 있음을 깨달았다. 빨리 보소 반도로 돌아가고 싶었다. 그곳에서 모든 것을 잊고 사형수의 목숨을 구하는 일에 몰두하고 싶었다.

공장에 도착하자, 금틀 설계 도면과 씨름하던 도시오의 모습이 눈에 들어왔다.

"어, 왔구나."

아버지는 복이 없어 보이는 얼굴에 미소를 띠었다.

"어떠냐, 변호사 사무실 일은?"

"그럭저럭 버티고 있어요."

준이치도 웃으며 대답했다. 아버지가 아들의 일을 자랑스러워하는 것이 느껴졌다. 게다가 지난달 치 보수 100만 엔 중 실비를 제외한 9할 정도를 이미 집에 갖다 드린 상태였다.
"오늘은 집에서 잘 수 있다고 했지?"
"네."
"그럼 오쓰카까지 같이 가자꾸나."
준이치는 고개를 끄덕였다.
"그때까지 도울 일이 있으면 할게요."
"그래."
도시오는 좁은 작업장을 둘러보더니 갑자기 겸연쩍게 준이치를 쳐다보았다.
의아하게 느낀 준이치는 바로 그 이유를 알아챘다. 이 공장에 있던 유일한 하이테크 장치, 광조형 시스템이 사라진 것이다.
"별로 도움이 안 되기에 팔아 버렸다."
도시오가 변명하듯 말했다.
그 자리에 우두커니 서서, 준이치는 더 이상 물러설 곳이 없다는 것을 깨달았다. 월 100만 엔의 돈으로는 모자란 것이다. 사형수의 원죄를 밝히고 성공 보수를 얻지 못하면 경제적 파탄을 피할 수 없다.

난고는 마쓰야마에서 남은 일을 처리하고 가와사키로 돌아왔다. 지난 이틀 동안은 눈코 뜰 새 없이 바빴다. 관사에 있었던 살림살이를 별거 중인 부인 집으로 보내고, 새벽부터 일어나 교도관으로서 마지막 점호에 참석했다.

　제복을 입는 것도 이게 마지막이다 싶은데도, 아무런 미련도 생기지 않았다. 오히려 기분이 상쾌했다. 직장 동료들도 기분 좋게 그를 보내 주었다. 여성 부하 교도관에게 꽃다발을 받은 난고는 간단히 인사를 고하고, 28년간의 교도관 생활에 종지부를 찍었다. 나머지는 더 이상 늦출 수 없는 일, 기하라 료의 원죄를 밝히는 일에 전력을 다할 뿐이었다.

　난고는 형네 집에 들러 짐을 놓고 나서 도쿄 관청가로 향했다. 목적지는 전국지 신문사의 기사 검색실이었다. 이는 예정된 행동이었고, 우쓰기 내외를 죽인 것이 뜨내기 강도였을 가능성을 찾기 위함이었다.

　미리 전화로 신청해 놓은 난고는 컴퓨터 단말기가 놓인 작은 방으로 안내받았다. 그리고 기계 사용법에 대해 여자 직원의 설명을 듣고 나서 기사 검색에 들어갔다.

　우쓰기 내외가 살해당한 전후 10년으로 기간을 한정하고, 강도 살인, 도끼, 손도끼 등의 검색어와 지바, 사이타마, 도쿄, 가나가와 등 4개 도시명을 입력한 후 컴퓨터의 답변을 기다렸다. 그러자 불과 몇 초 만에 기사 목록이 화면에 수두룩하게 나타났다.

　세상 참 좋아졌다고 감탄하며, 난고는 기사 범위를 좁혀 나가기 시작했다. 추가한 검색어는 수색, 흉기, 발견 등의 단어였다. 즉 지정된 10년 동안에 지바현 주변에서 일어난 강도 살인 사건 중 도끼나 손도끼와 같은 날붙이가 사용된 데다가, 그 흉기가 수색 끝에 발견되지 않았던 건을 조사하려는 것이다.

모니터에 떠오른 기사는 열두 건. 그러나 해당되는 사건의 수는 겨우 두 건이었고, 기사 수가 많았던 것은 속보를 포함했기 때문이라는 걸 알았다. 그중 나카미나토군의 사건을 제외한 나머지 한 건을 화면에 불러냈다.

'주부 살해당하다'라는 큰 제목 아래 사이타마현에서 일어난 강도 살인 사건의 상세한 보도가 실려 있었다. 사건 발생은 우쓰기 고헤이가 살해당하기 2개월 전으로, 심야에 마을에서 떨어진 민가에 강도가 들어 손도끼로 주부를 살해, 금품을 훔쳤다는 내용이었다. 그때 사용된 흉기는 후일 경찰의 수색으로 현장에서 200미터 떨어진 산속에 묻혀 있던 것으로 밝혀졌다.

범행 수법은 동일하다고 볼 수 있다. 예측과 맞아떨어진 수확에 난고는 마음이 들떴다. 우쓰기 고헤이 사건에서 수사진이 그렇게 철저하게 산을 찾은 것도 이 전례가 있었기 때문이 틀림없다.

기사 속에 '사이타마 현경은 후쿠시마·이바라키 2개 현에서 일어난 사건과의 유사성을 고려하여 광역 중요 준지정 31호 사건으로 인정'이라는 문장을 찾아낸 난고는 서둘러 검색 화면으로 돌아갔다. 비슷한 사건이 후쿠시마와 이바라키에서도 일어났던 것이다. 그 기사들에 의하면, 사이타마 사건의 2개월 전과 4개월 전에 완전히 같은 상황, 같은 흉기로 강도 살인 사건이 발생했었다. 피해자는 모두 한 명씩, 그때도 흉기였던 손도끼는 현장 부근의 밭이나 숲에서 발굴되었다.

틀림없다고 난고는 확신했다. 이 사건의 범인은 후쿠시마에서 이바라키, 사이타마 그리고 보소 반도로 남하하며 범행을 거듭했다. 만약 나카미나토군 사건으로 기하라 료라는 유력한 피의자가 현장 부근에서 발견되지 않았다면, 틀림없이 '31호 사건'으로 인정되었을 것이다.

이 사건의 진범을 찾아낸다면, 하는 생각을 하다가 문득 '광역 중요 준지정 31호 사건'을 키워드로 검색해 보았다. 그러자 '범인 체포' 기사가 나왔다.

이미 범인이 잡혔다. 놀란 난고는 그곳에 실린 범인의 얼굴 사진을 보았다. 경마장에 있을 법한 얼굴이라는 인상을 받았다. 광대뼈가 튀어나온 투박한 바위 같은 얼굴의 중년 남자. '오하라 용의자'라는 설명이 붙어 있다.

난고는 기사로 시선을 옮겼다.

사이타마 사건으로부터 반년 후, 시즈오카 시내에서 한 남자가 주거 침입으로 그 자리에서 체포되었다. 심야에 소리가 난 것을 알아챈 피해자 집주인의 신고에 의한 것이었다.

잡힌 사람은 주소 불명에 무직인 46세의 오하라 도시조라는 남자로, 손도끼를 휴대하고 있던 탓에 '31호 사건'과의 관련을 추궁당했고, 마침내 자백하기에 이르렀다.

난고는 오하라라는 남자의 체포에서 기소에 이르기까지 기사를 꼼꼼히 짚어 나갔다. 이 강도범이 자백한 것은 후쿠시마, 이바라키, 사이타마의 세 건뿐이었다. 나카미나토군 사건과의 관련에 대해서는 기하라 료가 이미 잡혔던 탓인지, 경찰도 추궁하지 않았던 모양이다.

난고는 심히 초조해하며 이번에는 '오하라 도시조'를 검색해서 재판 경과를 짚어 나갔다. 그러자 체포된 지 4년 후에 1심 판결에서 사형 선고를 받았다는 것을 알았다. 그리고 그로부터 3년 후인 1998년에는 2심에서 항소 기각.

안 좋아. 난고는 다음 기사를 화면에 불러냈다. 오하라 도시조가 이미 처형당했다면 나카미나토군 사건의 진범일지도 모를 남자가 이 세상에서 사라진 것이다. 난고는 남은 기사를 모조리 확인했다. 그러자 오하라에 관한 보도는 항소 기각 3일 후 '오하라 피고 상고'라는 짤막한 기사를 마지막으로 끊겨 있었다.

그렇다면 대법원은 아직 오하라 도시조의 상고를 기각하지 않았다는 얘기다. 즉 아직 사형 확정수는 아닌 것이다. 뒷손을 쓰면 면회도 가능할 터였다.

난고는 휴, 하고 한숨을 내쉬었다. 그리고 얄궂은 미소를 띠었다. 같은 해에 체포된 기하라 료가 이미 사형 집행을 기다리는 상황에서 이 오하라는 아직 확정도 되지 않았다. 이는 일본의 재판 제도가 지닌 문제였다. 사형에 해당하는 사건을 범한 경우, 한 명이라도 많은 사람을 죽인 쪽이 심의 과정이 지체되면서 오래 살 수 있다.

어쨌든 난고는 한시도 지체할 수 없음을 깨달았다. 대법원 상고는 3년 전에 했다. 언제 상고 기각을 선고받아도 이상할 게 없는 상황이다. 그렇게 되면 일부 친족과 변호사를 제외하고는 아무도 오하라를 면회할 수 없게 된다. 빨리 손을 쓰는 게 나을 것 같았다.

난고는 컴퓨터 단말기 앞을 떠나, 검색 방법을 알려 준 여자 직원에게 인쇄 방법을 물었다. 관련 기사가 인쇄되기를 기다리는 동안 그는 약간의 장난기가 발동해서 비어 있는 다른 단말기 앞에 앉았다.

검색 화면에 있는 '지방판'을 클릭해서 '지바현'을 선택했다. 그리고 나카미나토군 사건의 첫 보도가 게재된 날의 지방 뉴스를 읽어 내려갔다.

'도쿄에서 가출한 고교생 커플'이라는 짤막한 기사를 찾아낸 난고는 실소를 터뜨렸다. 순박한 미카미 준이치가 여자 친구와 둘이서 신문에 난 기념할 만한 날이다. 그런데 그 작은 기사에는 난고가 몰랐던 사실이 적혀 있었다.

'29일 오후 10시경, 나카미나토군 이소베 마을에서 도쿄에서 가출한 고교생 두 명이 잡혔다. 소년 A(18)는 손을 다쳤고, 소녀 B(17)와 함께 이소베 마을의 개업의를 찾아갔는데, 진찰한 의사가 날붙이에 의한 상처로 추정하여 파출소에 신고하는 바람에 잡히기에 이르렀다. 소년 A와 소녀 B는 부모가 낸 가출인 수색 신고가 접수된 상황이었다.'

손을 다쳐? 날붙이에 의한 상처? 기사에 그 이상은 적혀 있지 않았다.

난고는 그 짤막한 내용을 눈으로 훑으며 혼란에 빠졌다. 그가 그리던 순박한 소년상은 수정을 강요당하고 있었다. 기사를 통해 그려지는 것은 상상 이상으로 황폐한 10대 후반의 소년상이다. 아마도 준이치는 그 고장의 깡패들과 싸움이라도 한 모양이다. 그 8년 후, 사무라 교스케를 죽여 버렸을 때와 마찬가지로.

난고는 뭔가를 골똘히 생각하는 듯한 준이치의 얼굴을 떠올렸다. 충동적으로 욱하는 성격은 교정이 어려운 경우가 많다. 준이치 자신도 그것을 알기에, 내면의 공격 충동을 제어할 수 없다고 포기한 것일까.

준이치가 가끔 갱생에 대해 자신없어하는 것도 난고는 알고 있었다. 기사를 읽고 나니 녀석을 제대로 사회 복귀시키는 것은 의외로 어려울지 모르겠다는 생각이 들었다.

3

이틀 만에 만난 준이치는 시원찮은 표정으로 시빅에 올라탔다. 무사시코스기역 앞에 있는 렌터카 회사에서 차를 빼며 난고가 물었다.

"왜 그래?"

"저희 집이 위태로워서요."

"위태로워?"

"이 일이 잘되지 않으면 정말 위험해집니다."

준이치는 집안의 재정 상태에 대해 설명했다.

그 말을 듣고 난고도 조금 걱정이 되었다.

"사무라 씨에게 손해 배상을 좀 기다려 달라고는 할 수 없을까?"

"약속은 약속이니까요. 만약 지체된다면 재판으로 가게 되지 않을까요?"

난고는 인정했다. 화해 계약이 체결된 이상, 계약 불이행으로 소송이 되면 패소는 불 보듯 뻔했다. 그래서 강제 집행이라도 되면 미카미 일가는 완전히 벌거숭이가 될 것이다. 난고는 전과자의 갱생을 저지하는 두터운 벽을 새삼 인식했다.

"이때까지 들은 범죄자 처우 말인데요……."

준이치가 시무룩한 채로 화제를 바꾸었다.

"만약 사람을 죽여 놓고도 잘못을 뉘우치지 않는 사람이 있다면 그 사람은 사형당하는 수밖에 없나요?"

난고는 브레이크를 밟았다. 전방 신호등이 빨간불이었다. 멈춰 선 차 안에서 난고는 조수석의 준이치를 쳐다보았다. 이전에는 몰랐으나 준이치의 왼쪽 팔꿈치 안쪽에, 베인 피부를 봉합한 5센티미터가량의 흉터가 있었다. 가출 당시 입었던 상처다.

"자네 얘긴가?"

난고는 대놓고 물었다.

"아뇨."

준이치는 말끝을 흐렸다.

"너무 자책하지 말게."

난고는 지금이 절호의 기회라고 생각했다.

"형기가 만료될 때까지 아직 1개월 반이나 남았어. 잘 생각해 봐. 집안의 경제 사정도 이제 어쩔 도리가 없는 것으로 결론이 난 것도 아니잖아."

"그렇죠."

힘없이 고개를 끄덕인 준이치는 뭔가 생각난 듯했다.

"참, 난고 씨."

"왜?"

"이전부터 감사하다는 말씀을 드리고 싶었습니다. 이번 일에 저를 끼워 주셔서 감사하다고."

"천만에 말씀."

난고는 실소했다. 조수석에 순박한 청년이 돌아온 것 같아 온몸에 힘이 빠졌다.

"이 일만 잘되면 아버지와 어머니께 조금이나마 보답해 드릴 수 있습니다. 아직 가능성이 있겠죠?"

"그럼, 있다마다. 실은 내 쪽도 수확이 있었다네."

난고는 파란불에 차를 출발시키며 신문사 기사 검색에서 찾아낸 '31호 사건'에 대해 이야기했다.

"피고인 오하라 도시조는 도쿄 구치소에 수감되어 있어. 조만간 면회할 수 있을지도 몰라."

난고는 이미 교도관 시절의 부하 오카자키에게 오하라와의 면회를 타진해 두었다.

"그 '31호 사건' 말인데요."

준이치가 말했다.

"우쓰기 내외를 죽인 게 뜨내기 강도범이었다면, 관찰자의 기록이 없어졌다는 이야기와 모순되는 것 아닙니까?"

"나도 그렇게 생각하네. 그런데 자네가 말한 보호 관찰자 범인설도 유력하지만 오하라 범행설도 저버리기 아까워. 지금은 선입견을 버리고 단서를 끈기 있게 주워 나가자고."

"네."

준이치는 고개를 끄덕였다. 조금은 활기를 되찾은 것 같았다.

"그건 그렇고 어젯밤 전화로 부탁한 건은 어떻게 됐어?"

"해 놨습니다."

준이치는 뒷좌석에 있던 가방에서 메모지를 꺼냈다. 난고가 부탁했던 것은 기하라 료의 공판에 출정한 변호 측 증인의 목록이었다. 그 사람들은 체포 전에 기하라와 친했던 사람들이다. 난고와 준이치는 사건에 관련된 제3의 가능성, 진범이 사전에 기하라 료에게 누명을 씌우려 했다는 설을 검증할 참이었다.

"증인은 겨우 두 명이었어요."

준이치는 소송 기록 속에서 그 두 사람의 이름과 연락처를 적어 두었다.

"둘 다 나카미나토군에 있습니다. 그 당시 기하라의 고용주와 직장 동료예요."

"면회 약속은?"
"해 놨어요."

나카미나토군에서 으뜸가는 관광 숙박 시설 '호텔 요코'는 대중 사우나와 결혼식장까지 갖춘 10층짜리 건물이었다. 그 백악 재질의 외관은 해변가에 고립되어 있다는 점이 가미되어 사람들에게 그 고장의 관광 산업을 독점하는 요새 같은 인상을 주었다. 시빅이 미끄러져 들어간 주차장은 이미 반 정도가 차 있었고, 관광 시즌의 절정에 접어들고 있음을 말해 주고 있었다.

준이치와 함께 차에서 내린 난고는 후덥지근한 더위를 느끼며, 정면 현관을 통해 호텔로 들어갔다.

프런트에 내방 목적을 알리자 안쪽에서 지배인이 나와 두 사람을 3층으로 안내했다. 그는 카펫이 깔린 복도를 지나 제일 안쪽에 있는 문을 두드렸다.

"손님 오셨습니다."

지배인의 말에 안쪽에서 문이 열렸다. 기하라 료의 증인 중 한 명은 이 호텔의 소유주였다.

"안도라고 합니다."

두 사람을 집무실로 맞아들인 그는 '안도 노리오'라는 풀네임이 적힌 명함을 건넸다. 직함은 '주식회사 요코 대표'였다. 쉰 살이 넘었으나 몸에 군살이 없고, 캐주얼 양복 소매에서는 건강하게 햇볕에 그을린 팔이 드러나 있었다. 어딜 보나 스포츠맨으로 보이는 밝은 미소가 지위에 걸맞지 않게 꾸밈없는 성격임을 나타내기에 충분했다.

호감을 느낀 난고는 자신과 준이치를 차례대로 소개했다. 난고는 명함을 내밀었으나 준이치는 인사만 해 두었다. 변호사 사무실과의 고용 관계가 해제되었기 때문이다. 대표는 준이치를 쳐다보며 의아해하다가, 바로 웃는 얼굴로 돌아와 소파를 권했다.

"용건은……."

웨이트리스 복장을 한 여성이 냉커피 세 잔을 가져다주고 집무실을 나가자, 안도가 말을 꺼냈다.

"기하라 료 건으로 오신 거죠?"

"맞습니다. 가능성이 아주 희박하지만 원죄의 가능성도 있기에……."

"네?"

안도는 놀란 모습이었으나 그래도 미소를 잃지 않았다.

"본론으로 들어가기 전에 한 가지만 묻겠습니다. 현장 부근의 지리를 좀 알고 계십니까?"

"어느 정도는요. 우쓰기 선생님과도 친분이 있어서 몇 번 댁으로 찾아뵌 적이 있지요."

"그 주변에 계단이 있을 만한 건물이 없을까요?"

난고는 계단을 중요히 여기는 이유와 수색이 헛수고로 돌아간 일을 간단히 이야기했다.

안도는 고개를 갸우뚱했다.

"짚이는 게 없는데요."

"그건 그렇고……."

난고는 당초 목적으로 돌아갔다.

"안도 씨께서는 변호 측 증인으로 출정하셨지요?"

"그랬었지요. 그때는 솔직히 힘들었어요."

안도는 당혹스러운 표정을 지었다.

"무척 곤란한 입장이었습니다."

"무슨 뜻이신지?"

"피해자와도 가해자와도 친했다는 뜻입니다. 한쪽 편을 들자면 다른 한쪽에 불이익이 되다 보니……."

"그래도 사장님께서는 기하라를 위해 법정에 서신 거네요."

"네."

안도는 조금 수줍은 미소를 지었다.

난고는 이제야 같은 편이 나타났다는 사실에 안도의 한숨을 내쉬었다. 그는 소송 기록에서 읽은 사실 관계를 안도의 입으로 확인하고 싶었다.

"사장님께서는 원래 우쓰기 고헤이 씨와 친하셨죠?"

"맞습니다. 우쓰기 선생님께서는 이 고장의 지식인이시기 때문에 사업과 관련해 여러 가지로 상의를 드렸습니다."

"기하라를 알게 된 것도 우쓰기 선생님 소개였나요?"

"네. 아시겠지만 우쓰기 선생님은 보호사로 계셨고, 절도를 범한 기하라의 취직처를 찾고 계셨습니다. 그래서 저한테 상의하러 오셔서······.”
"기하라의 인상은 어떠셨는지요?”
"솔직히 내성적인 느낌이었죠.”
안도는 그 당시를 떠올리듯 시선을 올렸다.
"하지만 성장 배경을 생각하면 충분히 그럴 수 있어요.”
난고는 소송 기록에 있던 기하라의 성장력을 떠올렸다.
"사장님께서 기하라를 고용한 것도 그런 동정심이 있으셨기 때문이겠죠?”
"그렇습니다. 저희 자회사에서 비디오 가게를 운영하는데, 거기 사원으로 고용했습니다.”
안도는 말하고 나서 몸을 앞으로 내밀었다.
"그런데 일을 시켜 보니 의외로 열심히 하더군요.”
"네?”
"심야 할인 서비스를 비롯해 여러 가지 아이디어를 내 줘서 가게 영업 성적이 확실히 올랐습니다.”
난고는 절도범의 갱생에 관심을 보이기 시작했다.
"왜 그가 그렇게 열심히 했을까요?”
"역시 우쓰기 선생님의 힘이라고 그때는 생각했습니다. 기하라도 보호사를 따르며 노력하고 있다고······.”
안도는 말하고 나서 표정이 어두워졌다.
"사건이 일어나기까지는 그렇게 생각했었죠.”
"그 당시만 보면, 기하라가 담당 보호사를 덮친다는 건 상상조차 할 수 없었다?"

"정말 그랬습니다. 지금 생각해도 이상한 느낌이 들어요."

"기하라의 교우관계는 어땠습니까? 강도 사건을 일으킬 만한 놈이 있었고, 그에게 죄를 덮어씌웠다고 생각해 볼 수는 없을까요?"

"짐작이 가지 않는군요."

안도는 한동안 곰곰이 생각했다.

"일을 시작한 후에도 친구는 그리 많지 않았던 것 같습니다."

"아는 사람이 적었다?"

"그렇습니다. 남의 원한을 사려 해도 그렇게 깊은 사이는 없었던 걸로 압니다."

난고는 고개를 끄덕이며 다시 다른 가능성을 찾았다.

"우쓰기 선생께서 다른 사람 취직 건으로 상담하러 오신 적은 없었습니까?"

"무슨 뜻이죠?"

"그러니까, 기하라 외에 보호 관찰을 한 사람은 없었을까요?"

그러자 안도는 "한 사람." 하고 중얼거리듯 말했다.

"한 명 있었습니까?"

"아마 그럴 겁니다. 우쓰기 선생께서 둘이나 보살피느라 정신이 없다고 말씀하신 적이 있습니다."

"둘을 보살핀다는 건 보호 관찰이라는 뜻이겠죠?"

"그렇게 해석했습니다."

옆에 앉아 있던 준이치가 난고의 얼굴을 쳐다보았다. 보호 관찰자 범행설을 뒷받침해 주는 방증이다.
"그게 누군지는 말씀 안 하셨습니까?"
"네. 보호사에게는 비밀을 지킬 의무가 있으니까요. 기하라의 경우와는 달리 제게 상의를 해 오시지 않았으니 저로서는 알 방도가 없지요."
안도는 대답하고 나서 시선을 던졌다. 시계에 신경 쓴다는 것을 알아차린 난고는 마무리를 짓기로 했다.
"그럼 마지막으로 한 가지만. 우쓰기 선생께서 남의 원한을 사실 일은 없으셨을까요? 반대로 원한을 품었다든지……."
"제가 아는 한은 없는데요."
미간을 찌푸린 안도는 문득 미소를 흘렸다.
"뭐, 며느리와 사이가 안 좋았다는 그런 정도라면."
"며느님이라면 우쓰기 요시에 씨 말씀인가요?"
"맞습니다. 흔해 빠진 고부간의 문제죠."
관광 호텔의 사장은 그 자리가 쑥덕공론의 장이 되는 것을 꺼렸는지 거기에서 말을 끊었다.
"어느 가정에나 있는 이야기입니다."

집무실을 나선 난고는 준이치와 함께 이번 만남의 요점을 정리하며 1층으로 향했다.
보호 관찰자 범행설의 가능성이 높아지면서 준이치는 흥분한 듯했다.

"우쓰기 씨가 보살폈다는 또 한 명의 전과자를 알아낼 수는 없을까요?"

"마쓰야마에 갔을 때 알아봤지만 허사였어. 교정관구*가 다르고, 10년 전의 보호사 이름만 가지고는 힘들어."

그러나 난고는 이를 짚어 내는 것이 초미의 문제라는 걸 알고 있었다.

"이제 개별적으로 행동하자고. 자네는 두 번째 증인을 만나 주게. 나는 문제의 전과자를 찾아볼 테니."

"어떻게 하시게요?"

"무리겠지만 나카모리 검사한테 알아봐야겠어."

준이치는 고개를 끄덕였다.

"그런데 마지막에 나왔던 고부 문제는 어떻게 생각하나?"

"어떻게라뇨?"

되물은 준이치의 얼굴에는 그 문제를 중요시하지 않는다고 적혀 있었다. 미혼인 젊은이에게 의견을 구해 봤자 소용없다는 것을 알고 난고는 더 이상 묻지 않았다.

난고는 혼자 시빅에 올라타고는 염천(炎天) 속의 주차장에 준이치를 남겨 둔 채 달려갔다. 국도를 남하해서 보소 반도 남단을 시계 방향으로 달려 다테야마시로 향했다. 핸들을 쥐며, 이

---

* 일본에서 여덟 개로 나뉘어진 수형자 분류 구역.

조사가 끝날 무렵이면 몇 킬로미터를 주행했을지 궁금해했다.

나카모리의 근무처인 지바 지검 다테야마 지부는 지바 지방법원 다테야마 지부와 같은 건물에 있었다. 관청다운 건물 앞에 차를 세운 뒤 검사를 직접 방문하는 것은 곤란할 수도 있겠다는 생각을 했다. 손목시계를 보니 12시를 갓 넘은 시각이었다. 난고는 지갑에서 나카모리의 명함을 꺼내더니 일말의 기대를 품으며 휴대 전화의 번호를 눌렀다.

중간에 한 번 전화를 돌려주더니 나카모리가 받았다. 검사는 귀찮은 내색 없이 점심시간이면 만날 수 있다고 하면서 30분 후에 만날 장소를 알려 주었다.

그곳은 나카모리의 근무처에서 차로 5분 정도 되는 찻집이었다. 입구 부근에 자리를 잡고 앉아 오늘 두 잔째인 냉커피를 마시다 보니 휴대 전화가 울렸다. 나카모리인 줄 알았는데 전화 너머로 들려온 목소리는 스기우라 변호사였다.

"좀 난처하게 됐습니다."

스기우라는 울며 애원하는 듯한 목소리로 말했다.

"어찌 된 일인지 의뢰인이 의심을 하시네요."

"의뢰인이? 뭘요?"

"난고 씨와 미카미가 아직 같이 움직이고 있는 게 아니냐고."

난고는 눈살을 찌푸렸다.

"어떻게 알았지요? 우리 모습을 본 건가?"

"글쎄요?"

난고는 문득 의뢰인의 정체가 짐작이 갔다.
"의뢰인이 그 고장 사람인가요?"
"제 입장에서는 아무 말씀도 드릴 수 없습니다."
"지금 그쪽에서 전화가 걸려 온 건가요?"
"네."
"그쪽 이름이……." 하고 말하다가 난고는 그만두었다. 무슨 말에도 스기우라는 대답하지 않을 것이었다.
"의뢰인이라는 게 그러니까 기하라 료를 끔찍이 생각하는 사람이겠지요?"
"그야 물론이죠."
"고액의 보수를 낼 만큼 재력도 있고."
"맞습니다."
"그래서 스기우라 선생은 그런 의심에 뭐라고 대답했나요?"
"시치미를 뗐죠."
변호사는 천연덕스럽게 말했다.
"하지만 언제까지 숨길 수 있을지……."
"일이 잘되면 불만은 없겠지요."
난고는 퉁명스럽게 말했다.
"미카미에 대해서는 아무 말씀도 말아 주세요. 부탁입니다."
"네……."
스기우라는 한숨을 섞으며 전화를 끊었다.
"기다리셨죠?"

예기치 않게 목소리가 들리자 난고는 놀라며 위를 올려다보았다. 탁자 옆에는 정장을 빼입은 청년 검사가 서 있었다.
"죄송합니다, 못 알아뵈서."
난고가 황급히 일어서자 나카모리는 웃으며 말했다.
"아뇨, 저도 언제 말씀을 건넬까 망설이던 중입니다."
나카모리는 상의를 벗고 난고 앞에 앉았다.
"나오시라 해서 죄송합니다."
"괜찮습니다."
난고는 검사의 웃는 얼굴을 보고 조금 안심했다. 그 쾌활한 모습에서 그가 아직 협조적임을 엿볼 수 있었기 때문이다.
두 사람은 웨이트리스에게 점심 식사를 주문하고 잠시 동안 잡담을 나눈 후 본론으로 들어갔다.
"피해자가 담당했던 보호 관찰자 말인가요?"
이야기를 들은 나카모리는 당시의 정보를 생각해 내려는 듯 시선을 허공에 띄웠다.
"수사선상에서는 안 나왔습니까?"
"적어도 용의권 내에는 없었습니다. 기하라 료가 현행범에 가까운 상황에서 잡혔으니 말입니다."
나카모리는 대답하면서도 계속 기억을 더듬는 모양이었다.
"아, 그러고 보니 한 명 있었군."
"한 명요?"
난고는 몸을 앞으로 내밀었다. 안도의 이야기가 맞는 모양이었다.

"자료 창고를 뒤지면 나오기야 하겠지만, 아무래도 그건 가르쳐 드릴 수 없겠는데요."

"왜죠?"

"전과자의 개인 정보니까요. 교도관인 난고 씨라면 아실 것 같은데……."

난고는 하는 수 없이 웃었다.

"그렇군요."

검사도 미소로 답하며 문득 진지한 표정을 지었다.

"보호 관찰자를 점찍으셨다는 건, 그 강도 사건을 위장으로 보시는 겁니까?"

"맞습니다."

"범행 동기는 가석방 취소?"

난고는 검사의 비상한 머리에 혀를 내둘렀다.

"네."

나카모리는 고개를 끄덕이더니 생각에 잠겼다.

그가 직접 조사에 나서 주면 좋으련만, 하는 생각을 하며 난고는 제2의 가능성을 타진했다.

"그건 그렇고, '31호 사건'에 대해 아십니까?"

나카모리는 허를 찔린 듯 이쪽을 쳐다보았다.

"알고 있죠."

"우쓰기 내외의 사건을 '31호 사건'과 연관해서 조사할 수는 없었을까요?"

"역시 예리한 점을 짚어 내시는군요. 물론 조사했습니다. 하지만 그 또한 겨우 잠시 동안이었습니다. 응급 병원에 있던 기하라의 소지품에서 피해자 지갑이 나오기 전까지였죠."

"그 후로는요?"

"그 후로는 오히려 '31호 사건'의 혐의가 기하라에게 향했습니다. 하지만 후쿠시마나 이바라키 범행에는 기하라에게 알리바이가 있었습니다."

"그리고 4개월 후에 '31호 사건'의 범인이 체포된 건데······."

"오하라 도시조 말씀이시죠?"

"네. 그 오하라의 알리바이는 조사 안 하셨습니까? 나카미나토군 사건에 관해서 말입니다."

"안 했습니다."

난고가 보기에 오하라 도시조는 아직 유력한 용의자인 것 같았다.

그 뒤로 한동안 대화는 본론을 떠나 식사를 겸한 잡담이 되었다.

난고가 교도관을 퇴직했다고 알리자 나카모리는 진지하게 물어왔다.

"이번 조사 때문입니까?"

"뭐, 그런 셈입니다."

검사는 그제야 처음으로 주변을 경계하듯 시선을 던진 후 목소리를 낮추어 물었다.

"실제, 난고 씨는 어떻게 생각하시는데요? 기하라 료를 정말 원죄라고 보시는 겁니까?"

난고는 검사의 심중을 가늠하며 망설였으나 이윽고 입을 떼었다.

"그렇게 생각합니다."

"즉 사형 구형은 오판이었다고 말입니까?"

난고는 고개를 끄덕였다. 그리고 열 살 정도 어린 검사의 눈을 보고 말했다.

"지금이라면 아직 시간이 있습니다. 기하라가 살아 있는 한."

나카모리는 입을 꾹 다물었다. 그 침묵이 무엇을 뜻하는지 난고는 알 수 없었다. 분명히 말할 수 있는 것은 상대방도 이쪽의 고뇌를 알고 있다는 점……. 사형 집행에 관여된 사람끼리 느끼는 연대 의식을 지니고 있다는 점이었다.

식사가 끝날 때까지 검사는 기하라 료 건에 대해 언급하지 않았다. 이윽고 난고가 계산서를 들고 일어서자 나카모리는 더치페이를 고집하며 양보하지 않았다. 이는 검찰관들에게 흔히 볼 수 있는 결벽증이었다. 그들은 언제 어느 때고 독직(瀆職)이라 오해받을 행동은 삼가는 것이다.

그의 정의감이 기하라 료 사건으로 향해 준다면, 하고 생각하며 난고는 자신의 점심 식사비만 지불했다.

요코 호텔에서 난고와 헤어진 준이치는 내리쬐는 태양 아래 10분 정도를 걸어서 이소베 마을로 향했다.

두 번째 증인은 '미나토'라는 희귀 성을 가진 자였다. 그는 비디오 대여점에서 기하라 료의 동료로 일했다.

예전에 기하라 료가 일하던 '요코 비디오 대여점'은 번화가의 중심지에 있었고, 할리우드의 대작 영화 포스터 등이 붙어 있어 밝은 분위기였다. 자동문을 지나 냉방이 잘된 가게 안으로 들어서자, 계산대에 있던 아르바이트생으로 보이는 여자아이가 미소로 맞이했다.

"어서오세요."

"죄송합니다만, 미나토 씨 계십니까?"

준이치가 땀을 닦으며 묻자 여자아이는 고개를 끄덕이며 "점장님." 하고 불렀다.

가게 안쪽에서 구작 비디오를 진열하던 남자가 돌아보았다.

"미나토 씨 되십니까?"

준이치가 다가서자 미나토 다이스케가 일어섰다.

"그런데요."

"어젯밤에 전화 드린 미카미라고 합니다."

"아, 변호사 사무실 분이시군요."

"뭐, 조수 격입니다."

준이치는 신분이 사칭되지 않도록 대답했다.

"실은 기하라 료 씨 건으로 찾아왔습니다."

"네? 기하라 일로요?"

미나토는 검은 테 안경 너머로 눈을 휘둥그레 떴다.

왜 이렇게 놀라는지 되레 놀라며 준이치가 말했다.

"업무 중에 죄송합니다. 나중에 다시 찾아뵐까요?"

"아뇨, 10분 정도면 괜찮아요. 아직 오전이라 손님도 안 계시니까요."

준이치는 감사의 뜻을 전하고 질문에 들어갔다. 자신이 형사나 탐정이 된 것 같은 묘한 기분이었다. 까불지 말자고 자신을 훈계하며 준이치가 물었다.

"미나토 씨는 이 가게에서 기하라 씨와 알게 되신 거죠?"

"맞습니다. 그 당시 가게는 다른 곳에 있었지만요."

"다른 장소요?"

"좀 더 해변가에 있었어요. 가게가 잘돼서 이쪽으로 이전한 겁니다."

준이치는 안도의 말을 기억해 냈다.

"기하라 씨가 일을 열심히 하셨던 모양이던데요."

"네, 전단지를 배포하거나 영업 시간을 확장하면서 의욕 있게 일했죠."

"방금 안도 씨를 찾아뵙고 오는 길인데요……."

"안도 씨?"

"요코 호텔의 대표이신……."

"네?"

미나토는 경악이라고 할 수 있는 표정으로 대놓고 놀라워했다. 자회사 비디오 가게 점장이 볼 때 안도는 구름 위의 존재인 모양이다.

"기하라 씨는 친구가 거의 없었다면서요."

"그래요. 허물없이 지낸 건 저뿐이었죠. 녀석이랑 말이 통했어요. 좋아하는 TV 프로나 가요 같은 거요."

그리고 미나토는 당황하는 듯한 표정을 지었다.

"다만 녀석이 그런 짓을 저지르는 바람에 저도 복잡한 심정입니다만."

기하라의 체포와 함께 미나토가 느꼈던 우정은 쓰디쓰게 바뀌었을 것이다. 준이치는 문득 자기 친구들이 생각났다. 체포당하고 나서 눈에 띄지 않는 친구들은 틀림없이 지금의 자신을 피할 것이 분명했다.

"미나토 씨가 보시기에 기하라 씨는 어떤 분이었습니까?"

"적어도 그런 사건을 일으킬 것 같지는 않았어요. 하지만 체포당하고 나서 알았는데, 여기서 일하기 전에도 도둑질을 했다죠?"

"네."

"그러니까 사람은 겉만 봐서는 모를 일이구나 싶었죠."

"이건 가정입니다만……."

준이치는 전제를 두고 원죄 가능성에 대해 언급했다.

"누군가가 기하라 씨에게 누명을 씌운 것이라고 생각해 볼 수는 없을까요?"

"그, 그건······."

미나토는 말을 잇지 못했다. 아까부터 느꼈지만 비디오 가게 점장은 모든 일에 과장된 반응을 보이는 성격인 모양이었다.

"기하라 씨와 사이가 나빴던 사람이라든가, 혹은······."

"잠깐만요."

미나토는 손을 들어 준이치를 제지하더니 뒷머리를 마구 쥐어뜯었다.

"맞다, 생각났어요. 기하라가 말이죠, 묘한 말을 한 적이 있어요."

"묘한 말?"

"그 당시 가게에 가끔 오던 아저씨가 있었는데요."

"아저씨?"

"중년 아저씨죠. 성인 비디오를 전문으로 빌려 가는 손님이었는데, 어느 날 기하라가 그러는 겁니다. '저 아저씨 조심해.'라고."

"조심하라고요?"

"'저 아저씨는 예전에 사람을 죽였어.'라면서······."

"네?"

준이치는 엉겁결에 큰 소리를 냈다.

"무슨 뜻입니까?"

"그게 잘 모르겠어요. 기하라한테 물어봐도 자세한 내막은 말해 주지 않았으니까요."

"그 아저씨라는 게 어떤 사람이었습니까?"

"마흔 살 정도 된 노무자 같았어요."
"이름을 좀 알 수 없을까요?"
"모르겠는데요."
"요새는 안 오십니까?"
"못 봤어요. 언제부터 안 왔지?"
미나토는 머리를 갸우뚱거렸으나 생각나지 않는 모양이었다.

준이치는 다테야마에서 돌아온 난고를 찻집에서 만나 점장의 이야기를 들려주었다.
난고는 고개를 갸우뚱거렸다.
"그 아저씨라는 게 그 당시 보호 관찰자라고? 어떻게 그렇게 단정 지을 수 있지?"
"범죄자는 범죄자를 만나게 되어 있어요."
준이치는 자신만만했다. 출소한 지 얼마 되지 않았을 때, 보호 관찰소에서 수많은 전과자를 목격한 바 있었기 때문이다.
"기하라와 그 아저씨라는 사람은 보호사 집에서 얼굴을 맞댄 겁니다. 그래서 기하라는 그 남자의 전과를 알고 있었고."
"그래."
난고는 확인 작업에 들어갔다.
"잠깐. 기하라는 절도로 잡힌 거잖아. 그때 유치장이나 구치소에서 만난 사람은 아닐까?"
"아닐 겁니다. 만약 살인을 범한 사람이라면 교도소에 가 있어야죠. 집행 유예로 바로 나온 기하라와는 만날 수가 없어요."

난고는 납득한 듯 고개를 끄덕였다.

"비디오 가게에서 성인 비디오나 빌리고 앉아 있지는 않았겠지."

"이야기를 정리하자면 이렇게 됩니다. 절도로 집행 유예 판결을 받은 기하라가 보호사인 우쓰기 선생네 집에 다니기 시작했다. 그곳에는 또 한 명의 가석방된 살인범이 있었고, 우연한 기회에 대화를 나눴다."

여기서 준이치는 아쉽다는 듯이 목소리를 낮추었다.

"다만 그 아저씨라는 게 어디 사는 누구인지를 모르겠지만."

"아냐, 잠깐. 한 가지 떠올랐어."

난고가 가는 눈썹을 치켜올리며 회심의 미소를 지었다.

"원래 추리로 돌아가 봐. 보호 관찰자가 보호사를 죽였다면 동기가 뭐겠어?"

"가석방 취소."

"만약 유기형이었다면 동기로서는 좀 약하지?"

"네. 범인은 아마도 무기 징역으로 가석방 중인 살인범?"

"그렇다면 우쓰기 고헤이가 죽은 후에도 그 남자는 보호 관찰을 계속 받고 있는 거야."

준이치는 순간 얼굴을 들어올렸다.

"그러니까 지금도 후임 보호사 집에 다니고 있다?"

"그렇지. 문제는 시간이야. 지난 10년 동안 형 집행 면제를 받앉을지 어떨지……. 집행 면제라면 보호 관찰도 풀려 버리니 말이야."

"난고 씨는 어떻게 생각하세요?"

베테랑 교도관이 대답했다.

"아직 그대로일 거야."

"그러면……."

준이치는 몸을 앞으로 내밀었다.

"현재의 보호사 집 주위에 잠복해 있으면 그 남자가 나타나지 않을까요?"

난고는 고개를 끄덕였다.

"좋아, 도서관으로 가자. 고장마다 보호사회가 내는 출간물이 있을 거야."

"현재 보호사를 조사하는 거죠?"

"그렇지."

두 사람은 약속이라도 한 듯 냉커피를 단숨에 들이켜고 일어섰다. 때마침 난고의 휴대 전화가 울렸다.

"여보세요?"

전화기를 귀에 댄 난고의 얼굴이 긴박해 보였다.

"내일? 아니, 괜찮아. 11시까지 가면 된다고? 알겠네, 고맙네."

전화를 끊고 준이치에게 말했다.

"나머지 한쪽도 움직이기 시작했어."

"나머지 한쪽이요?"

"도쿄 구치소에 있는 후배야. '31호 사건' 범인과 면회할 수 있게 됐어."

'사형 집행 명령서'는 남은 두 사람의 결재를 기다릴 뿐이었다.

형사국, 교정국, 보호국 각 부서에서 각각 간부 세 명이 검토한 '사형 집행 기안서'는 형사국으로 한 번 되돌아가서 '명령서'로 이름이 바뀌어, 국장이 직접 법무 장관 관방에 전달했다.

법무관의 정점인 사무 차관은 책상 위에 놓인 그 서류를 뚫어지게 쳐다보고 있었다. 관방 내에서는 비서 과장과 관방장이 결재를 마쳤고, 이제 사무 차관의 심사가 남았을 뿐이다. 그가 도장을 찍기만 하면 명령서는 드디어 법무 장관실로 전달되어, 그곳에서 열세 명째이자 마지막 결재자인 장관의 판단을 기다리게 된다.

이미 사무 차관은 첨부된 자료를 읽었다. 내용대로라면 문제는 없었다. 그는 집무 책상 위에 있는 관인을 꺼내어 인주에 짓누른 후 명령서에 날인했다.

남은 문제는 이것을 언제 장관실로 가져가느냐였다.

그가 모시는 법무 장관은 여태 개선되지 않은 국정상의 악폐, 여당 파벌의 낙하산 인사로 장관 자리에 앉은 자였다. 법무 행정 전반에 관한 지식도 없거니와 식견도 없다. 게다가 사무 차관의 골머리를 썩히는 것은 늠름한 체격을 지닌 이 장관이 실은 소심하다는 것이었다.

화제가 사형 문제로 옮겨지기만 해도 목소리가 거칠어진다. 그 태도는 마치 주사 맞을 어린아이가 떼를 쓰는 것처럼 지극히 유치하게 비춰졌다. 그러나 비웃고 있을 수만은 없었다. 사무 차관은 지금 법무 행정의 역사에 남을 오점, '사형 집행 명령서'의 서명 거부가 반복되지 않을까 하는 위구심을 떨쳐 버릴 수 없었다.

역대 법무 장관 중에는 자신이 믿는 종교를 방패 삼아 사형 집행 명령을 거부한 장관이 있었다. 또한 이유를 명언하지 않더라도 명령서에 서명하지 않은 장관도 몇이나 있다. 그러한 행동은 사형 제도 반대론자들에게는 환영받을지 몰라도 명확한 직무 유기였다. 집행 명령이 법률에 장관의 직무로 규정된 이상, 그게 싫으면 장관 취임을 거절해야 마땅하다. 법을 무시해 가면서까지 하기 싫은 일은 하지 않고 권력의 자리에만 앉으려 하는 것은 법무 당국에 있는 자로서 납득할 수 없다.

저 바보를 어떻게 설득할까. 사무 차관은 고민에 빠졌다. 그는 직책상으로는 정부 관료 중 정상에 있었으나, 실권상으로는 다섯 번째에 지나지 않는다. 출신이 검찰청 검찰관이기 때문에 그의 위로는 검찰총장과 도쿄 고검 검사장 등 네 명의 실력자들이 누름돌처럼 버티고 있었다. 장관 설득에 실패하면 어떤 재앙이 내릴지 예측할 수 없는 일이었다.

역시 비장의 무기는 바짝 다가온 내각 개편이라고 사무 차관은 예상했다. 퇴임 직전에 명령서에 서명하는 것은 반 관례가 되었다. 사형수의 네 번째 재심 청구도 그 무렵이면 기각되어 있을 것이라는 보고도 받았다.

인사 개편 2주 전이다. 사무 차관은 대충 이렇게 생각했다. 그 타이밍에 장관의 승낙을 얻는다. 그때 상대방이 주저할 것 같으면 퇴임하는 바로 그날, 불문곡직하고 사형 집행 명령서를 들이대며 서명을 강요할 것이다. 형사 국장과 자신이 함께 나서면 제아무리 장관이라도 거부할 수 없을 것이다.

사무 차관은 퉁명스런 표정으로 사형 집행 명령서를 서랍 안에 집어넣었다. 속 보이는 연극의 조연이라도 떠맡은 기분이었다. 한 인간의 목숨을 빼앗을 결단을 내리자는데, 멍청한 정치가 하나가 끼어들어 모든 게 싸구려 희극으로 전락한다. 저런 놈을 찍은 잘못이다. 사무 차관의 분노는 국민을 향했다.

그러나 이제 조금만 견디면 된다. 내각 개편이 이루어지면 저 장관은 명령서를 남겨 놓고 장관실을 떠난다. 그렇게 되면 이 우울한 일에도 종지부를 찍을 수 있다.

이때 문득 사무 차관은 명령서를 집어넣은 서랍에 눈길을 돌렸다. 현시점에서는 자신만이 기하라 료라는 인간의 수명을 알고 있다는 것을 깨달은 것이다.

마치 저승사자와 같다.

사무 차관은 불쾌한 감정에 휩싸였으나, 이도 업무라며 단념했다.

이제 3주 후면 기하라 료는 교수형에 처해진다.

이는 더 이상 누구도 멈출 수 없을 터였다.

제5장
증거

1

 시간이 없다는 것을 알면서도 지금 준이치에게는 바닷바람을 맞으며 콘크리트 위에 앉아 있는 것밖에 할 일이 없었다.
 어제의 조사 결과, 우쓰기 고헤이가 살해된 뒤로 나카미나토 군에는 보호사가 없다는 것이 판명되었다. 후임자를 구할 수 없었기 때문이다. 보호사는 그 제도상, 항상 정원 미달 상태였다. 나카미나토군의 경우 인근에 있는 가쓰우라시의 보호사가 관할을 넓혀서 급한 불을 끄고 있었다.
 우쓰기 고헤이의 뒤를 이은 것은 고바야시 스미에라는 70세 노부인이었다. 거주하는 곳은 가쓰우라 항구 바로 옆, 지금 준이치가 앉아 있는 방파제에서 개천을 낀 건너편이었다.

음료수로 목을 축이며 준이치는 '아저씨'가 나타나기를 하염없이 기다리고 있었다. 보호사회의 관할이 움직였다는 것은 준이치와 난고에게 좋은 소식이었다. '아저씨'가 나카미나토군의 비디오 가게서 모습을 볼 수 없게 되었다는 말과 맞아떨어지기 때문이다. 고바야시 스미에라는 후임 보호사는 관찰자가 인근에 살도록 손을 써서 이 가쓰우라시로 '아저씨'를 불러들인 게 아닐까.

그럴싸한 사람이 나타나면 전날 구입한 디지털 카메라로 촬영해서 비디오 대여점 점장에게 확인하기로 했다.

그건 그렇다 치고, 덥다. 준이치는 땀을 닦고, 선크림을 덧바르고 나서 수협 벽에 있는 시계를 확인했다.

오전 11시.

도쿄로 향한 난고가 '31호 사건' 범인과 면회할 시각이 다가오고 있었다.

그 시각, 난고는 도쿄 구치소 면회 대합실에 있었다. 늘어선 긴 의자 맨 뒷줄에 걸터앉아, 일반 면회 희망자들 틈에서 자신의 신청 번호가 방송되기를 기다리고 있었다.

"일반 신청 절차를 밟으십시오."

전날 밤 오카자키와 통화하면서 그렇게 지시받았다.

"변호사 사무실 사람이라는 걸 신청 용지에 기입해 놓는 게 낫겠습니다. 나머지는 저한테 맡겨 두십시오."

대합실 안에는 면회 희망자가 열 명 정도 있었다. 난고의 눈앞에는 갓난아기를 안은 물장사 풍의 여자가 앉아 있었다. 아이 아버지라도 만나러 온 모양이라고 가늠하며, 난고는 기분이 침울해졌다.

"45번 분, 면회실로 오십시오."

구내 방송을 듣고 여자가 아이를 안은 채로 일어났다. 난고는 시선을 매점으로 옮겼다. 오하라 도시조에게 뭐라도 사 들고 가야 하는 것 아닌가 망설이다가, 면회 내용을 보고 하기로 했다. 중요한 단서라도 얻게 되면 과자든 뭐든 사 가리라.

이윽고 자신의 번호가 불리자 난고는 면회 접수처 앞을 지나 소지품 검사와 간단한 몸수색을 받았다. 지참한 가방은 로커에 맡기고 왔기 때문에 문제없었으나, 엉성한 검사 방법에 난고는 교도관 선배로서 한마디 해 주고 싶었다. 좀 더 꼼꼼하게 하라고.

면회실에 들어가자 일직선으로 뻗은 좁은 복도 우측에 문이 쭉 늘어서 있었다. 난고가 들어간 것은 안쪽에서 네 번째 방이었다. 3평 정도 되는 공간 한가운데에 투명 아크릴판이 박혀 있다. 나란히 놓인 접이의자 세 개 중에서 가운데에 앉자마자 아크릴판 너머에 있는 문이 열리고, 제복 차림의 교도관과 트레이닝복 차림의 중년 남자가 들어왔다.

난고는 '31호 사건'의 범인인 오하라 도시조를 쳐다보았다. 짧게 친 머리에 흰머리가 섞여 있다. 울퉁불퉁한 바위 같은 인상은 10년 전 신문의 얼굴 사진과 변함이 없었다. 돈 욕심에 세 명의 목숨을 앗아 간 남자는 난고가 교도관으로서 접해 온 많은 살인자들과 다름없이 어디에나 있는 유형의 남자였다.

오하라가 등을 굽히고 곁눈질로 난고를 일별하자, 난고는 아크릴판을 사이에 두고 마주 보는 위치에 앉았다.

그 옆 필기대에 앉은 입회 교도관이 모자를 벗고 이쪽에 말을 건넸다.

"마쓰야마에서 온 난고 씨 맞습니까?"

"맞습니다."

교도관은 난고의 답변에 고개만 끄덕였을 뿐, 더 이상 아무 말도 하지 않았다. 오카자키가 잘 수배해 놓은 모양이었다. 난고는 만족하며 오하라에게 얼굴을 돌렸다.

"처음 뵙겠습니다. 스기우라 변호사 사무실의 난고라고 합니다."

"변호사요?"

오하라가 물었다. 그 목소리는 의외로 굵직했다.

"변호사 자격증은 없지만, 뭐 협조하고 있다고나 할까요."

"그래서, 어떻게 도와줄 거요?"

오하라는 당연하다는 듯이 물어 왔다. 아마도 일심에서 사형 판결을 받은 무렵부터 수많은 지원의 손길이 닿은 모양이었다. 범죄자에게도 인권을. 야만스러운 형벌, 사형을 허용하지 말라.

"그 전에 사실 확인을 하고 싶습니다."

난고는 입회 교도관을 힐끗 쳐다보며 말했다. 펜을 쥐고 필기대에 앉아 있기는 해도 그 손은 움직이지 않았다. 난고는 안심하고 계속 말했다.

"당신은 세 가지 사건으로 기소되었지요? 후쿠시마, 이바라키, 사이타마."

"아니, 또 한 건 있소."

난고가 눈을 치떴다.

"시즈오카 주택 침입과 미수."

"아, 그렇군요."

가벼운 실망감을 느끼며 난고는 고개를 끄덕였다.

"그건 그렇고 당신은 지바에 간 적이 있습니까?"

"지바?"

오하라가 얼굴을 들어 올리며 물었다.

"그래요, 지바현 남쪽의 보소 반도 바깥쪽 말입니다."

"왜 그런 질문을 하는 거요?"

오하라의 표정에 경계심이 나타났다. 단순히 수상쩍게 여긴 것일까, 아니면 숨기고 싶은 과거를 언급했기 때문일까.

난고는 우선 주변의 장애물부터 없애 나가기로 했다.

"아, 됐습니다. 먼저 기소 사실부터 얘기해 보기로 합시다. 세 사건 모두 손도끼를 사용했지요?"

"그렇소."

"특별한 이유라도 있었나요?"

"보통 도끼는 부피가 커서 남의 눈에 띄기 쉬우니까 작은 걸로 했소."

"일일이 현장 부근에 묻은 이유라도 있습니까?"

"현혹시키려는 거였지."

"현혹?"

"솔직히 처음 사건은 잘 기억이 나지 않소. 제정신이 아니었겠지. 아무튼 돈을 훔치고 집 밖으로 나가고 나서 피 묻은 흉기를 지니고 있으면 위험하다는 걸 깨달았소. 그래서 삽을 꺼내 집 근처에 묻은 거요."

"그게 첫 번째 범행이었지요?"

"음……. 그 뒤로 한동안 벌벌 떨고 다녔는데 전혀 잡힐 낌새가 없어서 안심하고 두 번째부터는 똑같이 하기로 마음먹었소."

"같은 흉기로 똑같이 묻는다?"

"그렇소. 두 번째도 세 번째도 잘 돌아갔소."

오하라의 얼굴에 우쭐대는 미소가 떠올랐다. 이놈은 뉘우치지 않겠구나, 하고 난고는 생각했다. 생각해 보면 당연한 일이었다. 사람을 죽이고 뉘우칠 만한 성격이면 두 번째, 세 번째 피해자는 나오지 않았을 것이다.

"지바현에서도 똑같은 사건이 일어났었지요."

눈앞에 있는 자에 대한 증오를 억누르며 난고는 파고들었다.

"도끼로 추정되는 날붙이가 흉기로 쓰였고, 현장 부근에 파묻혔습니다."

오하라는 웃음을 거두고 이쪽을 쳐다보았다.

"내가 확인하고 싶은 사실은 바로 그겁니다. 당신이 지바현에

간 적이 있었는지……."

"잠깐. 그 사건은 범인이 잡혔잖소?"

오하라가 덫에 걸려들었다.

"어떻게 알지요?"

지체 없이 오하라가 대답했다.

"신문에서 읽었소."

이미 오래전에 마련해 둔 변명일까.

"10년 전에, 그것도 남이 저지른 사건치고 꽤 잘도 기억하고 있군요."

"그러니까……."

오하라는 눈알을 이리저리 굴리며 말을 찾았다.

"그 무렵, 나는 매일 신문을 열심히 읽었소."

"자신의 사건 수사 상황을 알려고?"

"그렇소. 그런데 내 수법을 흉내 낸 놈이 나타나서 놀랐지."

"수법을 흉내 냈다고요?"

난고는 무심결에 상대방 얼굴을 응시했다. 오하라의 표정으로는 진위 판정이 어려웠다. 난고는 눈앞에 있는 자에게 모든 죄를 씌우려는 자신을 깨닫고 이성을 잃지 않으려 애썼다. 누군가가 수법을 흉내 냈다는 것은 무시할 수 없는 가능성이었다. 그 당시 '31호 사건'의 세부 내용이 연일 보도되고 있었기 때문이다.

"내가 저지르지 않았소. 기하라인가 하는 젊은 놈이 내 흉내를 낸 거요."

"이름까지 기억하나요?"

"아무렴. 내가 저지른 사건도 기하라가 뒤집어써 줬으면 좋았을걸……."

"지금도 그리 생각하나요?"

"그게 사람이라는 거 아니겠소."

난고의 얼굴에 웃음이 떠올랐다. 진정 차가운 웃음이었다.

"이봐요. 믿어 주시오. 지바 같은 덴 간 적도 없소."

오하라가 애원했으나 공허하게 들릴 뿐이었다. 지금 사형 판결을 두고 대법원에서 다투고 있는 처지에, 이 이상 죄상을 늘리면 말 그대로 자살 행위가 된다. 설사 나카미나토군에서 범행을 저질렀다 해도 스스로 자백하는 일은 결코 없을 것이다.

난고는 그 장벽을 돌파하기 위해 상대의 마음을 짓밟는 언행으로 돌입했다.

"당신의 사형 판결에 변동은 없어."

형사 피고인은 화들짝 놀란 얼굴로 난고를 쳐다보았다.

"이미 가망이 없어. 강도 살인을 세 건이나 저지르면 틀림없는 사형이야."

난고는 몸을 바짝 붙여, 한마디 한마디 타이르듯 말을 이었다.

"그 전에 모든 죗값을 치르지그래? 자기가 저지른 죄를 남김없이 고백하고, 완전히 새사람으로 다시 태어나는 거야."

"난 안 했어!"

오하라가 소리쳤다.

"거짓말하지 마!"

"거짓말이 아니야!"

"다섯 명의 피해자한테 죄책감도 안 드나?"

"내가 죽인 건 세 명이야!"

오하라는 더 이상 덫에 걸리지 않았다.

"그래서 사형이 틀림없다고? 어째서 그렇게 말하지?"

"과거 판례에 그렇게 나와 있어."

"빌어먹을 판례 따위!"

오하라의 입에서 튄 타액이 아크릴판에 묻었다.

"나한테는 정상 참작이 있어. 봉투 붙여서 얻은 급여도 피해자 측에 제대로 지불하고 있다고. 게다가 나는 불행하게 자랐어."

"그런 말은 본인이 하는 게 아니지."

"아니, 말해야겠어. 나한테는 어머니가 없었어. 아버지는 아침부터 술 마시고 경마에 미쳐 있었어. 그런 놈한테 매일 구타당하며 자랐다고!"

"어디서 응석을 부려!"

난고는 일갈했다. 이는 관리 행형에 의해 범죄자들을 바짝 움츠러들게 한 교도관의 목소리였다.

"똑같은 처지에서 제대로 살아온 사람도 수없이 많아. 너는 그런 사람들 얼굴에 먹칠하는 놈이야!"

"뭐야!"

그때 입회 교도관의 질책이 들어왔다.

"오하라, 진정해라! 의자에 똑바로 앉아!"

오하라는 들어 올렸던 엉덩이를 의자에 붙였으나, 이글거리는 시선을 난고에게서 떼지 않고 내뱉었다.

"나는 사형 따위는 받지 않아. 살아남을 거야. 재심이든 은사든 뭐든지 할 거야. 잘못한 건 내가 아니야. 약한 자를 괴롭히는 사회란 말이야!"

"그래서 남의 생명을 앗아도 좋다는 건가?"

난고는 상대방에 대한 증오가 얼굴에 드러나는 것을 더 이상 참을 수 없었다. 이런 멍청한 것들이 있는 탓에 사형 집행이 멈추지를 않는 것이다. 그리고 이 인간쓰레기를 처형할 교도관은 평생 치유받지 못할 깊은 상처를 마음에 입을 것이다.

"네가 죽을 때를 잘 생각해라."

난고는 억양을 잃은 목소리로 계속 말했다.

"너는 언젠가 목에 밧줄을 걸고 형장에 서게 될 거다. 천국에 갈지 지옥에 떨어질지는 지금 너에게 달렸다. 뉘우치지 않고 죽어 간다면 틀림없이 지옥에 떨어질 거야."

"개새끼!"

일어선 오하라가 난고를 덮칠 듯 아크릴판을 치기 시작했다.

교도관이 바로 그의 겨드랑이 뒤에서 양팔을 묶어 판 앞에서 떼어 놓았다.

그래도 오하라는 상대방을 뿌리치며 소리를 질러 대고 있었다.

"이거 놔! 놓으란 말이야!"

"난고 씨…… 난고 씨!"

멀리서 자신을 부르는 목소리가 들려왔다. 마침내 그 부르는 소리가 뚜렷하게 귀에 들어오자, 난고는 제정신으로 돌아왔다. 투명한 판 너머로 교도관이 오하라를 진압하며 곤혹스런 시선을 이쪽에 던지고 있었다.

"아, 실례."

난고는 황급히 말했다. 그 말밖에 나오지 않아 미안한 표정으로 고개를 끄덕여 보였다.

면회 종료 사인이었다.

교도관 쪽에서도 고개를 끄덕이며 사형 판결을 받은 형사 피고인을 방 밖으로 끌고 나갔다.

면회실에서 나온 난고는 구치소 밖, 외주 업체의 점포들이 늘어선 일대를 걸어 담배 가게를 찾았다. 한동안 금연을 했었으나, 이제 해제할 때가 된 것 같다. 담배 한 갑과 성냥을 구입한 난고는 그 자리에서 비닐을 뜯고 연기를 폐에 가득 들이마셨다.

오하라에 대한 증오는 어디에서 온 것일까.

면회 상황을 쓰라린 마음으로 돌이켜 보며 난고는 그 답을 찾으려 했다.

오하라가 나카미나토군 사건의 범인이 아님을 느꼈기 때문일까. 이로써 기하라 료가 원죄로 사형당할 가능성이 높아졌기 때문일까. 아니면 단순히 개전의 정을 보이지 않는 흉악범을 눈앞에서 보았기 때문일까.

생각에 잠겨 걷다가 난고는 식당가에서 발길을 멈추었다. 그곳은 22년 전 470번을 처형한 밤에 난고가 땅을 기어다니며 오물을 뿌리고 다닌 길이었다.

의로운 마음에서 나온 분노가 아니라고 난고는 느꼈다. 자신의 마음에 생긴 것은 사사로운 분노였다.

온몸에서 땀이 배어 나왔다. 난고는 빠른 걸음으로 그 자리를 지나쳐 시빅을 세워 놓은 주차장으로 갔다. 차에 올라타고 창문을 열어 열기를 빼낸 난고는 휴대 전화를 꺼내어 바로 앞에 있는 구치소의 오카자키에게 전화를 걸었다.

"아, 선배님이십니까?"

후배 수석 교정 처우관은 바로 받았다.

난고가 면회 준비를 잘 갖추어 준 데 감사의 뜻을 전하자 오카자키는 웃으며 말했다.

"오하라가 거칠게 나왔다면서요."

"음."

"징벌이라도 먹여 놓겠습니다."

난고는 조금 망설였으나 오하라를 두둔하지는 않았다.

"참, 어젯밤에 부탁해 놓은 건 말인데, 그놈 혈액형은 조사해 봤어?"

"네. 알아봤습니다. 오하라 도시조의 혈액형은 A형입니다."

"그렇군."

반은 예견했던 결과였다. 오하라에게 내뱉은 자신의 말들이 한층 더 죄를 품은 것 같았다.

수화기 너머로 오카자키가 목소리를 낮추었다.

"그리고 아직 집행될 조짐은 없습니다."

"여러모로 미안하네."

난고는 문득 불안을 느꼈다.

"여름 휴가는 언제 가나?"

"여름 휴가요?"

"8월에 집행될 조짐이 있으면 알 수 있나 해서……."

"아, 그렇군요."

오카자키는 조금 간격을 두고 말했다.

"괜찮을 겁니다. 집행하게 되면 호출당할 테니까요."

"그렇겠군."

난고는 고개를 끄덕였다.

전화를 끊고 난고는 차를 출발시켜 가쓰우라로 향했다. 이 염천 속에 준이치는 혼자 잠복근무 중일 터였다.

긴 드라이브 동안 난고는 오하라와의 면회에서 얻은 단서, 누군가가 '31호 사건' 범행을 흉내 냈다는 가능성에 대해 생각하려 했다. 그러나 머리가 움직여 주지 않았다. 스스로의 분노를 미처 참아 내지 못했다는 데에 그는 아직 동요하고 있었다.

시빅이 보소 반도로 들어설 무렵, 난고는 살인자의 심리에 대해 이런저런 생각을 하고 있었다. 남을 죽이는 동기는 범죄자마다 다양해도, 한순간에 욱하고 이성을 잃은 나머지 흉행을 저지르는 사례가 적지 않다. 지금 난고에게는 그런 충동 살인이 일어나는 메커니즘이 손바닥 들여다보듯 훤했다. 사람 마음에는 자신도 모르는 곳에 공격 충동 스위치가 있고, 우연히 자극받았을 때 이성 상실형의 살인을 범하는 게 아닐까. 이는 피해자뿐만 아니라 가해자 자신에게도 예측할 수 없는 반응인 것이다.

그렇다면 살인자가 될 수 있는 인자가 자신에게도 있다는 생각에 난고는 파트너 생각이 났다. 준이치도 그러한 방아쇠를 자극받아서 사무라 교스케를 죽여 버린 것일까. 또한 그 전에 여자 친구와 가출했을 때 팔에 입은 상처의 원인은 무엇이었을까.

가쓰우라로 향하는 차가 나카미나토군을 통과할 때쯤 난고는 국도에서 벗어나 이소베 마을로 들어섰다. 거리에는 관광 시즌 중의 인구 증가에 대비하여 임시 파출소가 설치되어 있었다. 그곳에 있는 경관 얼굴을 확인하고 나서 난고는 해변 쪽에 있는 파출소로 향했다.

단독 주택 전면에 설치된 파출소에는 이전에 준이치에게 말을 걸던 경관의 모습이 보였다.

난고는 차에서 내려 파출소 유리문을 가볍게 두드리고 나서 상대방에게 말을 걸었다.

"난고라고 합니다. 며칠 전에는 실례했습니다."

"난고 씨?"

경관은 바로 기억이 난 모양이었다.

"아, 가쓰우라 경찰서 주차장에서 뵌."
"맞습니다. 미카미 준이치의 부모 대리입니다."
경관은 서글서글한 미소로 가볍게 경례를 해 보였다.
"좀 여쭤보고 싶은데 말입니다, 10년 전에 미카미를 붙잡으셨을 때 기억이 나십니까?"
"그럼요, 기억나죠."
"그때 녀석이 상처를 입었던 모양인데 싸움이라도 했었나요?"
경관의 얼굴이 조금 어두워졌다.
"싸움이면 괜찮은데……."
그보다 좋지 않은 가능성이 있을까 싶어 난고는 의아해했다.
"그것 말고 무슨?"
"아니요, 그때 미카미는 현금을 10만 엔이나 소지하고 있었습니다."
"10만 엔?"
"네, 그때는 뭐 요새 고등학생들은 돈이 많구나 했었지요. 그런데 녀석이 도쿄로 돌아가고 나서 부모님께 감사 전화를 받았는데요, 그때 들은 이야기로는 3박 4일 예정으로 여행을 보낸 거라 돈을 5만 엔밖에 안 줬다는 겁니다."
난고는 미간을 찌푸렸다.
"미카미가 가쓰우라에 와서 붙잡힐 때까지 열흘 넘게 있었죠?"
"맞습니다. 5만 엔 가지고는 아마 모자랐을 겁니다. 적어도 돈이 두 배로 늘어날 일은 없겠죠."

"그럼 생각해 볼 수 있는 건……."
경관이 말을 받았다.
"공갈이라도 했던 게 아니겠습니까?"
그러나 그것도 묘한 이야기라고 난고는 생각했다. 외과에서 봐야 할 정도의 상처를 입은 쪽은 준이치다. 피해자 쪽에 그만큼 반격 능력이 있었다면 상대를 죽이지 않는 한 돈은 빼앗지 못했을 것이다.
"잠깐만요. 그때 여자 친구도 같이 연행하셨죠?"
"네, 이름이 아마 기노시타 유리라 했던가."
"그 아이가 큰 돈을 가지고 있었던 건 아닐까요?"
"그러니까 여자 친구가 돈을 미카미에게 맡겨 놓았다?"
"그렇죠."
"그건 모르겠지만……."
경관은 말하고 나서 시선을 이리저리 옮겼다.
"그 여자아이는 뭘 물어볼 상태가 아니어서."
"무슨 뜻입니까?"
"왠지 정신이 딴 데 가 있는 듯했거든요. 심문에 대답을 한 것은 미카미 쪽이었고, 기노시타 유리는 그저 멍하니 있을 뿐이었습니다."
"무슨 일이 있었을까요?"
"웬만큼 충격을 느낀 게 아닐까요. 연행당하면서."
그리고 경관은 표정을 약간 풀었다.

"인상은 곱게 자란 아가씨 같았으니까요."

뭔가가 이상하다고 난고는 느꼈다. 그러나 그 불길한 느낌은 자신의 마음에 잠재되어 있는 공격 충동과 같아서 막연한 불안만 일으킬 뿐 정체를 파악할 수 없었다.

10년 전 이 나카미나토군에서 무슨 일이 있었을까. 준이치에게 물어본들 아무 대답도 안 할 것이다. 이전에 물었을 때 기억이 확실치 않다는 둥 말끝을 흐렸기 때문이다.

녀석은 의도적으로 뭔가를 숨기고 있는 걸까.

그 의구심을 난고는 필사적으로 지우려 했다. 준이치를 파트너로 고른 게 잘못이었다는 생각은 하고 싶지 않았다.

2

난고가 돌아온 덕에 잠복근무의 부담이 반으로 줄었다. 가쓰우라 항구의 방파제 구석에 세운 시빅 안에서 준이치와 난고는 연일 개천 건너편에 있는 보호사의 집을 망보았다.

'31호 사건' 범인의 혈액형이 A형이라는 것을 알고 나서 준이치는 더욱더 의욕을 보였다. 자신이 생각한 대로 보호 관찰자에 의한 범행설의 신빙성이 높아졌기 때문이다. 그가 느끼는 유일한 걱정은 운전석에서 함께 망을 보는 난고가 말수가 적어지고, 한때 끊었던 담배를 이전보다 훨씬 많이 피우기 시작한 점이었다.

"난고 씨."

잠복근무 5일째에 준이치가 물었다.

"요새 힘이 없으시네요."

"아니, 괜찮은데."

난고는 웃어 보였으나 평소와 같은 익살스러운 구석이 느껴지지 않았다.

"다만 좀 걱정돼서."

"뭐가요?"

"'31호 사건'이 관계없다면 남은 가능성은 보호 관찰자의 범행설뿐이야. 만약 그게 잘 안 되면 단서는 제로가 돼."

"맞는 말씀이네요."

준이치는 고개를 끄덕이고 나서 물었다.

"이전에 나왔던 섬유 조각 말입니다. 그건 틀림없이 범인 것이었을까요? 그러니까 범인의 혈액형을 B형으로 단정 지어도 될까요?"

"그럴 수밖에 없지 않겠나."

난고는 조금 허무한 듯이 말했다.

"그것 말고 진범을 특정 지을 단서가 없으니……."

"그렇군요."

"게다가 기한도 다가오고 있어."

시간에 대한 초조함은 준이치도 느끼고 있었다. 지난 5일 동안 보호사 집에 출입한 사람은 그 가족뿐이었다. 잠복근무가 헛수고로 끝날 때마다 이러고 있어도 되는 건가 하는 의문을 느끼고 있던 터였다.

난고가 담배에 불을 붙였다.

"만약 범인이 '31호 사건'을 흉내 낸 것이라면 어떤 점을 생각해 볼 수 있을까?"

"범인은 아는 사람 아니겠습니까? 피해자와의 관계를 어떻게든 숨기고 싶었다, 그래서 뜨내기 강도범의 수법을 흉내 냈다."

"그러면 제3의 가능성은 없어지겠군."

"범인이 처음부터 기하라에게 죄를 입히려던 가능성 말입니까?"

"음. 처음부터 그럴 거면 일부러 '31호 사건'을 흉내 낼 필요가 없었겠지."

준이치는 납득하며 고개를 끄덕였다.

"역시 기하라는 우연히 현장에 맞닥뜨려서 휘말린 거네요."

준이치는 사실 관계를 확인하기로 마음먹었다. 비디오 대여점 점장에게 물어보면 사건 당일의 기하라 료의 행동을 알 수 있을지도 모르겠다.

"어이."

난고가 뜬금없이 말했기에 준이치는 앞유리 쪽으로 시선을 돌렸다. 고바야시 스미에 보호사의 집에 머리를 갈색으로 염색한 고등학생이 들어가는 것이 보였다.

"비행 소년 납시오."

난고가 웃었다.

"오늘은 보호 관찰자와 만나는 날인가 보다."

준이치는 황급히 조수석 서랍 위에 두었던 디지털 카메라를 잡았다. 전원을 켜고 줌을 조절한다.
"오늘 중으로 확인할 수도 있겠는데요."
"그래."
그 후 두 사람은 창문을 열어젖힌 시빅 안에서 계속 기다렸다. 갈색 머리의 고등학생이 나간 후 2시간가량 지나자, 젊은 여자가 보호사 집을 찾아왔다. 그 여자 또한 30분 정도 있다가 나간 것을 보니 보호 관찰자였던 모양이다.
시각이 오후 2시를 넘어 준이치와 난고가 점심 식사를 어떻게 조달할까 막 상의할 무렵에, 마흔 넘은 남자가 모퉁이를 돌아 나타났다.
"저놈이다."
준이치는 무의식중에 내뱉고 나서 디지털 카메라의 렌즈를 맞추었다.
"정말?"
머리를 붙여 넘긴 깔끔한 인상의 남자를 보고 난고가 말했다.
"노무자 풍으로는 안 보이는데? 비디오 가게 점장 이야기와 좀 다르지 않아?"
준이치는 '아저씨'로 추측되는 남자를 카메라에 담고 나서 말했다.
"녀석은 틀림없이 교도소에 있었습니다. 그것도 오랜 기간."
"어떻게 알지?"

"저놈 왼쪽 손목이요."

"손목?"

난고가 남자의 손목을 자세히 보았다.

"손목시계를 안 찼어요. 게다가 햇볕에 탔어요."

"그래서?"

준이치는 시계를 차지 않은 자신의 손목을 보여 줬다. 거기에는 찰과상의 흔적이 몇 줄 남아 있었다.

"한번 교도소에 다녀오면 손목시계를 못 차요. 수갑이 떠올라서요."

남자는 준이치의 말을 뒷받침하듯 보호사 집으로 들어갔다.

난고는 얼빠진 표정으로 준이치를 바라보더니 웃기 시작했다.

"오랫동안 교도관으로 있었어도 그건 몰랐어."

"경험해 보지 않으면 모를 일입니다."

준이치는 가죽 수갑을 차고 폐쇄 독방에 구금당했던 악몽 같은 일주일을 회상했다.

그리고 20분 동안 준이치와 난고는 남자를 미행할 계획을 세웠다. 준이치가 상대방의 20미터 후방을 걷고, 그 뒤를 난고가 걷는다. 만약 준이치의 미행이 발각된 경우 바로 그 자리를 뜨고, 난고와 교대한다.

모의를 마치고 난고가 차를 몰아 보호사 집 앞으로 연결된 길까지 갔다. 정차 위치는 남자가 나타난 골목과는 반대쪽이다. 그곳이라면 들킬 염려는 없다.

그 뒤로 15분을 더 기다리자, 드디어 남자가 보호사 집에서 나왔다.

이쪽으로 얼굴을 돌리지 않은 것을 확인한 후, 준이치는 슬그머니 시빅에서 내렸다. 순간, 문을 닫아야 할지 망설였으나 차 안에서 난고가 그냥 가라는 손짓을 했다. 준이치는 고개를 끄덕이고 남자를 미행하기 시작했다.

한참을 걸어가니 뒤쪽에서 시빅 문이 닫히는 소리가 들렸다. 난고가 차에서 내린 것이다. 20미터 앞에 있는 자가 눈치챈 낌새는 없었다.

준이치는 상대방이 걷는 대로 아침 시장 거리를 지나 가쓰우라역으로 향하기 시작했다. 길 양쪽에는 상점이 늘어서 있었다. 남자는 작은 서점 앞에서 걸음을 멈추었으나 점두의 잡지를 흘낏 보았을 뿐 다시 걷기 시작했다.

이렇게 되자 준이치는 약간 불안을 느꼈다. 남자가 이대로 전철이나 버스 같은 교통 기관을 이용하면 어떻게 대처해야 하나. 뒤쪽을 돌아보니 한 블록 떨어져서 걷고 있는 난고가 인상을 쓰며 고개를 옆으로 저었다. 남자로부터 눈을 떼지 말라는 사인인 것 같았다.

준이치는 고개를 끄덕이고 얼굴을 앞으로 돌렸다. 그때였다. 남자가 걸음을 멈추고 이쪽을 돌아보았다. 준이치는 황급히 시선을 돌렸다. 얼굴을 봤는지는 가늠할 수 없었다. 다만 곤란하게도 남자가 발걸음을 멈추었기 때문에 준이치는 점점 상대방과 가까워지고 있었다.

이렇게 되면 한번 추월해서 난고에게 뒷감당을 맡기는 수밖에 없다. 준이치는 허둥지둥 주변에 시선을 던지며, 시야 끝자락에 있는 남자 옆을 지나치려 했다.

그런데 동시에 남자가 걷기 시작했다. 준이치는 당황했다. 미행은커녕, 남자와 어깨를 나란히 맞대고 걸어가야 할 신세가 되어 버린 것이다. 준이치는 아무렇지도 않은 발걸음으로 남자 옆을 떠나 우측에 있는 점포 앞에 멈춰 섰다. 그리고 진열창 유리에 비친 남자의 뒷모습을 지켜보았다.

남자가 이쪽에 관심을 보이는 낌새는 없었다. 안심한 준이치는 그대로 난고가 오기를 기다렸다.

빠른 걸음으로 다가온 난고는 추월하면서 소근거렸다.

"호모냐?"

"네?"

놀란 준이치는 그 말뜻을 필사적으로 생각하며, 미행 중인 남자가 동성애자인지를 추측해 보았다. 그러나 흰 폴로 셔츠와 회색 바지를 입은 남자에게 그런 느낌은 추호도 없었다.

한참이 지나서야 준이치는 깨달았다. 자신이 발걸음을 멈춘 곳은 여성용 속옷 가게 정면이었다.

준이치는 얼굴을 붉히며 속옷 차림인 마네킹 앞을 떠나 난고의 후방 20미터 위치에 섰다.

그 후 10분 정도로 추적극은 끝났다. 다행히도 남자는 전철도

버스도 타지 않았고 이쪽을 알아차린 낌새도 없이, 옆 마을 아파트로 들어갔다.

'대어장'이라 적힌 낡은 간판 앞에서 난고가 준이치를 기다리고 있었다. 그 2층짜리 목조 아파트는 어업 관계자를 겨냥해서 지어진 건물인 모양이다.

"2층 제일 안쪽으로 들어갔다."

작은 소리로 속삭인 난고는 웃음을 꾹 참고 있는 모습이었다.

준이치는 애써 진지한 표정을 지으며 건물 외부에 달린 계단 앞에 있는 우편함을 보았다. 남자가 들어간 201호 우편함에 '무로토'라고 표시되어 있었다.

전봇대에 붙은 주소 표기를 메모한 후 난고는 준이치의 얼굴을 쳐다보았다. 준이치는 난고가 하고 싶어 하는 말이 무엇인지 짐작할 수 있었으나 그것만은 입 밖에 내지 말아 달라고 속으로 되뇌었다. 그러나 난고는 입을 뗐다.

"호모냐?"

그리고 두 사람은 발소리를 죽이며 전 속력으로 뛰어나와, 대어장에서 100미터 떨어진 지점에서 포복절도했다.

준이치의 예상이 맞아떨어졌다. 비디오 대여점 점장은 디지털 카메라의 모니터를 보더니 뒤로 넘어갈 정도로 소리를 질렀다.

"틀림없어요, 이 사람이에요!"

"이 사람이 '아저씨' 맞죠?"

"맞아요! 기하라가 살인자라고 했던 사람."

그 목소리에 가게 안에 있던 젊은 커플이 뒤돌아보았다. 미나토 다이스케는 이번에는 허둥대는 표정으로 손님들 눈치를 보더니 준이치를 가게 안쪽으로 데리고 갔다.

"그 정도 얘기로 어떻게 찾았어요?"

너무 놀란 나머지 검은 안경테 너머로 눈이 크게 벌어져 있었다.

"여러모로 방법이 있죠."

준이치는 우쭐대며 대답했다.

'아저씨'의 정체를 알아낸 것이 그에게는 회심의 결과였다.

"그런데 또 한 가지 여쭤볼 게 있는데요."

"뭔데요?"

"사건이 일어난 날, 기억나십니까?"

"잘 기억하죠. 경찰이 몇 번씩이나 질문하는 바람에."

"그날도 기하라 씨는 비디오 가게에서 근무했습니까?"

"맞아요. 오전에 가게에 들어와서 밤 10시까지 근무하는 날이었죠."

준이치는 놀라서 물었다.

"12시간이나 일했단 말입니까?"

"네. 그때는 저도 녀석도 가게를 궤도에 올린다고 참 열심이었어요."

"하지만 이상하군요. 그 사건이 일어난 건 오후 7시부터 8시 30분 사이였지 않습니까?"

"그게 말이죠."

미나토는 중대한 비밀을 털어놓듯 목소리를 낮추었다.

"밤 6시 정도 되니까 기하라가 갑자기 볼일이 생각났다는 거예요. 약속을 잊고 있었다고. 그래서 8시까지는 돌아온다며 가게를 나갔어요."

준이치와 난고의 예상이 맞아떨어진 것 같았다. 기하라는 그날, 보호사 면회를 잊고 있다가 예정 외 시간에 그 집으로 향한 것이다. 그리고 그곳에서는 누군가가 '31호 사건'을 흉내 내어 우쓰기 부부를 살해했다.

"고맙습니다. 정말 도움이 됐습니다."

"아닙니다."

미나토는 미소를 접으며 쓸쓸한 표정을 지었다.

그 표정 변화에 준이치가 물었다.

"무슨 일 있으십니까?"

"기하라 녀석, 보호사 집에 다닌다는 걸 저한테도 말하지 않았어요. 단 하나뿐인 친구에게도 전과를 알리고 싶지 않았던 거겠죠."

준이치도 갑자기 우울해져서 고개를 숙였다. 이는 아마 앞으로 자기 인생에도 일어날 수 있는 일이었다. 그리고 준이치는, 어쩌면 이게 가장 중요한 질문일 수 있겠다고 생각하며 미나토에게 물었다.

"만약, 기하라 씨의 무고함이 밝혀지면……."

미나토가 얼굴을 들었다.
"그래서 만약 이 동네에 돌아온다면……."
"그때는 또 녀석과 함께 열심히 할 겁니다."
사형수의 단 하나뿐인 친구는 망설임 없이 상냥하게 웃었다.
"이전과 다름없이."
"정말 고맙습니다."

다음 날 아침, 준이치와 난고는 대어장으로 향했다. 우쓰기 부부가 살해될 당시, 이 방 주인이 보호 관찰자로서 현장에 출입했던 것은 틀림없어 보였다. 준이치와 난고의 사명은 이 남자가 가석방 취소를 저지하기 위해 보호사를 죽였다는 사실을 입증하는 일이다.

전화번호부에는 '무로토' 명의로 방 주소가 기재되어 있었기 때문에 두 사람은 방 주인의 풀네임이 '무로토 히데히코'라는 것을 파악해 두었다.

녹슨 철계단을 올라 복도 맨 끝까지 들어가자, 문 너머로 설거지하는 소리가 들려왔다.

준이치는 바지 주머니에서 손목시계를 꺼내어 보았다. 시각은 정각 8시. 상대방이 일하러 나가기 전에 잡아야 한다는 작전은 잘 맞아떨어진 것 같았다.

난고가 문을 두드렸다. 부엌의 물소리가 멈추고 "네?" 하는 응답이 들려왔다.

난고가 문 너머로 물었다.

"무로토 씨 되십니까?"

"그런데요?"

"도쿄에서 왔습니다. 난고와 미카미라고 하는데요."

"도쿄에서?"라는 말이 들리고, 문이 열렸다.

무로토 히데히코는 어제처럼 머리를 발라 넘겼으며 풀 먹인 셔츠에 바지 차림이었다. 음식점 고용점장 같은 분위기였다. 아마도 쉰 살을 넘겼겠으나, 열 살은 젊어 보였다.

"이른 아침부터 죄송합니다. 일 나가시기 전에 찾아뵐 생각으로……. 시간 괜찮으십니까?"

무로토는 미심쩍은 듯이 되물었다.

"무슨 일이신데요?"

난고는 명함을 건넸다.

"인권 옹호 관점에서 활동을 하고 있습니다."

"변호사 사무실?"

"네. 말씀 좀 여쭤볼 수 없을까요?"

"뭘요?"

"무로토 씨의 전력 때문에 사회 생활에서 불이익을 당하고 계시지는 않으신지."

무로토는 바로 난고를 쳐다보았다.

난고는 잽싸게 준이치를 볼모로 이용했다.

"실은 저희가 고용한 이 청년도 한창 사회 복귀 중이거든요.

그런데 세상의 눈이란 게 어찌나 냉정한지, 갱생하려 해도 악순환에 빠져 버리더군요."

무로토는 고개를 끄덕였다. 경계심을 풀었는지, 부드러운 눈매로 준이치에게 물었다.

"자네는 무슨 짓을 저질렀어?"

"상해 치사입니다."

준이치가 대답했다.

"2년 정도 먹었죠."

"겨우 2년이야?"

무로토는 부러워하는 듯한 미소를 띠었다.

난고가 속을 떠보았다.

"무로토 씨는 아마 무기 징역이셨죠."

"맞습니다."

무로토는 옆집으로 재빨리 시선을 던졌다.

"일단 안으로 들어오시죠."

준이치는 난고와 함께 201호로 들어갔다. 1.5평짜리 부엌과 3평짜리 방. 목욕탕과 화장실은 따로 떨어져 있었다.

두 사람이 안내받은 3평짜리 방에는 좌탁과 작은 책장 그리고 곱게 개인 이불이 있었다. 깔끔하게 정돈된 그 방을 보고 준이치는 무로토의 오랜 복역 생활을 새삼 느꼈다. 교도소 안에서는 감방 내에 소지가 허용된 '방 부속'이라 불리는 사물을 정리해 두지 않으면 징벌 대상이 된다. 그 생활 습관이 뼛속까지 배어 있는 것이리라.

다다미 위에 앉자마자 무로토가 인스턴트커피를 타 가지고 왔다. 준이치는 고맙다는 말을 하며 조금 불안해졌다. 무로토가 성실하게 갱생에 임하고 있는 게 아닐까 싶었기 때문이다.

"아까 이야기입니다만."

난고가 바닥에 앉은 무로토에게 말했다.

"무로토 씨의 죄상은 살인이었죠?"

"부끄러운 얘기입니다."

보호 관찰 처분을 받고 있는 전 무기수가 머리를 숙였다.

"젊은 혈기의 소치라는 거죠. 여자가 바람피운 게 용서가 안 되더라고요."

"피해자가 여자분이셨습니까?"

"아뇨, 죽여 버린 건 남자 쪽입니다. 다만 여자에게도 상처를 입히는 바람에 상해죄도……"

"언제 이야기입니까?"

"벌써 25년 전입니다."

"보호 관찰은 아직 해제가 안 됐습니까?"

"네. 피해자 부모가 용서를 안 해 주시는 바람에……"

그리고 무로토는 스스로를 타이르듯 중얼거렸다.

"하지만 그야 당연한 얘기겠죠."

"과거는 그러셨다 해도, 훌륭하게 갱생하고 계신 것 같네요."

난고의 표정에는 준이치처럼 당황하는 기색이 엿보였다. 무로토는 손도끼로 노부부를 참살할 만한 사람으로 보이지 않았기 때문이다.

"무로토 씨는 혈액형이 어떻게 되세요?"

준이치는 뜬금없이 물었다. 나름대로 허를 찌를 속셈인 모양이었다.

"혈액형?"

무로토가 의아한 표정으로 이쪽을 쳐다보았다.

"A형 분들이 책임감이 강하다고 하지 않습니까."

무로토는 웃었다.

"A형이라는 말은 처음 듣는데. 사람들은 보통 B형이라 하더군."

"실제로는요?"

준이치는 초조했다.

"그게…… 잘 모릅니다. 큰 병 없이 이 나이까지 오다 보니."

난고가 웃기 시작했다. 준이치도 그리고 사정을 모르는 무로토도 따라 웃었다.

"그럼 보호 관찰에 대해 여쭤보겠습니다."

난고가 화제를 되돌렸다.

"사회 복귀는 순조로우셨습니까? 가석방을 취소당할 뻔한 적은 없으셨고요?"

그러자 무로토는 웃음을 거두고 말했다.

"10년 전에 한 번."

준이치는 자신의 표정이 변하지 않도록 애쓰며 다음 말을 기다렸다.

"보호사 선생께서 준수 사항을 위반한 게 아니냐는 말씀을 꺼내셔서……."

난고가 눈썹을 치켜올렸다.

"네?"

"그 당시 술집에서 일했는데, 그게 정규직에 종사하는 게 아니라며 이런저런 말씀을……."

"그래서 어떻게 되셨는데요?"

"흐지부지됐어요."

"보호사가 자기 주장을 접은 겁니까?"

"아뇨."

무로토는 잠시 동안 말하기를 주저했다.

"그 보호사 선생님께서 살해당하셨습니다."

"아."

난고가 생각났다는 듯이 말했다.

"우쓰기 고헤이 씨 사건요?"

"맞습니다. 그래서 담당 보호사가 바뀌면서 이곳 가쓰우라로 옮겨 오게 되었지요. 그 후로는 문제없었습니다."

"우쓰기 씨 사건 말인데요, 경찰 수사는 어땠습니까?"

"무슨 말씀이신지?"

"무로토 씨께 전과가 있다고 필요 이상 심하게 취조하거나 하지는 않았습니까?"

"그건 늘 있는 일이죠."

무로토는 쓴웃음을 지었다.

"이웃에 도둑이 들거나 하면 제일 먼저 의심받으니까요."

"보호사 사건 때는?"

"사건 다음 날 바로 불려 갔습니다. 다만 제게는 알리바이가 있어서."

"알리바이?"

"네. 근무하던 술집 마담이 증언해 줬습니다."

"그랬군요."

난고는 거기서 말을 끊었다. 다음 수를 생각하는 듯하더니 이윽고 입을 열었다.

"그런데 그 사건에는 원죄일 가능성이 있어서 말이죠."

"원죄?"

무로토가 얼굴을 들었다.

"내밀한 이야기입니다만, 체포당한 기하라 료라는 사형수가 누명을 썼을 수도 있다는······."

무로토는 얼빠진 표정으로 난고를 쳐다보았다.

"실은 기하라와 구면입니다. 우쓰기 보호사님 댁에서 가끔 얼굴을 마주쳤어요."

"그러셨습니까. 하지만 범인이 자수하지 않는 한 그는 교수형을 받게 됩니다."

이를 듣자 무로토 얼굴에서 핏기가 가셨다.

난고가 잽싸게 물었다.

"왜 그러십니까?"

"아뇨, 제가 체포당한 25년 전이 생각나서요."

무로토는 손목시계를 차지 않은 왼팔로 땀을 닦았다.

"사형당하지 않을까 생각하니 밤에도 잠이 오질 않았죠."

"기하라 료야말로 그런 상태겠죠."

"그 마음 이해됩니다. 저는 아직까지 넥타이도 못 맵니다."

"넥타이를?"

"목에 감는 건 무서워서 맬 수가 없어요."

끄덕이는 난고의 눈길이 무로토의 목선에서 왼쪽 손목으로 옮겨 갔다.

"그 원죄 이야기를 하자면, 어딘가에 숨어 있을 진범은 세 번째 희생자를 만들어 내려는 게 됩니다. 자기 죄를 입혀서 기하라의 목숨을 앗아 가려는 거니까요."

"진범은 발견될 것 같습니까?"

"자수라도 해 주지 않는 한 어렵습니다."

"자수……."

무로토는 어두운 표정을 지었다.

"범인에게는 죗값을 치를 유일한 기회가 되죠."

무로토는 고개를 끄덕이더니 주저하며 말했다.

"그 사건에서 한 가지 걸리는 게 있습니다."

"뭡니까?"

"경찰에서 우쓰기 선생님의 유산을 조사했습니까?"

"유산요?"

생각지도 못한 말에 난고도 준이치도 엉겁결에 몸을 바짝 앞으로 당겼다.

"무슨 말씀이시죠? 설마 유산 상속인이 범인이라도?"

무로토는 황급히 고개를 저었다. 자신이 입을 가볍게 놀렸다고 느낀 모양이었다.

"아뇨아뇨, 그런 말이 아니라……."

"그럼 무슨 뜻인지요?"

"더 이상은 좀…… 근거 없는 중상이 되어서는 안 되니까."

"중상이라 하면 우쓰기 씨에 대해서?"

"그렇죠."

"그건 어느 쪽 우쓰기 씨 말씀이신가요? 우쓰기 보호사님, 아니면 유산 상속인이었던 아들 우쓰기 게이스케 씨?"

"아뇨, 더 이상은."

무로토는 입을 다물었다.

대어장 201호에서 나오자 준이치와 난고는 허둥지둥 시빅에 올라탔다. 무로토 습격 취재는 뜻밖의 수확을 선사해 주었다. 전 무기 징역수는 아직 용의권 내에 남아 있기는 했으나, 피해자의 유산이라는 것은 두 사람에게 맹점이었다. 사건 해명으로 연결될 이야기인지, 혹은 전혀 헛짚은 것인지 빨리 답을 낼 필요가 있었다.

시빅은 가쓰우라시를 나와 나카미나토군 해변가에 있는 피해자 아들 내외의 집으로 향했다. 바닷바람을 맞으며 서 있는 신축 호화 저택은 고등학교 교사인 우쓰기 게이스케의 주거로는 확실히 어울리지 않았다.

"어떻게 할까요?"

조수석에서 집을 바라보며 준이치가 물었다.

"또 부딪쳐 볼까요?"

"아니, 유산 관계라면 나카모리 씨한테 이야기를 들을 수 있을지도 모르지."

난고는 차를 다테야마 쪽으로 돌렸다.

"이번엔 주변 장애물을 없애 보세."

지바 지검 다테야마 지부로 가는 동안, 준이치는 아들 내외가 유산 목적으로 부모를 죽였다는 시나리오를 생각해 보았다. 있을 수 있는 이야기인 만큼 역으로 없을 것 같기도 했다. 다만 범인이 일부러 '31호 사건' 수법을 흉내 낸 것을 생각하면 흔해 빠진 범행 동기를 은폐하려 했다고도 볼 수 있었다. 준이치의 머릿속에 남은 의문점은 살해 현장에서 보호 관찰자의 기록이 없어진 점, 그리고 피해자 아들 내외가 나타낸 범인에 대한 응보 감정이었다. 그 무시무시할 정도의 분노가 연극이었다고는 섣불리 믿어지지 않는다.

다테야마시에 들어서자 난고가 패밀리 레스토랑에 차를 넣었다. 시각은 아직 10시 전이었다. 준이치도 난고도 마음만 급했다. 두 사람은 커피를 마시며 숨을 돌리고 나서, 검찰관에게 전화를 걸었다.

만나자는 요청에 나카모리 검사는 의외의 답변을 보내 왔다. 오늘 오후 나카미나토군에 볼일이 있으니, 괜찮으면 동행하자는 것이다. 물론 준이치에게도 난고에게도 이견이 없었다.

그 후 2시간가량을 준이치와 난고는 그저 시간을 때웠다. 냉방이 잘된 레스토랑 안에서 커피를 계속 마셔 댈 뿐이었다. 둘 다 사건에 대해 정신없이 머리를 굴리고 있어서인지, 오가는 말 수는 적었다.

12시 15분에 두 사람은 차에 올라탔다. 그리고 약속된 12시 30분에 지검에서 약간 떨어진 상점가에서 검찰관을 차에 태웠다.

"차로 갈 수 있게 되어서 잘됐습니다."

변함없는 쾌활한 미소를 보이며 나카모리가 뒷좌석에 앉았다.

"차비가 좀 비쌉니다."

차를 출발시키며 난고가 말했다.

"여러 가지 심문을 할 테니까요."

"묵비권은 허용되는 거죠?"

나카모리도 농담으로 응했다.

"가혹한 추궁을 받기 전에 자백해 두겠는데요, 우쓰기 고헤이의 집에 출입하던 보호 관찰자를 털어 봤습니다."

"네?"

난고가 백미러에 비친 나카모리에게로 눈길을 돌렸다. 나카모리가 스스로 움직여 준 것이 기쁜 것이다.

"기하라 료 이외에 보호 관찰자가 딱 한 사람 있었습니다. 살인과 상해로 무기 판결을 받은 사람이지요. 하지만 이자는 알리바이도 있었을뿐더러 혈액형이 A형이었습니다."

"A형?"

준이치는 엉겁결에 나카모리 쪽을 돌아보았다.

"무로토 히데히코가 말입니까?"

그러자 검사의 얼굴에 놀라움이 드러났다.

"어떻게 그 이름을 알지요?"

"이 녀석도 꽤 우수하죠."

웃음을 머금은 난고가 준이치를 힐끗 보며 말했다.

"자네의 혈액형 성격 분석이 맞았군."

"기쁘지는 않네요."

"그건 그렇고 자네도 책임감 강한 A형인가?"

"아뇨, 저는 B형입니다."

준이치는 내키지 않는 투로 말했다.

"범인처럼 말이죠."

"무슨 말씀들을 하시는 겁니까?"

나카모리는 아직 어리둥절한 모양이었다.

"아뇨, 아뇨."

난고는 말하면서 룸미러로 검사의 얼굴을 쳐다보았다.

"소중한 정보를 주셔서 감사합니다. 또 한 가지, 피해자 부부의 유산에 대해 여쭈고 싶습니다만."

"유산요?"

나카모리가 입을 다물고 허공을 노려보았다. 어디까지 답변해야 좋을지 생각하는 모양이었다.

"아들인 우쓰기 게이스케 씨가 상속한 금액은 상당했습니까?"

"총 1억 엔 가까이 됐죠."

"1억?"

난고가 놀란 목소리를 냈다.

"생명 보험 같은 겁니까?"

"아뇨, 보험금 액수는 별거 아니었습니다. 1000만 엔이었나. 게다가 수취인은 함께 살해된 부인이셨고."

"그 돈은 어디로 갔습니까?"

준이치가 물었다.

"아들 내외였지."

"수취인이 부인이었는데도요?"

나카모리는 준이치의 의문을 알아채고 사정을 설명했다.

"그러니까 이런 말입니다. 우쓰기 씨는 부부가 모두 살해당했지만, 부군이 먼저 돌아가신 걸로 본 거죠. 그 단계에서 보험금 수취 권리가 부인에게 발생하지만 곧바로 부인도 살해당하는 바람에, 받기로 되어 있던 보험금은 유산으로 아들에게 상속되었다고요."

"그렇군."

난고가 고개를 끄덕였다.

"유산 중에 나머지 9000만 엔은요?"

"피해자 예금입니다."

역시 재산 목적의 범행이었나, 하고 준이치는 생각했다. 1억 엔이나 되는 돈 때문에 우쓰기 게이스케는 친부모를 죽인 것일까.

그러나 난고는 전혀 다른 의문이 생긴 모양이었다.

"우쓰기 고헤이는 중학교 교장을 퇴직하고 나서 보호사가 된 거죠?"

"맞습니다. 수입은 연금밖에 없었을 겁니다."

대답한 나카모리의 목소리도 이상하게 여기고 있는 느낌이었다.

"지주였다든가, 그런 건······."

"없습니다."

"그럼, 그 큰돈이 어디서?"

검찰관은 희미하게 신음했다.

"사건 발생 직후에 기하라 료가 잡히는 바람에······ 거기까지는 미처 조사를 못 해 봤습니다. 유산 문제는 바로 세무서 관할이 되었죠."

"세무서에서는 수입원을 조사하지 않았을까요?"

"특별히 문제가 있었다는 보고는 받은 게 없습니다. 뭐, 경우가 경우이다 보니 그 고장 명사에 대해서는 그리 깊게 추궁을 하지 않은 게 아닐까요."

"그래서 나카모리 씨는……."

난고는 부탁하는 듯한 말투가 되었다.

"그 부분을 조사해 보실 의향은 없으십니까?"

"아무래도 거기까지는 곤란하겠습니다. 제가 움직이는 건 오늘뿐입니다."

"오늘, 지금부터 말입니까?"

"그렇습니다."

나카모리는 장난기 어린 표정으로 말했다.

"여기저기 전화를 걸어 대서 겨우 중요 증인을 찾아낸 겁니다. 지금부터 그분을 만나러 가는 거예요. 두 분께서도 동행해 주셔야겠습니다."

"어디든 따라갑니다."

난고가 말했다.

검찰관이 안내한 곳은 나카미나토군 외곽에 있는 단독 주택이었다. 그곳은 남쪽에 있는 아와군과의 경계 부근으로, 국도 부설을 아슬아슬하게 피한 것처럼 산의 얼마 없는 평지 위의 단층 주택이었다.

집으로 이어지는 5미터가량 되는 사도에 차를 들여놓고, 세 사람은 시빅에서 내렸다. 오래된 나무 문에는 '에노모토'라는 문패가 내걸려 있었다. 세 사람은 잡초가 무성한 마당을 지나 여닫이 현관문 앞에 섰다.

"실례합니다. 지바 지검에서 나왔습니다."

검사가 부르자 불투명 유리 너머로 살색 러닝복 차림의 노인이 나타나 현관문을 열었다.

"당신이 나카모리 씨?"

"맞습니다. 어제는 전화로 실례했습니다."

나카모리가 에노모토 노인에게 과자 선물을 건네고 나서 난고와 준이치를 소개했다.

"이쪽 두 분은 저와 같은 건을 조사하고 계십니다."

"그렇소? 일단 들어오시오."

세 사람이 안내받은 방은 현관 옆에 있는 4평짜리였다. 실밥이 풀린 것이 눈에 띄는 다다미에 닳아빠진 납작한 방석이 놓여 있었다. 좌탁 앞에 앉은 준이치는 방을 둘러싸듯 겹겹이 쌓아 올린 먼지투성이의 책들을 둘러보았다. 그것은 책이라기보다 고문서 종류로 보였다.

나카모리가 말했다.

"에노모토 씨는 향토사 연구를 하고 계십니다."

"향토사요?"

검사의 목적을 이해하지 못한 준이치는 고개를 갸우뚱거렸다. 향토사가가 무슨 증언을 한다는 것일까. 난고의 눈치를 보니 전 교도관의 눈은 방구석을 향하고 있었다. 그곳에는 낡은 군복 같은 것이 포개어 접혀 있었다.

그때 에노모토 노인이 쟁반을 들고 나타나 사람들 앞에 찻잔을 놓았다. 그리고 난고의 시선에 "젊을 때 전쟁이 앗아 갔소."라고 말했다.

난고는 아무 말 없이 그저 가볍게 고개를 끄덕일 뿐이었다.

노인은 자리에 앉자 나카모리에게 물었다.

"그래서 조사하신다는 게 어떤 일이셨나?"

나카모리는 귀가 먼 노인을 의식했는지 조금 큰 목소리로 말했다.

"우쓰기 고헤이 씨 댁이 있었던 산에 대해서요. 어제 전화로 말씀해 주신 내용을 이 두 사람에게 설명해 주시겠습니까?"

"아, 그 산!"

"네. 그 산에 계단이 있었던 거죠?"

준이치는 깜짝 놀라 나카모리를 쳐다보았다. 난고도 뜻밖의 화제에 놀랐다는 듯 재빨리 노인 쪽으로 시선을 돌렸다.

"그래."

노인은 고개를 끄덕였다.

"그런 건 가 보면 금세 알 수 있잖아."

"그걸 못 찾았어요."

검사는 인내심을 가지고 난고와 준이치가 부근을 수색한 이야기를 들려주었다.

"아, 그렇겠군."

에노모토 노인은 납득한 모양이었다.

"못 찾았기도 했겠어. 조간사가 없어졌으니 말이야."
"조간사?"
난고가 되물었다.
"절 같은 겁니까?"
"그래. 훌륭한 부동명왕님을 모셔 놨었는데, 무슨 연유인지 중요 문화재 지정에서 누락되었어. 그야 고찰이라 하기에는 초라한 절이었지만."
그리고 노인은 세 명을 둘러보았다.
"부동명왕은 알고 있겠지? 13부처 중 한 분 말이야."
"네."
난고가 고개를 끄덕이고 기다릴 수 없다는 듯이 물었다.
"그 조간사는요, 없어졌다는 게 어찌 된 일입니까?"
"꽤 오래전에 태풍 때문에 산사태가 나서 묻혀 버렸어."
"묻혔다고요?"
난고는 말하고 나서 준이치와 마주 보았다.
"그러니까, 지면 아래로?"
"그래. 하기야 산사태 전부터 폐허이기는 했지만서도."
나카모리가 바지 뒷주머니에서 접은 지형도를 꺼내었다.
"위치는 어디쯤이 되겠습니까?"
에노모토는 돋보기를 쓰고 지도를 꼼꼼히 들여다보았다. 그리고 우쓰기 고헤이의 집에서 500미터가량 산 쪽으로 들어간 숲속을 가리켰다.

"이쯤이야."

준이치와 난고의 시선이 지도에 못 박혔다. 그 지점은 2개월 전 수색 범위에 포함되었을 터였다.

"비탈진 곳이 아니었던가?"

난고가 기억을 더듬었다.

"맞습니다."

준이치가 고개를 끄덕였다. 그곳은 산의 표면이 깎인 것 같은 급사면이었다. 한눈에 아무것도 없을 게 뻔해서 자세히 조사하지도 않았다.

난고가 노인에게 물었다.

"그 절에는 계단도 있었다는 말씀이시죠?"

"있었지. 본당으로 이어지는 돌계단, 그리고 법당 안에도."

"산사태는 언제 이야기입니까?"

"벌써 20년 전이던가."

"20년 전?"

준이치는 난고에게 질문을 던졌다.

"사건이 일어났을 때는 이미 묻혀 있었다는 얘긴데."

"아냐, 아냐."

에노모토 노인이 끼어들었다.

"한번에 다 묻힌 게 아니라, 그 뒤로 태풍이 올 때마다 조금씩."

"10년 전에는 어떤 모습이었을까요?"

난고가 물었다.

"돌계단의 일부라든가, 본당 지붕 같은 건 보였을 거야."
"충분히 있을 수 있는 얘기야."
난고가 준이치에게 말했다.
"모두 흙 속에 있다 해도 범인은 증거를 파묻으려고 지면을 파헤쳤으니까."
"그때 묻혀 있던 계단과 마주쳤다?"
"그렇지."

노인의 집에서 물러나온 세 명은 난고가 운전하는 차를 타고 다테야마시로 돌아갔다. 그곳에서 차에서 내린 검찰관은 다짐하듯 "제가 할 수 있는 건 여기까지입니다."라고 말하고 지검 지부로 들어갔다.

난고와 준이치는 그대로 도쿄로 향했다. 두 사람의 목적은 금속 탐지기를 입수하는 것이었다.

땅속에 묻힌 조간사 계단.

그곳에 사라진 증거가 매몰되어 있을 터였다.

3

다음 날 아침, 일출과 함께 난고와 준이치는 행동을 개시했다. 폐옥이 된 우쓰기 고헤이의 집 앞을 지나 비포장도로를 500미터 정도 들어간 지점에서 두 사람은 차에서 내렸다.

산 쪽의 나무 사이로 뻥 뚫린 급격한 비탈이 보였다. 폭 30미터, 높이 50미터 가량의 흙벽이다. 조간사를 삼켜 버린 산사태의 흔적.

벼랑이라 할 만큼 경사가 가파르지는 않았어도 밑에서 올라가기는 불가능해 보였다. 준이치와 난고는 등산 장비와 금속 탐지기를 넣은 배낭을 짊어지고 숲속으로 들어가서 우회 코스를 따라 비탈 위에 올라섰다.

두 사람은 잠시 동안 동쪽에 떠오르는 아침 해에 눈길을 빼앗겼다. 이윽고 난고가 "시작하자."라고 말했다.

그 후 두 사람의 행동은 조금 더디었다. 지참한 등산 기술 입문서와 씨름하며 압자일렌*이라 불리는 '급사면 현수 하강 기술'을 학습해야 했기 때문이다.

준이치는 우선 비탈 위에 있는 큰 나무를 골라 자일을 묶었다. 그것을 카라비너라 불리는 고리에 끼워 허리에 두른 하너스에 장착시킨다. 하강하는 사람은 계곡 쪽을 등지고 카라비너에 감긴 자일의 마찰력을 이용해서 뒷걸음질로 내려가는 것이다.

"그럼, 갑니다."

준비를 갖추자 준이치가 말했다.

"살아서 돌아와라."

평소대로 난고의 농담이 튀어나왔다.

---

* abseilen. 높은 곳에서 밧줄을 타고 내려오는 것.

준이치는 두 손을 몸 앞뒤로 돌려서, 허리를 지렛목 삼아 상하로 뻗은 자일을 잡았다. 그리고 뒤를 돌아 비탈에 발을 디뎠다.

그때 돌연, 발밑의 흙이 무너져 내렸다. 토양이 의외로 무른 모양이었다. 준이치는 비탈에 배를 내리깔고 그대로 질질 2미터가량 미끄러지다가 멈추었다.

"난고 씨."

준이치는 얼굴에 묻은 진흙을 입김으로 불었다.

"이런 야단법석을 떨 필요가 없겠어요. 흙이 축축하니까 밧줄만 잡으면 내려갈 수 있겠어요."

"오! 그래?"

난고는 기쁨을 감추지 않았다.

"내 그럴 줄 알았다."

"금속 탐지기를 갖고 오실 수 있겠어요?"

"잠시만."

난고가 밧줄로 내릴 예정이었던 탐지기를 손에 들었다. 금속 손잡이 끝에 원형으로 탐지기가 장착된, 중량 2킬로그램 정도 되는 기계다. 가격이 20만 엔이나 하는 최신식이며, 땅속의 금속을 탐지하면 알람이 울리면서 손에 있는 소형 모니터에 추정 심도가 표시된다.

"어떻게든 내려갈게."

난고는 닌자의 칼처럼 탐지기를 짊어지고, 가죽 장갑을 낀 손으로 자일을 잡았다. 그리고 준이치와 똑같이 배를 딱 붙이고 질질 내려왔다.

"폼은 안 나도 할 수 없지. 증거만 찾을 수 있다면."

두 사람은 비탈을 스캔하듯 끝에서 끝으로, 위에서 아래로 내려오면서 금속 탐지기의 반응을 보았다. 익숙해지고 보니 비탈을 옆으로 걸어다니는 게 그다지 힘들지는 않았다. 움직이는 속도는 느려도 흙 속에 발을 찍어 넣는 식으로 걸으면 몸의 균형을 유지할 수 있었다.

그렇게 2시간가량 지날 무렵, 금속 탐지기의 알람이 울려 퍼졌다. 하강하기 시작한 지점에서 15미터 정도 내려간 사면의 중앙부였다.

모니터의 심도를 보니 지하 1미터.

의외로 얕다. 준이치는 기대에 부푼 마음으로 난고의 얼굴을 쳐다보았다.

"이번엔 구멍 파기다."

"삽을 가져오겠습니다."

준이치는 자일에 의지하여 비탈을 올라, 삽 두 개를 가지고 난고가 있는 곳으로 되돌아왔다. 두 사람은 주의 깊게 자세를 유지하며 맹렬한 기세로 구멍을 파기 시작했다.

흙이 무르기 때문에 작업은 급속히 진전되었다. 흘러내리는 땀을 닦으며 10분가량 파고 들어가자 흙 속에 내리꽂은 준이치의 삽이 둔한 금속음과 함께 튕겨 나왔다.

"난고 씨!"

준이치는 소리치고 나서 삽을 내던지고 손으로 신중하게 흙을 거둬 내기 시작했다. 난고도 옆에서 이에 가세했다. 마침내 두 사람이 파낸 것은 풍경 같은 모양의 금속 세공이라는 것을 알았다.

"뭡니까, 이게?"

"절 지붕 처마에 달린 장식물이잖아."

준이치는 다시 발밑을 내려다보았다.

"그럼 여기는."

"조간사 지붕 위야."

준이치는 시험 삼아 삽으로 주변을 파 보았다. 그러자 층층이 겹쳐진 기와가 나타났다.

"틀림없네. 이건 지붕의 용마루야. 절 지붕이 맞군."

"어떻게 할까요?"

"10년 전에는 어땠을까?"

난고가 땅속의 불전을 꿰뚫어 보듯 말했다.

"본당이 일부라도 바깥에 나와 있으면 범인이 안으로 들어갔을 가능성이 있어."

난고는 삽을 쥐고 본당 측면으로 여겨지는 부분의 흙을 무너뜨리기 시작했다. 준이치도 이에 가세했다. 이윽고 부식되기 시작한 나무 벽과 흙이 쏟아져 들어간 창틀이 노출되었다.

난고는 그 나무틀 안에 삽을 집어넣어 흙을 파내었다. 그러자 갑자기 저항이 없어지면서 깜깜한 구멍이 입을 벌렸다.

"절 안에 들어갈 수가 있어."
난고가 말했다.
준이치는 땅속의 본당이 어떻게 되어 있을까 상상했다. 측면 벽은 기울지 않았다. 산사태 때도 불전의 기초는 흔들림 없이 서 있었던 게 틀림없다. 위쪽에서 한꺼번에 쏟아져 내린 토사는 불전을 둘러싸는 형태로 겹쳐져, 조간사를 거의 원 상태로 땅속에 숨긴 것으로 추측되었다. 건축물이 내려앉았다면 비탈이 파여 있어야 마땅했다.
"생매장 당할 염려는 없겠는데요."
준이치가 말했다.
"들어가 보시죠."
30분 후, 시빅에서 회중전등을 꺼내 온 두 사람은 사면에 입을 벌린 어둠 속으로 들어갔다. 그곳은 마치 동굴 같았다. 흘러 들어온 토사가 바닥까지 흘러 있어서 언덕을 내려가는 것처럼 본당 안으로 들어갈 수 있었다.
준이치는 머리 위를 차단하는 물건이 없음을 확인하고 나서 몸을 일으켰다. 본당 안은 칠흑같이 깜깜했고, 맹렬한 곰팡이와 흙 냄새로 가득했다. 바닥이 의외로 견고했기에 준이치는 마음을 놓고 앞쪽에 초점을 맞추었다.
회중전등 빛 속에 판자 바닥과 벽이 보였다. 뒤따라오던 난고가 면적을 확인하려고 회중전등을 사방에 비추었다. 그리고 "앗." 하고 소리쳤다. 5미터가량 안쪽 벽면에 위로 뻗은 계단을 비춘 것이다.

"계단!"

준이치도 무의식 중에 소리치고 나서 조간사가 예상외의 구조였음을 깨달았다. 복층 누각으로 되어 있어, 2층부의 면적이 1층보다 꽤 좁게 지어져 있었다. 준이치와 난고는 아래층의 차양을 발견한 것이고, 1층을 통해 안으로 들어온 것이다.

"서두르지 마."

계단으로 가려던 준이치에게 난고가 말을 걸었다.

"발밑을 확인하면서 가야 해."

준이치는 고개를 끄덕이고 나서 난고와 함께 한 발짝 한 발짝 계단으로 다가갔다. 발을 내디딜 때마다 썩기 직전인 바닥 판자가 귀신들이 웅성대는 것처럼 삐걱거렸다. 손잡이가 달린 나무 계단은 회중전등 빛을 흐리게 반사하며, 그 층계를 오르는 인간들을 기다리고 있었다.

드디어 계단 밑에 당도한 준이치는 움직임을 멈추고 계단 위를 올려다보았다. 일렬로 늘어선 판자들이 위편의 어둠 속에 사라져있다.

"기하라 료가 본 계단이라는 게 이걸까요?"

"이거 아니면 외부에 있는 돌계단이겠지."

난고는 아직 냉정을 잃지 않고 있었다.

두 사람은 신중한 발걸음으로 계단을 오르기 시작했다. 판자에 발이 빠질 염려는 없어 보였다. 가장 윗단까지 오르자, 2층부

중앙에 불상이 진좌하고 있는 것이 보였다. 그것은 준이치의 키보다 훨씬 큰 부동명왕상이었다. 회중전등 빛을 받아 두 눈이 형형하게 빛나고 있었으며 불타오르는 화염광을 등에 업은 분노의 형상은 마치 살아 있는 자처럼 준이치와 난고까지도 꼼짝 못하게 했다.

이 부처님은 무엇을 향해 화를 내고 있는 것일까 하고 준이치는 생각했다. 땅속에 갇힌 후로 20년 동안, 참배자도 오지 않는 어둠 속에서 부동명왕님은 무엇에 분노를 불태우고 있었을까.

옆에서 걸음을 멈추었던 난고가 회중전등을 겨드랑이에 끼고, 두 손을 모았다. 준이치는 조금 의외로 여기다가 난고를 따라했다. 두 사람은 머리 숙여 부동명왕을 참배하고, 잠시 후 얼굴을 들었다.

"증거품이 나오게 해 달라고 기도드린 거야."

난고는 농담조였으나, 그가 기도한 것은 다른 것이었을 거라고 준이치는 생각했다.

그 후로 두 사람은 오랜 시간을 투자해서 조간사 본당 내부를 샅샅이 조사했다. 폐사가 되기 직전에 정리가 된 모양이어서, 불전 안에는 빈 궤짝이나 목탁 등 불구(佛具) 몇 점만이 있을 뿐이었다.

증거품이 묻혀 있을 가능성을 고려해서 1층부의 바닥 아래뿐 아니라 흙이 흘러 들어간 측벽의 창문에도 금속 탐지기를 대 보았으나 아무런 반응이 없었다.

"이 내부가 아닌가 봐."

역시 피로한 기색이 드러나기 시작한 난고가 바닥에 주저앉았다.

곰팡이를 대량으로 흡입한 탓인지 두 사람 다 코를 훌쩍였다. 낙담을 감춘 채 준이치가 물었다.

"역시 바깥의 돌계단이었을까요?"

"일단 이곳을 나가세."

비탈로 기어 나간 두 사람은 흙벽에 등을 대고 휴식을 취했다. 이른 아침부터 작업을 시작했기 때문에 아직 낮 12시였다.

"조금 쉬었다가 도시락이라도 먹자고."

준이치는 고개를 끄덕이고 나서 멀리 보이는 나카미나토군 일대와 그 너머로 펼쳐진 태평양을 멍하니 바라보았다.

그때 난고의 휴대 전화가 울렸다. 난고는 비탈에 내던져 놓았던 배낭을 끌어당겨 휴대 전화를 꺼내더니 발신자 표시를 확인했다.

"스기우라 선생이다."

준이치에게 알려 주고 나서 난고는 전화를 받았다.

"조간사? 의뢰인이? 아니, 우리는 이미 현지에 있어요."

난고의 말에 준이치는 무슨 일일까 생각했다.

변호사와 대화를 나눈 난고는 전화를 끊고 나서 말했다.

"의뢰인이 스기우라 선생한테 이곳 정보를 보낸 모양이야."

준이치는 놀랐다.

"이곳이라면 조간사 말입니까?"

"그렇지."

"의뢰인도 직접 조사한 걸까요?"

"집행이 다가오니 다급해진 거지."

난고는 웃었다.

그 아무렇지도 않다는 태도를 준이치는 신기하게 여겼다.

"난고 씨는 의뢰인이 누군지 알고 계십니까?"

"짐작은 가네. 그 고장 사람이야. 기하라 료를 위하는 사람이고, 고액의 보수를 낼 만한 재력도 갖췄지."

준이치는 생각해 보더니 이윽고 호텔을 경영하던 증인을 떠올렸다.

"저도 만난 사람이죠?"

"그래."

준이치는 걱정이 되었다. 자신은 이번 조사에서 제외되었어야 할 사람이다.

"제가 함께 있으면 안 되는 것 아닙니까?"

"신경 쓰지 말게. 일이 잘되면 되는 거야."

준이치는 고개를 끄덕였다. 그리고 사건으로 이야기를 돌렸다.

"난고 씨는 유산 건을 어떻게 보십니까? 우쓰기 게이스케가 돈 때문에 부모를 죽였을까요?"

"나는 그렇게 보지 않아. 이제까지 나온 단서들을 보면 조리에 맞는 줄거리가 딱 하나 보이네."

"어떤?"

"그 보호 관찰자, 무로토 히데히코가 이야기했지?"

준이치는 전 무기 징역수의 얼굴을 떠올렸다.

"그 사람이 유산 이야기를 꺼냈었죠?"

"그래. 그 사람 태도를 보면 우쓰기 고헤이가 살아 있을 때부터 그 수입원을 수상하게 여겼던 거야."

"그러니까 유산 이야기를 한 것은 상속인이 수상해서가 아니라 유산의 액수 자체가 이상하다는?"

"음. 게다가 그 사람은 가석방 취소 이야기도 했어. 그 사람이 성실하게 갱생하고 있다는 건 자네도 느꼈지?"

"네."

"그런 걸 우쓰기 고헤이 보호사가 정규직에 종사하지 않는다며 교도소로 돌려보내려 했어. 아마도 무로토 히데히코가 그때 우쓰기 고헤이의 수입처를 안 게 아닐까?"

"무슨 말씀이세요?"

"협박이야."

준이치는 놀라서 되물었다.

"협박?"

"생각해 볼 수 있는 유일한 시나리오야. 무로토 히데히코는 가석방 취소를 빌미로 금품을 요구당한 게 아닐까."

"하지만 보호사라는 사람이 그런 짓을 할 리가 있을까요?"

구보라는 친절한 보호사를 만난 준이치로서는 쉽게 믿을 수 없는 이야기였다.

"놀랄 만도 할 거야. 보호사가 불상사를 일으키는 건 정말 희귀한 일이니까. 허나 그렇기 때문에 사건의 진상이 맹점이 되었다고도 볼 수 있어."

"그러니까 이번 사건은 협박을 당한 전과자가 반대로 보호사를 죽였다?"

"그래."

난고는 어두운 표정으로 말했다.

"이 이야기가 무서운 건, 용의자가 한꺼번에 늘어난다는 거야. 우쓰기 고헤이는 거의 10년 동안 보호사였어. 재임 중에 꽤 많은 사람과 관여했겠지. 그들의 전과, 전력을 협박에 이용했다고도 볼 수 있어."

준이치는 이제까지의 조사에서 보호 관찰소의 비밀 유지가 철저했다는 점을 떠올렸다. 범죄자의 전과가 외부에 누설되면 특히 일본 사회에서는 본인에게 미칠 불이익이 무한대로 커진다. 성실하게 갱생하고 있는 사람에게는 치명상이 될 수도 있을 것이다.

"그렇게 되면……."

난고는 계속해서 말했다.

"협박의 대상은 보호 관찰자로 국한되지 않아. 전과자가 집행 면제를 받고 보호 관찰이 해제되었다 하자. 그때부터 성실하게 생활하면 사회인으로서 지위도 상승하지. 그렇게 건실해지면 건

실해질수록 우쓰기 고헤이의 공감은 파괴력이 커지는 거야. 공든 탑이 크니까."

준이치는 자기 입장과 바꾸어 생각해 보더니 몸서리를 쳤다. 사무라 교스케를 죽인 과거가 이웃들에게 폭로된다면 어찌 될까. 아마 아버지도 어머니도 지금 집에서는 살 수 없을 것이다. 미카미 일가는 두 번째 이사를 면할 수 없을 것이다. 오쓰카에 있는 초라한 집을 떠나 더 비참한 환경으로.

"아마 범인은 우리가 아직 만난 적이 없는 누군가…… 우쓰기 고헤이가 보호사 재임 기간 중에 알고 지낸 누군가일 거야."

난고는 준이치의 얼굴을 쳐다보았다.

"어떻게 생각하나, 이 추리를?"

"맞는 것 같습니다. 현장에서 관찰 기록이 없어진 것도 설명이 되고, 게다가 예금 통장이 사라진 이유도."

"예금 통장?"

난고가 되물었다.

"네. 통장에는 돈을 입금한 사람 이름이 기재되지 않습니까."

"그렇군!"

난고는 몸을 일으켰다.

"협박당한 사람 이름이 기록으로 남아 있다?"

"그렇죠. 그래서 범인은 통장을 꺼내 간 거예요."

"금융 기관에 조회해 볼 수 없을까?"

"저희가 하는 건 무리 아닐까요?"

"나카모리 씨는……."

난고는 부정했다.

"판결 확정이 난 사건이라 공무로 움직일 수는 없겠군."

준이치는 곤란한 점을 깨달았다.

"은행을 조사할 수 없다면 그 선에서 범인을 골라내는 게 무리 아닙니까? 예금 통장이면 일일이 땅에 묻지 않아도 태우기만 하면 처분할 수 있습니다."

난고는 한동안 깊은 생각에 잠겼다.

"아냐, 가능성은 있어. 내가 범인이라면 자신이 잡혔을 때를 대비해서 통장은 남겨 놓겠어."

"왜요?"

"우쓰기 내외 살해는 사형이냐 무기냐의 미묘한 사건이야. 범인 입장에서는 피해자로부터 협박당했다는 증거가 남아 있으면, 정상 참작을 얻어 낼 수 있을지도 모르지."

준이치는 납득이 갔다.

"구멍을 계속 파시죠. 흉기였던 손도끼, 통장, 인감이 어딘가에 묻혀 있을 겁니다."

"좋아."

난고는 피곤한 몸에 채찍질하며 일어섰다.

두 사람은 비탈 위로 돌아가 도시락을 먹으며 돌계단 위치를 추정했다. 땅속에 있는 불전을 기준으로 추정하면, 참배로였던 돌계단은 비탈의 약간 오른편에 묻혀 있을 것으로 예상되었다.

땅 위에서 범위를 정하고 안표로 나뭇가지를 세운 후, 오후 내내 중점적으로 금속 탐지기로 스캔했다. 사면 우측에서 좌측으로, 좌측에서 우측으로, 1미터 간격으로 내려가야 하는 끈기가 필요한 작업이다.

이윽고 산 너머로 태양이 모습을 감추고, 일대에 땅거미가 질 무렵이 되어도 두 사람의 작업은 계속 이어졌다. 그 무렵 90퍼센트 정도 마친 상태였다. 이대로 두고 집에 갈 생각은 추호도 없었다.

슬슬 불빛이 필요하다고 느낀 준이치가 회중전등을 배낭에서 꺼냈을 때 불시에 탐지기 알람이 울렸다.

준이치는 난고 쪽으로 뛰어가 모니터를 들여다보았다. 추정 심도는 1.5미터. 아래쪽 차도에서 겨우 5미터 정도 올라온 지점이었다.

"이번에야말로 틀림없다는 느낌이 드는데."

어둠 속에서 난고가 말했다.

"이 위치라면 범인이 올라왔다 해도 이상할 게 없어."

준이치는 회중전등 두 개를 켜서 지면에 놓고, 불빛 속에서 삽질을 하기 시작했다.

난고도 준이치를 도우면서 말했다.

"주변부터 파 나가세. 증거를 파손해선 곤란해."

준이치는 고개를 끄덕이며 약간 아래쪽으로 이동했다.

사면 중복보다 토양은 단단했으나 사람 키만 한 구멍이 30분

만에 뚫렸다.

"난고 씨!"

삽 끝의 딱딱한 감촉에 준이치가 소리쳤다.

"돌계단입니다!"

"좋아, 그 위다."

난고도 흥분조로 말했다.

두 사람은 손으로 흙을 파헤치며 폭 50센티미터 범위로 돌계단을 노출시켜 나갔다.

준이치는 설레는 마음을 주체할 수 없었다.

"10년 전, 범인이 여기에 증거를 묻은 거로군요."

"음. 아마 기하라 료에게 시켰겠지. 손도끼로 협박하면서. 기하라는 구멍을 파면서 이 돌계단을 본 거야."

마침내 준이치가 구멍 측면에 돌출한 검은 비닐 봉투를 발견했다.

"난고 씨, 나왔어요!"

"장갑은 꼈겠지?"

"네."

난고는 비닐 주변의 흙을 무너뜨리고 신중하게 봉투를 꺼냈다. 묵직하고, 총 길이가 50센티미터가량 되는 길고 가는 윤곽이었다.

"안을 보자."

난고는 칭칭 감긴 비닐 끝을 풀고 투입구를 찾아냈다. 준이치가 회중전등을 들어올려 봉투 안에 불빛을 비추었다.

손도끼가 있었다.

"해냈어!"

준이치가 환호성을 질렀다.

"이번에야말로 만세삼창이다!"

난고도 소리치고 봉투 속으로 눈길을 돌렸다.

"어이, 인감도 있어!"

"통장은? 범인 이름이 적힌 예금통장은요?"

난고는 봉투를 지면에 내려놓고 유심히 속을 들여다보았다.

"아니, 통장은 없어. 손도끼와 인감뿐이야."

준이치는 불안해졌다. 난고의 추측과는 달리 통장만 처분해 버린 것일까. 혹은 다른 장소에 묻혀 있는 것일까.

"또 구멍을 팔까요?"

"아니, 통장은 금속 탐지기에 반응하지 않아."

난고는 다시 한 번 봉투 속을 들여다보았다.

"인감에는 '우쓰기'라고 새겨져 있어. 10년 전 증거가 확실해."

"어떻게 할까요?"

"이제 기대할 건 지문이다. 손도끼나 인감에 지문만 있다면."

난고는 배낭에서 휴대 전화를 꺼냈다.

"적어도, 나카모리 검사를 움직이기에는 충분한 증거야."

1시간 후, 공용차에 탄 나카모리가 또 한 사람을 데리고 나타났다. 나카모리가 동반한 것은 검찰 사무관이었다. 증거품 압수 작업에 객관성을 부여하려는 배려인 모양이었다.

"한 건 하셨네요."

나카모리는 흙투성이인 준이치와 난고를 보자 기쁜 듯이 말했다.

"조간사 정보 덕분이죠."

난고가 말했다.

나카모리는 흰 면장갑을 끼고 비닐을 뒤집어 속에 있는 증거품을 확인했다.

"맨손으로 만지신 건 아니죠?"

"그럼요."

나카모리는 부하에게 재빨리 지시를 내렸다. 검찰 사무관은 손도끼와 인감이 든 봉투를 더 크고 투명한 증거품 봉투에 넣었다. 그리고 플래시가 달린 카메라를 꺼내어 현장 부근을 촬영했다.

작업을 마치자 나카모리가 사무관에게 말했다.

"미안하지만 이걸 들고 지방 경찰청으로 가 주게."

"알겠습니다."

검찰 사무관은 증거품을 공용차에 실었다.

"지문이 있는지는 언제 알 수 있습니까?"

준이치가 물었다.

"오늘 밤 내로."

난고가 물었다.

"지문이 나온 경우 조합은 언제 끝나지요?"

"늦어도 내일 중으로 결론이 납니다."

준이치와 난고는 숨을 돌리고 그 자리에 주저앉았다. 할 만큼 했다는 만족감 때문인지 피로가 한꺼번에 몰려오는 것 같았다.

"만약 기하라의 원죄가 증명되면……."

나카모리가 뒤에 있는 부하를 신경 쓰며 낮게 말했다.

"건배라도 합시다. 한잔 사겠습니다."

"코가 삐뚤어지도록 마셔야겠군."

난고가 웃으며 말했다.

발굴된 증거품은 검찰 사무관이 직접 지바 현경 과학 수사 연구소로 가져갔다.

곧바로 지문 담당이 검은 비닐 봉투, 손도끼, 인감을 순서대로 지문 검출 장치에 걸었다. 특수 염료를 도포하여 아르곤 레이저를 쏘면 육안으로는 보이지 않던 잠재 지문이 노랗게 뜨게 되어 있다. 지참한 증거품을 검사한 결과, 비닐 봉투 입구 부근과 인감에서 성인의 것으로 보이는 지문이 여러 개 검출되었다.

지문 담당은 그 인발*을 디지털 데이터로 변환하여 컴퓨터에 입력했다. 그리고 융선 모양에서 화상 처리 특징점을 추출하여, AFIS라 불리는 자동 지문 식별 시스템에 걸었다. 대형 컴퓨터가

---

* 도장을 찍은 형적.

1초 동안에 770개라는 경이로운 속도로, 경찰에 보관된 방대한 지문 자료와 식별하기 시작했다.

이와 병행하여 손도끼와 인감이 별도의 감정에 들어갔다.

손도끼는 칼에서 이가 빠져 있는 것이 확인되었으나, 범행을 추측할 만한 재료는 그뿐이었다. 범행 후 매우 꼼꼼하게 세정된 모양인지, 지문은커녕 혈액 반응도 나오지 않았다.

그러나 한편 인감은 증거품으로서는 제격이었다. 인발의 '우쓰기'라는 세 글자는 10년 전에 은행에서 입수해 놓은 인감증명서와 완전히 일치했다. 육안으로는 구분이 가지 않는 정도로 바깥 홈이 팬 것까지 동일했다. 감정을 실시한 직원은 그것이 범행 현장에서 반출된 인감이 틀림없다고 판정했다.

그리고 작업 개시 후 14시간, AFIS가 마침내 지문 식별에 성공했다. 전과자 중에 해당하는 지문 주인이 있었던 것이다.

컴퓨터가 가려낸 우쓰기 내외 살해의 진범은 2년 전에 상해치사죄로 체포된 미카미 준이치라는 청년이었다.

제6장

피고인을 사형에 처함

1

 지바 현경에서 긴급 연락이 들어왔을 때, 나카모리 검사는 지바 지검 다테야마 지부 취조실에서 절도범의 조서를 작성하고 있었다.
 "나카모리 씨."
 호출하러 온 검찰 사무관의 얼굴에는 당혹스러운 기색이 보였다.
 "급히 좀 와 주십시오."
 나카모리는 취조를 부하 검사에게 맡기고 검찰 사무관 책상으로 갔다.
 "지문 조합 결과입니다."

사무관은 컴퓨터에 표시된 전과자의 데이터를 보여 주었다. 그 얼굴 사진을 본 순간 "뭐?" 하는 놀란 목소리가 검사 입에서 흘러나왔다.

"이 미카미 준이치는 어젯밤 현장에 있었던 청년 아닙니까?"

"맞아."

나카모리는 그것이 의미하는 바를 생각했다.

단 한 가지 합리적인 답은 발굴 과정에서 준이치가 맨손으로 증거품을 만졌다는 것이었다. 그러나 나카모리는 준이치가 장갑을 끼고 있음을 확인했다. 게다가 함께 있던 난고가 파트너의 실태를 놓칠 리 없었다.

그렇다면 10년 전에 우쓰기 내외를 살해한 것은 준이치인가.

거기까지 생각하고 나카모리는 갑자기 고개를 들었다. 지금은 준이치 생각을 할 때가 아니었다. 지문이 검출된 이상, 긴급히 대처해야 할 일이 생긴 것이다.

그는 재심의 문호를 열었다는 획기적인 판결, '시라토리 결정'*을 머릿속으로 확인했다. '의심스러울 때는 피고인의 이익으로'라는 형사 재판의 철칙은 재심 개시 이유에도 적용된다.

나카모리는 책상에 있는 전화 수화기를 들었다.

---

* 1952년 삿포로에서 경찰이 총격으로 살해당한 '시라토리 사건'의 공동정범으로 기소된 피의자가 청구한 재심에 대해, 일본 최고재판소는 특별 항고를 기각하면서도 재심 개시 요건을 완화하고 증거 평가 방식에서 형사 소송의 원칙을 재확인하였다.

지바 지방 검찰청 다테야마 지부에서 도쿄 고등 검찰청으로 전화가 한 통 들어왔다. 사형수의 원죄를 시사하는 보고는 곧바로 검사장에게 전달되었다. 법무 행정의 넘버2는 이를 받아 법무성 사무 차관에게 긴급 전화를 넣었다.

"사형수, 기하라 료의 집행을 정지해 주시도록."

연락을 받은 사무 차관은 경악했다. 내각 개편의 시기를 가늠하여 이미 '사형 집행 명령서'가 법무 장관 책상에 올라간 것이다.

장관실로 빠른 걸음으로 향하면서도 최악의 사태는 피할 수 있을 것이라고 사무 차관은 생각했다. 서류 묶음을 지참한 것은 그저께, 기하라 료의 네 번째 재심 청구가 완전히 기각된 날이었다. 이제까지 명령서에 서명하지 않았다는 것은 장관이 개조 인사 직전에 명령을 내릴 심산이었기 때문일 것이다. 아직은 며칠 더 여유가 있었다.

장관실에는 '부재' 표시가 걸려 있었다. 사무 차관은 장관 관방에 가서 비서 과장에게 상황을 확인하려 했다. 그러나 그때 비서 과장의 책상 위에서 '사형 집행 명령서'를 발견하고는 아연실색했다.

'기하라 료에 대한 사형 집행 건은 재판관 선고대로 집행하라.'라는 문장 뒤에 전통에 따라 빨간 색연필을 사용한 법무 장관의 서명이 들어가 있었다.

"장관께서 이제야 결재해 주셨습니다."

비서 과장이 말했다.

한참을 얼이 빠져 있던 사무 차관은 마침내 물었다.
"이 명령서가 다른 사람들 눈에 띄었나?"
"네?"
"얼마나 되는 사람들이 이 명령서를 보았지?"
"얼마나라고 하셔도……"
비서 과장은 곤혹스러워했다.
"관계자 모두죠. 벌써 도쿄 구치소에도 연락을……"
사무 차관은 말을 잃고 그 자리에서 꼼짝하지 못했다.
 법을 준수하는 한, 기하라 료의 사형 집행은 이제 아무도 멈출 수 없다.

 난고가 가쓰우라의 아파트에서 눈을 뜬 것은 정오 전이었다. 어젯밤 그 뒤로 준이치와 함께 귀가하여 스기우라 변호사에게 보고하고 나서 동이 틀 때까지 술을 마신 것이다.
 이불에서 기어 나오자 근육통이 전신을 덮쳤다. 그것은 임무를 마쳤다는 만족감과 뒤섞인 기분 좋은 통증이었다. 세수하러 간 부엌에서 준이치의 메모를 발견했다.
 '잠시 외출합니다. 지문 건의 결과가 나오면 전화 주십시오.'
 난고의 얼굴에 미소가 번졌다. 오늘 하루는 휴일로 하자고 했다. 지난 3개월 가까이, 그야말로 두 사람은 휴일 없이 일을 했다. 준이치에게는 교도소에서 나온 후 첫 휴일인 것이다.
 세수를 마친 난고가 외부로 식사라도 나갈까 생각하던 차에 휴대 전화가 울렸다. 발신자 번호를 보니 나카모리 검사였다. 지문 조합 결과가 나왔나 싶어 난고는 바로 전화를 받았다.

"여보세요, 난고입니다."

"나카모리입니다만."

"지문 결과는 나왔습니까?"

"아뇨, 그전에……."

검찰관의 목소리는 왠지 답답스러웠다.

"거기에 미카미 있습니까?"

"미카미는 외출 중인데요."

"귀가는 언제?"

"늦어질 것 같습니다."

난고는 웃고 나서 갑자기 진지한 얼굴이 되었다.

"왜 그러시죠?"

"그쪽 주소 좀 알려 주십시오."

"주소? 이 아파트 말입니까?"

난고는 인상을 썼다.

"왜요?"

"지금 가쓰우라 경찰서 사람이 두 분을 찾고 있습니다."

"형사가 저희들을요?"

"그렇습니다."

그러고 나서 나카모리는 조금 간격을 두고 말했다.

"지문 조합 결과가 나왔습니다만. 인감과 비닐 봉투에서 미카미 준이치의 지문이 검출되었습니다."

난고는 검사의 말뜻이 즉각 다가오지 않았다. 멍하니 있자니 귓전에서 나카모리의 목소리가 들려왔다.

"만약 주소를 알려 주실 수 있다면 전화 주십시오. 그리고 가쓰우라 서의 수사원을 만나면 그쪽 지시에 따르십시오."

그리고 전화가 끊겼다.

미카미 준이치의 지문?

한참을 생각에 잠긴 난고는 전날의 기억을 되짚었다. 비탈에서 작업 중일 때 준이치는 분명 장갑을 쭉 끼고 있었다. 문제의 비닐 봉투를 발굴했을 때도, 맨손으로 만지지 않은 것을 확인했다. 난고는 한시도 그 증거품에서 눈을 뗀 적이 없었다.

난고의 생각은 필연 10년 전 사건으로 향했다. 우쓰기 부부가 살해당한 날 밤, 당시 고등학생이던 준이치는 여자 친구와 함께 나카미나토군에 있었다. 준이치는 왼쪽 팔에 부상을 입고, 출처 불명의 큰돈을 소지하고 있었다. 그리고 함께 붙잡힌 연인은 극도의 쇼크 증세로 아연한 상태.

난고는 전율을 느꼈다.

13계단을 오르고 있었던 것은 기하라 료가 아니라 준이치였단 말인가.

이번 조사로 진범을 찾아내기로 했을 때, 준이치는 완강하게 저항했다. 다른 인간을 사형대에 보내기 싫다고 고집했다. 그것은 자신이 처형당할 것을 알았기 때문이란 말인가.

그러나, 하며 난고는 다시 생각했다. 그렇다면 녀석은 자신이 범인이라는 증거를 왜 자기 손으로 파낸 것일까.

준이치에게 전화를 걸까 하다가 단념했다. 난고에게는 시간이 필요했다. 침착하게 생각할 만한 시간이.

난고는 검사의 말을 떠올리며 견딜 수 없는 초조함을 느꼈다. 지금 이러는 사이에도 가쓰우라 경찰서의 형사가 자신들을 찾고 있을 것이다.

재빨리 옷을 갈아입으며 난고는 안전한 장소를 생각했다. 형사들이 이 아파트를 찾아내는 것은 시간 문제였다. 관광 시즌으로 사람이 넘쳐나는 거리 쪽이 오히려 발견되기 어려울지도 모른다.

난고는 메모지와 휴대 전화를 가지고 방을 뛰쳐나갔다.

좁은 길을 달리다 보니 온몸에서 땀이 흘러나왔다. 난고는 일단 눈에 띄는 커피숍으로 뛰어 들어갔다. 주머니를 뒤지자 다행히 담뱃갑이 들어 있었다. 차가운 음료를 주문하고, 담배를 피우다 보니 그제야 다음 수가 보이기 시작했다.

휴대 전화를 꺼내어 번호 안내에 전화를 걸었다.

"도쿄 하타노다이에 있는 잡화점을…… 주소는 시나가와구, 가게 이름은 '릴리'입니다."

잡화점 번호를 메모지에 받아 적은 난고는 10년 전 사건의 유일한 증인의 이름을 기억해 내려 했다. 경관은 분명 '기노시타 유리'라고 했다.

그때 커피숍 창 너머로 경찰차가 지나가는 것이 보였다. 회전등만 켜고, 사이렌은 울리지 않았다. 피의자를 수색할 때의 방법이다.

난고는 황급히 잡화점의 번호를 눌렀다.

벨소리가 네 번 울리자 상대방이 받았다. 중년 여성의 목소리였다.

"네, 릴리입니다."

"기노시타 씨 댁입니까?"

"네."

"저는 난고라고 합니다만, 기노시타 유리 씨 계십니까?"

"아뇨."

짧은 대답이었다. 그 목소리에는 어딘가 경계심이 숨어 있었다.

"유리 씨 어머님 되십니까?"

"아닌데요. 가게 봐 주는 친척이에요."

"유리 씨가 휴대 전화를 갖고 계십니까?"

상대방은 짜증을 냈다.

"저기요, 어디 난고 씨세요?"

"스기우라 변호사 사무실에 근무하는 난고입니다만."

중년 여성은 말투를 바꾸었다.

"변호사 사무실?"

"그렇습니다. 실은 지금 중요한 사건을 조사 중이어서, 급히 유리 씨와 연락을 취하고 싶은데요."

그러자 한동안 침묵이 이어지더니 그녀는 지금 병원에 있다는 답이 돌아왔다.

"병원요? 어디 아프신 겁니까?"

"아뇨."

난고는 눈썹을 찌푸렸다.

"무슨 사고라도?"

"그게……."

좀 더 긴 침묵 후에 가게를 본다는 친척이 말했다.

"그쪽에서 조사 중이시라는 건과 상관 있는지는 모르겠지만, 유리가 자살을 시도해서……."

"네?"

난고는 말하고 나서 황급히 주변을 둘러보고 목소리를 낮추었다.

"자살 미수?"

"이전에도 몇 번 있었어요. 하지만 주변 사람들은 개 속을 모르니까."

"용태는 어떤가요?"

"겨우 버티고 있는 모양이에요."

"그렇군요."

난고는 고개를 끄덕이고 목소리를 낮추었다.

"경황이 없으실 텐데 실례했습니다. 나중에 다시 연락드리겠습니다."

"네, 그렇게 해 주세요."

사정을 모르는 상대방은 당혹스러워했다.

전화를 끊고 나서 난고는 혼란의 극치에 다다랐다. 유리의 자살미수는 10년 전 사건과 관련된 일일까? 두 사람이 붙잡힌 그날, 나카미나토군에서는 도대체 무슨 일이 일어난 것일까?

이렇게 되면 준이치와 만나는 수밖에 없다. 난고는 결단을 내리고 휴대 전화를 들었다. 그런데 그때 벨이 울렸다. 발신자 번호를 본 난고는 아연실색했다. 도쿄 구치소의 오카자키였다.

"여보세요?"

전화를 받자 수화기를 손으로 덮은 듯한 우물거리는 목소리가 들려왔다.

"오카자키입니다. 오늘 아침, 법무성에서 소장 앞으로 집행 통지가 왔습니다."

"집행되는 게 누군가?"

"기하라 료입니다."

그 이름을 듣자마자 급격히 머리에서 핏기가 가시며 난고는 현기증을 느꼈다. 신규 증거의 발견이 아마 몇 시간 차이로 늦어졌던 모양이다.

"오늘 저녁에는 명령서가 도착합니다. 집행은 4일 후입니다."

"알겠네. 고맙네."

오카자키는 이제 멈출 수가 없다고 말하며 전화를 끊었다.

상상했던 최악의 상황이 되었다. 일단 준이치에게 연락을 취하는 것은 뒷전으로 미루고, 난고는 최후의 도박에 나서기로 했다. 잘되면 기하라의 사형 집행을 막을 수 있는 유일한 방책이 될 터였다.

변호사 사무실에 전화를 걸어 집행될 움직임이 있음을 전달하자, 스기우라는 낭패를 노골적으로 드러내며 소리쳤다.

"이제 끝장입니다! 이렇게 되면 처형당하는 수밖에 도리가 없어요!"

"서두르지 맙시다!"

난고도 자신을 진정시키려고 필사적이었다.

"아직 수가 있다니까!"

"무슨 수가 있다는 겁니까!"

"형사 소송법 제502조."

"네?"라는 목소리에 이어 육법전서를 허둥지둥 펼치는 소리가 들려왔다.

"'이의 제기'!"

난고는 조문의 일부를 암송했다.

"검찰관이 내린 처분이 부당하게 여겨질 경우, 언도한 법원에 이의 신청을 할 수 있다."

변호사가 되물었다.

"그래서요?"

"자, 봅시다. 사형 집행은 검찰관이 내리는 처분입니다. 거기에 이의를 제기하는 거지요."

스기우라는 입을 다물었다. 그의 머리도 정신없이 회전하고 있을 것이다.

"일반 처형은 당일에 언도되어 즉시 집행되기 때문에 사형수가 이의를 제기할 만한 시간적 여유가 없습니다. 하지만 이번은 달라요. 이쪽은 나흘 후의 집행을 알고 있어요."

"하지만……."

변호사가 우물거렸다.

"제기의 취지와 이유는 어떻게 하시게요?"

"법령 위반. 판결 확정으로부터 6개월 이내에 법무 장관은 명령을 내려야 하잖습니까. 기하라는 그 기간이 지났어요. 이제야 처형하는 것은 위법 행위란 말입니다!"

"그래도 그 조문의 해석은 훈시적인 의미를 지닌 것에 불과하다고……."

"그런 명쾌한 문장에 해석이고 나발이고 어디 있습니까!"

"아뇨, 역시 무리입니다! 그런 주장이 통과되면 과거의 사형은 거의 다 위법 행위라는 말이 되는 게 아닙니까!"

"내가 뜻하는 바가 바로 그겁니다."

난고는 말귀를 못 알아듣는 변호사에게 짜증이 났다.

"만약 6개월 이후의 처형이 허용된다면, 법무 장관의 명령이 떨어진 지 5일 이내에 집행할 의무도 없을 겁니다."

"당국이 그렇게 생각할지는 모르죠."

"아무튼 시간을 벌자는 겁니다. 이의 제기로 기하라를 방면시키자는 게 아니라. 제기가 각하될 동안 다섯 번째 재심 청구를 쑤셔 넣는 거예요!"
"알겠습니다. 해 보겠습니다."
어느 쪽이 고용주인지 모를 허둥대는 목소리로 스기우라는 명령에 따랐다.
난고는 전화를 끊고, 준이치의 휴대 전화 번호를 누르려 했다. 그런데 그때 느닷없이 시간이 다 되었다.
"난고 씨 맞죠?"
얼굴을 들자 폴로셔츠를 입은 두 남자가 서 있었다. 귀에는 통신용 이어폰이 꽂혀 있다.
"그렇소."
난고는 침착한 태도를 가장하며, 손만 움직여서 휴대 전화의 전원을 껐다.
"가쓰우라 서에서 왔습니다. 동행해 주시면 감사하겠습니다."

가쓰우라 경찰서 형사과의 취조실은 다섯 명의 남자로 만원이었다.
난고 앞에는 과장인 후나코시가 앉아 직접 취조를 하고 있었다. 그 외에 형사가 둘, 그리고 입구 옆 접이의자에 나카모리 검사가 앉아 있었다.
후나코시 과장이 알고 싶어 하는 것은 단 하나, 미카미 준이치가 어디에 잠복하고 있는가였다. 추궁받는 시간 동안 난고는 상대방이 이쪽을 좋지 않게 여기고 있음을 눈치채고 있었다. 우쓰기 내외 사건에 관한 신규 증거의 발견이 경찰을 따돌렸다고 하기에 충분했을 테니.

"미카미 준이치는 어디 있지요?"

후나코시가 집요하게 물었다.

"알면서 숨기고 있지요?"

"아니. 정말 모릅니다."

난고는 나카모리의 안색을 살피고 싶었으나, 등 뒤에 앉아 있어서 불가능했다.

"그렇다면 왜 주소까지 말하지 않지요?"

"프라이버시를 지키고 싶으니까."

후나코시는 코를 킁킁대며 물었다.

"미카미 준이치가 휴대 전화를 갖고 있던가요?"

"모르겠는데."

"그럼 난고 씨 휴대 전화를 여기에 올려놓으시죠."

후나코시가 연극조의 동작으로 손을 내밀었다.

난고는 화가 치밀었다.

"싫습니다."

"뭐?"

"이건 임의 동행입니까? 당신들이 내 소지품을 조사할 강제력은 없어요."

"얌전히 따르는 게 본인에게 좋을 텐데."

"그 말 그대로 돌려주죠. 이쪽은 변호사 사무실의 의뢰로 움직이는 겁니다. 정 그렇다면 법정에서 계속할까요?"

후나코시가 벌레 씹은 표정으로 난고의 뒤를 향해 시선을 던졌다. 검사의 도움을 요청한 것이리라.

나카모리가 뭐라 할지 듣고 싶기도 했으나 난고는 연거푸 말했다.

"나는 여기서 나가겠습니다. 내 의사로. 잡고 싶으면 잡아 보시든지."

난고는 일어섰다. 그때야 비로소 나카모리가 말을 꺼냈다.

"기다려 주십시오."

검찰관이 난고 옆으로 다가오며 후나코시에게 양해를 구했다.

"난고 씨와 단둘이 이야기하고 싶습니다. 다른 분들은 이 방에서 나가 주십시오."

경찰관들은 노골적으로 불쾌한 표정을 지었으나, 검찰관의 명령에는 따를 수밖에 없는 모양이었다. 후나코시 과장 이하, 경찰관 세 명은 취조실에서 나갔다.

나카모리는 난고의 앞에 앉자 백지로 남아 있는 공술 조서를 옆으로 치웠다.

"이제부터 나누는 대화는 친구끼리 하는 잡담입니다. 아시겠죠?"

"나도 친구와 이야기를 하고 싶었습니다."

난고는 웃으며 말했으나, 검사의 말을 신용하기 전에 마지막 확인 작업을 해 둘 생각이었다. 그는 휴대 전화를 꺼내어 준이치의 번호에 걸었다. 그러자 인공 음성이 상대방 전화기의 전원이 꺼져 있음을 알렸다.

준이치가 대체 어디에 있는 건지 궁금해하며, 난고는 음성 메시지 서비스에 자기 목소리를 남겼다.

"미카미냐? 난고다. 일이 희한하게 됐다. 그 증거에서 자네 지문이 나왔어. 절대로 아파트로는 돌아가지 마, 알았나? 사람 눈에 안 띄는 곳에서 시간을 때워. 알았지?"

나카모리는 그러는 동안에도 이쪽을 제지하려 하지 않았다. 난고는 안심하고 전화를 끊었다.

"도대체 어찌 된 겁니까?"

검찰관이 물었다.

"아무리 생각해도 앞뒤가 안 맞아요. 미카미가 그렇게 고생해서 자신이 범인이라는 증거를 파낸 겁니까?"

"저도 이해가 안 가는 일입니다."

"하지만 증거에서 지문이 나온 이상, 그가 만진 것만은 틀림없습니다. 10년 전에 미카미가 우쓰기 내외를 죽인 걸까요?"

나카모리는 준이치의 가출 건을 모르는 모양이었다. 게다가 본인이 당시의 기억이 애매하다고 하던 것을. 난고는 망설인 끝에 그 이야기는 꺼내지 않기로 했다.

"나카모리 씨는 어떻게 보십니까?"

검사는 한참을 팔짱 끼고 생각에 잠겼다가 이윽고 난고에게 물었다.

"이번 조사로 성공 보수가 약속되어 있는 겁니까?"

난고는 고개를 끄덕였다. 마음 한구석에서 위험 신호가 점멸하고 있었으나, 나카모리가 내린 결론이 듣고 싶어졌다.

"기하라 료의 무죄가 증명되면 큰돈이 굴러 들어오게 되어 있죠."

"그럼, 다음 질문. 미카미는 2년 전에 본인이 일으킨 사건으로 경제적인 공황 상태에 있는 거 아닙니까?"

난고는 갑자기 얼굴을 들었다. 가족의 재정 상황을 걱정하며 준이치가 우울해하던 것이 생각난 것이다.

"그러니까, 미카미가 성공 보수 욕심에 일부러 죄를 뒤집어썼다?"

"그렇습니다."

난고는 필사적으로 기억을 탐색했다. 과거 3개월 동안 불과 며칠이기는 해도 준이치가 단독으로 행동한 날이 있었다. 그렇다면 그때 어딘가에서 증거를 발견했고, 자기 지문을 묻혀 조간사 터에 묻은 것일까.

"하지만 그런 짓을 하면 미카미는 사형을 당하게 되는 것 아닙니까."

"그렇기 때문에 본인이 증거를 발견한 게 아니겠습니까? 즉, 형태를 바꾼 자수란 말이죠."

난고는 놀라서 검찰관의 얼굴을 쳐다보았다.

"10년 전 건은 사형을 언도하기에는 미묘한 사례입니다. 만약 범인이 자수한다면 사형은 면했을지도 모르지요. 미카미는 그렇게 생각하고 모 아니면 도로 걸어 본 게 아닐까요?"

"부모를 경제적인 어려움에서 구해 내려고?"

"맞습니다. 상황만 보면 그렇게밖에 해석할 수 없습니다. 그가 스스로 경찰에 출두해 버리면 본인들의 조사가 원죄를 증명한 게 되지 않습니다. 그렇게 되면 성공 보수도 나오지 않고요. 자수도 하고 큰돈을 얻으려면 어떻게 해서든 자기 손으로 증거를 파낼 필요가 있었던 거죠."

난고는 "설마." 하고 중얼거렸으나, 달리 답을 찾을 수 없었다. 증거에 지문이 남아 있는 이상, 준이치는 스스로의 의지로 그것을 만진 것이다.

"그런데 큰 문제가 있습니다."

나카모리의 표정이 어두워졌다.

"내밀한 이야기입니다만, 기하라 료의 사형 집행 명령이 내려졌습니다."

"알고 있습니다."

난고도 솔직하게 말했다.

"구치소 부하에게 들었습니다."

"이대로 가면 나흘 후에 기하라 료는 사형당합니다. 그런데 미카미의 지문은 이미 당국에 보고되었습니다. 이런 경우 어떤 일이 일어나는지 아십니까?"

"아뇨."

"기하라 료를 처형해 버리면, 당국은 실수였다고는 절대 인정하지 않겠죠. 사형 제도를 뒤흔들 큰 문제가 되니까요. 그렇다고 미카미의 지문을 무시할 수도 없고……. 그렇게 되면 예측할 수 있는 것은 단 하나, 형벌의 균형을 잡기 위해 미카미를 공범으로 만들어서 후일에 처형하는 겁니다."

오늘 들어 머리에서 핏기가 가신 게 몇 번째일까 하고 난고는 생각했다.

"그런 일이 정말 있을 수 있는 겁니까?"

나카모리는 고개를 끄덕였다.

"법률이라는 것은 항시 권력을 가진 측이 자의적으로 이용할 위험성을 내포하고 있기 마련입니다. 증거만 보면 법원에서도 그를 공범으로 판단할 겁니다. 피고인에게 언도되는 건 극형밖에 없습니다."

"미카미를 구하고 싶습니다."

무의식 상태에서 말이 나왔다.

"녀석은 좋은 놈이에요. 물론 이전에 사람을 죽이긴 했지만, 성실하게 갱생하고 있는 놈입니다."

"압니다, 알아요."

나카모리의 말에는 동정이 서려 있었다.

"녀석이 목에 밧줄을 걸고 발판 위에 서다니."

470번과 160번 처형의 감각이 양손에 되살아나면서, 전신에서 땀이 배어 나왔다. 난고는 이전에 준이치가 자신에게 던진 의문이 기억났다.
'만약 사람을 죽이고서도 뉘우치지 않는 인간이 있다면, 그 사람은 사형당할 수밖에 없는 걸까요?'
"미카미가 살아날 가능성이 없지는 않습니다."
나카모리가 말했다.
"실제 집행 명령과 함께 신규 증거가 발견됐다는 건 전대미문의 사례입니다. 지금 법무성도 틀림없이 대응에 고심하고 있을 겁니다."
난고는 초조함을 느꼈다.
"그래서요?"
"기하라 료의 처형만 피할 수 있으면, 형벌에 형평성을 감안할 필요가 없어지니까 미카미는 사형 판결을 면할 수 있을지도 모릅니다."
순간 난고는 희망을 가져 보았으나, 비극적인 결말에는 변함이 없음을 깨달았다.
"그 경우에도 미카미는 무기 징역입니까?"
"판결로서는 타당하겠죠."
"그렇게 되면 안 된다니까요!"
난고는 무심결에 소리를 질렀다. 이제 난고의 머릿속에서는 준이치가 우쓰기 내외를 살해했다는 가능성은 사라져 있었다. 녀석은 성공 보수를 위해 스스로 기하라 료를 대신한 것이다.

"뭐 없겠습니까, 미카미를 구해 낼 수단이!"

"하지만……."

난고는 말꼬리를 흐린 나카모리를 갑자기 손으로 막았다. 짐작이 가는 일이 있었다. 난고는 어조를 낮추어 검사에게 말했다.

"미카미 준이치와 기하라 료, 이 두 사람이 보호사를 죽인 게 아니라면, 분명 진범은 따로 있어요."

나카모리가 움직임을 멈추고 난고를 쳐다보았다.

"그놈만 찾아낸다면 두 사람을 구할 수 있습니다."

"하지만 승산이 있는 겁니까?"

난고는 입을 꾹 다물고 자신들이 놓인 상황을 정리했다.

지금 상황에서는 스기우라 변호사에게 부탁해 놓은 불복 제기만이 한 가닥 지푸라기였다. 그게 잘되면 다섯 번째 재심 청구를 쑤셔 넣을 만한 시간을 벌 수 있다. 그때까지 발견되지 않은 예금 통장을 찾아내어, 진범을 특정 지을 수 있다면…….

"해보는 수밖에 없어요."

난고의 말에 나카모리가 조언했다.

"범인 수색에 들어가시기 전에, 미카미의 신변을 보호해 주십시오. 그게 최우선 사항입니다. 그가 체포당해서 허위 자백이라도 한다면 모든 게 끝장입니다."

난고는 고개를 끄덕이고, 선후책을 물었다.

"이 취조실에서 나가면 내가 어떻게 해야 좋을까요?"

"아마 미행이 붙겠지만, 어떻게든 따돌리십시오. 그리고 미카미와 합류해서 몸을 숨기는 겁니다."
"알겠습니다."
"간선도로나 철도역에도 주의하십시오. 형사가 잠복했을 가능성이 높습니다."
"이 전화는?"
난고는 휴대 전화를 들어 보였다. 처음 가쓰우라 서를 방문했을 때 후나코시 과장에게 번호가 인쇄된 명함을 건넸기 때문이다.
"역탐지당할 위험성은?"
"있습니다. 전원을 켜기만 해도 위치를 추적당할 염려가 있어요."
"도청당할 염려는?"
"그건 없을 겁니다. 조직 범죄가 아니니까요."
난고는 일어섰다. 그리고 방을 나서기 전에 뒤돌아보고 물었다.
"나카모리 씨는 왜 우리 편이십니까?"
그러자 나카모리는 결연하게 말했다.
"저는 정의가 이루어지는 것을 보고 싶습니다. 그뿐입니다."

가쓰우라 경찰서를 나온 난고는 그대로 항구로 향해 차단물이 없는 제방을 걸었다. 낚시꾼의 어망을 들여다보는 척하며 뒤쪽을 엿보자 한눈에 형사임을 알 수 있는 남자가 있었다.
난고는 후나코시 과장의 전법을 짐작했다. 노골적으로 미행을 붙여 놓고, 준이치와의 접촉을 끊어 놓을 속셈이다. 그리고 원군을 잃은 준이치가 가쓰우라시 전체에 펼쳐 놓은 그물에 걸려들기를 기다릴 참인 것이다.

어떻게 하면 좋을까 하며 난고는 대책 없이 있었다. 만약 미행을 따돌렸다 해도 휴대 전화도, 교통 기관도 이용할 수 없다면 준이치와의 접촉은 불가능했다.

2

도서관에 있는 동안, 준이치는 휴대 전화의 전원을 계속 꺼 두었다.

9시 넘어서 더위에 잠에서 깬 그는 아파트를 나와 끼니를 때운 후, 그대로 전철을 타고 나카미나토군으로 향했다. 10년 전 가출한 곳을 찾아 자신이 저지른 죄를 다시 생각해 보려 했다.

그러나 나카미나토군 역에 내리자마자 구역질이 엄습해 온 탓에 그 계획은 단념했다. 대신 역전의 지역 안내에서 발견한 도서관으로 향했다. 불교 미술책을 읽어 보자는 생각이 든 것이다. 준이치의 머릿속에는 조간사 본당에서 본 부동명왕의 모습이 각인되어 있었다.

도서관에 도착하자, 서가에서 불상에 대한 책을 손에 잡히는 대로 꺼내어 수험생으로 보이는 학생들 틈에 섞여 책상에 앉았다.

책 속에는 여러 부처의 모습이 있었다. 대일여래나 미륵보살, 그리고 아수라. 그러나 개중에서도 부동명왕만은 별격이었다.

왜 본인이 이 불상에만 끌리는지 신기하게 여겨졌다.

이윽고 책을 몇 권씩이나 섭렵하다 보니 불상 제조 기법이라는 제목이 붙은 항목에 눈길이 멈추었다. 공업용 금형 제작이 본업인 준이치는 고대 조형 기술에 관심이 갔다.

목각, 납형 기법, 소조상 등 불상의 제조법은 다양했다. 그중 탈활건습이라는 기법은 나무 토대에 점토를 붙여서 원형을 만들고, 그 위에 옻칠을 한 마포를 감아 나가는 수법을 취하는 것이었다. 준이치의 시선은 그곳에 기재된 탈활건습 기법의 마지막 공정에 고정되었다. 표면의 옻칠이 마른 뒤 외모가 다져지면 내부의 흙을 제거한다.

'탈활건습의 불상은 내부가 비어 있는 점이 특징'이라고 책에는 적혀 있었다.

'내부가 비어 있다.'

그 부분을 몇 번씩 되풀이 읽고 나서 준이치는 책을 덮었다. 조간사 불상의 태내만큼은 수색하지 않았다. 그곳에 발견되지 않은 예금 통장이 있지 않을까 추측해 본 것이다.

준이치는 서둘러 책을 서가에 돌려놓고 도서관 밖으로 나왔다. 휴대 전화로 난고에게 전화를 걸었으나 상대방의 전원이 꺼져 있었다. 우선 새로운 단서를 잡았다는 내용을 음성 녹음으로 남겨 놓고, 스기우라 변호사에게 보고하려 했다. 그러나 이쪽도 부재중이었다.

뭔가 새로운 움직임이 있는 걸까 생각하며, 변호사의 자동 응답기에도 음성을 남겨 놓았다.

"조간사에 증거가 더 있을지도 모르겠습니다."

뒤이어 자기 전화의 착신을 보니 음성 녹음이 한 건 수신되어 있었다. 녹음된 메시지는 난고가 남긴 것이었다.

"미카미냐? 난고다. 일이 희한하게 됐다. 그 증거에서 자네 지문이 나왔어."

'내 지문?'

준이치는 눈썹을 찌푸렸다. 뭔가 착오가 있었던 게 아닐까 싶었다. 아무리 생각해도 자기 지문이 증거품에 부착될 리가 없다.

"절대로 아파트로는 돌아가지 마, 알았나? 사람 눈에 안 띄는 곳에서 시간을……."

경찰이 자신을 쫓고 있다. 이를 깨닫자마자, 두 손에 수갑이 채워진 2년 전 기억과 함께 준이치의 등에 차가운 것이 지나갔다.

우쓰기 내외가 살해당한 10년 전, 자신은 유리와 함께 나카미나토군에 있었다. 그리고 살해 현장에서 반출된 증거품에는 자신의 지문이…….

준이치의 불안은 공포로 바뀌었다. 이제 그는 기하라 료와 자신의 입장이 뒤바뀐 것을 알았다. 원죄로 처형당하는 것은 자신이었다.

그러나 왜 내 지문이 검출되었을까? 준이치는 전혀 짐작도 가지 않는 일이었다. 도서관 앞에 우두커니 서서, 그는 겁먹은 시선을 주변에 던졌다. 경찰관의 모습은 보이지 않았다.

준이치는 고개를 수그린 채 걸음을 옮기며 해수욕장으로 가는 길로 들어섰다. 애써 천천히 걷고 있는데도 심장이 파열될 것 같은 기세로 움직였다. 준이치는 선물 가게에 들어가 모자와 선글라스를 구입해서 얼굴을 감추었다.

다시 보도로 나와, 기도하는 심정으로 난고에게 전화를 걸었으나 전원은 여전히 꺼져 있었다.

중요 참고인의 미행은 염천 속에서 끈기 겨루기가 되었다. 처음 30분 동안 난고는 가쓰우라시 시내를 어슬렁어슬렁 돌아다녔다. 그리고 갑자기 뛰기 시작하더니, 좁은 길을 오른쪽 왼쪽으로 질주해서 미행 형사 둘을 따돌렸다.

그러나 이는 추적의 진두지휘를 잡은 후나코시 과장의 계획대로 전개되는 것이었다. 좁은 시가지에 배치된 다른 조가 무선 연락을 받고 난고의 모습을 포착한 것이다.

요격 작전은 성공했다. 난고는 미행자를 따돌리더니 마음을 놓은 모양이었고, 두 번 다시 뒤도 안 돌아보고 역전에 있는 이탈리아 식당으로 들어갔다.

형사 다섯 명이 레스토랑 출입구를 포위했다. 정찰을 위해 사복 차림으로 가게 내부에 들어간 여자 경관이 미카미 준이치의 모습은 없다고 휴대 전화로 보고했다. 가게 안에 있는 난고가 어디론가 전화를 건 것으로 보아, 그곳에서 미카미와 만날 약속인 것으로 추측되었다.

그 후로 3시간, 난고도 형사들도 그저 계속 기다렸다. 해가 저물 무렵이 되어 겨우 난고가 자리에서 일어났다. 계산을 마친 그는 가게에서 나와 가쓰우라역 계단을 오르기 시작했다.

전철을 탈 생각인가 싶었으나, 난고가 들른 것은 공중 화장실이었다. 미행의 선두를 맡던 형사는 화장실에서 나온 난고와 맞닥뜨린 모양새가 되었으나, 그대로 개표소를 지나쳤기 때문에 눈치챘을 염려는 없었다. 또다시 역전 거리를 걷기 시작한 난고를 미행 제2진과 3진이 뒤쫓았다.

이윽고 난고는 번화가를 벗어나 주택지로 들어섰다. 형사들의 기대가 높아졌다. 미카미 준이치와 함께 빌린 아파트로 향하고 있는 것이다. 그 추측은 완벽하게 적중했다. 10분가량 걸은 난고는 '빌라 가쓰우라'라는 명패가 붙은 2층짜리 아파트로 들어갔다.

드디어 잠복처를 알아냈다. 형사 한 명이 바로 무선으로 본부의 지시를 요청했다. 가쓰우라 서에 있는 후나코시 과장의 응답은 "덮쳐!"였다. 형사 네 명이 바깥에 머물러 도주로를 봉쇄하고, 나머지 두 사람이 아파트 계단을 뛰어올라 난고가 들어간 문을 노크했다.

"네."

난고의 목소리가 들렸다.

"가쓰우라 서에서 왔습니다. 열어 주십시오."

형사의 요청에 문이 열렸다. 얼굴을 내민 난고는 영문을 모르는 표정을 지었다.

"경찰요?"

"아까 뵙지 않았습니까."

취조실에 있었던 형사가 말했으나, 그는 곧 이변을 알아차렸다. 난고의 생김새가 바뀐 것이다.

형사 머릿속에서 위험 신호가 점멸했다. 큰일났다 싶어서 형사가 물었다.

"당신 누구요?"

상대방이 대답했다.

"난고 쇼지의 쌍둥이 형, 쇼이치입니다."

"이런 데서 뭘 하시나요?"

"저만 대학에 갔거든요."

난고 쇼이치는 미소를 띠며 말했다.

"동생에게 빚을 갚으려고요."

난고는 가쓰우라역 공중화장실에서 5분 기다렸다가 밖으로 뛰어나갔다. 가와사키에서 형을 부르는 데 3시간이나 걸렸다. 화장실에서 갈아입은 형의 옷은 땀에 젖어 불쾌했다. 그러나 그런 걸 가릴 상황이 아니었다.

난고는 역전 로터리에 세워 놓은 형의 차를 찾아내서, 받아 놓은 열쇠로 올라탔다. 그리고 가속 페달을 밟아 나카미나토군으로 향했다.

이미 준이치가 남긴 음성 메시지는 확인했다. 과연 새로운 단서를 잡았다는 게 무슨 뜻일까. 준이치가 아직까지 진범 수색을 진행하고 있다면, 지문 검출 건과 모순된다. 본인에게 직접 물어 보고 싶어도 역탐지의 위험을 생각하면 휴대 전화를 사용할 수가 없다. 차를 세우고 공중전화를 찾을 생각도 했으나, 지금은 가쓰우라시에서 탈출하는 게 급선무라고 마음을 고쳐먹었다.

한동안 국도를 남하하며 가다 보니 맞은편 차가 패싱 라이트를 켜는 게 눈에 들어왔다. 속도 위반 단속인가 싶어 난고는 브레이크를 밟았다. 순간 간선도로를 조심하라는 나카모리의 말이 생각났다. 아마도 전방에서 검문을 하고 있는 것이 틀림없었다.

난고는 머릿속에 이제까지 신물 나게 보아 온 나카미나토군의 지도를 떠올렸다. 우쓰기 고헤이의 집 앞길은 산속을 우회해서 가쓰우라시로 뻗어 있을 터였다. 국도 합류 지점이 생각난 난고는 차를 유턴시켜 산길로 들어섰다.

그는 이제부터 나카미나토군에 있는 유일한 원군에게 구원을 요청할 생각이었다. 고액의 보수를 지불하면서까지 기하라 료의 원죄를 밝히려는 의뢰인. 요코 호텔의 사장, 안도 노리오에게 사정을 말하면 그 거대한 숙박 시설에 난고와 준이치를 숨겨 줄 것이다.

일대에 땅거미가 지기 시작했다. 보소 반도의 내륙부를 지나는 산길에는 경찰의 검문도 기다리지 않았다.

이제 조금만 가면 된다고 난고는 생각했다. 요코 호텔에 가서 역탐지될 염려 없는 전화로 준이치와 연락을 취한다.

그때까지 잡히지 말아 다오, 난고는 필사적으로 기도했다.

모자와 선글라스로 얼굴을 숨긴 준이치는 오후 내내 모래사장에서 지냈다. 300미터가량 되는 해안선은 수영복 차림의 젊은 이들로 북적거렸다. 그 인파에 섞여 난고의 휴대 전화에 몇 차례 전화를 걸었으나, 여전히 전원은 꺼져 있었다.

이윽고 해가 질 무렵이 되자 준이치는 초조함을 느끼기 시작했다. 혼잡했던 모래사장도 서서히 인기척이 뜸해졌다. 이대로 머물러 있다가는 오히려 사람들 눈에 띌 위험이 있었다.

준이치는 일어서서 선글라스 너머로 시선을 던지며, 천천히 걷기 시작했다. 형사 같은 모습은 보이지 않았다.

어쩌면 나카미나토군은 안전할 수도 있겠다. 그러나 그렇게 생각한 순간 전혀 다른 불안감이 엄습해 왔다. 가쓰우라시에 있던 난고가 경찰에 신변을 구속당한 게 아닐까 싶었던 것이다.

해수욕장을 나선 준이치는 상점가로 발길을 돌렸다. 이제 취해야 할 행동이 결정되었다. 한시라도 빨리 조간사 터로 돌아가 부동명왕상의 내부를 수색하는 것이다. 그곳에서 진범과 직결되는 증거를 찾아내면, 기하라의 원죄와 함께 자신에 대한 혐의도 틀림없이 밝혀질 것이다. 난고까지 모두가 무사하려면 10년 전의 강도 살인 사건을 해결하는 수밖에 방법이 없다.

가정용 잡화점을 찾아낸 준이치는 목장갑과 밧줄 그리고 회중전등을 구입해서 들고 있던 가방에 쑤셔 넣었다. 그리고 역전에 가서 '자전거 대여'라는 간판을 내건 가게에서 자전거를 빌렸다. 택시를 이용해서 첩첩산중으로 들어가다가는 수상하게 보일 게 뻔했다.

준이치는 페달을 밟아 국도를 넘어서 우쓰기 고헤이의 집으로 이어지는 산길로 들어섰다. 그때 마침 튀어나온 승용차와 접촉할 뻔했다. 운전석에서 난고를 본 것 같아 뒤돌아보았으나, 그 차는 눈에 익숙한 시빅이 아니었다.

준이치는 모자와 선글라스를 벗어 가방 속에 넣었다. 그리고 자세를 바로잡고 산등성이의 비탈을 향해 자전거를 밟기 시작했다.

요코 호텔 주차장에 들어선 난고는 안도의 한숨을 쉬었다. 무사히 가쓰우라시를 탈출하고 나카미나토군에 도달한 것이다. 그러나 방심은 금물이었다. 숙박 시설이 경찰에 찍혔을 위험도 고려해야 한다.

난고는 정면 현관을 밀고 들어가 로비를 둘러보았다. 다행히도 그곳에는 한 무리의 대학생만 있을 뿐, 잠복 형사의 모습은 보이지 않았다.

프런트에는 이전에도 만났던 지배인이 있었다. 안도 사장에게 면회를 신청하자 상대방은 바로 연결해 주었고, 1분도 채 되지 않아 면회 허가가 났다.

3층으로 올라가 복도 끝의 문을 노크하자, 안도가 쾌활한 미소로 난고를 맞아들였다. 지위를 과시하지 않는 편안한 인상은 이전과 전혀 변함이 없었다.

"조사에 진전은 있었습니까?"

소파를 권하며 안도가 물었다.

난고는 자신이 놓인 곤란한 입장을 깨닫고 당황했다. 의뢰인은 스기우라 변호사에게 익명을 지키라는 엄명을 내린 상태다. 그렇게 되면 이쪽이 의뢰인을 의지해서 왔다고 하기는 곤란하다. 스기우라 변호사가 비밀 유지 의무를 위반했다는 의심을 받을 우려가 있기 때문이다.

"코앞까지 왔습니다."

난고는 무난하게 말했다.

"자세한 말씀을 드리기 전에 대단히 죄송합니다만 전화를 빌릴 수 있을까요?"

"그러시죠."

안도는 상냥하게 재떨이 옆의 전화기를 손으로 가리켰다.

난고는 수화기를 들고 준이치의 번호를 눌렀다. 호출음이 들려왔다. 제발 받아 달라고 기도하자 마침내 목소리가 들렸다.

"여보세요? 난고 씨?"

"미카미!"

난고는 무심결에 소리를 질렀다. 몇십 년 동안이나 만나 보지 못한 것 같았다.

"난고 씨, 무사하신 겁니까!"

그 활기찬 목소리가 난고는 기뻤다.

"내 걱정은 마. 그것보다 자네가 큰일이야. 지문 건은 들었지?"

"들었습니다. 어떻게 된 겁니까?"

"어떻게 됐느냐니, 어찌 된 건가?"

준이치는 짜증이 난 모양이었다.

"왜 제 지문이 나온 겁니까!"

난고는 아연실색하여 되물었다.

"잠깐. 솔직히 말해 봐. 짚이는 게 없나?"

"없습니다."

준이치는 딱 잘라 말했다.

"저는 손도끼도 인감도 만지지 않았어요."

"10년 전에는 어떤가? 기억이 애매하다는 둥 했던……."

"아뇨."

조금 우물거린 후에 준이치가 대답했다.

"우쓰기 내외를 살해하지 않았어요. 믿어 주세요."

"좋아. 믿으마."

자세한 생각은 뒷전이다.

"지금 자네가 처한 상황은 알겠지?"

"네."

준이치의 목소리가 경직되었다.

"기하라 료와 똑같은 거죠?"

"그래."

너무도 불안해서 어찌할 바 모를 준이치의 마음을 헤아리며, 난고는 화가 치밀어 왔다. 왜 너는 지금 혼자 있는 거야.

"지금 어디에 있나?"

"조간사로 가고 있습니다."

"뭐?"

놀라서 되물은 난고에게 준이치는 도서관에서 발견한 내용을 전했다.

"저희도, 경찰도 불상 내부만큼은 보지 못했습니다."

"그래, 알겠네."

난고는 안도를 힐끗 쳐다보았다. 사장은 집무 책상 앞에서 스케줄 표를 보며, 난고의 사적인 전화 내용을 못 듣는 체해 주고 있었다.

"지금 나는 요코 호텔에 있네."

"아, 그렇군요!"

준이치의 목소리가 밝아졌다.

"의뢰인이라면 도와주시겠네요."

"그래."

난고는 웃었다. 그리고 조간사 터는 몸을 숨기는 데에 절호의 장소임을 깨달았다.

"만약 증거를 찾아내면 거기서 움직이지 마. 내가 데리러 갈 테니까."

"알겠습니다."

"그리고 내 휴대 전화는 사용할 수 없어. 연락이 닿지 않더라도 걱정 말게."

"네."

그리고 준이치는 마지막으로 물었다.

"난고 씨, 괜찮을까요?"

"괜찮을 거야. 반드시 잘될 거야."

"그럼 나중에."

전화를 끊자, 난고는 안도에게 말했다.

"실례했습니다. 이제야 기하라의 원죄를 밝힐 수 있을 것 같습니다."

안도는 눈을 휘둥그레 떴다.

"정말입니까?"

"네."

스기우라 변호사는 의뢰인에게 어디까지 정보를 전달했을까 생각하며 난고는 말을 이었다.

"그런데 마지막 단계에서 골치 아픈 문제가 대두되는 바람에, 아무래도 안도 씨의 도움이 필요할 것 같습니다."

"뭐든 하겠습니다. 어떻게 하면 되겠습니까?"

"괜찮으시면 안도 씨의 차로 저를 현장 부근의 산속까지 태워다 주실 수 없겠습니까?"

"거기에 증거가 있나요?"

"그렇습니다."

"좋습니다."

안도는 집무 책상의 전화기를 들어 자신의 차를 정면 현관에 대도록 명했다.

"바로 나갑시다."

방에서 나온 난고는 안도와 함께 1층으로 향하며, 증거 회수 후의 일을 부탁했다. 안도는 준이치와 난고를 자신의 호텔에 숨겨 주겠다고 승낙했다.

난고는 안심이 되어 가슴을 쓸어 내렸다.

정면 현관을 나선 난고는 안도의 권유대로 벤츠 조수석에 자리를 잡았다. 마치 VIP라도 된 듯하여 난고는 내심 기분이 좋아졌다. 낭떠러지에서 버텨 낸 것이다. 조간사의 불상에서 증거가 나오면 그야말로 마지막에 대역전타를 날리는 셈이다.

안도는 배차 직원에게서 열쇠를 건네받고 직접 운전석에 올라탔다. 그리고 에어컨 파워를 높이고 나서 넥타이를 풀었다.

난고는 놀라서 안도의 손끝을 쳐다보았다. 그가 착용했던 넥타이는 목에 감는 것이 아니라 묶인 모양 그대로 착탈하는 타입이었다.

난고의 시선을 느낀 듯 안도는 웃으며 말했다.

"목을 조르는 타입은 더워서 말이죠."

난고는 고개를 끄덕이고, 미소를 지으며 반소매 셔츠에서 뻗은 안도의 두 팔에 눈길을 돌렸다. 요코 호텔의 사장은 어느 쪽 팔에도 시계를 차지 않았다.

급사면 위에 선 준이치는 장비가 모자라지 않을까 걱정이 되었다.

해가 저문 지금, 발치에 있는 흙벽이 어둠에 둘러싸여 지참한 회중전등만으로는 아무래도 빈약했다. 게다가 볼을 스치는 공기가 갑자기 습기를 머금은 것처럼 느껴졌다. 삽도 가지고 올걸, 하며 준이치는 후회했다. 만약 비가 오면 조간사 입구를 토사가 메꾸어 버릴 염려가 있었다.

그러나 분초를 다투는 사태다. 준이치는 각오를 다지고, 이미 사면에 늘어뜨려 놓은 밧줄을 움켜쥐었다. 회중전등을 아래로 향하도록 허리띠에 꽂아 넣고, 천천히 절 입구를 향해 하강했다. 가정용 잡화점에서 입수한 목장갑과 밧줄은 꽤 미끄러웠다. 그래도 몇 분 만에 무사히 입구에 도달했다.

준이치는 회중전등을 손에 들고, 칠흑 같은 구멍 속으로 미끄러져 들어갔다. 전날부터 환기가 된 탓인지 곰팡이 냄새가 덜한 것 같았다. 준이치는 발밑을 비추면서 나무 판자를 힘껏 딛으며 본당 안쪽을 향해 걷기 시작했다.

계단이 그를 기다리고 있었다. 신중한 걸음으로 그 아래까지 간 준이치는 회중전등을 층 위로 비추었다. 빛줄기의 끄트머리는 어둠 속으로 사라져 있었다. 준이치는 불빛을 내리면서 계단의 칸을 세어 보았다. 열세 칸이었다.

13계단.

준이치는 무심코 눈을 감았다. 이는 파멸의 징후인가.

그러나 열세 칸을 모두 오르지 않으면 기하라 료와 자신의 목숨을 구할 수 없다.

준이치는 얼굴을 들어 올려 천천히 계단을 오르기 시작했다.

안도가 운전하는 벤츠가 전조등을 하이빔으로 넣고 산길로 들어섰다.

조간사 터까지는 15분도 채 걸리지 않을 것이다.

난고는 조수석에 앉아, 어디에서 착오가 발생했는지 생각하고 있었다. 아마 안도와 처음 만난 날, 변호사로부터 걸려 온 전화의 타이밍이 너무 좋았던 것이다. 미카미 준이치가 아직 조사에 참여하고 있는 게 아니냐는 의뢰인의 클레임. 그 직전에 안도와 준이치가 마주친 바람에, 이 사람을 의뢰인으로 판단하게 된 것이다.

"어디까지 가면 됩니까?"

핸들을 쥔 안도가 물었다.

"거의 다 왔습니다. 이대로 우쓰기 씨 댁 앞을 지나쳐 주십시오."

난고는 재빨리 머리를 굴렸다. 진범은 과거에 중죄를 범한 인물. 그리고 우쓰기 고헤이 보호사에게 협박당했을 때 잃을 것이 너무도 큰 인물. 게다가 살해하기 전까지 9000만 엔 정도를 현금으로 입금할 수 있을 만큼 재력이 있는 인물.

손목시계를 차지 않은 안도의 두 팔을 힐끗 쳐다보고 난고가 말했다.
"안도 씨는 책임감이 강한 분이시군요."
"그런가요?"
"그렇죠. 이렇게까지 기하라를 위해 움직여 주시니 말입니다."
그리고 난고는 물었다.
"혈액형은 A형이시죠?"
"아뇨, B형이에요."
난고는 웃음을 터뜨릴 뻔했다. 이로써 진퇴양난이다. 증거 발견은 진범에게는 극형을 의미한다. 10년 전의 예금 통장이 나오면 안도는 그야말로 목숨을 걸고 탈환하려 들 것이다.
벤츠는 폐가가 된 10년 전 살해 현장 앞을 지나쳤다. 비포장도로에 들어섰기 때문에, 미세한 진동이 차체를 흔들기 시작했다.
"거의 다 와 갑니까?"
안도가 물었다.
"그렇습니다."
사장의 집무실에서 준이치에게 전화를 걸었을 때 '조간사'라는 단어는 언급하지는 않았다.
"제 파트너가 벌써 증거를 확보하고 저 너머에서 기다리고 있습니다."
"저 니미라 하시면?"
"숲속입니다. 영림청이 쓰던 오두막집이 있더군요."

어둠 속에서 준이치는 마침내 13계단을 다 올랐다.
준이치는 아직일까 싶어 중간층을 통해 회중전등을 비추어 보았으나, 빛은 1층 입구까지 닿지 않았다.
준이치는 회중전등을 2층 중앙의 불상 쪽으로 돌렸다. 부동명왕은 항마의 보검을 움켜쥐고, 모든 불적을 섬멸하고자 버티고 있었다. 원래는 이교의 최고 신이었으면서, 그 압도적인 파괴력과 함께 불교의 수호신으로 거듭난 무신의 모습이었다. 석가여래가 형성하는 정토, 그리고 법을 범한 자는 그 보검의 일격을 받아야만 한다.
지금 준이치는 눈앞의 불상에게 끌리는 이유를 알고 있었다. 그가 읽은 자료에는 이렇게 씌어 있었다. 불교는 상냥한 자비를 베푸는 것만으로는 구할 수 없는 어리석은 중생들을 위해 이 파괴신을 준비했노라고.
자신은 부동명왕의 적이라는 생각에 슬픔을 느끼며 준이치는 합장했다. 그리고 불상에 다가가 동체에 손을 뻗었다.
순간 믿겨지지 않는 감촉을 느끼고 준이치는 오싹해서 손을 움츠렸다. 다시 한 번 부동명왕의 분노의 형상을 바라보고 나서, 이번에는 목장갑을 벗고 맨손으로 만져 보았다.
틀림없었다. 이 불상은 목각이다. 내부가 공동인 탈활건습이 아니다.
절망이 마음속에 밀려 들어왔다. 불상의 태내에 증거품이 숨겨져 있으리라는 생각은 틀린 것일까.

그때 희미하게 자동차의 엔진 소리가 들려왔다. 난고가 도착했는가 싶어 입구를 쳐다보았으나, 그 소리는 멈추지 않고 지나갔다.

준이치는 부동명왕 쪽으로 다시 돌아서서, 불상 전체에 불빛을 비추면서 꼼꼼하게 관찰했다. 그러자 등 부분에서 네모난 선 같은 것을 발견했다. 하지만 화염을 곁들인 후광 장식에 가려 가까이에서 볼 수는 없었다.

준이치는 다시 한 번 합장한 후에 후광 장식을 잡아당겼다. 불상 전체가 기울며, 본체에 끼워져 있던 후광 장식이 빠졌다.

그것을 옆에 놓고, 훤히 드러난 불상의 등에 불빛을 비추며 문제의 네모난 틀을 바라보았다. 틀림없이 뚜껑이었다. 목각 불상이면서도 속이 비어 있는 것일 수도 있다. 준이치는 뚜껑 테두리를 손가락으로 더듬어 보고, 다시금 가슴이 설레었다. 비슷한 색으로 위장은 되어 있으나, 나무 뚜껑이 천연 수지 계열의 접착제로 붙어 있는 게 확실했다. 그것은 오래된 기술이 아니다. 분명 10년 전에 범인이 한 것이다.

바로 나무 뚜껑을 열어 보려 했으나 무리였다. 접착제가 성능에 걸맞는 강도로 뚜껑과 본체를 이어 주고 있었다.

준이치는 계단을 뛰어 내려가서 적당한 도구를 찾았다. 그러자 본당 한구석에서 괭이를 발견했다. 그것을 들고 다시 계단을 올라 명왕상 뒤편을 돌았다.

내부의 빈 공간을 보려면 불상을 파괴하는 수밖에 없다.

준이치는 손잡이를 움켜잡고 괭이를 들어 올렸다. 그러나 차마 내려치지 못하고 주저했다. 마음속의 저항은 2년 전 사무라 교스케를 죽였을 때보다 컸다. 세상 이곳저곳에서 신의 이름 아래 인간에 대한 살육이 저질러지는 이유를 알 수 있을 것 같았다.

그러나, 하고 준이치는 생각했다. 기하라 료의 목숨을 살리는 것은 이 목각 불상이 아니다. 나다.

준이치는 부동명왕의 등을 겨냥하여 괭이를 내려쳤다.

조간사 터를 지나고서도 300미터를 더 간 지점에서 벤츠는 멈췄다.

난고는 차에서 내리며 안도에게 말했다.

"여기서 숲속으로 들어가야 합니다."

안도는 고개를 끄덕이고, 앞자리 도구함에서 회중전등을 꺼내들었다.

"저도 가겠습니다."

"구두가 더러워질 텐데요?"

"지저분해지면 다시 사면 되죠."

안도는 잘 닦인 검은 가죽 구두를 보고 웃었다.

두 사람은 영림청 오두막을 향해 걷기 시작했다. 거의 말도 없이 나무 사이를 지나며, 난고는 앞으로의 일을 필사적으로 생각했다.

오두막에 도착했을 때 그곳에 준이치가 없다는 걸 알면 안도는 어떻게 나올까. 좋다, 그때야말로 안도의 정체를 밝혀낼 수 있는 기회다. 이자가 범인이라면 증거를 숨긴 장소도 알고 있을 것이다. 분명 조간사 터로 급행하겠지.

그것만큼은 저지해야 한다고 난고는 생각했다. 오두막 안에 무기가 될 만한 물건이 있었는지 머리를 굴렸으나, 아무것도 떠오르지 않았다.

그때 희미하게 자동차 소리가 들려왔다. 안도에게도 들렸는지 그는 발걸음을 멈추고 난고를 마주 보았다. 엔진 소리는 두 사람이 있는 지점보다 뒤에서 멈추었다. 조간사 터 부근이다.

도대체 누가? 난고는 무심결에 안도를 쳐다보았다. 이자가 범인이 아니란 말인가? 진범은 따로 있고, 증거를 탈환하러 온 것일까?

"누구일까요?"

안도가 물었다.

난고는 고개를 갸우뚱해 보였으나, 상대방의 표정에는 석연치 않아하는 의심 같은 것이 엿보였다.

큰일이라고 난고는 느꼈다. 모든 것이 아직 애매한데 사태가 절망적인 방향으로 흘러가고 있다는 예감이 들었다.

차 소리는 비탈 아래에서 멈춘 모양이었다.

난고가 드디어 와 주었다. 준이치는 무적의 원군을 얻은 심정으로 다시 한 번 괭이를 내리쳤다. 날 끝부분이 한 번 내리칠 때마다 불상 등 뒤의 나무 판자를 벗겨 나갔다. 조금만 더, 조금만 더, 하고 괭이 날을 꽂다 보니 마침내 뚜껑 부분이 주변 판자와 함께 튕겨 나갔다.

준이치는 괭이를 내던지고 회중전등을 집어 뻥 뚫린 구멍을 들여다보았다. 두루마리가 보였다. 팔뚝을 집어넣어 꺼내 보니, 오래된 경문인 것 같았다. 다른 것은 없는지 팔을 넣어 보았으나, 내부 공간이 의외로 깊어서 바닥까지 손이 닿지 않았다. 준이치는 다시 한 번 괭이를 들어 올려, 혼신의 힘을 다해 불상의 등에 내리꽂았다.

큰 소리가 났다. 부동명왕의 등 한쪽 면이 구멍 바닥까지 벗겨진 것이다.

그리고 안에 있는 것을 본 순간, 준이치는 작게 소리쳤다.

예금 통장이었다. 표지에는 우쓰기 고헤이의 이름이 적혀 있다. 전체에 부착된 검은 얼룩은 10년 전의 혈흔으로 예상되었다. 그 외에 난잡하게 묶인 서류도 있었다. 현장에서 없어진 보호 관찰 기록이리라. 그러나 준이치가 놀란 소리를 낸 것은 다른 이유에서였다. 그곳에는 있을 리 없을 물건이 함께 들어 있었기 때문이다.

손도끼와 인감.

그 어느 쪽도 통장과 마찬가지로 혈흔으로 얼룩져 있었다.

이 두 가지 증거는 이미 발견된 터였다. 그런데 왜 여기에?

준이치는 통장을 보기로 했다. 목장갑을 다시 낀 채 종이 표면을 문지르지 않도록 애쓰며 페이지를 넘겼다.

100만 엔 단위의 입금 기록이 바로 눈에 들어왔다. 입금자명은 '안도 노리오'로 되어 있었다.

안도 노리오.

진범의 이름을 안 준이치는 무심결에 입구를 돌아보았다. 요코 호텔의 사장은 지금 난고와 함께 있지 않나. 아까 비탈 아래서 멈춘 차에 안도도 타고 있는 것일까.

안도의 공격은 난고가 예상했던 것보다 빠른 타이밍에 덮쳐 왔다.

영림청 오두막 앞에 서서 문을 열려던 그때였다. 등 뒤에서 옷깃 스치는 소리가 나서 뒤돌아본 순간, 직경 10센티미터 정도 되는 통나무가 난고의 측두부를 향해 날아온 것이다.

왼쪽 귀가 들리지 않았다. 귓불에 상처가 났는지, 볼에 뜨뜻미지근한 흐름을 느꼈다. 그 자리에 웅크린 난고는 이 남자가 진범임을 확신했다.

그때 두 번째 공격이 가해졌다. 난고는 두 팔로 머리를 감싸고, 무저항을 가장하여 그저 안도의 폭력을 버텼다. 이윽고 이쪽이 기절한 줄 알았는지, 반복되던 타격이 멈췄다. 눈가로 상대방의 구두를 포착한 난고는 그 발이 오두막으로 향한 것을 보고 바로 반격에 들어갔다. 난고는 안도의 양다리를 껴안고 들어 올리면서 일어섰다. 몸이 비틀어지고, 등부터 문에 내동댕이쳐진 안도가 문 판자를 뚫고 오두막 안으로 쓰러졌다.

난고는 상대방에게 달려들었다. 한 번은 안도를 깔아 눕혔으나, 급소를 채여서 벌렁 넘어졌다. 교도관 시절에 익힌 호신술은 나이와 함께 녹슬어 있었다. 안도는 자세를 바꾸어 난고 위에 올라타더니 두 손으로 목을 조르기 시작했다.

이 대목에서 난고는 명확히 깨달았다. 이는 틀림없는 사투였다. 의식이 몽롱해지기 시작한 난고는 두 손을 허우적대며 바닥을 짚어 보았다. 안도가 떨어뜨린 회중전등이 있었다. 그것을 움켜쥐고 쉰 신음 소리를 내며 상대방의 관자놀이를 향해 내려쳤었다.

그러나 안도의 힘은 약해지지 않았다. 탄력을 잃고 경직된 눈꺼풀 속에 안도의 핏줄 서린 눈이 튀어나와 있었다.

난고는 그 눈을 겨냥해서 회중전등을 찔러 넣었다.

준이치는 예금 통장을 접고 신중히 가방 속에 넣었다. 그리고 손도끼와 인감에 눈길을 돌렸다.

왜 이 두 물건이 이곳에 있는 것일까. 자신의 지문이 묻어 있던 증거는 무엇이었을까.

빨리 이곳을 떠나라는 목소리가 마음 깊숙이에서 울려 왔다. 아까 차에 안도도 타고 있었다면, 이렇게 꾸물대다가는 치명적이다.

그러나 있을 리 없는 증거가 뭔가를 말해 주고 있었다. 자신도 난고도 완전히 간과했던 중대한 뭔가를.

마침내 '우쓰기' 명의의 막도장을 바라보던 준이치는 그것이 플라스틱제임을 발견했다. 그리고 순간 그는 모든 것을 알아차렸다.

이번 조사는 기하라 료의 원죄를 밝히기 위한 것이 아니었다. 하물며 안도 노리오라는 진범을 발견할 필요도 없었다. 보장된 고액의 보수는 모두 준이치의 아버지가 마련한 것이나 다름없었다. 자신만 조사에서 제외당할 뻔한 이유도, 발굴된 허위 증거에 그의 지문이 묻은 방법도, 그 모든 것을 준이치는 간파했다.

100미크론의 정밀도로 광경화성 수지를 굳히는 광조형 시스템. 그것을 사용하면 소송 기록에 있던 인발에서 '우쓰기' 명의의 막도장을 복제하는 건 간단하다. 막도장뿐만이 아니다. 지문 화상을 2차원 데이터로 읽어 들여, 솟아오른 선을 따라 벽을 만들어 주면 문양을 새긴 도장이 완성된다.

준이치는 익명의 의뢰인을, 그런 줄도 모르고 찾아간 일을 떠올렸다. 그때 상대방이 녹차를 권유한 것은 친절에 의한 것이 아니라, 준이치의 지문을 채취하기 위함이었던 것이다.

그때 바닥 판자가 삐걱거리는 소리가 났다. 상대방은 발소리를 죽인 것이겠지만, 암흑 속의 13계단은 침입자의 접근을 준이치에게 알려 주고 있었다. 한 칸, 또 한 칸, 살의의 화신이 준이치에게로 다가온다.

의뢰인은 스기우라 변호사를 통해 자신이 있는 장소를 알아낸 것이리라. 상대방은 사건의 진상을 말해 주는 증거가 발견되어서는 곤란한 것이다. 의뢰인이 직접 날조하여 미리 비탈에 묻어 둔 인감이 증거 능력을 상실하면, 기하라 료 대신 준이치를 교수형에 처할 수 없게 된다.

준이치는 회중전등을 계단 쪽으로 비추었다. 복수의 화신으로 탈바꿈한 남자가 느릿느릿 모습을 나타냈다.

"징역 2년이면 너무 가벼워."

사무라 미쓰오가 엽총을 움켜쥐고 있었다.

"내 아들 목숨을 빼앗아 놓고, 겨우 2년이라고?"

준이치는 공포로 말이 나오지 않았다. 검게 빛나는 총부리가 똑바로 준이치의 머리를 겨냥하고 있었다. 상대방의 전신에 넘쳐나는 복수의 감정은 죽은 노부부의 아들인 우쓰기 게이스케에 비할 바가 아니었다.

이 아버지에게는 자신을 죽일 권리가 있다고 준이치는 생각했다. 2년 전, 자신이 사무라 교스케를 죽였던 것처럼 이 아버지에게도 보복할 권리가 있는 것이다.

엄청난 증오로 인해 인상이 바뀔 정도로 눈썹을 치켜뜬 미쓰오는 총대를 허리에 받치고, 천천히 이쪽으로 다가왔다.

"증거를 이쪽으로 던져. 그것들은 처분해야지. 그 노부부를 죽인 건 너니까 말이야."

그 말이 준이치를 무저항의 구렁에서 되돌려 놓았다. 안도 노리오의 범행을 말해 줄 증거가 없어지면, 기하라 료는 원죄 상태로 처형당한다.

주저하는 준이치를 보고 미쓰오가 내질렀다.

"도끼와 인감이다! 그리고 통장도 있었을 거야!"

준이치는 고개를 끄덕이고, 가방에 손을 뻗었다. 안을 들여다보니 깜깜했다. 준이치는 바닥의 회중전등을 주워 올려, 증거를 비추는 시늉을 하다가 갑자기 스위치를 껐다.

주위가 암흑에 휩싸임과 동시에 산탄총이 불을 뿜었다. 준이치는 정신없이 바닥 위를 굴렀다. 굉음이 귀를 찢었고, 잔향이 통증이 되어 청각을 뒤덮었다.

"너는 극형을 받아 마땅한 인간이야! 처형해 주마!"

격한 귀울림 속에 미쓰오의 고함이 중간중간에 들려왔다. 그러나 준이치는 움직이지 못했다. 소리를 내면 이쪽 위치를 포착당한다.

왼쪽 눈을 찔린 안도가 절규와 함께 뒤로 떨어져 나갔다. 난고는 그 자리에 네 발로 짚고 서서 필사적으로 침을 삼키며 잃어버린 호흡을 되찾으려 했다. 그때 등 뒤에서 타격이 가해졌다. 한쪽 눈에서 피를 흘리는 안도가 오두막 안에 있던 각목을 주워 들고 반격에 나선 것이다.

자신이 살해되면 조간사에 있는 준이치도 그리고 증거도 위험하다. 그렇게 되면 기하라 료도 처형당한다. 난고는 약간의 숨을 들이쉬는 데 성공하자, 오두막 안쪽을 향해 뛰기 시작했다. 그쪽에는 사슬이 하나 있었다.
　이쪽 의도를 알아차린 안도가 발에 일격을 가하려 했다. 그러나 쓰러진 난고는 오른손으로 사슬 끝을 잡았다. 그는 뒤돌아보면서 강도 살인범을 향해 사슬을 힘껏 휘둘렀다.
　날카로운 타격음과 함께 안도의 상체가 흔들거렸다. 그러나 그것은 찰나에 불과했고, 안도는 각목을 휘두르며 이쪽으로 돌진해 왔다. 난고는 사슬을 끌어당겼으나 상대방은 코앞에 다가와 있었다. 그 공격을 막으려 팔을 휘둘렀을 때, 사슬이 안도의 목에 감겼다. 난고는 그것을 양손으로 세게 죄었다.
　"아직도 사람을 죽일 건가!"
　잔학무도한 살인범에 대한 분노가 난고의 입에서 쏟아져 나왔다.
　"너 같은 놈들이 있어서 우리가 고통을 받는 거야!"
　안도는 컥컥거리는 비명을 지르면서도 이쪽에 각목을 휘두르려 했다. 그 소름 끼치는 표정에 가슴깊이 공포를 느끼며 난고는 더욱더 힘을 가해 안도의 목을 죄었다.
　"기하라도 그리고 미카미도 너한테는 안 넘겨!"
　난고는 손을 풀지 않았다. 이미 상대방의 저항이 없어진 것을 알아차리지 못했다. 그때 그의 머릿속에서는 생활의 기억이 모조리 사라져 있었다. 부모도, 쌍둥이 형도, 다시 불러들이려는 처자식도. 그리고 아이들이 기대에 부풀어 찾아오는 빵집을 개업할 꿈도.

흙색으로 변색된 안도의 얼굴에서 새빨간 혀가 축 늘어졌다.

난고는 순간 제정신이 돌아와 사슬을 놓았다.

안도가 이쪽에 기대 오듯 무너져 내렸다.

난고는 아연히 발치의 시체를 내려다보았다.

그가 범죄자를 목 졸라 죽인 그 장소는 구치소의 형장이 아니었다.

이제 사무라 미쓰오는 준이치를 법의 손으로 처형시키기를 포기한 모양이었다. 땅속에 묻힌 절 내부는 살인을 위한 절호의 무대였다.

청각에만 의지한 완전한 암흑 속에서, 미쓰오는 "어디냐, 어디 있는 거야?"라고 속삭이는 소리를 반복하며 그 일대를 돌아다녔다.

준이치는 숨을 멈추었다. 미쓰오가 발을 내디딜 때마다 희미한 진동이 바닥에 댄 두 손을 통해 느껴졌다. 한 발짝 또 한 발짝, 미쓰오가 틀림없이 이쪽으로 다가오고 있다.

이윽고 더 이상 숨을 참을 수 없게 됨과 동시에 준이치는 공포에도 더 이상 견딜 수 없었다. 그는 가방을 움켜쥐고, 그 자리를 박차고 나왔다.

훅 하고 숨을 삼키는 것 같은 소리가 들린 직후, 등 뒤에서 총성이 울려 퍼졌다. 총부리에서 뿜어 나온 화염이 잠깐 동안 준이치의 도주로를 드러냈다. 계단까지 앞으로 3미터. 그러나 그 빛은 동시에, 사냥꾼에게 사냥감의 위치까지도 알려 주었을 터였다.

약협을 토해 내는 소리가 나고, 뒤이은 총성이 준이치를 덮쳤다. 산산조각 난 바닥 판자의 파편이 준이치의 볼을 찔렀다. 다음 총성과 함께 오른쪽 다리 측면에 피부를 도려낸 것 같은 통증이 지나갔다. 산탄의 일부가 스친 것이다.

왼쪽으로 쓰러진 준이치는 부동명왕상 앞쪽으로 돌아가 감촉에 의지해서 등을 밀어붙였다. 그때 지옥 끝에서 들려올 법한 섬뜩한 저음이 조간사 전체에 울려 퍼졌다. 준이치는 깜짝 놀라 움직이기 시작한 바닥 판자에 두 손을 댔다. 틀림없다. 미쓰오의 난사가 2층부를 지탱하는 기둥 하나를 꺾은 것이다.

바닥이 크게 기울기 시작했다. 상황을 알아챈 미쓰오가 발소리를 내며 이쪽으로 뛰어왔다. 이게 마지막이라고 준이치는 생각했다. 지금을 끝으로 전쟁은 끝난다. 죽느냐 사느냐의 고비에서 준이치는 회중전등의 스위치를 켰다.

바로 옆에 미쓰오가 있었다. 준이치와 눈이 마주친 순간, 미쓰오는 엽총을 치켜들었다. 준이치는 기울어진 바닥 위쪽으로 기어올라 부동명왕상을 향해 온몸으로 돌진했다.

거대한 중량이 움직이기 시작한 탓에, 바닥이 기우는 속도가 급격히 빨라졌다. 준이치는 제대로 서 있을 수 없어, 불상과 함께 미쓰오를 향해 미끄러져 내려갔다.

총성에 이어 비명이 울려 퍼졌다. 준이치는 허공에 내던져졌다. 회전하며 떨어지는 회중전등의 불빛이 무너지는 조간사의 2층부와 측벽에 남은 계단을 짧은 순간 비추었다.

갈 길을 잃은 13계단…….

준이치가 그곳에 눈길을 준 직후, 전신을 찍어 누르는 듯한 충격이 덮쳐 그는 의식을 잃었다.

3

오전 9시.

철문이 열렸다.

무거운 충격음이 들려오자 기하라 료는 봉투를 붙이던 손을 멈추었다. 머리끝부터 발끝까지 얼어붙은 철사가 꿰뚫고 간 것 같은 공포가 지나갔다. 동시에 사형수 감방 전체가 희생자가 누군지도 모르는 채 전율과 곤혹으로 쥐 죽은 듯 고요해졌다.

이윽고 저승사자들의 발소리가 들려왔다. 발을 맞추어 똑바로 이쪽을 향해 전진해 온다.

'오지 마! 제발 오지 말아 다오!'

기하라는 필사적으로 기도했다. 그러나 딱딱한 구둣발 소리는 멈출 줄 모르고 한 발짝 한 발짝 다가왔다. 그리고 그 일렬종대가 기하라의 독방 앞으로 다가왔다.

'나인가? 죽는 게 나란 말인가?'

그때 갑자기 발소리가 멈추었다.

'멈췄어! 발소리가, 내 방 앞에서!'

감시창이 열렸다.

기하라는 이쪽을 들여다보는 교도관의 눈을 멍하니 되받아 보고 있었다.

이윽고 감시창이 닫히고 자물쇠가 풀렸다. 열린 문 너머에는 경비대와 제복 차림의 처우 부장 그리고 지도 교육 담당인 수석 교정 처우관이 있었다.

"270번, 기하라 료!"

경비 대장이 말했다.

"퇴실이다."

전신에서 힘이 빠지면서 기하라는 그 자리에 무너져 내렸다. 오줌을 지린 탓에 하복부가 뜨뜻미지근하게 젖어 왔다.

경비대 중 두 명이 방 안으로 들어와 기하라의 겨드랑이를 양쪽에서 잡았다. 저항하려 해도 이미 전신에 힘을 잃었다.

이빨이 서로 어긋나며, 딱딱딱 턱을 울려 대는 기하라 앞에 처우 부장이 난처한 표정으로 다가왔다.

"지금 너에게 무슨 말을 해도 귀에 안 들어올 것이다. 그러나 절차상, 이건 읽어야겠다."

처우 부장은 종이 두 장을 기하라에게 내밀며 말했다.

"한 장은 형사 소송법 제502조에 근거하여 이루어진 이의 제기의 결과다."

기하라는 숨을 삼키고 그 한 장을 쳐다보았다.

2001년 (마) 제165호
결 정

도쿄 구치소 재감
제기인 기하라 료

위 제기인으로부터 재판 집행에 관한 이의 제기가 있었기에, 당 법원은 다음과 같이 결정함.
주 문
본건 이의 제기를 기각함.

그 뒤에 이은 '이유' 항목은 이미 눈에 들어오지 않았다. 희망이 무너졌다. 기하라의 머리에 떠오른 것은 그뿐이었다.
"읽었나? 제대로 읽었어?"
처우 부장은 사형수가 끄덕일 때까지 계속 물었다. 계속해서 그는 두 번째 종이를 들이댔다.
"나머지는 재심 청구 결과다."
기하라는 외면하려 했으나, "똑바로 봐!" 하며 질책당하는 바람에 눈길을 돌렸다.

2001년 (하) 제4호
결 정

본적 지바현 지바시 이나게구 마쓰가와초 3-7-6

도쿄 구치소 재감

청구인 기하라 료

1969년 5월 10일생

위 사람에 대한 강도 치사 피고 사건에 대해 1993년 9월 7일 도쿄 고등 법원이 언도한 유죄 판결(1995년 10월 5일 대법원의 상고 기각 결정에 의해 확정)에 대해, 재심 청구가 있었기에 당 법원은 청구인 및 검찰관의 각 의견을 수렴한 결과 다음과 같이 결정함.

주 문

본건에 대해 재심을 개시함.

기하라는 눈을 휘둥그레 떴다.
그는 마지막 한 문장을 몇 번이나 다시 읽어 보았다.
의식이 몽롱해진 탓에 환각을 보고 있는 게 아닐까 싶었다.
"뜻을 알겠나?"
처우 부장이 묻자 기하라는 목을 좌우로 저었다.
주위 감방이 신경 쓰이는지 처우 부장은 목소리를 낮추었으나, 그래도 뚜렷하게 기하라의 귓전에 대고 고했다.
"너의 재심 개시가 결정난 거야."
기하라는 처우 부장과 자신을 둘러싼 사람들을 쳐다보았다. 그들의 얼굴에 미소가 번져 있었다.
"알겠나? 이건 속임수가 아니다. 너는 재심에 임할 피고인으로

서 다른 방으로 옮기게 된 거야. 이 사형수 감방에서 나갈 수 있는 거라고."

"위층으로 옮긴다."

경비 대장이 기쁜 표정으로 말하며, 기하라의 젖은 바지를 내려다보았다.

"목욕하고 바로 짐을 정리할 것."

기하라는 얼빠진 상태로 다시 한 번 남자들의 미소를 보았다. 인간이 저승사자로도, 천사로도 바뀔 수 있다는 것을 그는 몸소 체험했다.

"저는 살 수 있는 겁니까?"

"재심 여부에 달렸다. 지금은 그 말밖에 할 수 없다만."

처우 부장은 거기까지 말하고 미소를 머금었다.

"아무튼, 축하한다."

양옆의 경비 대원이 재심 피고인을 일으켜 세우려 했다. 그러나 이번에는 기하라가 맹렬한 힘으로 그 손을 뿌리쳤다. 두 눈에서 뿜어 나오는 눈물을 닦아야 했기 때문이다.

죽음의 구렁텅이에서 환생한 남자는 그 후로 한참 동안 독방 한가운데에 엎드려 엉엉 울었다.

이윽고 지도 교육 담당인 수석 교정 처우관이 곁에 웅크려 앉더니, 기하라의 어깨에 손을 얹었다.

"이 결정 뒤에는 대단한 희생이 치러졌다. 그 사실을 영원히 잊지 말도록."

에필로그

두 사람이 한 일

지금 나카모리 검사의 책상 위에는 범죄자 세 명의 기록이 놓여 있다. 그중 한 명은 피의자 사망에 의해 불기소, 나머지 두 명은 검찰 내부의 격렬한 논쟁 끝에 기소되었다.

과연 진정 정의가 이루어졌는지, 나카모리는 의문스러웠다.

그는 우선 사망한 피의자의 기록을 집었다.

안도 노리오.

요코 호텔의 사장은 21세에 강도 살인을 범했다. 홀어머니 슬하에서 자란 그는 자기 집에 들이닥친 사채업자의 악질 회수에 분개하여, 상대방 사무실로 쳐들어가서 두 명을 살해, 차용 증서를 강탈했다.

판결은 1심, 2심 모두 무기, 상고도 기각되어 확정. 14년의 복역 생활 후에 가석방되었고, 그 5년 후에 은사를 인정받아 복권했다. 이때 안도의 보호 관찰을 담당한 것이 우쓰기 고헤이였다.

안도 노리오는 복권(復權)과 함께 취득한 택지 건물 거래 면허를 이용해서 부동산업으로 재물을 축적하기 시작했다. 전과를 숨기고 결혼도 했고, 가정 생활도 순탄했다. 그러나 나카미나토 군의 관광 사업을 한 손에 거머쥘 정도로 회사를 성장시킨 무렵, 우쓰기 고헤이의 협박이 시작되었다.

처음에는 상대의 요구에 따랐던 안도였으나, 점차 이러다가는 파멸하겠다는 생각을 했고, 관동 지방 일대에서 일어났던 '31호 사건'을 흉내 내어 우쓰기 내외를 살해하여, 관련 서류를 현장에서 들고 달아났다.

나머지는 그 후의 조사로 판명된 바와 같다. 단 재심 결정으로 마음의 안정을 되찾은 기하라 료가 서서히 사라진 기억의 단편을 되찾으면서, 새로운 사실을 증언하기 시작했다. 그는 우쓰기 고헤이의 집에 있었던 강도범이 야구 모자를 쓴 탓에 안도라는 것을 알아보지 못했다는 사실, 그리고 오토바이 사고가 일어나지 않았더라면, 산을 내려간 시점에서 자신이 살해당할 운명이었다는 것 등을 증언했다.

현재 진행 중인 재심은 아직 결론이 나지 않았으나, 안도가 진범이었다는 검찰 측의 사실 인정으로 보아 기하라 료가 석방될 가능성은 높아지고 있었다.

나카모리는 두 번째 범죄자의 기록을 집었다.

사무라 미쓰오.

2년 전 미카미 준이치에게 외아들을 살해당한 이자는 징역 2년의 실형 판결에 불복하여 공판 기록을 숙독하던 중, 피고인의 가출 사건에 주목했다. 우쓰기 내외가 살해당했을 때 미카미 준이치가 나카미나토군에 있었던 것이다.

 사무라 미쓰오는 이 사건의 범인으로 지목된 기하라 료가 꽤 미묘한 상황으로 사형을 언도받은 것을 보도를 통해 알고 있었다. 만약 강도 살인죄를 미카미에게 입힐 수 있다면, 법의 손을 빌어 아들의 복수를 이룰 수 있다. 그렇게 생각한 사무라 미쓰오는 사형 제도 반대 운동에 참여하면서, 기하라의 정보를 수집했다. 그리고 사형수가 계단에 대한 기억을 되찾은 것을 알고, 조간사 터에 위조 증거를 묻을 생각을 떠올렸다.

 한편 미카미 준이치를 사형대로 몰아갈 증거의 발견자가 본인이면 곤란하기에, 고액의 보수를 조건으로 변호사를 고용했다. 그 수천만 엔의 자금은 미카미 준이치의 부모에게서 화해 계약으로 얻어 낸 돈으로 충당한 것이었다.

 그러나 이때 준이치를 함정에 빠뜨릴 지리적 우연이 또 하나의 우연을 불렀다. 사건 조사에 고용된 난고가 준이치의 가출 사건에 묘한 인연을 느껴, 그를 파트너로 선정한 것이다. 이 사실을 안 사무라 미쓰오는 준이치를 조사에서 제외시키려 수차 노력했으나, 난고와 스기우라 변호사가 결탁하는 바람에 실패로 돌아갔다.

 만약 난고가 단독으로 날조 증거를 찾아내었다면, 준이치는 처형당했을지도 모른다. 최첨단 위조 기술이 개입된 이 범죄 계획은 그토록 교묘하게 짜여 있었다.

사무라 미쓰오의 기소 사실에 대해서는 검찰 내부에서 격론이 오고 갔다. 날조 증거에 의해 준이치를 처형시키려 했던 것이 살인 미수죄 혹은 살인 예비죄에 해당되는지의 여부. 만약 그렇다면, 교수형이라는 행위 그 자체가 형법의 구성 요건인 '살인'에 해당되는 게 아닌가.

최종 판단이 내려진 과정을 나카모리는 모르고 있었다. 지바지검과 도쿄 고검의 수뇌가 내린 결론은 공기총으로 준이치를 엄습한 행위에만 살인 미수죄를 적용한다는 것이었다. 이에 따라 조간사 터에서 구출된 사무라 미쓰오는 전치 3개월의 부상이 치유되기를 기다렸다가 기소당했다.

나카모리는 세 번째 범죄자의 기소장을 집었다.

난고 쇼지. 죄상은 살인죄.

전 교도관은 재판에 제기되었더라면 사형 판결을 받았을 범죄자를 목 졸라 죽인 용의로 기소당했다. 살인인가, 상해 치사인가, 아니면 정당방위인가, 또는 긴급 피난인가, 어떤 결과가 나와도 이상할 게 없는 미묘한 사안이었다.

그러나 의외로 난고 본인이 살의가 있었다고 주장했다. 안도의 손목에 손목시계가 없는 것을 발견한 순간부터 이자를 죽일 수밖에 없다고 생각했노라고.

나카모리는 그 증언이 사실일지 의심스러웠다. 난고는 필요 이상으로 죄를 짊어지고, 이를 속죄받으려는 게 아닐까. 피고인과 면회한 나카모리는 그런 인상을 받았다.

그 후 변호인으로 선정된 스기우라 변호사와 대화하면서, 상대방이 끝까지 정당방위를 주장할 생각임을 알고, 나카모리는 안심하고 가슴을 쓸어내렸다. 초라한 풍모의 변호사는 꽤 의욕을 보이고 있었다.

"난고 씨가 뭐라 하든, 저는 무죄를 주장할 겁니다. 정의를 완전하게 이루려면 그 길밖에 없습니다."

"잘 좀 해 주세요."

나카모리는 웃으며 대답했으나, 이는 결코 비꼬는 게 아니었다. 난고가 무죄가 되기를 진심으로 바랐다.

일련의 사건을 훑어본 검찰관은 서류 묶음을 한데 모아 파일 폴더에 집어넣었다. 그리고 새삼 안도의 한숨을 내쉬었다.

그가 생전 처음으로 내린 사형 구형은 잘못된 것이었다.

기하라 료가 처형당하지 않았음에 나카모리는 감사했다.

그리고 또 한 사람의 영웅, 조간사의 붕락 현장에서 구출된 준이치는 부상이 호전되었을지 궁금해졌다.

준이치의 얼굴을 마지막으로 본 게 언제였을까.

구치소 독방에 앉아서 난고는 생각했다.

아직 보소 반도 바깥쪽에 있을 때였다. 위조된 것인 줄 모르고 조간사 터에서 손도끼와 인감을 발견한 날 밤. 살풍경한 아파트로 돌아가, 할 만큼 했다는 만족감에 새벽녘까지 둘이서 술잔을 주고받았다. 그때 준이치는 진심으로 기쁘게 웃고 있었다. 햇볕에 그을은 얼굴에 웃음 가득히.

그게 마지막이었다. 그 후로 반년이 다 되도록 준이치와 만나지 못했다.

슬슬 퇴원해도 될 무렵인데. 준이치의 부상 상태를 전해 들은 난고는 생각했다. 전신 타박과 오른쪽 대퇴부의 총상 그리고 골절 네 군데. 그런 상태로 목숨이 붙어 있을 줄이야, 하고 난고는 웃음을 흘렸다.

그때 담당 교도관이 난고를 부르러 왔다.

면회였다.

난고는 몸을 일으켜 구겨진 트레이닝복 바지를 손으로 털었다. 그리고 면회실로 향했다.

난고가 끌려간 곳은 변호사 면회실이었다. 이곳에서는 일반 면회실과 달리, 입회 교도관 없이 변호사와 단둘이서 이야기를 나눌 수 있다. 피고인에게 주어진 '비밀 교통권'을 행사할 수 있는 장소인 것이다.

"용건은 세 가지입니다."

표면적인 웃음에 피로가 섞인 스기우라가 투명 아크릴판 건너편에 앉았다.

"죄상인부*에서는 부인하십시오. 난고 씨는 살인자가 아닙니다."

---

* 재판관이 피고인에게 죄를 인정할 것인지를 묻는 절차.

입을 떼려는 난고를 스기우라가 손으로 제지했다.

"공판이 시작될 때까지 저는 같은 말을 되풀이할 겁니다."

난고는 웃었다.

"알겠어요. 그래, 두 번째 용건은?"

"사모님께서 보내신 겁니다."

스기우라는 마음이 내키지 않는 듯 서류 한 장을 꺼냈다.

"이혼 신고선데, 어떻게 할까요?"

난고는 이미 부인의 서명 날인이 된 서류를 쳐다보았다.

"서두를 필요는 없으니까, 천천히 생각해 주시면 좋겠습니다."

난고는 고개를 끄덕였다. 그러나 머릿속에 답은 이미 나와 있었다. 가족을 다시 불러서 빵집을 개업할 꿈은 안도 노리오를 죽인 순간 산산조각 난 것이다.

북받치는 감정을 들키지 않으려고, 난고는 얼굴을 숙였다.

"이건 당연지사지요. 집사람 잘못이 아닙니다. 남편이 살인자이니, 원."

스기우라는 눈길을 떨구고 세 번째 용건을 꺼내기 위해 가방을 뒤적였다.

그러고 보니, 하며 난고는 기억을 더듬고 있었다. '사우스 윈드 베이커리'라는 가게 이름을 지어 준 게 준이치였다고.

"미카미 씨의 편지를 받아 왔습니다."

스기우라의 말에 난고는 얼굴을 들었다.

"며칠 전에 퇴원했어요. 재활 치료도 끝났고 건강한 모양입니다."

"다행이군요. 그래, 그 편지는?"

스기우라는 아크릴판 너머로 난고가 보이도록 편지 봉투를 뜯었다. 그리고 물었다.

"제가 읽어 드릴까요? 아니면 판 너머로 읽으시겠습니까?"

"읽겠어요."

스기우라가 아크릴판 너머로 서면을 이쪽을 향해 들어 올렸다. 난고는 몸을 앞으로 바짝 당겨 볼펜으로 쓴 준이치의 육필을 읽어 내려갔다.

난고 씨, 안녕하세요. 저는 무사히 퇴원했습니다. 내일부터 조금씩이나마 아버지 공장을 도울 생각입니다.

난고 씨께 진심으로 감사하게 생각하고 있습니다. 만약 이번 조사에 불러 주시지 않았더라면, 몹시 위험한 상황이었다고 나카모리 씨께 들었습니다. 난고 씨는 기하라 료뿐만 아니라 제 목숨도 구해 주신 겁니다.

원래 퇴원하자마자 면회하러 찾아봬야 마땅하지만, 지금 저는 그렇게 할 수가 없습니다. 난고 씨께 계속 숨겨 왔던 일이 있었고, 그 일을 매우 죄송하게 생각하기 때문입니다.

난고 씨는 아마도, 제 갱생을 생각해서 이번 일에 저를 불러 주셨겠죠. 하지만 제게는 피해자 사무라 교스케에게 미안하게 여기는 마음이 전혀 없습니다.

이제 제가 저지른 진상을 털어놓아야겠네요. 제가 죽인 상대가 10년 전에 가출한 장소의 출신인 것은 우연이 아닙니다. 저와 사무라 교스케는 서로 고등학생 때 나카미나토군에서 알게 되었습니다.

난고 씨는 알고 계시겠지만, 나카미나토군에서 붙잡혔을 때, 저는 기노시타 유리라는 동급생과 함께 있었습니다. 고등학교 1학년 때부터 사귀기 시작한 여자애입니다. 그녀와 합의해서 고등학교 3학년 여름방학 때 가쓰우라로 여행을 갔습니다. 물론 양가 부모님께는 비밀인 여행이었습니다.

예정된 3박 4일 동안은 서로 어색했던 것 같습니다. 땅에 발이 닿지 않는 느낌이었고, 대화도 행동도 모든 게 들떠 있었거든요. 꿈속에서 필사적으로 현실감을 찾으려는 그런 느낌이었습니다. 끊임없이 안절부절못하는 듯한 느낌이 들었던 것은 제가 유리의 몸을 원했기 때문이었던 것 같습니다. 지금 생각하면 아이가 어른이 되려고 필사적으로 발돋음을 반복했던 것이겠죠.

도쿄로 돌아가기 전날 오후, 저희들은 나카미나토군으로 향했습니다. 그곳 해안은 가쓰우라보다 한산하다고 들어서, 저녁 나절을 둘이 보낼 생각이었습니다. 전철에서 내려 이소베 마을을 걷다 보니, 사무라 제작소의 간판이 눈에 들어왔습니다. 제 본가 같은 공장이기에 관심이 생겨 발길을 멈추자, 안에서 사무라 교스케가 나왔습니다.

사무라 교스케는 저희에게 말을 걸었습니다. 도쿄 출신인 저희에게 관심을 가진 모양이었습니다. 그리고 이렇게 말했습니다. 이 부근을 안내해 줄 테니 내일 또 오지 않겠느냐고.

저와 유리는 마법에 걸린 것처럼 그 말에 홀렸습니다. 둘 다 입 밖에 내지는 않았어도 아직 도쿄로 돌아가고 싶지는 않았기 때문입니다.

문제는 숙박비였는데, 놀랍게도 사무라 교스케가 내주겠다고 했습니다. 그는 아버지와 단둘이 생활하고 있었고, 고등학생에게는 너무 많은 용돈을 받고 있었습니다.

저와 유리는 망설였지만, 조금이라도 더 여행을 오래 하고 싶었기에 동의했습니다. 그때 제게는 조금 마음이 놓인 느낌이 있었습니다. 유리와 둘이서 어른의 세계에 발을 들여놓을 기한이 연장되었기 때문입니다. 고등학생 특유의 강한 욕망과 정의감 사이에서 저는 지쳐 있었습니다.

다음 날부터 저와 유리는 꽤 편안하게 나카미나토군에서의 시간을 즐겼습니다. 부모님께서 걱정하시겠구나 싶으면서도, 그런 게 한층 더 둘 사이에 공범 의식을 심어 주면서 사이가 가까워진 것 같았습니다.

그러나 한편, 사무라 교스케가 비행을 저지르고 있다는 것도 알게 되었습니다. 친구를 몇 명 소개받았지만, 알고 지내기가 꺼려지는 고등학생뿐이었습니다. 또한 그런 사실을 알게 된 무렵에는 꿈같은 날들은 눈 깜짝할 사이에 지나가고, 여름방학도 끝나가고 있었습니다.

드디어 다음 날 도쿄로 돌아가기로 하고, 사무라 교스케에게 그 소식을 전하자, 그럼 환송 파티를 하자고 제안했습니다. 저는 유리와 단둘이 보내고 싶어서 거절했습니다.

그러나 그 대답을 듣더니 사무라 교스케의 태도가 돌변했습니다. 휴대용 칼로 제 왼팔을 베더니, 다른 친구와 둘이서 유리를 끌고 갔습니다.

그제야 저는 깨달았습니다. 저희들에게 말을 걸었을 때부터 사무라 교스케의 목적은 유리였다는 것을.

저는 왼팔의 상처를 움켜잡고, 현장 부근의 해안가를 달려 사무라 교스케 일행의 모습을 찾았습니다. 그러다가 누군가 신음하는 듯한 소리가 들리기에 부둣가에 있는 작은 창고를 들여다보았는데, 그곳에 세 명이 있었습니다. 사무라 교스케는 유리에게 올라탄 채 강간을 하고 있었습니다. 너무도 엄청난 일에, 정말 한심하게도 저는 한참 동안이나 눈을 크게 뜬 채 그 자리에서 꼼짝을 못 했습니다. 그러다가 저를 발견한 사무라 교스케의 친구가 칼을 들고 협박을 했습니다. 그때 제정신으로 돌아온 저는 유리 쪽으로 뛰어가려 했지만, 상대방이 또 한번 제 왼팔의 상처를 노리고 칼을 들이댔습니다. 같은 곳을 두 번 베이는 바람에 출혈이 한꺼번에 많아졌습니다. 소동으로 뒤를 돌아본 사무라 교스케가 엷은 웃음을 띠며 제게 보라는 듯이 자세를 바꾸었습니다. 유리의 다리 사이로 피가 흐르고 있었습니다.

그 후 사무라 교스케는 유리에 대한 폭행을 끝냈습니다. 그리고 입막음 조였는지, 제 주머니에 10만 엔을 쑤셔 넣고 사라졌습니다.

제가 유리에게 달려가자, 그녀의 얼굴에는 아무런 감정도 나타나 있지 않았습니다. 혼이 빠져나간 것 같은 표정이었습니다. "유리." 하고 부르자, 놀랍게도 유리 쪽에서 "괜찮아?" 하고 물었습니다. 제 팔의 상처를 본 모양이었습니다. "병원 가야지."라고 유리는 말했습니다.

이럴 때 왜 제 걱정을 해 주는지. 유리의 상냥한 마음이 느껴져서 저는 울었습니다. 그리고 지켜 주지 못한 것을 유리에게 사과했습니다. 그러나 유리는 "준이 죽으면 안 되니까 병원 가야 돼."라고 헛소리처럼 반복할 뿐이었습니다. 나중에 안 일이지만, 이때 이미 유리의 마음은 망가져 버렸습니다. 두 번 다시 치유되지 않는 깊은 상처를 입은 것입니다.

그 후 저희 둘은 붙잡혔습니다만, 이미 전과 같은 천진난만한 시간은 돌아오지 않았습니다. 유리는 어두운 아이로 바뀌어 버렸습니다.

저는 유리를 생각해서 경찰에 매달려 보기도 했습니다. 하지만 상담에 응해 준 형사 말에 의하면 강간죄라는 것은 친고죄라는 게 성립돼서 피해자 본인이 신고하지 않는 한 범인에게 죄를 물을 수 없다는 답변이었습니다. 게다가 형사는 "피해자는 처녀였나?"라고 물었습니다. 농담은 아니었습니다. 그런 경우, 처녀막의 열상이 상해 행위에 해당되어, 말하자면 강간 치상 취급으로 친고죄 적용에서 벗어날 수 있다는 것입니다.

사실은 그랬습니다만, 이때 처음으로 재판이 성사되었을 경우를 상상해 보았습니다. 사실 관계를 규명하는 과정에서 유리가 또 한번 엄청난 수치를 당한다는 것을 깨달았습니다.

그리고 또 한 가지, 형사가 말한 연령의 문제도 있었습니다. 만약 소송을 걸더라도 사무라 교스케가 17세이기 때문에 법에 따라 벌을 주기는 어렵다는 것이었습니다.

그때 저는 제 인생에서 처음으로 타인에게 살의를 느꼈습니다. 막연하나마 법률에 의한 심판을 포기한 이상, 사무라 교스케를 죽이는 수밖에 없다고 생각하기 시작했습니다. 그러나 나카미나토군에 갈 생각만 해도 격렬한 구역질이 밀려왔습니다. 불쾌한 옛 기억들이 밤마다 꿈속에서 재현되었습니다. 그리고 그런 정신적인 타격을 느끼고 보니, 유리에게 미안한 마음이 한층 더 강해졌습니다. 틀림없이 그녀는 저와 비교도 안 될 만큼 충격을 받았을 테니까요.

유리는 거리를 걸어다니는 남자가 모두 사무라 교스케로 보인다고 했습니다. 자살 미수도 일으킨 모양입니다. 그러나 자세한 일은 저도 모르겠습니다. 그 무렵에는 저희 둘 사이가 꽤 멀어져서, 저는 멀리서 지켜볼 수밖에 없었기 때문입니다.

그 뒤로 몇 년간은 상황을 관찰하던 시기였던 것 같습니다. 유리의 마음의 상처는 치유될 수 있을까, 사무라 교스케의 죗값을 치르게 할 좋은 방법을 찾을 수 있지 않을까, 혹은 제가 새로운 각오로 나카미나토군에 갈 만한 의지를 다질 수 있지 않을까.

그러나 그 모든 게 잘 되지 않았습니다. 유리의 상태는 변함이 없었고, 사무라 교스케를 몰아넣을 수단은 찾을 수가 없었으며 나카미나토군으로 갈 만한 용기도 없었습니다.

그런데 그럴 때, 하마마쓰초에서 열린 광조형 시스템 전시회에서 사무라 교스케의 모습을 본 것입니다. 놈도 저처럼 가업을 돕기 시작한 것이었겠죠. 도쿄로 와서 하이테크 장치를 구입하려 하고 있었습니다.

천재일우의 기회였습니다. 이자가 이 세상에서 사라지면, 유리의 마음속에 있는 위협도 사라지지 않을까 생각했습니다. 게다가 때마침 전시회 내방객 명단에서 사무라 교스케가 숙박하고 있는 호텔도 알아냈습니다.

저는 바로 전시장 밖으로 나가 칼을 찾았습니다. 눈에 띈 가게에서 식칼을 살 생각도 했지만, 그만두고 등산 용품 가게를 찾았습니다. 짐승을 죽이기에는 사냥칼이 제격이라는 생각이 들었기 때문입니다.

그리고 입수한 칼을 가방에 넣고, 사무라 교스케가 있는 호텔 바로 옆에 있는 음식점에 들어가서 마지막 계획을 짰습니다. 사무라의 방에 가서 문을 노크하면 아마 상대방은 저를 안으로 맞이할 것이라고 생각했습니다. 안으로 들여보내 주지 않더라도 문만 열게 하면 상대방에게 칼을 들이댈 수 있었을 겁니다.

그런 생각을 하고 있는데, 사무라 교스케가 같은 음식점에 들어왔습니다. 식사를 하러 호텔에서 나온 것입니다. 놀란 저는 어떻게 해야 할지 필사적으로 생각했습니다. 그때 사무라 교스케와 눈이 마주쳤습니다. 아마도 녀석은 자기가 저지른 행위에 뒤가 켕긴 것이겠죠. 게다가 그것을 솔직히 시인하고 싶지는 않았겠죠. "불만 있냐?"며 갑자기 제 쪽으로 다가온 것입니다.

그 후의 일은 재판에서 밝혀진 바와 같습니다. 저는 맨손으로 싸우면 못 이기리라는 것을 알고 있었습니다. 사무라 교스케를 죽이려면 상대방을 뿌리치고 가방에서 봉투를 꺼내서, 그 안에 있는 칼을 사용해야 했습니다. 그러나 그렇게 하기 전에 사무라 교스케가 뒷걸음질 치다가 넘어져 죽어 버렸습니다.

이제 아셨겠지만, 제가 범한 죄는 징역 2년의 상해 치사가 아니라 사형이 될 수도 있는 살인이었던 것입니다.

그 후 체포된 뒤로 저는 수도 없이 눈물을 흘렸습니다. 재판관은 법정에서 흘린 제 눈물을 보고, 개전의 정을 인정했습니다. 그러나 제가 운 것은 범죄자가 된 제 신세가 가엾어서, 그리고 부모님의 고통이 짐작 가서였지, 죽은 사무라 교스케를 생각해서 흘린 눈물은 한 방울도 없었습니다. 그 짐승을 아무런 심판도 받지 않은 채로 살려 둘 수는 없었습니다. 죄의식이 있었다면, 그것은 큰 짐승을 죽여 버렸다는 불쾌감 이외의 그 무엇도 아니었고, 그런 불쾌감을 상기할 때마다 사무라 교스케에 대한 분노가 되살아났습니다.

지금 생각해 보면 그 행위가 유리를 위했다기보다는 저 자신의 보복 감정이었다는 것을 이해할 수 있습니다. 실제 유리는 마음의 상처가 낫기는커녕 또 자살 미수를 일으켰으니까요. 이쪽이 인생을 내버릴 각오로 저지른 행위가 유리에게는 아무런 위안도 되지 않았던 것입니다. 유리는 지금도 틀림없이 혼자 외로이 울고 있을 것입니다.

유리를 구할 방법이 더 이상 제게는 없습니다. 게다가 사무라 교스케가 살아 있다 해도, 아무리 뉘우쳤다 하더라도 그 사건 전으로 유리를 되돌려 놓을 수는 없을 것입니다.

누가 이것을 보상해 줄까요. 민사 재판이 성사되었더라도, 위자료라는 이름의 푼돈으로 유리의 마음을 다시 사들일 수는 없습니다. 육체의 상처에만 상해죄가 적용되고, 망가진 사람의 마음은 방치되는 것입니다.

법률은 옳습니까? 진정 평등합니까? 지위가 있는 사람이나 없는 사람이나, 머리가 좋은 사람이나 나쁜 사람이나, 돈이 있는 사람이나 없는 사람이나, 나쁜 인간은 범한 죄에 걸맞게 올바르게 심판받고 있는 것입니까? 제가 사무라 교스케를 죽인 행위는 죄일까요? 그런 것도 깨닫지 못하는 저는 구제 불능의 극악인일까요?

법률의 세계에는 일사부재리라는 원칙이 있습니다. 한 번 확정 판결을 받은 피고인은 두 번 다시 같은 사건으로 재판받을 일은 없다는 규칙입니다. 저는 이미 이 사건으로 상해 치사죄 판결을 받아 형에 복종했으니, 이제 아무도 이 살인죄로 저를 심판할 수는 없습니다. 남겨진 방법은 사형, 즉 사적인 형벌뿐입니다. 그리고 사무라 교스케의 아버지는 그것을 제게 행하려 했습니다. 제게 그 아버지를 질책할 마음은 없습니다. 제가 사무라 고스케를 처형한 것처럼 그쪽도 저를 처형하려 한 것이니까요.

다만 이번 사건을 통해서 사형(私刑)을 허용해 버리면, 복수가 복수를 부르며 끝없는 보복이 시작된다는 것을 뼈저리게 느꼈습니다. 이를 피하기 위해 누군가가 대신 해 줘야 하는 거죠. 교도관 시절에 난고 씨가 하신 일은, 적어도 470번의 집행에 관해서는 옳은 일이었다고 생각합니다.

두서없이 긴 편지가 되어 버렸습니다.

갱생에 대한 난고 씨의 기대에 부응해 드리지 못한 것만이 제게는 아쉬움입니다. 언젠가 제 생각도 바뀔지 모르겠지만, 그때까지는 심판받지 않은 살인죄를 짊어지고 살아갈 생각입니다.

추위가 심해졌습니다. 건강 조심하시고 힘 내십시오.

하루속히 난고 씨가 무죄로 구치소에서 나오실 수 있도록 기도 드립니다.

미카미 준이치 드림

추신: 난고 쇼지 님, 사우스 윈드 베이커리는 어떻게 되는 겁니까?

"나나 너나 종신형이다."
편지를 다 읽고 난 난고는 중얼거렸다.
"가석방은 없다."

그 후 1년 뒤, 형사 소송법 제453조의 규정에 의해 작은 기사가 전국 신문에 게재되었다.

재심에 의한 무죄 판결의 공지

기하라 료(기사라즈 구치소 재감 중, 무직, 1969년 5월 10일생)에게 '1992년 8월 29일 지바현 나카미나토군의 집 내부에서 우쓰기 고헤이, 야스코 내외를 살해한 후 금품을 갈취했다.'라는 사실에 근거, 사형 유죄 판결이 확정되었으나, 재심 결과 범죄의 증명이 없었기에 2003년 2월 19일 무죄를 언도함.

지바 지방 법원 다테야마 지부

이는 상해 치사의 전과를 지닌 미카미 준이치와 평생 동안 범죄자 세 명의 목숨을 빼앗은 전 교도관 난고 쇼지, 두 사람이 해낸 일이었다.

〈끝〉

해설

미야베 미유키

　이 책은 제47회(2001년) 에도가와 란포상 수상작이자, 저자 다카노 카즈아키 씨의 장편소설입니다. 또 동시에 그해 베스트셀러 추리소설 중 한 권이며, 간행 후 얼마 되지 않아 영화화되기로 결정난 화제작이기도 합니다.
　참고로, 란포상 작가가 되기 전에 영화나 드라마의 제작 및 각본 분야에서 활약하셨던 다카노 씨는 영화 「13계단」의 완성에 만족감이 덜하신 듯합니다. 이는 소문이 아니라 본인께서 직접 말씀하신 것이니 틀림없습니다. 영화와 원작자의 관계란 어렵기 마련이어서, 영화로서 완성도가 높아도 원작자는 납득할 수 없는 경우가 있는가 하면, 영화로서의 결과는 별로이더라도 원작자는 만족하는 경우가 있습니다. 원작자가 마음에 안 들어한다는 것이 영화화의 실패라는 단순 공식은 성립되기 어렵지만, 특히 「13계단」에 대해서는 저도 다카노 씨의 의견에 찬성입니다. 그러니 영화평은 들었어도 원작을 읽지 않았다거나 혹은 영화가 별로 와닿지 않아서 원작을 읽지 않았다는 분들은 이번 출간을 절호의 기회로 삼아 『13계단』을 맛보셨으면 하는 바람입니다.

자, 이런 베스트셀러에 왜 당신이 해설을 쓰느냐고 의문을 품으시는 분들께 굳이 설명을 드리자면 저는 당시 란포상 심사위원이었습니다. 아카가와 지로, 오사카 고, 기타가타 겐조, 기타무라 가오루 네 위원님과 함께 저는 임기 4년 중 3년째였습니다.

실은 이번에 해설 의뢰를 받았을 때 두말없이 맡기는 했어도, 양심에 일말의 가책을 느낀 부분도 있었습니다. 왜냐하면 잘나가는 실력파 신인 작가 다카노 가즈아키의 데뷔작에 반드시 해설을 쓰고 싶어 하시는 추리소설 평론가나 서평가 선생님들께서 많이 계실 것이기 때문입니다. 그걸 옆에서 실례하는 식으로 노른자를 차지하는 게 죄송하게 느껴졌습니다.

이렇게 된 바에, 이런 기회가 아니면 알려지기 어려운 심사 회의 당시 상황을 써 보도록 하겠습니다.

때는 2001년 5월 24일, 장소는 고지마치의 고급 요리집 '후쿠다야'의 방 안. 심사위원 5명과 사회자인 추리 작가 협회 이사, 고단샤(講談社) 문예국 분들과 담당 편집자가 모인 가운데, 제47회 에도가와 란포상의 심사가 시작되었습니다. 이날 심사에는 처음부터 화기애애한 분위기가 감돌았습니다.

저도 물론 그랬습니다만, 모든 분이 머릿속으로 똑같은 생각을 하고 있었던 것입니다.

'……올해는 논쟁도 없어. 이것으로 결정이야.'

이것. 즉 『13계단』 말입니다. 그 정도로 발군의 작품이었습니다.

오해가 없도록 말씀드리자면, 심사위원 상호 간에는 물론, 담당 편집자와도 사전 담합이나 의견 교환은 일절 없었습니다. 사회자인 이사님의 경우를 얘기하면, 심사가 끝날 때까지 공평성을 기하기 위해 한마디의 의견도 내놓아서는 안 된다는 규칙에 절대적으로 따랐습니다.

그래도 모두가 "올해는 이거야."라고 생각할 만한 작품, 그런 후보작을 얻은 해의 심사위원은 매우 행복합니다. 상쾌한 마음으로 심사 회의를 마친 후의 식사도 맛있고.

처음 점수가 집계되었을 때 우연히 모두 서로를 보며 씨익 웃었던 것이 확실히 기억납니다. 아아, '역시'라는 미소였지요. 물론 다른 작품에 대해서도 성실하게 의견을 교환할 책임이 있고, 되도록 많은 신인 작가분들께 데뷔의 기회를 드리고 싶기에, 란포상의 경우 두 작품 수상도 없지 않으나 개별 작품의 평론이 시작되자 모두 열기를 띠었습니다. 저는 『13계단』을 1위로, 2위로는 약간 공포미가 있는 『기계실』이라는 후보작을 생각하고 있었기에 발언 순서가 돌아오자 신이 났습니다.

어쨌든 제 임기 중 최단 시간으로 수상작이 결정되었습니다. 2시간도 채 걸리지 않았으니까요. 이때 처음으로 의견을 제시할 수 있었던 이사님께서도 "야, 올해는 쉽겠다 싶었습니다."라며 싱글벙글 웃었습니다. 모두 『13계단』의 데뷔를 본인 일처럼 기뻐하셨지요.

그런 겉치레를 늘어놓다니. 기성 작가가 심사해서 신인을 뽑는 것은 앞으로의 라이벌을 선정하는 것이니, 속으로는 지저분하고 심술궂은 생각을 하는 게 아닐까 싶으세요? 그렇게 보실 수도 있겠네요.

하지만, 적어도 제가 아는 한 엔터테인먼트 작가라는 게 까놓고 얘기하면 굉장히 '순진합니다'. 이런 대단한 녀석이 나타나면 나중에 번거로워지니 혹평으로 탈락시키자, 따위로 정치적인 생각을 하기 전에 본인이 "좋다!"라고 느낀 작품을 그냥 모두 "좋다!"라고 느껴 줬으면 좋겠고, 인정해 줬으면 하는 진솔한 소망이 머리에 가득하고, 또한 이를 가장 중요시합니다. 그래서 심사위원끼리 논쟁이 벌어지면 얼굴로 붉혀 가면서 다툽니다.

"아니, 선생께서 말씀하신 그 약점은 인정합니다. 인정하지만, 그래도 그 부분을 보완하고도 남을 이 훌륭한 장점을 인정하시지 않는다면 납득 못 합니다."라는 식으로 서로 양보를 하지 않으니, 사회자도 조마조마합니다.

『13계단』의 경우 거의 100퍼센트의 득표로 지지를 얻었기에 논쟁은 없었습니다만, 이번에는 "여기가 좋다.", "여기서 감탄했다.", "여기서는 당했구나! 싶었습니다."라는 식으로 대화가 고조되면서 모두 흥분 상태에 빠졌습니다. 그중에도 이야기의 기점이자 핵심이기도 한 사형수 기하라 료가 사건 전후 몇 시간 동안의 기억이 없다는 설정에, "피고인이 이런 심신 상태라는 것을 알면서도 법원은 사형 판결을 내릴까?"라는 논쟁이 벌어졌습니다. 이는 작품의 흠을 지적하자는 게 아니라, 『13계단』을 세상에 내보낼 대목에서 어떤 작은 트집도 잡히지 않고 가능한 한 완벽한 상태로 내보내고 싶다는 심사위원들의 간절한 소망이 만들어 낸 논쟁이었습니다.

저는 중간에 잠깐 자리를 비웠다가 돌아와도 여전히 식을 줄 모르는 분위기에 놀랄 정도였습니다. 식사 중에도 끊임없이 대화가 오고 갔으니까요. 기타가타 씨와 오사카 씨는 두 분 다 법대 출신이라 법률 문제에 민감하시고, 특히 열심이셨던 것 같습니다. 나중에 전문가의 자문을 구해 보니, 그런 걱정은 기우였다는 사실이 판명되면서 쓴웃음을 지었다는 후일담입니다.

이 책을 한번 읽어 보시면 아시겠지만, 저는 도저히 신인 작가의 작품이라 믿기지 않는 주도면밀한 구성과 탄탄하고 이지적인 문장에 읽을 때마다 새삼 감탄사가 터져 나왔습니다. 본인이 무엇을 쓰고자 하는지, 어떻게 쓰면 본인의 마음이 독자에게 잘 전달이 될지, 무거운 테마에 휘둘리지 않고 신중하고 냉정하게 스스로를 장악하며 써 내려가고 있습니다. 그러기에 작은 장면…… 예를 들어 주인공 중 한 명인 미카미 준이치가 단서를 찾아 보호사 두 사람과 대화를 주고받는 장면에서 "제가 추리 소설을 무척이나 좋아해서요."라는 대화가 번쩍 빛나는 것입니다. 여기서 보호사인 구보 노인이 왜 준이치에게 도움을 주는지,

장황하게 심리 묘사로 설명할 수도 있습니다. 하지만 다카노 씨는 그렇게 하지 않고 노인의 이런 센스 있는 말을 통해서 반쪽이 넘는 독백을 적는 것보다 효과적으로, 그 자리의 등장 인물들의 마음의 움직임을 독자에게 전달하는 데 성공했습니다. 소설을 잘 쓴다는 건 이런 걸 두고 말하는 겁니다.

이 책의 저변에 깔린 큰 테마 중 하나가 "사회에 대해 어떠한 부채를 지닌 인간이 이를 짊어진 채로 사회(혹은 타인)를 위해 살아갈 수 있는가?" 하는 문제 제기라고 저는 생각합니다. 이 테마는 다카노 씨에게 중요한 것 같아서, 그의 두 번째 장편소설 『그레이브 디거』에서도 형태를 바꾸어 전개되고 있습니다. 최신작 『유령 인명 구조대』에도 일맥상통한 부분이 있습니다. 이는 어려운 질문입니다. 그러면서도 그 어느 작품도 읽기 시작하면 멈출 수 없는 엔터테인먼트를 이루고 있으니, 저희는 진정 막강한 라이벌을 세상에 내보내고 말았습니다.

참, 심사위원이 "아아, 이렇게 대단한 놈을 골라 놓은 바람에······." 하고 후회하는 건 대개 이미 때가 늦은 경우랍니다. 그래도 이 후회는 전혀 쓰라리지 않습니다. 추리소설이 얼마나 좋고, 소설이란 얼마나 훌륭한지를 새삼 느끼며, 나도 질 수 없다며 허리띠를 질끈 동여맬 수 있으니까요.

앞으로도 다카노 씨의 왕성한 활동을 기대해 봅니다.

옮긴이의 말

전새롬

 군더더기 없는 간결한 문장, 읽는 이의 머릿속에 사건의 전개를 뚜렷한 데이터로 각인시켜 나가는 정밀한 표현이야말로 이 작품의 속도감을 특징짓는 요인이라 하겠다. 우리의 일상 생활과는 거리가 먼 사형이라는 제도에 대해 머뭇거릴 틈도 없이 이야기는 느닷없이 사형수의 독방에서 시작된다. 멀리서 들려오는 발소리만으로 자신의 죽음을 가늠해야 하는 사형수의 극한 상황은 어느새 독자들을 작품 속에 빠져들게 만든다.
 뒤이어 등장하는 주인공, 미카미 준이치와 난고 쇼지가 사형수의 유일한 범행 당시의 기억인 '계단'을 단서로 증거를 찾고 진상을 밝혀 가는 과정이 사형 집행이 행정 절차에 따라 진행되는 것과 얽히며 전개된다. 끝까지 범인을 알 수 없는 반전과 스릴, 서로 무관할 것만 같았던 상황들이 절정에 다다른 순간, 완벽하게 제자리를 찾는 치밀한 구성은 읽는 이로 하여금 혀를 내두르게 한다.

모든 사건이 집약되는 곳인 나카미나토군은 '지바현 가쓰우라시에서 남쪽으로 15킬로미터 떨어진' 곳이자 '가쓰우라시와 아와군 사이에 낀 인구 1만 명이 채 되지 않는 지역'이며, '가모가와시에서 해안선을 따라 북동으로 진로를 바꾸어 아와군을 통과하면 진입'할 수 있는 곳인데, 이러한 사실적인 묘사에 마치 실존하는 것으로 착각하게 되나 다른 지명과는 달리 살인 사건의 배경이 되는 지역만큼은 가공의 장소를 만들어 낸 듯하다.

이 작품에서는 무엇보다도 일본의 사형 제도에 대해 냉철하고 다각적으로 분석해 낸 점을 높이 평가할 수 있겠다. 상해 치사죄로 수감되었던 청년 미카미와 직무상 사형수들의 목숨을 빼앗은 교도관 난고를 통해 우리는 '사람이 사람을 죽인다는 것'에 대한 평생에 걸친 고뇌를 이해하게 되며, 이는 에필로그의 '너나 나나 종신형이다. 가석방은 없다.'라는 난고의 한마디에 집약된다고 본다. 한편 사형수 기하라가 범죄의 기억이 없다고 하여 그에게 불리하게 작용한 '개전의 정'이라는 말이 자주 등장하는데, 수감자가 얼마나 참회의 뜻을 내비쳤는가를 재판에서 참작한다지만, 그야말로 열길 물속은 알아도 한길 사람 속은 모른다는 말도 있듯이 사람이 사람을 심판하는 기준은 실로 애매하다는 점을 꼬집는다. 또한 살해한 사람의 수가 많을수록 거쳐 가는 행정 절차가 늘면서 사형수의 사형 집행 시기도 연장된다는 행정상의 모순과 사형 집행에 대한 책임을 회피하려는 정치가와 실무자들의 두뇌 싸움 또한 고소를 금치 못할 현실이다.

교도소의 역할에 대해서는 죄를 범한 자들에 대한 응징인가, 혹은 교육을 통해 교정해 나가는 과정인가. 가석방을 받은 살인범, 교도관, 피해자의 유족 등 다양한 입장에서 형벌, 사형이라는 테마를 다루면서도 어느 한쪽으로 치중되지 않게 안배한 점이 저자의 뛰어난 역량이라 하겠다.

저자는 2001년에 일본 추리소설계에 등장했으며, 우리나라에서는 최신작 『유령 인명 구조대』로 먼저 소개되었으나, 이 『13계단』이라는 첫 작품이 그를 한 번에 밀리언셀러 작가의 반열에 올려놓았다. 제47회 에도가와 란포상을 수상했을 뿐 아니라 과거 수상작 중 최단 기간에 30만부를 돌파하는 기록을 세우기도 했다. 2001년 베스트 추리소설 제2위로 선정(《주간문춘》)되었는데, 유명 추리소설가 미야베 미유키가 칭찬을 아끼지 않았다는 점에서도 주목받았다.

2003년에는 영화화되었고, 일본의 톱스타 소리마치 다카시가 주연을 맡았다. 다카노 가즈아키, 1964년 도쿄 태생. 소설을 쓰기 전에는 10여 년 동안 영화, TV의 시나리오 작가로 활동했다. 두 번째 작품으로 선보인 『그레이브 디거』 또한 부검 대기 중인 타살체가 도난당하고 하룻밤 사이에 발생한 연속 엽기 살인 사건 속에 주인공이 정체불명의 존재들에게 쫓기며 기막힌 속도감과 긴박감으로 독자를 사로잡았고, 이후 인공유산을 테마로 다룬 『K·N의 비극』, 그리고 자살에 대한 날카로운 문제 제기를 한 『유령 인명 구조대』로 인기 작가로서의 입지를 굳혔다. 또한 『13계단』에서 사형 집행과 교도소, 사형수와 교도관이라는 일반적으로 잘 알려지지 않은 내용을 생생하게 묘사했는데, 원서에 제시된 상당량의 참고문헌만 보아도 저자가 얼마나 면밀하게 연구·검토하며 작품에 임했는가를 엿볼 수 있다. 작품마다 테마에 관한 전반적인 참고문헌 검토에 이어 등장인물 별로 각기 놓인 환경에 대한 세부 문헌과 취재를 병행한다고 하며, 저자의 이러한 자료 수집력과 집필에 대한 집중력은 정평이 나 있다. 예를 들어 『인기 작가 10명이 밝히는 신인상의 비결』이라는 책에서 저자는 『13계단』의 집필을 시작한 게 2000년 12월 초라고 밝히고 있다. 에도가와 란포상의 마감이 1월 말이니 실질적으로 집필에 소요한 기간은 2개월이 채 되지 않는다는 계산이라 그저 놀라울 따름이다.

 우리나라에 소개되는 일본 작품이 섬세하고 감성적인 문학으로 주류를 이루는 가운데 스릴과 박진감 넘치는 이번 추리소설은 또 다른 일본 소설의 매력을 전달하기에 충분하리라 생각되며, 그러한 작업에 동참할 수 있었음에 감사한다.

참고문헌

「<秘密にされてきた驚くべき真実> 誰も知らない『死刑』の裏側」, 近藤昭二 著, 二見文庫
「死刑執行人の苦悩」, 大塚公子 著, 角川文庫
「そして、死刑は執行された 3 元死刑囚たちの証言」, 恒友出版 編, 恒友出版
「前科者」, 合田士郎 著, 恒友出版
「死刑執行人の記録」, 坂本敏夫 著, 光人社
「元刑務官が語る刑務所」, 坂本敏夫 著, 三一書房
「死刑執行」, 村野薫 著, 東京法経学院出版
「死刑って何だ」, 村野薫 著, 柘植書房
「死刑囚の一日」, 佐藤友之 著, 現代書館
「図解 仏像のみかた」, 佐藤知範 著, 西東社
「魅惑の仏像1 阿修羅 奈良興福寺」, 毎日新聞社
「新版現代法学入門」, 伊藤正己・加藤一郎 編, 有斐閣双書
「刑法入門〔第3版〕」, 小暮得雄・板倉宏・宮野彬・沼野輝彦・白井駿・川端博 著, 有斐閣新
「NHK人間講座 トラウマの心理学」, 小西聖子 著, 日本放送出版協会
「私は見た 犯罪被害者の地獄絵」, 岡村勲 著, 文藝春秋二〇〇〇年七月号 護司会連盟
「イラスト監獄事典」, 野中ひろし 著, 日本評論社
「日本の検察」, 久保博司 著, 講談社
「犯罪者の処遇」, 佐藤晴夫・森下忠 編, 有斐閣双書
「犯罪者の社会内処遇」, 瀬川晃 著, 成文堂
「更生保護の実践的展開」, 鈴木昭一郎 著, 日本更生保護協会
「東京における保護司活動三十年」, 東京保護司会連盟三十周年記念誌編集委員会 編, 東京保
「図解科学捜査マニュアル」, 事件・犯罪研究会 編, 同文書院
「〔新版〕記載要領 捜査書類基本書式例」, 警察庁刑事局 編, 立花書房
「刑事裁判書集(上・下)」, 法曹会
「犯罪白書 平成12年版」, 法務省法務総合研究所 編, 大蔵省印刷局
「六法全書」有斐閣

※ 이 외에도 많은 서류, 인터넷 자료를 참고하였습니다. 참고 자료의 주장과 본서의 내용은 완전히 별개입니다.

옮긴이 | 전새롬

서울에서 태어나 일본에서 청소년기를 보내고 귀국해, 현재 번역가로 활동 중이다. 『13계단』, 『그레이브 디거』, 『붕대클럽』, 『버스탈취 사건』, 『헤이세이 머신건스』, 『순수의 영역』 등을 우리말로 옮겼다.

13계단

1판 1쇄 펴냄 2005년 12월 24일
1판 45쇄 펴냄 2024년 6월 5일
2판 1쇄 펴냄 2025년 6월 13일
2판 2쇄 펴냄 2025년 7월 3일

지은이 | 다카노 가즈아키
옮긴이 | 전새롬
발행인 | 박근섭
편집인 | 김준혁
펴낸곳 | 황금가지

출판등록 | 2009. 10. 8 (제2009-000273호)
주소 | 06027 서울 강남구 도산대로 1길 62 강남출판문화센터 5층
전화 | 영업부 515-2000 편집부 3446-8774 팩시밀리 515-2007
홈페이지 | www.goldenbough.co.kr

도서 파본 등의 이유로 반송이 필요할 경우에는 구매처에서 교환하시고 출판사 교환이 필요할 경우에는 아래 주소로 반송 사유를 적어 도서와 함께 보내주세요.
06027 서울 강남구 도산대로 1길 62 강남출판문화센터 6층 민음인 마케팅부

ⓒ황금가지, 2025. Printed in Seoul, Korea
ISBN 979-11-7052-591-2 04830
ISBN 979-11-7052-620-9 (세트)

㈜민음인은 민음사 출판 그룹의 자회사입니다.
황금가지는 ㈜민음인의 픽션 전문 출간 브랜드입니다.